# QUELLO CHE UNA DONNA MERITA

## JUDI FENNELL

MERJINN PRESS

PHILADELPHIA, PENNSYLVANIA

*Cosa succede quando tre fratelli irresistibilmente sexy perdono una scommessa a poker con la loro intraprendente sorella? Vengono assunti per la sua nuova impresa di pulizie. Ora, le Manley Maids sono al vostro servizio. Soddisfazione garantita. È quello che una donna merita...*

L'imprenditore Liam Manley non sopporta le donne come Cassidy Davenport: donne felici di spendere i soldi di un uomo senza pensare minimamente a un vero lavoro. Ma per onorare la scommessa, Liam non solo deve tollerare la socialite vestita d'alta moda, ma dovrà anche pulire casa sua.

Finché il padre di Cassidy non le taglia improvvisamente i fondi. Senza soldi e senza una casa da pulire per Liam, a Cassidy non resta altra scelta che accettare un'offerta di lavoro... come nuova domestica di Liam. Lui non vede l'ora di darle una lezione sul mondo reale, ma finisce per imparare anche lui un paio di cose.

Libera dall'influenza paterna, Cassidy può finalmente inseguire i propri sogni e finisce per mostrare a Liam quanto sa essere piena di risorse e determinata. Per non parlare di quanto sia sexy con (o senza) quel guardaroba firmato.

Ma quando tra loro scoccheranno le scintille, sarà vero amore... o solo un'altra relazione complicata?

# Serata tra ragazzi... più una

«Credo, cari fratelli, che vi si debbano prendere le misure per le uniformi delle Manley Maids.»

Liam Manley si morse la lingua all'annuncio di sua sorella Mac, mentre posò la mano vincente sul tavolo da poker di panno verde. Li aveva giocati—lui *e* i suoi fratelli—e li aveva messi nel sacco per bene.

A poker, ci sapeva fare. Chi sapeva perfino che giocasse a poker?

E quella scommessa... Quattro settimane di servizio di pulizia gratuito per la sua azienda contro le loro case di vacanza e le costose auto sportive. Perché Liam si sentiva un pollo?

«Io un grembiule non me lo metto.» Bryan, il più giovane dei Manley, suonò così offeso che Liam si morse la lingua ancora più forte—per non ridere di lui. Sembrava quasi che Mac gli avesse chiesto di indossare... be'... un grembiule.

Sean, il fratello di mezzo e compagno di sconfitta, continuò ad accatastare le fiches, evitando la scala a colore al jack di Mac come la peste e tenendo la bocca chiusa.

La bocca di Bryan pendeva aperta. Da un momento all'altro quel suo fratello da cinema avrebbe cominciato a boccheggiare come un pesce. Dov'era una macchina fotografica quando gli serviva? Bry avrebbe pagato qualsiasi cifra pur di tenere *quella* foto poco lusinghiera fuori dalla stampa e a Liam non sarebbe dispiaciuta una nuova vasca idromassaggio per la casa che stava ristrutturando—anzi, che aveva appena *finito* di ristrutturare, il che significava che aveva un po' di tempo libero.

Non c'era momento migliore per cominciare a ripagare la scommessa ridicola. «Quando vuoi che iniziamo, Mac?»

«Ho uniformi in più, quindi quando avete tempo.»

Uniformi in più? Da quando aveva qualcosa in più, quando si trattava dell'azienda?

C'era qualcosa che non tornava.

Non avrebbe mai pensato che Mary-Alice Catherine ricorresse a colpi bassi per costringere i fratelli maggiori a fare ciò che voleva. Diamine, quando erano andati a vivere con la Nonna dopo che i genitori erano stati uccisi in un incidente d'auto, si erano praticamente pestati i piedi pur di prendersi cura della loro sorellina. Ora lui sarebbe andato a inciampare in scope, mocio e aspirapolvere. Ugh.

«Ehi, posso occuparmi di casa mia?» Quello fu Bryan, che cercò qualsiasi spiraglio pur di uscirne vincitore.

«Le toglieresti il lavoro a Monica pur di svicolare dalla scommessa? Davvero?» Fu il turno di Mac di restare a bocca aperta.

«Non sto svicolando da niente.» Ma Bry non sembrò felice. «Puoi contare su di me anche per lunedì. Ho un mese tra un progetto e l'altro e cercavo comunque qualcosa da fare.»

Liam dubitò fortemente che la scelta di Bryan sarebbe stata quella di fare la domestica. Non lo sarebbe stata nemmeno per Liam. Però, aveva fatto la scommessa...

*E anche lei.*

Finì la birra, poi raccolse le carte, trascinando per ultime sulla panno la mano vincente di Mac. Lo sguardo di Bryan rimase su quelle carte per tutto il tempo. Quello di Sean restò sulle fiches. Probabilmente erano le fiches impilate nel modo più maniacale nella storia del gioco.

«Non sapevo che avessi uomini che lavorano per te, Mac.» Liam tenne la voce piatta. Controllata. E se ci fu il minimo accenno d'altro, be', gli andava bene che Mac pensasse fosse rabbia per la sconfitta. Ma perché mai Mac A) avrebbe voluto così tanto giocare a poker con loro quando non poteva permettersi di perdere in contanti, e B) fare quella scommessa *e* vincere? C'era del marcio in casa Manley.

«Che... cosa?»

Già, quello sguardo sbigottito nei suoi occhi confermò esattamente ciò che lui aveva pensato. Non *c'erano* uomini assunti dalla Manley Maids, quindi quelle uniformi non erano «in più». Le aveva fatte preparare in anticipo. Per loro.

Mac aveva pianificato tutto. La sua vittoria non era stata un colpo di fortuna. L'avrebbe messa alle strette se avesse avuto una prova diversa dall'istinto, ma non l'aveva. E Dio sapeva che non poteva sempre fidarsi del suo istinto. Lo aveva già tradito in passato.

«Lascia perdere.» Mescolò le carte incriminate con le altre quarantasette, poi batté il lato lungo del mazzo sul tavolo. «Lunedì ci sarò.»

E avrebbe sfruttato la monotonia senza cervello delle pulizie per inventarsi un modo di farla pagare a sua sorella.

Con gli interessi.

# Capitolo Uno

Se c'era una cosa che Cassidy Davenport detestava, era essere tenuta ad aspettare. E se c'era una cosa in cui suo padre eccelleva, era proprio il farla aspettare.

«Ma Deborah, gli ho appena parlato.» Dio, doveva passare dalla segretaria di direzione di suo padre per ogni briciola, ma così funzionava l'impero di papà. Nessuno arrivava a lui senza passare da Deborah. Quella donna avrebbe davvero dovuto pretendere il titolo di CEO, perché Cassidy dubitava che suo padre avesse mai preso una decisione d'affari senza farla passare prima da Deborah Capshaw. Lei era con lui da quasi trent'anni e teneva in piedi l'azienda mentre papà *andava* a correre.

A correre dietro, per la precisione.

«Mi dispiace, Cassidy, ma è in una riunione da cui non posso farlo uscire. Sono certa che capisce.»

Oh, Cassidy capì benissimo. Si chiese quanti anni avesse questa. Probabilmente bionda—la maggior parte delle "riunioni" di suo padre lo erano—e probabilmente con una laurea di tutto rispetto. Ecco la stranezza. In qualche modo papà riusciva sempre ad accalappiare le Harvard e le Yale del mondo. Penseresti che quelle donne saprebbero scegliere meglio, ma c'era qualcosa in Mitchell Davenport che faceva perdere la testa alle donne.

Cassidy stava per unirsi alle loro fila.

Le passò una mano sul morbido pelo della sua Maltese, Titania. «Va bene, Deborah. Capisco.» Entrambe sapevano che *non* capiva. «Gli dica di chiamarmi quando è libero.» *E dopo una doccia*, avrebbe voluto aggiungere, ma Deborah non meritava volgarità. Poverina, doveva affrontarle ogni giorno.

O ogni ora.

Cassidy chiuse la telefonata, poi sfiorò la propria guancia sulla testolina morbida della cagnolina. Quando avrebbe accettato il fatto che suo padre si faceva vivo per lei solo quando ci ricavava qualcosa? E la "riunione" nel suo ufficio gli fruttava molto più di quanto avrebbe mai fruttato lei.

Il pranzo e, cosa più importante, la conversazione che desiderava avere con lui sarebbero stati ora ridotti nei tempi.

Posò Titania a terra e raccolse l'iPad dal tavolino di vetro davanti alla parete di vetro che dava sul lago liscio come vetro, dodici piani più sotto del suo attico, con la rivolta di fiori selvatici riflessa su ogni superficie.

Le sarebbe piaciuto passare la giornata a dipingere, cercando di catturare quella scena. Gli oli che aveva comprato il giorno prima avrebbero reso proprio il giusto scintillio del riflesso dei fiori sull'acqua grigio-blu. Le dita le prudevano dalla voglia di prendere i pennelli.

Cassidy toccò l'app del calendario per assicurarsi di avere abbastanza tempo, quel giorno. Non c'era niente di peggio che caricarsi per perdersi nell'arte per poi scoprire di avere altri impegni.

Che c'erano. MANLEY MAIDS era segnata per le dieci.

Ah, già. Oggi era il giorno in cui Sharon, la sua governante, avrebbe dovuto formare la nuova ragazza che il servizio le mandava, ma era entrata in maternità in anticipo nel weekend.

Cassidy controllò l'ora. Le nove e cinquantacinque.

Toccò il calendario e rimise l'iPad sul tavolo. Niente come dover introdurre qualcuno nel mondo dei Davenport in cui viveva. All'inizio restavano a bocca aperta—papà amava fare lo *sfarzoso* in grande stile, con una generosa porzione di *decadente* tanto per far bella figura, e aveva fatto sì che l'interior designer si superasse con questo posto.

Di solito ci voleva meno di una settimana perché un nuovo arrivato vedesse sotto la vernice e iniziasse con gli sguardi di pietà—quelli che lei doveva fingere di non notare perché non aveva senso provare pietà per qualcuno che viveva una vita così favolosa.

Non era questo che papà diceva sempre?

In realtà, Cassidy non sapeva più che cosa dicesse papà. Se non fosse stato per le email, l'avrebbe sentito raramente.

Allo scoccare delle dieci, suonò il campanello. Cassidy fece entrare Titania nel suo recinto, si gettò le onde color castagna su una spalla, raddrizzò i revers della camicetta di seta beige, poi lisciò la cintura intrecciata in vita dei pantaloni di lino coordinati. Avrebbe messo alla prova la teoria della settimana con questa qui.

Aprì la porta del vestibolo dell'attico. Il pezzo di manzo in divisa Manley Maids ci mise meno di un *secondo* a cominciare con gli sguardi.

Solo che i suoi non erano di pietà. E non erano nemmeno lascivi, altra reazione a cui si era abituata.

No, se avesse dovuto indovinare, avrebbe definito il suo sguardo arrabbiato.


Cassidy Davenport gli stava davanti in carne e ossa.

Pantaloni color carne, top color carne, e abbastanza bottoni sbottonati da rivelare molta più carne.

Liam fece uno sforzo per non gemere. Mac gli aveva assicurato che lei non sarebbe stata lì. Non di lunedì. E invece eccola.

Cassidy Davenport. Soubrette viziata il cui conto quotidiano per i vestiti probabilmente superava quello che un operaio guadagnava in una settimana—e dubitava che avrebbe riconosciuto un operaio se le fosse arrivato a staccarle a morsi la manicure dal prezzo ridicolo. La donna era frivola con la F maiuscola.

Lui con la frivolezza aveva chiuso. Già passato di lì, già fatto, già speso una fortuna in vestiti firmati e T-shirt tempestate di strass per la sua ex, Rachel, coordinate ai brillanti che aveva preteso di avere,

La scena al Flannigan's Pub gli tornò alla mente con un'abbagliante chiarezza. Rachel che faceva uno strip-tease in grembo a quel dannato ragazzetto da confraternita tutto bello e patinato, con un conto più lungo del suo cazzo, una mano giù dietro i pantaloni mentre gli strofinava il seno su tutta la faccia.

Liam era rimasto lì, inebetito, a guardare quelle dita così abili—che aveva creduto fossero riservate solo al suo piacere—sfilare il portafoglio dalla tasca del tipo e infilarlo nella propria, e nessuno al tavolo, tantomeno il tipo, se n'era accorto. Una aspirante socialite che rubava soldi perché *lui* non voleva alimentare la sua mania per scarpe e borsette.

Se n'era uscito dal locale all'indietro, con lo stomaco sottosopra per la perdita di quello che aveva creduto il suo futuro, mettendo in dubbio tutto ciò che pensava di sapere, poi aveva guidato fino a casa in una nebbia in cui il dolore e la disillusione oscuravano tutto il resto.

Alla fine, la rabbia era risorta come una fenice dalle ceneri del suo amore, così quando lei si era presentata più tardi con quella nuova borsa Louis Vuitton che aveva detto fosse un tarocco, l'aveva smascherata. Su tutto.

Rachel non lo aveva negato. Non aveva nemmeno provato a manipolarlo con le lacrime per farselo riprendere quando lui le aveva chiesto la chiave—per una volta. Quasi quanto la scena al bar, lo aveva sorpreso anche quello. Si era limitata ad alzare le spalle, gliel'aveva consegnata, lo aveva ringraziato per il bel tempo passato insieme ed era scesa lungo il vialetto davanti casa, strappazzandogli il cuore sotto quelle dannate Manolo come-si-chiamano che le aveva comprato lui.

No, donne come Rachel—e Cassidy Davenport—donne che vivevano del duro lavoro degli uomini nelle loro vite... con loro aveva chiuso. Era stato raggirato una volta, ma per fortuna non fino al punto di non ritorno. Aveva imparato la lezione: stare lontano dai tipi ad alta manutenzione, quelli per cui l'unico pregio erano i loro look.

Per questo lavoro avrebbe dovuto faticare davvero. E *non* per tenerselo.

«*È* Lei l'addetto alle pulizie?»

Liam fece una smorfia. Di sicuro ci doveva essere un termine migliore, ma *dea domestica* non calzava esattamente, mentre *governante* evocava l'immagine della famiglia Brady.

Afferrò l'aspirapolvere e raddrizzò le spalle. I pettorali si tesero—puramente involontario, ovviamente. «Eh, sì. Sono io.»

Non serviva essere laureato—anche se lo era—per leggere quello che lei pensava quando lo squadrò dall'alto in basso. Mac non gestiva *quel* tipo di attività.

«Non mi hanno detto che avrebbero mandato un uomo.»

«È un problema?» Dio, che dicesse «Sì» così poteva togliersi di torno, perché sentì d'un tratto il bisogno di pulire qualcosa—sé stesso. Donne come lei gli entravano sotto pelle e non in senso buono.

Un tempo sì, ma come diceva il proverbio sugli errori che si ripetono? Liam non aveva alcuna intenzione di farlo.

«Be', no. Direi di no.» Si tamburellò una di quelle unghie dal prezzo ridicolo sulle labbra sorprendentemente non imbottite di collagene. «Vuole entrare?»

«Eh, sì. Certo.» Mac lo avrebbe ucciso se avesse detto di no. Quello era stato il primo account della sua sorellina. Ecco perché lo aveva scelto per lui, aveva detto; sapeva che non glielo avrebbe fatto perdere.

Così si ingoiò il pregiudizio innato contro le Cassidy e le Rachel del mondo, e salì di un gradino nel foyer accanto a lei.

Era più piccola di quanto gli fosse parsa all'inizio, quando erano allo stesso livello.

Poi diede un'occhiata in giro. Non sarebbero mai stati allo stesso livello.

*Ricchezza* colava dal lampadario con i cristalli grossi come pere. S'intrecciava nel tappeto filato d'oro, si arrampicava sul pavimento di marmo e profumava l'aria di un vago sentore di milioni.

Liam aveva denaro, ma questo... Perfino la cagnolina fru fru aveva una gabbia dorata. Qui eravamo al livello dei Donald Trump e dei Conrad Hilton del mondo.

E dei Mitchell Davenport. Il Trump in erba aveva trasformato una piccola impresa edile in una società di progettazione e gestione, residenziale e commerciale, in un tempo e con un successo invidiabili. Ma era importante ricordare che niente di tutto questo era di Cassidy. Lei viveva con i soldi di *paparino*.

Liam si ricontrollò la presa sull'aspirapolvere e si assicurò che nessuno dei prodotti per le pulizie fosse caduto dal secchio—non proprio il suo M.O. intorno alle belle donne. Ma poi, Cassidy Davenport era più il tipo di Bryan, o del loro pro Jared, che non il suo, soprattutto perché lui aveva già conosciuto il suo genere—quando lo avevano guardato dall'alto in basso... a meno che non volessero qualcosa da lui.

Le diede un'occhiata al naso. Perfettamente all'insù in quel modo da rinoplastica dei ricchi, ma non le avrebbe mai dato la possibilità di guardarlo dall'alto in basso. Aveva imparato la lezione, e donne come lei, pur non essendo a buon mercato—perché alzavano la posta fino a centomila a dozzina—erano così lontane dalle donne che sapevano costruirsi la propria strada nel mondo che tutto ciò che provava per il loro genere era rabbia per tanta inutilità.

Ma non era lì per giudicare; era lì per pulire. Per quattro, maledette, settimane.

Avrebbe dovuto passare quella mano. Accettare le perdite e conviverci. Ma i Manley non andavano giù senza combattere. Così aveva fatto la propria fortuna, per quanto irrisoria potesse sembrare in confronto a quel posto. Quello che doveva pulire.

Impugnò la lancia dell'aspirapolvere e la piantò davanti a sé. «Da dove vorrebbe che cominciassi?»

«Direi che la camera da letto va bene quanto qualsiasi altro posto.»

Sul serio? Credeva davvero che lui ci sarebbe cascato? Oggi era in cerca di brividi? Arrabbiata con il fidanzato o qualcosa del genere? Voglia di un po' di pepe?

«Sharon iniziava sempre dalla camera da letto e poi procedeva verso l'esterno. Diceva che così ciò che aveva già pulito non si sporcava di nuovo prima di finire. Ha senso per me, ma se Lei ha un'altra routine, va bene anche quella. Faccia come preferisce, per me va bene.»

Sharon. La donna delle pulizie. Quella che lui era lì a sostituire.

Liam diede un'occhiata al secchio dei prodotti e all'aspirapolvere come se non li avesse mai visti prima.

Già. Era lì per fare pulizia; non per *giocare* alla casetta.

Liam si morse una risata. Come se lei potesse interessarsi a lui in quel modo. Dimenticava che indossava la polo verde e i pantaloni di cotone che costituivano la divisa dei Manley Maids. Non si sentiva molto virile, dentro, e con l'aria che *non* coglieva da Cassidy Davenport, probabilmente non lo sembrava nemmeno.

Avrebbe dovuto esserne contento. Avrebbe potuto superare questo incubo senza dover respingere una signorina dell'alta società che pensava di divertirsi con *la servitù*. Già passato di lì, già fatto, strappate le T-shirt *tempestate di diamanti*. E avrebbe voluto poterle fare a pezzi, ma lo sbrindellato era stato lui.

Aggiustò la presa sul secchio, fece un respiro profondo e si diresse nella camera da letto di Cassidy Davenport. Se non era coinvolto con una donna, entrare nella sua camera non doveva essere un grosso problema. E se non riusciva nemmeno a stare nella stessa stanza con quella donna, la sua camera era solo un'altra stanza.

Poi vide la vestaglia azzurro bebè di seta buttata su una sedia imbottita. Un pezzo di pizzo nero che spuntava dal primo cassetto del comò. Qualcosa di color pesca e vaporoso in una pozza ai piedi della panchetta fiorita in fondo al suo letto sfatto. Era atterrato vicino a un paio di scarpe.

Scarpe nere.

Con tacchi molto alti.

E cinturini alla caviglia.

Pizzo nero. Baby-doll pesca. Tacchi alti. Di quelli a spillo.

Cassidy gli finì addosso da dietro.

Aveva chiamato quella *solo un'altra stanza*? Aveva seriamente bisogno che gli esaminassero la testa e gli spegnessero l'olfatto, perché il suo profumo—sempre di milioni, ma stavolta con una buona dose di *donna* intrecciata dentro—lo avvolse come quella vestaglia di seta aveva abbracciato le sue curve.

E quelle curve, quelle che la camicetta sbottonata lasciava intravedere, erano esattamente tanto lussureggianti e morbide quanto si sarebbe aspettato—tranne che *non* si aspettava che lo fossero. La maggior parte delle donne nel suo scaglione di reddito finiva sotto i ferri come se fosse un'uscita tra amiche, ma i pochi nanosecondi in cui lei gli fu appiccicata addosso bastarono a Liam per capire che non aveva aderito a quella particolare usanza sociale.

Lei fece un salto indietro. «Perché si è fermato?»

Perché l'immagine di lei con quei tacchi e quel baby-doll, tutta avvolta nella seta, l'aveva inchiodato al pavimento.

«Non rifà il letto?» La rabbia era sempre utile a dissipare la tensione, sessuale o di altro tipo, e in quel momento Liam sapeva su quale dovesse concentrarsi. O non concentrarsi. Qualunque cosa.

«Ho dimenticato che sarebbe venuto.»

Doveva proprio usare quella parola? Che cosa *diavolo* aveva che non andava? Lei nemmeno gli *piaceva*.

«Ha intenzione di starmi addosso mentre lavoro?»

Quelle sarebbero state quattro settimane davvero lunghe e dure.

Avrebbe tanto voluto non aver usato *quelle* parole.

E quando vide l'espressione sul suo viso—per quanto fugace fosse—avrebbe voluto non aver usato quel tono. Non era colpa sua se lui aveva reagito così a lei.

«Um... be', no.» Indietreggiò, con gli occhi verdi spalancati e—cavolo—umidi.

Dio, avrebbe dovuto imparare la lezione con le lacrime femminili. Rachel era stata una maestra delle cascate e lui, sciocco com'era, se l'era bevute. Ogni singola volta che lei le aveva usate.

«Allora la lascio al suo lavoro.» Ruotò sui suoi stivaletti col tacco sexy da morire e uscì dalla stanza a grandi falcate, con quei pantaloni aderenti che non lasciavano nulla all'immaginazione. E la sua immaginazione partì a razzo.

Liam bestemmiò sottovoce e si voltò—

A fissare il letto sfatto, con le lenzuola che erano state avvolte intorno a quel sedere morbido, a quelle gambe lunghe come il peccato e al suo seno perfettamente naturale, e Liam non sapeva se ce l'avrebbe fatta a resistere quattro *ore* in quel posto, figuriamoci quattro settimane.

# Capitolo Due

Cassidy tracannò la Pellegrino e diede la colpa alle bollicine per le lacrime agli occhi. Di certo non erano causate dal signor Manley Maid, lì dentro. Il signor Maleducato, Odioso, Super-Macho Manley Maid che probabilmente si aspettava che ogni donna gli cadesse ai piedi per un solo *barlume* del suo interesse.

Be', lei l'interesse l'aveva visto—per quanto fugace—ma era ancora in piedi. Bastardo.

Avrebbe pensato che sarebbe stato un po' più gentile. In fondo, le bastava una telefonata e il suo sedere sarebbe stato licenziato.

Cassidy armeggiò col cellulare e aprì la lista dei contatti. Sì, non doveva sopportare il suo atteggiamento. Chi si credeva di essere? *Sapeva* chi era suo padre?

Il dito le indugiò per un secondo sul numero dei Manley Maids.

Due.

Stava davvero per sventolare il nome di suo padre per esigere rispetto? Sul serio? Dov'era la sua spina dorsale? Il suo orgoglio? L'autostima?

Cassidy posò il telefono sul bancone.

Non poteva fare quella chiamata; sarebbe stata meschina quanto suo padre. Non era proprio questo il senso del pranzo di oggi? Dimostrare a se stessa che non aveva bisogno di lui? Che aveva un talento suo, capacità sue e non le servivano lui e la sua carica inventata nella sua azienda per mantenersi?

Fece un respiro profondo, senza desiderare davvero quella conversazione. Sarebbe stata una battaglia. Papà si aspettava sempre che tutti scattassero ai suoi ordini, lei compresa.

E guarda dov'era arrivata per questo.

Cassidy entrò nel soggiorno. D'accordo, non era un brutto posto in cui stare, ma per quanto fosse una stanza enorme e splendida, con i migliori mobili e la vista che il denaro potesse comprare, uno Steinway in un angolo, un impianto audio degno di una Filarmonica e abbastanza opere d'arte da sfamare un paese del terzo mondo, era sempre vuota e priva di calore e di senso di casa come qualunque altro attico da cima al mondo, stanza d'albergo o dormitorio da collegio in cui il padre l'aveva sistemata negli anni.

Se glielo avesse permesso, lei avrebbe potuto renderlo una casa. Con spruzzi di colore e ninnoli personali, e quella coperta a piastrelle della nonna che aveva trovato a un mercatino all'università e che teneva nascosta nel baule a vapore nell'armadio da allora, per il giorno in cui avrebbe avuto una casa tutta sua.

Se non fosse riuscita a ottenere quel pranzo con lui, quel giorno sarebbe arrivato più tardi che prima.

Qualcosa rovinò nella sua camera da letto e il signor Maleducato bestemmiò. Cassidy si morse il labbro per non sorridere. Non era divertente, davvero, ma gli stava bene per essere così acido. Di solito la sua stanza era impeccabile quando arrivava Sharon, ma era stata più concentrata sul pranzo con suo padre che sul fatto che sarebbe passato qualcuno di nuovo.

Titania ringhiò e quello *le* strappò un sorriso. Sollevò il cane grande quanto una tazzina da tè e le strofinò il nasino legato. «Zitta, Titania. Non sento le sue imprecazioni se cominci ad abbaiare.»

Titania le leccò l'orecchio, la codina sfiorò il fianco del seno di Cassidy, ricordandole fin troppo bene com'erano stati i suoi seni premuti contro la schiena dura e muscolosa di quel tizio. Aveva dovuto balzare indietro per non fargli notare la reazione del suo corpo. Lui era un gigantesco feromone, in un modo che Burton, il braccio destro di suo padre e il suo appuntamento semi-regolare negli ultimi otto mesi circa, non era.

Il signor Maid bestemmiò di nuovo e Cassidy fece una smorfia, in attesa del tonfo. Per fortuna non arrivò, anche se, onestamente, in quella stanza non c'era nulla di cui avrebbe pianto la perdita. Aveva imparato da tempo a non esporre nulla di personale che non fosse scelto da un designer, o papà avrebbe dato in escandescenze. Tutto doveva essere da copertina per suo padre. Tutto. Lei compresa.

Rigirò tra le dita uno dei punti luce di diamanti che il padre le aveva regalato per il compleanno. Quelli che aveva preso a Dubai. Li aveva visti quando Deborah aveva tirato fuori le cose dalla ventiquattrore, entrambe convinte fossero per la *Flavor du Jour*, senza essere certe del nome di quel sapore, visto che era durato solo un *jour*. Ma quello era tutto ciò che quella storia aveva retto e papà li aveva dati a lei. Che valore aveva ricevere gli scarti di una biondina di passaggio?

Cassidy sospirò e rimise Titania, il cagnolino da esposizione, nel suo recinto. Doveva parlare con papà; questa storia della gabbia dorata era finita. Aveva quasi trent'anni e, da quando sua madre se n'era andata, era praticamente rimasta in limbo ad aspettare che la sua vera vita cominciasse.

Be', ora poteva cominciare e papà avrebbe dovuto farsene una ragione. Non poteva andare in giro per il mondo in jet privato aspettandosi che lei restasse qui, a girarsi i pollici o a sistemare fiori o a incontrare signore abbastanza anziane da esserle nonne in qualche comitato benefico per discutere quali tramezzini servire, in attesa del momento in cui a lui serviva una padrona di casa. «Event Director» era il suo titolo ufficiale in azienda, ma era vuoto quanto lo era stata lei un tempo. Non era una vita, e dopo ventinove anni passati a fare la Barbie che lui metteva in mostra quando gli garbava, ne aveva abbastanza.

Non che papà avrebbe mai capito il perché. Avrebbe pensato che fosse fuori di testa. Ma la sua vita non era stata sconvolta dal vedere un ragazzino lottare contro una malattia a cui non importava niente di quanti soldi uno avesse. Aveva messo tutto in una prospettiva nuova per Cassidy e lei aveva cambiato la sua il giorno in cui avevano seppellito il povero Franklin.

Sfilò dalla tasca dei pantaloni la ricevuta di deposito in banca per l'assegno della galleria. La sua prima vendita, e ora che aveva davvero venduto un pezzo di arredamento fatto a mano—*senza* l'aiuto di papà o il suo nome appicciato sopra—Cassidy aveva finalmente la prova e la determinazione per mostrargli che era più di un bel viso.

Papà le doveva quel pranzo, chiunque diavolo stesse «incontrando». Afferrò la borsa e le chiavi della Mercedes, lasciò un biglietto con il suo numero di telefono sul bancone della cucina, poi tornò verso la camera da letto per far sapere al signor Maleducato che ora poteva pulire senza dover sopportare ancora la sua presenza. Fece capolino in camera per dirglielo.

Quello fu il suo primo errore.

Il signor Manley Maid era piegato in avanti, quei pantaloni verdi tesi a tendina sul fondoschiena più bello che avesse visto dai tempi dell'ultima partita dei Mondiali a cui aveva assistito. Quindi lo fissò. In fondo, era lì, che supplicava di essere fissato.

Fissare fu il suo secondo errore.

«Le serve qualcosa?» Si raddrizzò e le lanciò un'occhiata sopra la spalla, e il suo terzo errore fu impiegare qualche nanosecondo di troppo per spostare l'attenzione dal suo didietro.

Quando finalmente lo fece, fu per ritrovarsi quegli occhi azzurri che le trapassavano i suoi. Azzurri stupendi. Cerulei, come il cielo che aveva dipinto sulla commode bombata che aveva venduto.

«C'è qualcosa che posso fare per Lei, signorina Davenport?»

Ignorò la lieve ironia su *signorina* e invece ringraziò il cielo di non aver commesso un quarto errore e dirgli esattamente cosa *avrebbe potuto* fare per lei.

«Esco,» rispose con calma, imponendosi di non schiarirsi la gola per coprire l'imbarazzo. Quelle lezioni di bon ton svizzere tornavano utili. «Ci sono altri detersivi nel ripostiglio della biancheria in corridoio e, se ha altre domande, il mio numero di cellulare è sull'isola in cucina. Per favore, chiuda a chiave quando va via.»

Si impose di sorridere con calore e girarsi con calma, con l'inclinazione perfetta del capo che diceva io-ho-il-completo-controllo, e uscì con passo tranquillo dalla porta di casa.

Con il suo sguardo che le trapassava la camicetta per tutto il tragitto.


Gesù, quella donna riusciva ad accendergli un fuoco dentro. In piedi lì, così incredibilmente algida eppure così tremendamente sensuale in quell'outfit color nudo, col capo alto e quello sguardo indugiante sul suo culo...

Avrebbe voluto voltarsi e rinfacciarglielo, ma non era stato *in grado* di voltarsi. Che pensasse pure che lui fosse arrogante—sapeva esserlo—ma in quel caso era stato puro istinto di conservazione. L'aveva reso più duro della stupida prolunga dell'aspirapolvere che stava tenendo in mano e altrettanto spesso.

Liam scagliò via la prolunga con disgusto. Dio, paragonare il suo arnese a un aspirapolvere gli evocava solo immagini di aspirazione e quello imboccava una strada in cui non aveva alcun motivo—né interesse—di andare.

*Bugiardo.*

Dannazione. Sì, stava mentendo. Era decisamente interessato—almeno fisicamente. In qualsiasi altro modo? Fuori discussione.

Ma lei dava una bella scossa alla sua libido, quindi era meglio che tenesse alta la guardia. Dimenticare i baci, o avrebbe baciato addio anche a quel dannato lavoro. E in meno di ventiquattr'ore, per giunta. Mac l'avrebbe ucciso.

Liam sprofondò sul letto e si passò una mano sul viso. Non poteva lasciarsi turbare da Cassidy Davenport. Era tutto ciò che odiava in una donna: viziata, coccolata, convinta che tutto le fosse dovuto, altezzosa...

*Sensuale, splendida...*

Espirò. La parte fisica era stata la sua rovina con Rachel. Ne era rimasto talmente infatuato da non vedere il resto—chi fosse davvero sotto la splendida vernice. Era ora di uscire a un appuntamento. Trovare qualcun'altra. Qualcosa di nuovo. Qualcuno di *vero*. In tutti questi mesi—tutti e diciotto—da Rachel, aveva tenuto alla larga le donne, anche per i bisogni più basilari. Rachel gli aveva fatto un gran bel numero al cuore, agli obiettivi e al giudizio. Scoprire che l'aveva usato solo per le cose che poteva darle...

Quel cencio urlante che Cassidy Davenport chiamava cane cominciò a imitare un topo sotto steroidi, riportando Liam al presente. Cristo. Mac non aveva menzionato nulla riguardo al dog-sitting per questo incarico. Avrebbe ignorato la bestiola, ma a differenza della padrona, il cane non aveva colpe per essere un piccolo mostriciattolo viziato, abituato a veder soddisfatte le sue richieste al primo strillo. Liam andò a vedere che cosa non andasse.

La creaturina correva in cerchio dentro il recinto, balzando sulle zampe posteriori quando lui si avvicinò all'area, un tremolio di seta bianca, completo di un buffo chignon sulla testa, con la linguetta rosa di fuori come se Liam stesse portando una bistecca.

Probabilmente si aspettava il Chateaubriand.

«Che cosa vuoi?» brontolò quasi Liam quando quello squittì di nuovo. Non riusciva nemmeno a chiamarlo cane. I cani sono animali di sostanza. Il migliore amico dell'uomo. Salvatori di bambini caduti nei pozzi. Quella cosa era uno spolverino con le zampe. Un accessorio animato e non riusciva a credere che Cassidy Davenport si fosse dimenticata di portarlo con sé. La borsa che aveva in mano era stata abbastanza grande per questa cosina.

Il cane squittì ancora.

«Non so cosa vuoi, cane.»

La cosina corse in senso orario intorno al recinto un paio di volte, poi si fermò, squittì di nuovo e corse nell'altra direzione ancora qualche volta.

Liam andò in cucina a prenderle dell'acqua.

La stanza sembrava un mausoleo. Pavimento e ripiani di marmo bianco, armadietti immacolati con ante di vetro, tutto allineato dentro come in uno showroom. E *ovviamente* i piatti erano porcellana bianca bordata d'oro. Non si sarebbe stupito se dal rubinetto fosse uscita Evian.

Portò una ciotola d'acqua al cane. Quella annusò una volta e poi le girò intorno in tondo.

Oh, diamine. Probabilmente doveva uscire. Mac non aveva di certo menzionato le passeggiate come parte dei compiti.

Ma l'altra scelta era lasciarla fare i bisogni sul pavimento e quello *avrebbe* dovuto pulirlo lui.

No grazie. E poi non aveva nulla contro il cane.

«Va bene, un attimo. Dove le avrebbe messo il guinzaglio?»

Dopo un po' di ragionamento deduttivo—perché non voleva *affatto* mettersi a frugare nei suoi armadi e nei cassetti: quella vestaglietta color pesca che aveva raccolto probabilmente aveva un perizoma coordinato che non aveva *alcun* bisogno di vedere—Liam trovò il guinzaglio nell'armadio dell'ingresso.

Era rosa. Non che si sarebbe aspettato altro. Questo cane e la sua padrona urlavano rosa.

*Lui* avrebbe urlato quando vide che il guinzaglio era ricoperto di strass. Cristo, non riusciva a liberarsi di quelle stupide cose. Che cos'era, con le donne e le cose luccicanti?

Agganciò il guinzaglio al collare rosa e tempestato di strass del cane—che si abbinava al fiocchetto rosa intorno al buffo chignon—e uscì dal condominio.

Poco prima che la porta d'ingresso si chiudesse alle sue spalle, però, lanciò di nuovo dentro quel ridicolo fiocchetto rosa. Era già abbastanza imbarazzante che la gente lo vedesse portare a spasso quel peluche; quel nastrino era davvero troppo.

L'ascensorista del palazzo sorrise educatamente quando salì con il cane, ma una risatina gli aleggiava agli angoli della bocca.

Liam non poteva biasimarlo. Era divertente—*se* capitava a qualcun altro.

«Immagino che Lei conosca il nome di questo cane?» chiese al tipo. Marco, diceva il cartellino.

Marco annuì. «Titania.»

C'era da aspettarselo che Cassidy Davenport chiamasse il cane come la regina delle fate. Nobiltà e fiabe. Poteva essere una metafora della sua vita. Viveva persino in una torre dorata.

«Le piace la zolla d'erba sotto il corniolo,» disse Marco. «È sulla destra, uscendo dalla porta principale.»

Probabilmente sapeva anche cosa Titania mangiasse a colazione, quand'era stata l'ultima volta che aveva fatto i suoi bisogni e quale costumino firmato la padrona le avesse messo a Halloween. Questo era il tipo di servizio che offrivano palazzi così e per cui la gente pagava milioni.


Ma quel tizio si guadagnava onestamente da vivere, quindi Liam non poteva rimproverargli nulla. Invece infilò qualche banconota nel taschino della divisa di Marco mentre le porte si aprivano nell'atrio.

«Grazie.» Liam gli batté un colpetto sul taschino. «Per le informazioni e per non dirlo a nessuno.» Forse non aveva molti amici in quella zona della città, ma se in qualche modo si fosse sparsa la voce che aveva portato a spasso un batuffolo frou-frou per una viziata socialite—con un guinzaglio rosa scintillante, per giunta—non se la sarebbe più sentita finita. Già bastava la presa in giro che si sarebbe beccato per fare la donna delle pulizie.

Per fortuna, Titania sbrigò gli affari alla svelta e trotterellò di ritorno nel palazzo più in fretta che le zampette tozze le permettessero, mentre Liam poteva solo immaginare le risate dei ragazzi alla sorveglianza davanti alle telecamere per una scena del genere. Sperava che l'amministrazione avesse un divieto di pubblicare online i video di sicurezza.

Rimise Titania nel recinto, appese il guinzaglio di nuovo nell'armadio, poi riprese il lavoro di pulizia della camera da letto di Cassidy Davenport.

Quella donna era tutta un programma. Lui metteva sempre tutto in ordine prima che Sharon venisse a pulire casa sua. Buffo che stesse prendendo il suo posto qui, visto che puliva anche da lui. Puli*vava*. Mac avrebbe dovuto mandargli qualcun altro ora che il congedo di Sharon era arrivato prima del previsto, perché non c'era modo che Liam facesse la domestica qui e poi tornasse a casa a fare lo stesso.

Passò lo spolverino su quello che avrebbe detto fosse un pezzo d'arte dal prezzo esorbitante sul tavolino accanto al letto e—merda!—una sfera di peltro rotolò giù e finì sotto il letto.

Liam si mise carponi a cercarla. Già sentiva la donna che si lamentava perché l'aveva rovinata, e probabilmente valeva più di quanto lui avesse guadagnato in un anno.

Eccola lì, proprio sotto il centro del letto. Si appiattì sul pavimento e strisciò verso di essa. Con la testa, le spalle e praticamente tutta la schiena sotto il letto, finalmente la raggiunse. Gesù. Che misura era, quel letto? Era certamente più grande del suo king. Cosa veniva dopo il king? Monarca? Sovrano? Dittatore?

Qualunque cosa fosse. Liam afferrò la palla e indietreggiò.

Tranne che la spalla gli si impigliò nella struttura. Si fermò, per non strappare la divisa di Mac, poi cercò di allungare una mano per liberare la camicia, ma non c'era abbastanza spazio per muoversi e non era un contorsionista capace di portare le dita fin là.

Si dimenò un po', scivolando come un serpente. Provò a ruotare la spalla per vedere se così si liberava.

Niente.

Cristo. Liam rimase disteso sul pavimento, con quelle décolleté nere con cinturino alla caviglia proprio davanti a lui. Linea di vista perfetta. Non aveva *affatto* bisogno di quel richiamo visivo.

Tornò verso il centro del letto e sentì la camicia che si liberava.

Scivolando giù di lato, Liam riuscì a liberarsi dal letto di Cassidy Davenport. Si chiese quanti uomini lo avrebbero considerato stupido per aver voluto farlo.

Si alzò e qualcosa gli cadde ai piedi.

Una foto e qualcos'altro.

Liam li raccolse. La foto ritraeva una donna con in grembo una bambina dai capelli scuri, sedute su una spiaggia da qualche parte, palme e una capanna di paglia alle spalle. Secchielli e palette e castelli di sabbia tutt'intorno.

Cassidy Davenport, senza dubbio. La bambina aveva lo stesso sorriso, e i medesimi occhi di un verde brillante. La girò.

*Mamma. Martinica. L'ultima vacanza.*

Quell'*ultima* lo inquietò.

Ovviamente Cassidy Davenport aveva avuto una madre, ma per quanto ne sapeva Liam, Mitchell Davenport non era sposato. Divorziato? Vedovo? Sua figlia era il frutto di una relazione?

Liam raccolse l'altro oggetto che era caduto. Un braccialetto di conchiglie. Incrinato, il cordino sfilacciato, era identico a quelli che le due nella foto indossavano.

Perché nasconderli sotto il letto? O li aveva persi? Sarebbe stata contenta che li avesse trovati? O se la sarebbe presa?

Non ne aveva idea e non voleva dare a Cassidy alcun motivo per lamentarsi con Mac del servizio, quindi si inginocchiò e li infilò di nuovo dov'erano. Lontano dagli occhi, lontano dal cuore.

Ma quella parola non gli usciva dalla testa. *Ultima*. E le altre quattro che l'accompagnavano: concise, secche. Praticamente prive di emozione.

Liam si scosse e si raddrizzò. Quelle parole—quella foto—erano troppo vere. Troppo crude. Troppo sincere. Non voleva vedere Cassidy Davenport così.

L'avrebbe resa troppo umana.\

# Capitolo Tre

Il pietoso tentativo del padre di Cassidy di aggrapparsi alla giovinezza era soltanto peggiorato da quando aveva compiuto il temutissimo sei-zero. Era come se sapesse la data della sua morte imminente e fosse deciso a spuntare ogni voce nella sua lista dei desideri prima di morire. Tre volte. Incluse tutte le bimbe che riusciva a adescare sul sedile posteriore della sua Rolls. Era davvero triste quante fossero quelle donne.

Esempio lampante: quella che stava uscendo adesso dal suo ufficio, cercando disperatamente di nascondere che si era allacciata male la camicetta.

Cassidy alzò gli occhi al cielo verso la tipa che non poteva essere più grande di lei. Perché mai quelle donne, in teoria intelligenti, con ottime lauree e buoni lavori, sceglievano di farsela con i capi per salire la scala aziendale le sfuggiva del tutto. Non avevano un briciolo di amor proprio?

«La ringrazio, signor Davenport, per il suo tempo.» La poveretta cercava davvero di far sembrare che la visita di vendita fosse andata come da copione.

O magari il suo obiettivo era sempre stato un "rapido" sulla sua scrivania.

Cassidy avrebbe potuto dirle che era inutile. Che le bionde andavano e venivano—si schiarì la gola per coprire l'inadeguatezza di quel pensiero—a intervalli regolari. Suo padre era un cane, il che rendeva quanto mai azzeccato il nomignolo affibbiatogli dai media, il Segugio dell'Inferno. Era tenace, e una volta puntato un progetto, chiunque si fosse messo sulla sua strada era avvisato.

La madre era stata la sua prima vittima. O, almeno, la prima di cui Cassidy fosse a conoscenza. E quella storia era finita da venticinque anni.

«La può ricevere adesso, Cassidy,» disse Deborah dopo aver toccato l'auricolare.

Povera Deborah. Mitchell la teneva al guinzaglio elettronico, in grado di raggiungerla in qualsiasi momento e ovunque con un ronzio nell'orecchio. Se lo toglieva mai? Tipo in bagno o quando tornava a casa da suo marito?

Cassidy sperava soltanto che suo padre pagasse quella donna quanto valeva, ma lo dubitava. Non era arrivato dov'era oggi grazie alla generosità. Secondo lui, tutto aveva un prezzo. Inclusa l'obbedienza della figlia.

Si alzò e lisciò i pantaloni di lino. Buffo che suo padre odiasse se lei si presentava stropicciata, eppure la donna appena uscita dal suo ufficio sembrava qualcosa dimenticato in lavatrice per qualche giorno di troppo. Pazienza. Non era un suo problema. Ancora per molto.

Fece un bel respiro prima di spingere la porta dell'ufficio di papà. Per fortuna la ragazza non l'aveva chiusa a chiave; Cassidy era riluttante a toccare qualsiasi cosa lì dentro per paura di quali DNA potessero annidarsi e di chi.

«Ciao, Cassidy.» Papà fece il solito abbraccio da politico, a braccia spalancate, mentre usciva dal bagno a grandezza naturale che si era fatto progettare su misura per l'ufficio. «A cosa devo il piacere?»

La parola *piacere* detta da lui le fece venire i brividi. «Pranzo? Ricordi, abbiamo un appuntamento?»

«Ah...» Guardò il calendario sulla scrivania e lo toccò col dito. «Sì. Lo vedo proprio qui. Pranzo con mia figlia.»

Il suo sorriso era indulgente, ma a Cassidy faceva digrignare i denti. Continuava a pensarla come una sedicenne malleabile, tenuta in riga dalla promessa di un'auto figa e dei privilegi della carta di credito. Dio, era stata così superficiale. Così facile.

«Allora, dove ti piacerebbe andare? Cinese? Thai? Indiano? Italiano?»

«Per me è lo stesso, papà.» Tanto non sarebbe riuscita a mangiare. Si preparava psicologicamente a questa conversazione da quasi un anno. Era finalmente giunto il momento di affrontarla.

«D'accordo, allora. Che ne dici di Padraic's? È un po' che non ci vado.»

Questo perché, per suo padre, Padraic's era «andare al ribasso». Il che le mostrava l'importanza che attribuiva a questo pranzo.

Un motivo in più per andare fino in fondo.

«In realtà, sai che c'è? Vorrei andare a *La Maison*. È il mio preferito.» Fino a quando le parole non le uscirono di bocca, non aveva idea che l'avrebbe contraddetto.

Papà fu altrettanto sorpreso che finalmente stesse tirando fuori la spina dorsale. A ventinove anni, era anche ora.

No, non ci avrebbe rimuginato su. Non era certo fiera di aver assecondato il suo ordine del mondo. La maggior parte delle persone ci cascava; era difficile non farlo quando il carismatico Mitchell Davenport metteva in moto i suoi piani. Questo lo aveva reso un buon uomo d'affari ma un padre di pessima lega. E lei, affamata di un qualunque affetto genitoriale dopo che la mamma se n'era andata, aveva scelto d'ignorare il fatto che viveva da cortigiana. Ma basta.

A lui non sarebbe piaciuto ciò che aveva da dirgli.

Non gli piacque nemmeno la sua proposta per il pranzo—il sopracciglio sinistro era arcuato quasi fino all'attaccatura dei capelli. Da bambina, aveva temuto quel sopracciglio. Delusione, rabbia, disinteresse... c'era tutto. E da fin troppo tempo.

Aveva il presentimento che nell'ora successiva quel sopracciglio si sarebbe alzato spesso.

Premette un tasto del telefono. «Deborah, faccia portare la Rolls da Charles.» Sorrise con il suo sorriso da affari quando chiuse la chiamata. «Immagino che oggi sia un pranzo speciale, eh?» Da qui la Rolls.

Cassidy avrebbe preferito qualsiasi cosa tranne la Rolls. In quell'auto lui teneva le sue "riunioni". Ma gliela avrebbe lasciata passare; avrebbe avuto ben altro a cui pensare rispetto alla sua riluttanza a salire sulla sua love-mobile.

Ma doveva capire, una volta che gliel'avesse spiegato, che era ciò che era destinata a fare. Poteva essere un soprammobile solo per un certo tempo; le serviva uno scopo nella vita. Aveva bisogno di *fare* qualcosa. Le sue opere erano buone. Qualcuno aveva pagato soldi veri per averle—qualcuno che *non* sapeva chi fosse.

La sensazione di cavarsela grazie al proprio talento, ai propri sforzi... Era inebriante. Le apriva la porta a ogni sorta di possibilità, non ultima una sua carriera e una sua casa. Una che *lei* avrebbe potuto permettersi con i *suoi* guadagni, invece dell'assegno mensile che papà amava chiamare stipendio. Ma non era più sedicenne; sapeva benissimo che cos'era quel denaro. Un modo per tenerla in riga e rendersi la vita facile. Era anche l'incarnazione fisica del suo stare ferma ad aspettare.

La morte di Franklin le aveva mostrato quanto poco tempo potesse avere chiunque. Lui aveva lasciato un'eredità; lei cosa aveva da mostrare di sé? La firma sui programmi e sulle agende che preparava per suo padre e le foto nelle pagine di società non le bastavano. Non più.

Papà doveva capirlo. Si era fatto un nome; era davvero così sbagliato che anche lei desiderasse lo stesso?

Durante il tragitto al ristorante, papà fu premuroso, le tenne la portiera, le offrì un bicchiere di vino in auto. Mezzogiorno era un po' presto per iniziare a bere, anche se, con quello che gli avrebbe detto, forse avrebbe fatto bene a far ubriacare *lui*.

Il portiere aprì lo sportello quando Charles accostò sotto la *porte cochere* del ristorante. «Buon pomeriggio, signorina Davenport.»

«Salve, Dennings.» Era cresciuta chiamando chi lavorava nei servizi col cognome, ma non le era mai sembrato giusto o naturale. Però, se non l'avesse fatto, papà avrebbe iniziato con una imbarazzante e pietosa "lezione" su come comportarsi.

A lui *davvero* non sarebbe piaciuto ciò che aveva da dirgli.

Quindici minuti dopo, scambiate le cortesie e serviti gli ordini, Cassidy prese un sorso corroborante del vino che alla fine aveva ceduto a ordinare, lo posò, intrecciò le mani in grembo—così che lui non la vedesse torcersele—e fece un bel respiro. «Papà.»

«Sì, Principessa.»

Cercò di non far comparire la smorfia sul viso. Aveva odiato quel nomignolo ogni volta che lo sentiva rivolgere alle sue amiche dai loro padri ricchi, mai a casa e tipicamente divorziati. Una volta soltanto avrebbe voluto che lui ne trovasse uno nuovo. Uno che significasse qualcosa. Ma dopo ventinove anni, stava finalmente puntando alla propria felicità e alla propria autostima, senza aspettare che lui facesse qualcosa per lei. Era una lezione che aveva imparato a caro prezzo.

«Ho fatto una cosa di cui sono molto fiera.»

«Oh?» Fece cenno al cameriere di riempirle il bicchiere.

Stringeva i denti. Tanto valeva che le desse una pacca sulla testa e una lecca-

lecca. Le unghie le si conficcarono nel palmo. «Ho venduto il mio primo pezzo d'arte.»

Papà posò la forchetta e, per la prima volta da quando lei lo aveva visto quel giorno, la *guardò* davvero. «Hai fatto cosa?»

«Ho raccolto vecchi pezzi di mobilio, li ho dipinti e li ho venduti.»

«Vendi mobili?»

«No, papà. È arte. Rimetto a nuovo vecchi mobili e li trasformo in pezzi da collezione.»

«Dove?»

«Dove li dipingo?»

«No. Dove li stai vendendo?»

«Alla Galleria di Marseault. In conto vendita.»

«Con quale nome stai firmando?»

Ovviamente. Si preoccupava della sua reputazione. «Non preoccuparti. Non Davenport. Uso C. Marie.»

Ed ecco di nuovo quel maledetto sopracciglio. «Il tuo nome per esteso è stato pubblicato abbastanza spesso sui giornali, Cassidy.»

«Per questo non l'ho usato. Nessuno saprà che C. Marie è Cassidy Marie Davenport.»

«Il proprietario della galleria lo sa?»

«Be', sì, certo, ma...»

«Niente ma, Cassidy. Il proprietario lo sa—credi che perderà l'occasione di lucrare sul mio nome? Quel piccolo immigrato è venuto in questo Paese per farsi una fortuna e tu gli hai servito su un piatto d'argento l'opportunità perfetta. Mio Dio, quanto puoi essere miope? Dopo tutti gli anni che ho speso per costruire il mio nome, adesso tu l'hai rovinato con un passatempo da pittura con i numeri.»

«Non è un passatempo!»

I commensali attorno a loro smisero di parlare e si voltarono per via della sua voce alzata—peccato più grave del suo «passatempo», a giudicare dalla reazione del padre, ma a Cassidy non importava. Un *passatempo*? Come *osava*! Si era spezzata la schiena sui pezzi che aveva finito e ne aveva quasi una dozzina in lavorazione, ritagliandosi il tempo tra i suoi "impegni" in cui doveva presentarsi elegante e glam, la Davenport perfetta, tutto perché lui potesse dire che le sue proprietà erano belle quanto sua figlia. Aveva sempre trovato lo slogan di pessimo gusto, ma adesso...

«Chi ha comprato il pezzo?» Mitchell si asciugò la bocca col tovagliolo di lino, poi lo lasciò cadere sul tavolo e afferrò il telefono. Un tasto e la povera Deborah fu richiamata. «Voglio che trovi un pezzo di mobilio. No, Deborah, ascolti. Appartiene a un...» Il maledetto sopracciglio si impennò mentre la trafiggeva con lo sguardo.

«Non lo so.» E non lo sapeva davvero. Jean-Pierre, il proprietario della galleria, non le aveva detto chi avesse comprato il pezzo, solo che era stato venduto.

«Non è utile. Né professionale.» Scosse il capo. «No, Deborah, non lei. Voglio che rintracci il proprietario della Galleria di Marseault e si ricompri un pezzo venduto da C. Marie. Sì, esatto, ha sentito bene. C. Marie, *non* Cassidy Davenport. E non m'importa del prezzo; lo ricompri.» Spense il telefono, riprese il tovagliolo e lo posò sulle ginocchia, afferrò la forchetta e infilzò una delle sue lumache come se non avesse appena liquidato il sogno della vita di Cassidy.

«Ora che ci siamo tolti di torno questa spiacevolezza, di cosa volevi parlarmi?»

Avrebbe dovuto lanciargli la forchetta e andarsene sbattendo la sedia, ma Cassidy si sentiva così nauseata dal cinico disprezzo di suo padre per i suoi sentimenti e i suoi sogni che non riuscì a trovare l'energia. Inoltre, lui e la direttrice del suo collegio le avevano inculcato la buona creanza a tal punto che non avrebbe mai osato creare una scenata—

«È per stasera? So che Burton ha dovuto partecipare alla cerimonia della posa della prima pietra a Charleston, ma ha l'elicottero. Arriverà in tempo per accompagnarti. Te lo garantisco.»

Il gala. Un altro. Numero 42 dell'anno. Lo sapeva perché aveva appena donato 41 abiti a un'asta locale per raccogliere fondi per bambini meno fortunati. È quello che faceva con tutti i suoi vestiti. Papà aveva fatto una scenata quando lei aveva regalato capi firmati, finché non erano iniziati i titoloni, a celebrare la sua generosità e a dispensare lodi a destra e a manca al nome Davenport. Ora, per lui, era motivo d'orgoglio che il suo guardaroba rappresentasse la maggior parte delle donazioni.

«Non mi preoccupa che Burton non ce la faccia.» Perché, Dio solo sapeva —e anche Mitchell—che *nulla* avrebbe impedito a Burton Carstairs di presentarsi a una delle esibizioni comandate di suo padre con la figlia del capo al braccio. «Ma, papà, riguardo alla mia arte. Non puoi semplicemente ricomprarla.

Cosa direbbe questo di me? Jean-Pierre non venderà mai più un mio pezzo se pensa che tu andrai a rintracciare il compratore. Non farà bene alla sua galleria...»

«Stai dando per scontato che mi importi di questa galleria. Non mi importa, Cassidy.» Esaminò la lumaca che aveva estratto dal guscio come se fosse più importante di una conversazione sulla sua vita. «È un uomo d'affari e avrebbe dovuto ragionare. Quantomeno, una telefonata a me, come cortesia professionale, sarebbe stata opportuna. Ma non l'ha fatta, e questo è il prezzo di fare affari a modo suo. Io proteggo il mio nome a ogni costo.»

«Ma non è il tuo nome; è il mio.»

«Ultima volta che ho controllato, il mio nome è sul tuo certificato di nascita. Quindi *è* affar mio.» Si mise in bocca la lumaca come se quella fosse la fine della conversazione.

Cassidy stava quasi per cedere. Aveva avuto fin troppe esperienze con lui in passato per pensare che stavolta avrebbe acconsentito.

Ma se avesse ceduto, se non avesse lottato per sé e per ciò che voleva dalla vita, quando lo avrebbe fatto? Aveva la prova che non si trattava di una carriera improvvisata. Aveva talento e c'era un mercato. Se avesse mollato adesso, sarebbe stato ancora più difficile avere un'altra possibilità, perché il suo nome sarebbe stato infangato dal piccolo intervento di pulizia di papà.

Si sporse in avanti, stringendo la forchetta come un'ancora di salvezza. «Papà, ascolta. Non ho usato Davenport apposta. Non volevo che ti toccasse se le cose non fossero andate bene.» Incrociò le dita dell'altra mano sul grembo. Non era *per quello* che non aveva usato il suo cognome, ma avrebbe lasciato che lui lo pensasse per mostrargli che era ancora "dalla sua parte". Papà aveva una fissazione per la lealtà e il fatto che lei andasse per la sua strada l'avrebbe messa alla prova. «Ma le cose sono andate bene. E non *devo* usare il mio cognome. È questo il bello. Ce l'ho fatta da sola. Jean-Pierre ha stimato abbastanza il mio talento da prendere i miei pezzi, e qualcun altro li ha stimati abbastanza da comprarli. Posso costruirmi una carriera così, lo so.»

«Ce l'hai già una carriera, Cassidy. Non hai tempo per entrambe.»

Si morse la lingua invece di rispondergli che indossare abiti firmati e intrattenere i suoi soci d'affari costituiva una carriera solo se lavorava per un'agenzia di escort. Perché, onestamente, così si era sentita da quando aveva conosciuto Franklin. La sua vita era stata così vuota, al confronto con ciò che aveva imparato nel poco tempo in cui lo aveva conosciuto: che erano i legami, la sincerità, le relazioni tra le persone a dare senso alla vita. Mitchell Davenport usava le persone per il proprio tornaconto. E andava bene per lui; il suo sogno era stato sfondare nel suo settore e lo aveva realizzato. Ma non era il suo sogno e, adesso che finalmente ne aveva uno, lui non poteva *liquidarla* così.

«Invece ho tempo per entrambe, papà. Sono riuscita a finire il pezzo e altro ancora, *e* a trovare una galleria, il tutto mentre lavoravo per la tua azienda.»

«Allora perché stiamo facendo questa discussione? Perché dirmelo?»

«Perché...» Fece un bel respiro, all-in—e sperò di non doverlo intendere alla lettera.

No, quello non sarebbe successo. Papà non l'avrebbe tagliata fuori solo perché lei voleva questo. Quantomeno, era sua figlia e non avrebbe mai fatto qualcosa di così scandaloso da macchiare la sua reputazione.

Toccò con la forchetta la tovaglia di lino. «Perché io *voglio* dedicarmi alla mia arte a tempo pieno. Posso formare qualcuno che mi sostituisca in ufficio per le incombenze quotidiane—» non che avesse molto da fare da quando era stata "promossa" *fuori* dal team di design; il suo nuovo lavoro e il nuovo titolo erano stati delle farsa e lo sapevano tutti—«e posso continuare a esserci per gli eventi serali.»

Aveva pianificato tutto. Una volta che papà avesse accettato la strada che aveva scelto e che lei avesse formato la sua sostituta—probabilmente una di quelle Harvards o Yales—avrebbe potuto poi scalare la presenza agli eventi. Papà nemmeno se ne sarebbe accorto, purché la donna che la rimpiazzava stesse altrettanto bene negli abiti e sorridesse nei momenti giusti, che poi era più o meno la descrizione del lavoro.

Papà infilzò un'altra lumaca e la contemplò di nuovo. «È un bel piano, ma ti sei dimenticata la parte più importante, Cassidy.»

«Quale?» Si era scervellata per coprire ogni base, perché sapeva che lui le si sarebbe opposto; non aveva trascurato nulla.

«Che io non sono d'accordo con il tuo piano.» Estrasse la lumaca dal guscio e se la mise in bocca. «Adesso, a proposito di stasera. Ti ho detto che ho Corcoran per le palle e quando si presenterà stasera vedrà...»

Cassidy annuì ai momenti giusti, emise i dovuti «mmhmmm» quando serviva, ma la testa era lontana. Aveva liquidato il suo sogno. Non aveva *davvero* pensato che lo avrebbe fatto. Certo, non ne sarebbe stato contento; questo se lo aspettava. Ma era sua figlia, diamine. Sua figlia. Di certo voleva darle la stessa opportunità di realizzare i propri sogni che aveva avuto lui, no? Non è che fosse insostituibile in azienda.

Questo doveva essere il suo *via d'uscita*. La sua dichiarazione d'indipendenza. D'accordo, la commissione sulla cassettiera bombée non bastava per viverci, ma era un inizio. E una volta che il nome di C. Marie avesse iniziato a circolare, non avrebbe più dovuto contare sullo stipendio della Davenport Properties né travestirsi da barboncino per sfilare alle serate di gala.

Dio, era stufa marcia di quella vita.

E adesso, una volta rintracciato il proprietario della galleria e convinto a ricomprarsi la cassettiera bombée—impresa che Cassidy non dubitava la segretaria di suo padre avrebbe portato a termine, visto il quasi pozzo senza fondo delle casse dell'azienda—non ci sarebbe stato modo di venderne altre. Anzi, probabilmente avrebbe dovuto ritirare gli altri pezzi la mattina dopo, perché nessuno avrebbe voluto toccare un oggetto che di lì a poco avrebbe dovuto restituire. Anche se, se Mitchell avesse continuato a ricomprarli a prezzo maggiorato, forse i compratori non se la sarebbero presa.

Ma lei sì. E anche Jean-Pierre. Era cattivo affare su tutta la linea. E dato che Jean-Pierre sapeva chi fosse—sapeva chi fosse suo padre—non si sarebbe avvicinato a lei neppure con un palo di tre metri, una volta risaputo il disappunto di papà. Nessuno voleva finire dalla parte sbagliata di Mitchell. Era fregata. Intrappolata in una vita che detestava.

«Dolce?» chiese il padre, la prima domanda diretta da quando aveva stroncato il suo sogno.

«No. Non ho fame.»

La squadrò. Più che altro come si valuta un purosangue da premio, invece che come un padre premuroso che si chiede se qualcosa non va. «Sì, ti stai un po' arrotondando in viso. Non verrà bene in foto. Prova uno di quei diuretici che mi ha dato il mio trainer. Ti sgonfia prima di stasera.»

Credeva che niente avrebbe potuto deprimerla più del dileggio del padre verso la sua scelta professionale. Si sbagliava.

«Davvero? Vuoi che mi procuri un disturbo alimentare?»

«Smettila di fare la drammatica, Cassidy. Ho visto i tuoi conti del servizio in camera. Non avrai mai un disturbo alimentare. E per questo stiamo avendo questa conversazione.» Posò di nuovo il tovagliolo sul tavolo e le sfiorò la mano con un tocco. «Prendi il diuretico. E assicurati che la tua truccatrice ti scavi le guance.» Si alzò e porse la mano. «Posso lasciarti da qualche parte?»

Giù da un burrone. In un orfanotrofio. Avrebbe voluto dirgli di piantarla, ma la realtà era che, senza i suoi mobili d'arte, dipendeva ancora da lui per il suo reddito.

Non avrebbe dovuto fare quel viaggio in Riviera. E nemmeno quello al Carnevale. E il mese alle Figi, in cui si era comprata l'intera linea estiva del suo stilista preferito, era stato altrettanto irresponsabile. Se solo avesse risparmiato, sarebbe stata tanto più vicina all'indipendenza economica. Ma erano tutti soldi di Mitchell e lei non aveva ancora avuto la sua sveglia.

Poi c'era il bel gruzzolo che aveva lasciato in ospedale—No. Non avrebbe mai voluto non averlo fatto. Erano i soldi meglio spesi della sua vita.

«Cassidy? Il tempo è denaro, lo sai.»

Come anche il gusto, le buone maniere, l'alzarsi presto e una sfilza di altre cose che suo padre teneva nel sacro. Il che spiegava perché lei non fosse in quell'elenco. La sua esistenza serviva un solo scopo, e uno soltanto, per Mitchell: farle da padrona di casa così da non dover mai più sposarsi e regalare metà del patrimonio in alimenti.

«No, prendo un taxi.»

Il sopracciglio si arcuò di nuovo quando si alzò. «Come vuoi.» Rabbrividì, poi si raddrizzò la cravatta e scosse la testa mentre si voltava per lasciare il tavolo. «Un taxi. Ho una flotta di auto aziendali e lei vuole un taxi.»

Era *proprio* per questo che voleva un taxi. Era qualcosa che suo padre non poteva controllare e in cui non metteva il becco. Una delle poche cose in questa città che non portavano addosso la puzza dei soldi dei Davenport.

Rise di sé. *Lei* quella puzza l'aveva portata addosso, e di buon grado. Anzi, se n'era perfino vantata. Fino a quella cena fatale.

Scosse la testa e si alzò mentre la cameriera portava il conto. Tipico. Mitchell l'aveva lasciata con il conto in mano. Per fortuna aveva un conto aperto a *La Maison*, quindi lo addebitò lì. Che tanto l'avrebbe pagato Mitchell comunque, quindi era una specie di giustizia poetica.

Uscì dal ristorante e controllò il telefono. Cinquantuno minuti da quando erano entrati. Cinquantuno minuti in cui i suoi piani accuratamente preparati erano andati in fumo. Mitchell sapeva togliere il vento a qualsiasi vela. Non avrebbe dovuto sorprendersi. Sapeva che non ne sarebbe stato lieto. Ma aveva evidentemente attribuito troppa importanza al rapporto padre-figlia e all'erronea supposizione che lui volesse la sua felicità. Avrebbe dovuto impararlo da sua madre; l'unica persona che Mitchell voleva felice era Mitchell.

Voleva solo tornare a casa, raggomitolarsi e dimenticare che quel giorno fosse mai esistito, e stava per chiamare un taxi quando si ricordò: il tipo gnocco era a casa sua. Non voleva *affatto* tornare a leccarsi le ferite con il suo sorrisetto sprezzante che le girava attorno.

Sospirando, si guardò intorno. Non aveva voglia di prendersi un latte, e spendere i soldi di Mitchell era l'ultima cosa nella lista delle cose che voleva fare. Va be', penultima. Il tipo gnocco tuttofare era l'ultima. In realtà, potrebbe anche *stare* nella sua lista di cose da *fare,* ma suo padre sarebbe andato in orbita se lei si fosse imboscata con *la servitù.*

Hmmm... In effetti, quello sarebbe il motivo perfetto *per* farlo.

Se non fosse che lei non era un'utilizzatrice come Mitchell. Be', non più.

Sospirando, Cassidy svoltò a sinistra e iniziò a camminare. Forse un po' d'aria le avrebbe schiarito le idee. Il parco era di là. Nel peggiore dei casi, avrebbe potuto passare qualche ora a lanciare monetine nella fontana. I soldi di Mitchell sarebbero serviti più a quello scopo.

# Capitolo Quattro

Liam si asciugò l'avambraccio sulla fronte, ma fu inutile. Anche il braccio era sudato quanto la fronte. Diamine, quanto tutto il resto. L'aria condizionata sparava a manetta, eppure lui grondava. Era per via di tutti quei dannati anfratti che rendevano la boiserie un capolavoro invidiabile per chiunque, tranne per chi doveva pulirla. Avrebbe dovuto parlare con Mac della scarsa pulizia di Sharon. Anche se, a dire il vero, arrampicarsi su scale alte tre metri e mezzo *comportava* certi rischi per la salute di una donna incinta. Però, magari Mac poteva aggiungere una linea speciale ai suoi servizi per le cose fuori dall'ordinario. E questo posto era decisamente fuori dall'ordinario.

Aveva cercato di non farsi impressionare, ma era difficile: dal pezzo unico di granito scavato per il piano della cucina, al caminetto passante tra soggiorno e sala da pranzo, fino alla meraviglia architettonica che era il balcone. Aveva quasi spiccato un volo oltre la ringhiera cercando di vedere il sistema di sospensione. Mitchell Davenport era un leader del settore per un motivo e, per quanto Liam detestasse che Cassidy vivesse con i frutti del padre, stava apprezzando a fondo l'opportunità di vedere da vicino uno degli immobili di punta. Il fatto di avere l'altro attico su questo piano, una volta finito lì, così Davenport avrebbe potuto metterlo in vendita, significava solo che avrebbe avuto più ispirazione per la sua attività in crescita.

Tornando in salotto, Liam chiuse le porte-finestra alla francese. Anche quelle erano un prodigio d'ingegneria: si muovevano con un tocco e si chiude-vano senza fare rumore. Il vetro era temprato ma limpido come non ne aveva mai visti. Probabilmente quelle porte costavano quanto tutto ciò che lui aveva guadagnato l'anno prima, e in casa ce n'erano tre serie.

La cagnolina tutta fronzoli si mise a trottare sulle zampe posteriori quando lui rientrò. Mettile un tutù e Cassidy avrebbe un numero da circo. «Scusa, nugget, ma ti ha messa lì per un motivo e, visto che ho appena pulito, non ti lascio uscire a fare disastri. Però, immagino che un premietto te lo sei meritato, visto che non mi hai fatto diventare sordo.»

Andò in cucina a cercare qualche premio e rimase di sasso. L'interno dei pensili era un disastro, un guazzabuglio di contenitori di plastica vuoti, cibo in scatola, carta e crocchette, in netto contrasto col resto della casa. Persino la vestaglietta frou-frou sul pavimento della sua camera pareva ordinata a confronto. Quella donna aveva un bel po' di disordine represso.

*Non mi dispiacerebbe sporcarmi con lei...*

Ok, era ora di andarsene.

Rovistò nel caos, pescò un biscotto per cani, riuscì a chiudere l'anta senza che gli cadesse tutto addosso e lanciò l'affare, gommoso come una gomma per cancellare, alla cagnetta.

*Adesso* cominciò a pigolare. Ma certo.

Liam sospirò e girò per casa per assicurarsi di non aver dimenticato nulla. Sarebbe stato un errore da principiante e Mac non assumeva principianti.

Il muffin a quattro zampe non smetteva di pigolare. Era così acuto che Liam non riusciva a chiamarlo abbaio, ma gli dava sui nervi più di qualsiasi abbaio mai sentito. Il loro vicino di casa, da ragazzini, aveva un beagle e, per quanto quel cane avesse un ululato da brividi, non aveva nulla su questo coso. Liam non vedeva l'ora di filarsela.

Il che significò, ovviamente, che restò bloccato quando non trovò l'acces-sorio allungabile dell'aspirapolvere. Merda. Ripercorse i passi, partendo dal suo bagno—sì, sì, non aveva senso, lì non c'era nulla da aspirare, ma meglio iniziare dall'inizio e uscire via via.

Era di nuovo carponi, mezzo sotto il suo letto, quando lei rientrò.

Non sarebbe stata una bella scena. Soprattutto perché l'accessorio era tutto in fondo, vicino al muro, il che significava che doveva fare quella stupida mossa da serpente per afferrarlo e uscire senza strappare la camicia o spostare quel bracciale e la foto.

«Che stai facendo?» chiese lei.

«A pesca.» Domanda scema, risposta da spiritoso. Si trascinò all'indietro... e si impigliò di nuovo con la camicia. «Porca miseria.»

«Hai preso qualcosa?»

Sentì il sorriso nella sua voce. Lei sapeva esattamente cos'era successo. «Va tutto bene.»

«Uh huh.»

Il letto scricchiolò.

«E *tu* che fai?»

«Mi tolgo le scarpe.»

Diamine, lo stava davvero facendo. Aveva una visuale perfetta... di caviglia. E che bella caviglia. Come la volta del piede. E quello smalto blu elettrico sulle dita...

Hmmm. Non sembrava il tipo da blu elettrico. Non con quell'outfit color carne. Sobrio, sottotono, ma che sapeva di soldi. *Quella* era Cassidy Davenport. Lo smalto blu era da tipa fricchettona con cui non gli sarebbe dispiaciuto rotolarsi a letto per un pomeriggio di sesso bollente, sudato, fantastico.

Oh, cavolo. Ora aveva in testa l'immagine di rovesciare Cassidy Davenport sul letto e sfilarle di dosso quei capi sobri e sottotono un centimetro alla volta, baciandole la pelle subito dietro.

Meno male che l'inguine era premuto contro la moquette.

Poi lei si inginocchiò accanto a lui. «Dai. Ti aiuto io.»

Non gli serviva *quel* tipo di aiuto. E stava per dirglielo quando lei gli posò una mano sulla zona lombare e l'altra sotto il letto, tra le sue scapole.

Santo cielo, il tocco della donna gli incendiò il corpo. Un fuoco che Liam non voleva né gli serviva. Ci mancava solo *che* lei lo colpisse così. Credeva di essere immune. Di aver imparato la lezione, ma a quanto pareva i suoi ormoni non avevano ricevuto il memo.

«Sei rimasto impigliato.»

In più di un senso. «Hai fatto l'università per capirlo?»

«Spiritoso.» Schioccò le dita e la camicia fu libera.

Il che significava che poteva uscire, ma solo se il suo cazzo decideva di collaborare.

Ovviamente, no. Soprattutto quando lei, rialzandosi, barcollò e gli posò la mano dritta sulla chiappa.

«L'hai fatto apposta.» Si tirò fuori da quella posizione in un lampo, girando la frittata su di lei per coprire il fatto che era ancora duro in questi stupidi pantaloni. Pantaloni che non lasciavano nulla all'immaginazione—sia il suo cazzo duro, sia la sensazione delle dita di lei sulla sua chiappa. Mac doveva procurargli un'altra divisa.

«Non montarti la testa.» Riuscì a tornare a sedersi sul letto—perché???—e si sistemò la camicetta.

Le sue punte erano tese.

Liam sogghignò. Non poté farne a meno. Le faceva effetto quanto lei ne faceva a lui.

Uh, probabilmente non era una buona idea che lui lo sapesse. Ora sarebbe stato più difficile starle lontano.

«Allora, hai finito?»

*Tesoro, non ho nemmeno iniziato...*

«Perché? Hai un appuntamento?» Dannazione. Perché lo aveva chiesto? Non erano affari suoi. E probabilmente sì.

«In effetti...» Si alzò e sbottonò il primo bottone. Che partiva già in mezzo al seno, il che significava che le sue curve stavano per farsi vedere.

Le passò accanto. «Allora mi levo di mezzo.»

«Ehm, ti sei dimenticato il tuo coso a bastone.»

Si bloccò di colpo. Il suo *coso a bastone*? L'ultima volta che aveva controllato, il suo *coso a bastone* era ancora nei pantaloni.

Si voltò appena per vederla chinarsi a raccogliere qualcosa dal pavimento, offrendogli un accesso libero giù per la scollatura. Dio, che seno splendido. E vero.

Si inumidì le labbra. «Il mio... cosa?»

«Questo.» Gli porse l'accessorio dell'aspirapolvere. «Meglio non dimenticarlo, o dovrai tornare domani.»

E lei pensava che fosse una seccatura? «In realtà devo tornare domani. Mi mancano ancora le finestre.»

«Davvero?» Si scostò i capelli mentre gli tendeva il *coso a bastone*, che lui fu costretto a prendere cercando di scacciare l'immagine di lei mentre gli teneva in mano il *vero coso a bastone*. «Sharon questo posto lo pulisce in una giornata.»

«Senza offesa per Sharon, ma qui serve un po' più di rifinitura di quanto lei possa fare. Una donna incinta non può fare quanto lavoro fisico faccio io.»

Se non si sbagliava—e di solito non si sbagliava sull'interesse di una donna —lei lo squadrò dall'alto in basso.

Merda. Non gli serviva. Non lo voleva. E se solo si fosse messa un sacchetto in testa, non sarebbe stato un problema.

Gesù, doveva ricordarsi il dolore che Rachel gli aveva inflitto. Ricordare com'era stato prendere un calcio metaforico sui denti per vederla per ciò che era. E lei era poca cosa rispetto a Cassidy. Il padre di Rachel aveva fatto fortuna, ma non giocava nella stessa lega di Mitchell Davenport, quindi le aspettative di Rachel dovevano essere più basse di quelle di Cassidy. No, l'uomo che avrebbe finito con Cassidy avrebbe dovuto fare un mucchio di soldi o la sua vita sarebbe diventata un inferno. Liam non aveva alcuna intenzione di firmare per quella condanna.

Per quanto fosse sexy. «Immagino tu abbia ragione su Sharon.»

«Già. Quindi, torno domani, allora. Le nove vanno bene?»

«Facciamo alle otto. Mi alzo presto.» Incrociò le braccia e diamine se quel gesto non le strinse il seno insieme, regalandole molta più scollatura di quanta l'uomo medio potesse reggere.

«Pensi di farcela?»

«Principessa, alle otto ho già fatto mezza giornata di lavoro. Nessun problema.»

«Allora ci vediamo domani.»

«Bene.»

«Perfetto.»

Si fissarono per un battito di troppo e calò l'imbarazzo. Cassidy si scostò i capelli dalla fronte e si voltò, mentre Liam si infilò il *coso a bastone* nella tasca posteriore con abbastanza forza da tendere davanti i pantaloni contro il suo cazzo, così da far calmare *quel* coso a bastone, cazzo.

«Be', ehm, devo prepararmi per—»

«Eh, già. Ti libero—» Merda. Avrebbe voluto *infilarci* le mani, tra quei capelli. Spargerglieli su quel letto gigantesco e farla gemere in meno di un minuto. E ci sarebbe riuscito.

Addio propositi...

*Corri, Manley. Non è un posto sicuro per te, adesso. Levati dalla tentazione, cazzo.*

Si diede retta e filò via, solo per ritrovarsi tibia contro muso con la nugget che decise di ringhiargli.

«Mi stai prendendo in giro, vero.» Un calcio ben assestato e—

No. Non prendeva a calci i cani. Né i gatti. Né i bambini piccoli.

Le more sexy che non avevano il buon senso che Dio aveva dato loro (o forse sì) di restare almeno a cento metri da lui, però, erano un altro paio di maniche.

«Titania! Smettila! È stato qui tutto il giorno. Lo conosci!»


La pallina di pelo emise un ultimo ringhio e si fiondò dalla sua "mamma". Bene. Qualunque cosa. Dio lo salvasse dalla tentazione coi tacchi... e anche dal suo cagnolino.

Non se ne andò mai abbastanza in fretta.

Capitolo Cinque

«È incantevole, Cassidy. Come sempre.» Burton le porse un bicchiere di Clicquot.

Cassidy resistette all'impulso di tracannarlo in un solo sorso. Lei e Burton non erano andati molto oltre la partecipazione a questo genere di eventi e a qualche cena ogni tanto, quindi lui probabilmente sarebbe rimasto di sasso se l'avesse scolato. Suo padre—che ovviamente non conosceva il suo vero io— avrebbe dato di matto per il suo tremendo difetto di educazione, ma, cielo, quanto sarebbe stato bello scioccarli?

Bevve un terzo del bicchiere. Le flute erano comunque troppo piccole e, dopo la giornata che aveva avuto, le serviva quella piacevole ovatta che le bollicine potevano dare. Non al punto da ubriacarla, però. Dio solo sapeva che cosa avrebbe scatenato contro suo padre se le fosse salito un po' di brio e a lui fosse venuto in mente di menzionare i suoi dipinti.

«Dunque, tuo padre mi ha detto che ha un nuovo passatempo.» Povero Burton. Era finito nella trappola senza preavviso. Ma era interessante che suo padre avesse pensato di condividere l'informazione con Burton. Papà stava spingendo un po' troppo questa relazione.

«In realtà, no. Ho una carriera.»

«Una carriera?» Burton sfoderò quel sorriso che l'aveva sempre lasciata un po' a disagio, senza che lei capisse mai il perché.

In quel momento lo capì. Era il sorriso di Mitchell. Quel sorriso paternalistico, da "com'è carino, cara", che lui riservava alla maggior parte delle donne della sua vita. A ben pensarci, Deborah era l'unica che Cassidy non aveva mai visto destinataria di quel trattamento.

«E quindi qual è questa nuova *carriera*?» Burton sorseggiò lo champagne con il mignolo leggermente sollevato.

Dio, che affettazione. Perché non se n'era accorta prima? Cos'altro era affettato?

Lo osservò. I gemelli d'oro, il Rolex, l'anello con diamante al mignolo... Oh cielo. Stava diventando suo padre. Quando si erano conosciuti, Burton non aveva tutti gli orpelli della ricchezza *über*. Mitchell lo aveva reclutato da Wharton e, per quanto lei sapesse che lo avevano tirato a lucido per farlo rientrare nell'azienda, non si era mai resa conto, fino a quell'istante, che Mitchell lo aveva plasmato per *diventare* lui.

Oh Dio. Suo padre stava preparando Burton a prendere il suo posto in azienda quando si fosse ritirato. Non che Cassidy vedesse la cosa accadere tanto presto, ma divenne all'improvviso chiaro come i diamanti sul quadrante di quel Rolex. E se lui stava progettando *questo*, lei capì perché spingesse Burton verso di lei. Voleva Burton come genero, per tenere l'azienda in famiglia.

Avrebbe dovuto gelare l'inferno prima che Cassidy *mai* sposasse un uomo scelto e istruito da suo padre.

«Allora, di che si tratta?» Burton, a suo credito, cercò di mostrarsi interessato, ma Cassidy colse le piccole frecce degli occhi verso gli angoli, mentre lui scrutava in cerca di qualche conversazione vantaggiosa a cui aggregarsi. Era ovvio che avesse già ricevuto la benedizione di Mitchell per corteggiarla— nessuno dei suoi altri fidanzati era durato molto, se Mitchell non approvava. Dato che nessuno di loro era stato il suo Principe Azzurro, non le era poi importato, ma questo...

Burton era un bravo ragazzo, sapeva reggere una conversazione e sembrava persino trovare interessante parlare con lei, invece di fissarle soltanto la scollatura, ma da marito proprio no.

Forse Mitchell avrebbe dovuto sposare lui.

«Cassidy?»

Oh. Giusto. Le aveva fatto una domanda. «Dipingo.»

«Cosa, tipo acquerelli e cose così?»

«No. Mobili. Trasformo pezzi vecchi in pezzi unici dipinti a mano, veri e propri oggetti d'arte.»

«Vuoi dire con fiori e farfalle e arcobaleni?»

*E anche unicorni e principesse delle fate,* avrebbe voluto aggiungere. Davvero pensava che fosse così superficiale?

Forse sì. Il che dimostrava quanto poco lui *l'avesse* ascoltata negli ultimi otto mesi. «No, Burton. Ci dipingo paesaggi o finti marmi o effetti materici.»

«Tipo Thomas Kinkade?»

Kinkade aveva avuto talento e di certo un grande fiuto per il marketing, ma lei non voleva essere classificata insieme a lui. «No, non come Kinkade. Piuttosto sulla linea di Davenport. Cassidy Davenport.»

Burton non parve cogliere il punto, ma sollevò verso di lei la flute—con tanto di mignolo alzato. «Be', congratulazioni, tesoro. È proprio un'abilità pratica. Potrebbe dipingere murales sulle pareti delle nursery. Sa, stavo pensando...»

Oh Dio. Non voleva sapere che cosa stesse pensando. Non con quell'incipit. E lo champagne e i gemelli e il sorriso complice di suo padre proprio mentre sceglieva quel momento per guardare verso di loro...

«Mi scusi, Burton.» Non lo guardò nemmeno mentre gli porgeva il bicchiere di champagne e si voltava. Il bagno delle signore era sempre una scusa comoda e, in verità, le sarebbe servita un po' d'acqua fresca sui polsi—per raffreddare l'ira che le montava. Dietro c'era Mitchell. Non c'era da stupirsi che l'avesse liquidata a pranzo. Se sperava che sposasse Burton e sfornasse piccoli Davenport, *ovvio* che non avrebbe avuto tempo per una carriera...

Meglio stroncare questa catastrofe sul nascere prima che avesse modo di prendere forza.

E poi incappò in Mitchell.

«Cassidy. Ti stai divertendo? Perché Burton non è con te? Stasera è in gran forma, non trovi?»

«Sta parlando con qualcuno laggiù.» Fece un vago gesto con la mano, sperando che Mitchell andasse a cercarlo.

Ovviamente non lo fece. Invece abbassò la voce e si avvicinò davvero.

Mai un buon segno.

«Deborah mi dice che quel tuo passatempo mi sta costando cinque cifre. Vorrai contribuire con il tuo utile, immagino, per ammortizzare la spesa. Sono disposto a prenderla come perdita sulla carta, ma non così tanto in contanti.»

«Mi stai prendendo in giro. Compri la mia opera che ho già venduto e ti aspetti che la paghi io?»

Quel dannato sopracciglio schizzò all'insù. «Non avrebbe mai dovuto essere venduta, per cominciare.»

«Perché no? È un buon pezzo. Al punto che qualcuno l'ha ritenuto abbastanza valido da pagarlo una cifra decente ed esporlo in casa. Dovevi lasciarlo dov'era e tenerti i tuoi soldi preziosi.»

«I miei *soldi preziosi* sono ciò che ti tengono nei tuoi vestiti firmati e in quell'attico, signorina. Ti suggerisco di ricordartelo.»

«Come se potessi dimenticarlo,» borbottò.

«Cosa?» Ora si arcuò anche l'altro sopracciglio e lui abbassò la testa come se guardasse sopra la montatura degli occhiali.

«Ho detto che i miei guadagni con l'arte avrebbero aiutato con il mio budget, così non avresti dovuto farlo tu.»

A questo Mitchell rise. «Oh per favore, Cassidy. Non sapresti rispettare un budget neanche se fosse di un milione di dollari. Non hai idea di quanto costi mantenerti nello stile di vita a cui sei abituata. È carino che tu voglia contribuire, ma non startene a rimuginare. Ho più che abbastanza per badare a te.»

*Allontànati. Non* dire *qualcosa di cui ti pentirai. Conservalo per dopo, quando sarai da sola.*

Cassidy volle dare retta alla sua voce interiore, sapeva che *avrebbe dovuto* ascoltarla. Ma quel tono condiscendente la fece uscire dai gangheri.

Non riuscì a lasciar correre. Non poteva permettere che lui pensasse di poterla manovrare per farle fare ciò che voleva. Avrebbe trovato *in qualche modo* un modo per vivere alle sue condizioni.

«Sai, papà, sono *davvero* capace di provvedere a me stessa. L'ho appena dimostrato. Non l'ho fatto prima perché tu avevi bisogno che fossi disponibile per l'azienda. *Tu* mi hai messo in quell'attico. Io stavo bene nel loft.»

«L'attico è più il tuo stile—»

«No, l'attico è più il *tuo* stile e ti piace far sapere in giro che io vivo lì. Sono sempre stata una figurina per te. Il padre single che ha preso la figlia sotto la propria ala e l'ha sistemata in azienda. Solo che tu e io sappiamo che il mio ruolo è completamente di facciata e la mia mansione è essere una taglia due e fare bella figura. Qualsiasi delle tue bimbette potrebbe riuscirci.»

Oh, cavolo. Quella era andata oltre. Lo capì dallo stringersi degli occhi e dalla V delle sopracciglia. Più dell'inarcarsi, la V voleva dire un mare di guai.

«Senti, vado. Non è il momento né il luogo.»

«Hai ragione. Sarò all'attico domattina e la finiremo lì.»

«Oh, però, ci sarà la cameriera.» C'era qualcosa di così completamente *sbagliato* nel chiamare quel tizio "cameriera".

«Allora mandala via. Dopotutto, *io* le pago lo stipendio. Farà quello che voglio.»

*Non lo fanno tutti?* Cassidy fu sul punto di dirlo ad alta voce prima di andarsene, ma giudicò di aver fatto abbastanza danni per una sera.

Domani sarebbe stato tempo sufficiente per dirlo.

## Capitolo Sei

«Non mi importa come sia finita sul giornale, voglio che l'articolo venga tolto», disse Cassidy al telefono mentre aprì la porta e fece cenno a Liam di entrare la mattina seguente, apparendo fin troppo studiata nel suo finto disordine, con un paio di shorts che le pendevano bassi sui fianchi e una maglietta strappata e sfrangiata ad arte che le scivolava da una spalla, come la tipa di quel film anni Ottanta sulla saldatrice-ballerina, mostrando decisamente troppa pelle per i gusti di lui e, di sicuro, troppe gambe.

Ripensandoci, nulla era "troppo" nella normale interazione tra uomo e donna. Ma con la *loro* interazione... Sì, decisamente troppo. Non aveva bisogno di essere ancora più attratto da lei di quanto già fosse.

«Deborah, Lei compie sempre miracoli per mio padre. Non può fare qualcosa per me? Voglio dire, quanto può essere difficile far sparire un articolo?» Cassidy fece svolazzare il giornale che portava e Liam intravide una grande foto di lei in un diavolo di abito da sera.

Okay, *quella* era davvero troppa pelle da sbandierare davanti a *chiunque*, per non parlare di averla spiaccicata in prima pagina nella sezione Società.

«Ma mi fa sembrare una bambina viziata.»

Le orecchie di Liam si drizzarono. Non aveva mai conosciuto una ragazza dell'alta società che si *lamentasse* di essere viziata.

«Però io non ho detto nessuna di quelle cose. Posso ottenere una rettifica?» Sospirò. «E una replica, allora?»

«Mai stuzzicare gli stuzzicatori», borbottò Liam. Bryan, suo fratello, la star del cinema, gli aveva impartito quella perla di saggezza. Non si vinceva mai quando qualcuno iniziava a provocare. Di solito, la storia lievitava.

Lei lo guardò di sbieco, gli occhi che si stringevano.

«Dico solo che, se fai di qualcosa un grande affare, crescerà d'importanza. Qualunque cosa ci sia su quell'articolo, lascialo perdere.»

«Senta, Deborah, devo richiamarLa. Ma per favore veda cosa può fare nell'interim.»

Picchiò con il pollice sulla faccia del telefono. Un gesto superfluo, visto che l'aggeggio si spegneva con uno swipe, ma comunque, Liam sentì la rabbia rotolarle di dosso a ondate attraverso il soggiorno.

«Avevi qualcosa che volevi condividere?» chiese Cassidy, suonando *proprio* come il suo padre saccente.

Liam era stato a qualche evento e fiera dove Mitchell Davenport era stato il relatore. L'uomo aveva un'opinione su tutto e la sua era l'unica che contasse. Certo, il tizio *aveva* costruito un impero partendo praticamente dal nulla, ma non avrebbe mai dovuto dimenticare le persone che l'avevano aiutato a salire quella scala verso il successo, perché quelle stesse persone potevano tirargli via la scala da sotto i piedi.

Ah, ma che importava a Liam? Non era—e non sarebbe mai stato—della stessa categoria di Davenport. E forse proprio quell'atteggiamento altezzoso, da "sono-meglio-di-te", ne era la ragione.

Be', a Liam andava bene così. Fu perfettamente contento di mantenere il suo lavoro e il suo tenore di vita a un livello con cui potesse convivere. Fare il saputello gonfio d'ego non faceva per lui.

«Ho solo detto che, se ingigantisci una cosa, lo faranno anche gli altri. Lasciala andare.»

«Lasciarla andare? Sai cosa c'è scritto?» Scosse il giornale verso di lui, la pelle sopra lo scollo di quella maglia colorandosi di un bel rosa per la rabbia.

Le donava. I suoi occhi verdi scintillavano come gemme, e il respiro le s'accelerò quel tanto che bastava perché quelle splendide curve si spostassero sotto il cotone aderente in un modo che solo un morto non avrebbe notato. E anche quello sarebbe stato discutibile.

Dio, erano appena le otto e sedici del mattino e già bramava la cliente.

«Ti sento, ma questo è diffamazione. Libello. Una delle due.» Si tirò i capelli indietro dalla fronte e quella piega perfetta *da coiffeur* che aveva il giorno prima era diventata un groviglio di onde indomite che le rimbalzavano sulle spalle, fatto apposta per far venire voglia a un uomo di infilarci le dita. Tirarli. Tenerli stretti mentre si spingeva dentro di lei—

Merda. Le otto e diciassette e stava già sudando di nuovo.

«Voglio dire che sono bugie. Tutto quanto sono bugie.»

«Che cosa dice?» Dannazione, non avrebbe voluto chiederlo. Non voleva saperlo. Non voleva avere a che fare con Cassidy Davenport in nessun modo, se non entrare e uscire da casa sua nel minor tempo possibile e permettere comunque a Mac di chiamarla cliente.

Le cose che faceva per sua sorella.

«Dice, prima di tutto, che mi sono fidanzata.» Sollevò la mano sinistra priva di anello. «Vedi un anello qui?»

«No.» Grazie al cielo.

E avrebbe esaminato più tardi il perché stesse ringraziando il Signore per quello.

«Già, non lo vedi. Burton è un bravo ragazzo, ma di certo *non* l'uomo che sposerò.»

Liam ebbe sulla punta della lingua di chiedere *Burton chi?* ma non voleva davvero saperlo. Non gli interessava Cassidy Davenport né con chi uscisse.

«E non sono uscita furiosa dal gala. Sono uscita con garbo. Serena. Ho salutato con educazione. Nessuno avrebbe potuto contestare le mie maniere. Non ho la più pallida idea se l'ex fidanzata di Burton fosse lì, né me ne importa. Può tenerselo.»

Non avrebbe dovuto provare alcuna soddisfazione a sentire quelle parole, eppure, per qualche ragione, la provò.

Dannazione. Cassidy Davenport non contava nulla per lui. Nulla. E mai avrebbe contato.

*Già, continua a ripetertelo, bello. Questo spiegherà tutta questa ipersensibilità verso di lei, e il modo in cui profuma di pesche, e il modo in cui i suoi capezzoli si sono induriti, e il brivido sull'addome quando inspira per calmarsi. E come hai notato tutto questo di lei. Sì, certo che non ti piace per niente.*

«...come se fossi una snob impettita che non riesce ad abbassarsi a parlare con la gente comune.» Gli agitò il giornale sotto il naso. «Ci credi? Nell'articolo usa proprio il termine *gente comune*! Ma dove viviamo? In un villaggio feudale? Chi *fa* una cosa del genere?»

Si voltò e attraversò la stanza a grandi passi, e quei passi facevano cose decisamente piacevoli al suo lato B.

«Non lo tollererò. Proprio no. Mio padre deve aver passato almeno una parte della storia.»

«Vuole che la gente pensi che sei altezzosa?» Dato che Mitchell Davenport badava solo all'immagine e questo non sarebbe stato il massimo per le pubbliche relazioni, Liam non ci credette.

Lei si voltò di scatto, i capelli che le sventagliarono dietro, girando a ricadere in un ricciolo su una spalla, lasciando l'altra nuda, invitandolo a baciarla dalla spalla lungo la curva del collo e perdersi in quel profumo di pesche.

«No. Che sono fidanzata con Burton. Ieri sera speravo che non avesse intenzione di chiedermelo, e me ne sono andata prima che diventasse imbarazzante. Adesso mio padre mi costringe, per così dire, così da non poterlo rifiutare. Come sembrerebbe se la figlia di Mitchell Davenport dicesse prima sì e poi no al suo promesso genero scelto a tavolino? Passerei per la più ingrata, viziata e capricciosa figlia che sia mai esistita.»

«Quindi non ti sposi?» Perché, santo cielo, *quella* fu la domanda che fece? Gesù, quel suo profumo doveva avergli infettato il cervello.

«Non con Burton Carstairs, no. Sarebbe come sposare mio padre, ed è l'ultima cosa che farò mai.»

«Già, ma chi pensi di trovare, se non lo scagnozzo scelto da papino, che possa permettersi questo posto?»

Lei tornò a grandi passi verso di lui, un dito puntato dritto al suo petto. «Sul serio? Hai davvero il *coraggio* di dirlo?»

Liam salì dal soggiorno ribassato al livello dell'ingresso, così che lei non fosse alla sua stessa altezza.

Quel dito lo colpì al petto. Ahi. Maledicuta manicure affilata.

«Come *ti permetti* di dirlo. Non sai niente di me. Non credere a quello che leggi sui giornali. L'articolo di oggi è l'esempio perfetto delle menzogne che si inventano per vendere pubblicità. Io non sono una bambola viziata e inutile che mio padre mette sullo scaffale quando non mi sfoggia in pubblico. In realtà ho un lavoro nella sua azienda.»

Liam decise che la discrezione fosse la parte migliore del valore in merito a quella dichiarazione. Per quello che aveva visto di lei negli anni, il suo cosiddetto lavoro *era* uscire e farsi vedere carina. Proprio come una bambola.

Per fortuna, il suo cellulare squillò proprio allora, risparmiandogli di peggiorare la situazione. Certo, lei poteva vantarsi quanto voleva che non avrebbe sposato quel tizio di nome Burton, ma avrebbe fatto bene a sapere che Mitchell Davenport aveva raramente perso una battaglia che voleva vincere. Ci voleva un certo tipo d'uomo per sposare la figlia di Davenport, e Carstairs sembrava lo zerbino perfetto. Scelto a mano e modellato sull'uomo stesso. Così non avrebbe mai dovuto preoccuparsi di cosa Carstairs avrebbe fatto con la sua azienda o con sua figlia.

«No, Deborah», disse Cassidy al telefono, «non è vero. Burton non mi ha chiesto di sposarlo quindi non avrei potuto rifiutarlo.» Si passò di nuovo una mano tra i capelli, facendo alzare un po' la maglietta.

Merda. Quella curva della vita bastò a fargli venire l'acquolina.

Assolutamente inopportuno.

«Sì, lo so. Sarà una gran rottura di scatole rimettere le cose a posto. Dovrei solo sparire e lasciare che tutto si plachi.» Si toccò con l'indice l'angolo della bocca.

Sì, Liam la stava guardando molto più a lungo di quanto dovesse—ma non aveva intenzione di distogliere lo sguardo. Le dita dei piedi erano nude—tranne quello smalto blu, naturalmente—e il modo in cui si arricciavano nel tappeto spesso lo fece immaginare come gliele avrebbe fatte arricciare mentre scendeva a baciarla lungo il corpo—

*Fatti da parte,* Manley. *Non* stai andando da nessuna parte con questa donna. Ti sei dimenticato di Rachel?

Già. Rachel. La sua disillusione e quasi-rovinosa caduta.

«Ah già, è vero. Me n'ero dimenticata che ci vai. E Donna? Non stava andando a Montecarlo? Non ci vado da un po'—Oh. Non lo sapevo. E Janet? Suo padre non le stava comprando quella casa a Marbella? Adoro quella città. L'acqua è stupenda e l'atmosfera è proprio—» Si infilò una ciocca dietro l'orecchio. «Ha detto questo? Be', non so cosa le abbia fatto perché—» Sospirò. «Immagino. Ma Jean è a Long Island dai parenti, quindi niente, e Mary è a Cape Cod col nuovo ragazzo, e Joy in Europa per il resto dell'estate, e tu che vai a Los Angeles... a quanto pare resto bloccata qui, e per giunta da sola.»

Liam non disse nulla sulla povera bambina ricca senza un posto dove andare. Poverina; doveva rintanarsi in questo attico di lusso con portiere, concierge e servizio in camera—per non parlare della *domestica*—mentre affrontava la "brutta" tempesta di pubblicità intorno al suo presunto fidanzamento con un uomo che poteva permettersi di mantenerla in questo stile di vita.

Anche le socialite si ingannavano, suppose.

Dio, gli andava davvero di traverso. Quella donna aveva tutto ed era troppo maledettamente viziata per rendersene conto e ringraziare il cielo che nel mondo ci fossero ancora uomini che volevano trattare le donne con cui stavano come le bambole di porcellana che desideravano essere.

Ma Liam non era uno di quelli. Neanche per sogno. Voleva una donna con sostanza. Un essere umano vero. Una compagna. Qualcuna su cui poter contare al suo fianco, non in giro a spendere i suoi soldi guadagnati col sudore e a lamentarsi che non la portava mai da nessuna parte o non faceva cose con lei.

Se solo fosse riuscito a schiacciare l'attrazione fisica che provava per lei, forse sarebbe riuscito a finire questo lavoro senza perdere il senno.


Cassidy si inghiottì la domanda che non voleva proprio fare, ma diamine, tutte le sue amiche erano impegnate o in vacanza e lei sarebbe rimasta bloccata lì. Le sarebbe piaciuto andare a Los Angeles con Stacey, se non fosse che Stacey stava partendo sul jet aziendale di suo padre per andare a trovare la star del cinema con cui usciva in quel momento. Alcune donne avevano tutta la fortuna mentre lei doveva starsene a casa, nel salotto delle vanità di suo padre, a respingere voci su quanto fosse viziata. Diamine, restare bloccata in quel posto era l'emblema dell'essere viziata, ma non voleva chiedere a suo padre la casa al mare o quella in montagna, perché poi lui avrebbe avuto un altro appiglio da scagliarle in faccia. E nessun hotel pubblico era attento alla sicurezza come gli edifici di papà, così non avrebbe dovuto affrontare i paparazzi a meno che non uscisse.

Salutò Stacey e spense il telefono. Era in trappola.

Tutto era stato così chiaro quando Jean-Pierre aveva chiamato per la vendita. Cassidy era stata nervosa persino ad avvicinarlo per esporre i suoi lavori, ma il ricordo di Franklin le aveva dato coraggio. Poi, quando Jean-Pierre si era mostrato entusiasta, Cassidy aveva sentito la speranza che aveva tenuto a bada per tanto tempo uscire dal nascondiglio e fiorire. Poi c'era stata la vendita, e finalmente si era sentita qualcuno. Come se avesse qualcosa da offrire. Certo, non era quello che medici e infermieri avevano fatto per Franklin, ma era infinitamente meglio che star seduta a far sfilare stilisti davanti a lei con le loro ultime creazioni.

«Quindi oggi sarai qui mentre finisco?»

Alzò lo sguardo, sorpresa. Già. Il tipo delle pulizie era lì.

Diamine. Come si chiamava, già? Non voleva chiederglielo. Non voleva sembrare superficiale quanto tutti pensavano che fosse.

«Uh, sì, ci sarò.» Come avrebbe fatto a scoprire il suo nome? «Per caso ha un biglietto da visita?»

Lui inarcò un sopracciglio. Buffo come il sopracciglio inarcato di suo padre le incutesse solo timore, mentre quello di quel tipo... Quella che le scorreva dentro non era paura.

Né tra le cosce.

Che cosa *aveva* che non andava? Aveva dei grossi guai di immagine da sistemare e stava sbavando per il tipo che le puliva i cessi solo perché era un gran pezzo di...?

Oh, Dio. Era *davvero* così superficiale.

Eppure, prese il biglietto da visita che le porse. «Non c'è il suo nome.» Solo il logo e i contatti. Semplice, funzionale. Che non aveva niente a che vedere con l'uomo davanti a lei.

Lui fece spallucce. «Lo dirò a Mac. Immagino che dovrebbe esserci, così la gente può chiedere proprio me.»

Lei avrebbe chiesto proprio lui.

«Già. Voglio dire, altrimenti come fanno a sapere chi sei?» Maledizione, doveva ancora scoprire il suo nome.

Lui inclinò la testa. «Non sai come mi chiamo.»

«Cosa? Ma certo che lo so. Ieri ti sei presentato.» Continuava a rivedere la scena nella mente, ma tutto ciò che ricordava erano i brividi che l'avevano attraversata mentre lui se ne stava nel suo salotto e lei pregava che fosse uno spogliarellista mandato dalle amiche—quelle che praticamente l'avevano abbandonata quella settimana—e non davvero l'addetto alle pulizie.

Quanto si era sbagliata. E ora ne pagava il conto.

«*Non* sai come mi chiamo.»

«Sei pazzo.»

Lui incrociò le braccia e, oh cielo, cosa faceva quello alle sue spalle. Non le sarebbe dispiaciuto farsi avvolgere da quelle.

«Okay, smentiscimi. Come mi chiamo?»

«Come cosa?»

«Il mio nome?»

Accidenti. Aveva dimenticato la domanda; perché non poteva dimenticarla anche lui? «Non lo sai? Potrebbe essere un problema. Dovresti farti controllare.»

«Spiritosa.» Sbottonò le braccia e posò i pugni sui fianchi.

Oh cielo, cosa faceva quello ai suoi addominali a tartaruga—

«Allora, come mi chiamo?»

Dannazione. Si leccò le labbra. «Senti, bello, se non ti ricordi come ti chiami, forse dovresti vedere un dottore.»

Liam fece un passo verso di lei. «Non puoi tirarti indietro, Principessa. O sai come mi chiamo o non lo sai. O sono abbastanza importante da ricordarmi, oppure no.»

«Non è molto corretto.» Perché non lo *avrebbe* dimenticato, lui. Magari non avrebbe ricordato il nome, ma lui? No, era decisamente memorabile.

«E guardare dall'alto in basso noi poveri lavoratori, lo è?»

«Il mio naso non è scolpito. È il naso con cui sono nata.»

Il sopracciglio arcuato diceva che lui la pensava diversamente.

«Lo è.» Incrociò le braccia. «Solo perché la maggior parte delle persone nel mio giro sociale si rifà il naso o il seno, non dare per scontato che l'abbia fatto anche io.»

«Oh, tesoro, so già che non ti sei rifatta il seno.»

Non aveva alcun diritto di pensare al suo seno.

Ma, diamine, al suo seno piaceva che lui lo facesse, i capezzoli che si indurivano sotto il reggiseno sportivo e la maglietta leggera da pittura che indossava.

*Girati, Cassidy. Allontanati dal tipo bollente. Di cui ancora non sai il nome.*

Oh Dio. Non sapeva il suo nome. Quanto diavolo era superficiale?

Cassidy fece un respiro profondo e chiuse gli occhi. Poteva ammettere di non ricordare. Molte persone hanno problemi con i nomi. Non significava che fosse superficiale. Inoltre, le ultime ventiquattro ore erano state intense. Era stata nervosa per il pranzo con papà; ecco perché non ricordava il suo nome.

Probabilmente lui l'aveva detto solo una volta e forse così in fretta che non l'aveva davvero sentito.

Eppure, le buone maniere imponevano che ammettesse la sua amnesia. Può capitare a chiunque.

Una chiave girò nella serratura della porta d'ingresso.

La testa del tipo delle pulizie scattò verso il suono.

Quella di Cassidy no. C'era solo una persona che avrebbe usato la chiave senza bussare.

Buffo, non pensava che sarebbe stata felice di vedere suo padre dopo la sera prima, ma se il suo arrivo l'avrebbe salvata dall'imbarazzo di dover ammettere che non ricordava il nome dell'addetto alle pulizie, be', c'è sempre una prima volta.

«Chi diavolo è lei?»

La domanda di papà, per quanto tempestiva, fu tanto arrogante quanto era stato superficiale che Cassidy non sapesse il suo nome.

Il tipo, però, non parve intimidirsi. Protese la mano e affrontò Papà ad armi pari. «Liam Manley. Della Manley Maids.»

«La sua azienda?»

Liam (!) scosse quella sua splendida testa di capelli. «Di mia sorella. Io sto solo dando una mano.»

«Lavora per sua sorella?» E via con quel maledetto sopracciglio di papà che si arcuava. «Non dovrebbe essere il contrario?»

Cassidy avrebbe voluto sprofondare. Quanto poteva essere sprezzante suo padre? Non voleva vedere Liam in difficoltà, ma una morbosa curiosità la spinse a guardarlo.

Sembrava proprio un Liam. Grande, forte e robusto, come uno dell'antica patria su cui potevi contare quando il gioco si faceva duro.

E perché diavolo l'era venuto in mente?

«Non vedo proprio mia sorella arrampicarsi su tetti spioventi o installare l'isolamento, ma glielo dirò se avrà voglia di cambiare carriera.» Liam concluse la stretta di mano e si girò di novanta gradi così che suo padre lo vedesse di profilo.

Lei, fortunata, lo vedeva di fronte.

«Allora, Cass, vado in camera da letto a finire di là. Vi lascio un po' di privacy per discutere del vostro, ehm, problema.»

*Cass?* Da quando lui la chiamava *Cass?* Da quando la chiamava in *qualche* modo? Be', a parte Principessa, certo, ma quello era condito da una buona dose di sarcasmo di cui avrebbe fatto volentieri a meno.

Papà seguì con lo sguardo Liam mentre entrava nella sua camera. Poi arcuò un sopracciglio verso di lei. «*Cass*? Non dirmi che ti sei fatta il domestico e quello è il suo nomignolo per te.»

Dio mio, suo padre sapeva essere volgare. Il che era ridicolo, considerando che trasformava ogni bionda sui vent'anni nella propria svampita. E anche se si fosse *fatta* Liam—non che affari suoi—*Cass* sarebbe stata l'ultima cosa che gli avrebbe permesso di chiamarla. Non lasciava che qualcuno la chiamasse così da quando, be'... da quando la mamma se n'era andata.

«Non sto uscendo con Liam.»

Papà si limitò ad arcuare di nuovo il sopracciglio.

Ma stavolta, Cassidy non avrebbe sgusciato via. La sua allusione era ridicola e, oltretutto, aveva un altro osso da rodere con lui.

«Perché hai detto a un giornalista che sono fidanzata?»

Suo padre sospirò come se non avesse tempo da perdere in quella discussione. «Era per questo che la tua chiamata frenetica a Deborah? Sul serio, Cassidy, ho un'azienda da mandare avanti. Delle persone contano su di me per il loro sostentamento. Per sfamare le loro famiglie. Non posso essere ai tuoi ordini per tutto quello che qualcuno dice di te. Non te l'ho detto che vogliamo essere menzionati nelle pagine di Società?»

«Ma non vuoi che esca una parola sulla mia pittura.»

«È diverso. Controlliamo noi il flusso di informazioni. Il tuo passatempo non farà un briciolo di bene alla mia azienda.»

«E il mio falso fidanzamento con Burton sì?»

«Certo.» Suo padre prese uno dei cuscini d'arredo e lo girò di tre centimetri a sinistra. Maledetto perfezionista. Doveva solo mostrarle che ciò che aveva fatto non era abbastanza per lui. «Burton è un membro prezioso del mio team dirigenziale. Un uomo di fiducia. Ha lavorato sodo per guadagnarsi il posto e tiene molto a te. È l'uomo perfetto per te da sposare.»

«Ne parli come di un affare.»

Papà guardò fuori dalle grandi vetrate. «I matrimoni d'amore non finiscono bene. Guarda il tasso di divorzi in questo Paese.»

Non stava parlando del Paese. Stava parlando di lui e mamma. Non aveva più parlato di lei da due anni dopo che se n'era andata. Che fu a grandi linee quando aveva iniziato a considerare i colleghi...

«Non sposerò Burton, papà.»

Fece un respiro profondo, si infilò le mani in tasca e si girò. «Sì che lo farai.»

Dire che rimase scioccata sarebbe stato un eufemismo. Cassidy non avrebbe mai, in un milione di anni, pensato che lui sarebbe stato così controllante da dirle chi avrebbe sposato e davvero aspettarsi che lo facesse. O che lei accettasse.

«Non puoi essere serio.»

«Oh, lo sono. E con l'annuncio in prima pagina nella sezione Società, *accadrà*.»

«No che non accadrà.» Non avrebbe ceduto su questo. Poteva averle scelto il guardaroba, la casa, persino il nome, ma non le avrebbe *scelto* l'uomo con cui passare la vita.

«Accadrà, Cassidy, e quando ti sarai calmata capirai che ha senso. Burton è l'uomo perfetto per te. Continuerai a vivere come sei abituata e lui lavorerà alla Davenport Properties. È tutto pianificato.»

«Davvero? Da chi? Perché di sicuro io non sono stata consultata in questo piano.»

«Farai come dico io, proprio come hai sempre fatto se vuoi continuare a beneficiare dell'essere mia figlia.»

«Be', forse non voglio.» Sorprese perfino se stessa a dirlo, ma l'espressione di papà fu impagabile.

Peccato non poterla vendere. Soprattutto quando pronunciò la frase successiva.

«Questo dipende da te. E devi deciderlo nei prossimi trenta secondi.»

Si tirò indietro la manica della giacca e fissò il Rolex che era il gemello di quello di Burton. «Ventotto, ventisette.»

«Le tue tattiche d'intimidazione stavolta non funzioneranno, papà.»

Inarcò un sopracciglio. «Questa non è una tattica, Cassidy. O giochi secondo le mie regole o non giochi affatto. E questo include tutti gli orpelli che derivano dall'essere mia figlia.»

«Papà, è ridicolo. Non siamo nel Medioevo. Posso scegliere chi voglio sposare.»

Riguardò l'orologio. «Quindici, quattordici.»

Non era serio. Non l'avrebbe disconosciuta solo perché non voleva sposare Burton. Era solo abituato a ottenere ciò che voleva. Inoltre, aveva troppo bisogno di lei. Era un braccio di ferro. Be', era stata sua figlia per ventinove anni; non si sarebbe fatta intimidire.

«Nove, otto.» Non alzò nemmeno lo sguardo su di lei. «Sette, sei.»

Incrociò le braccia. «Non cedo, papà.»

«Quattro, tre, due, uno.» Si tirò giù la manica sul Rolex. «Ti voglio fuori di qui entro i prossimi quindici minuti. Lascerei, ovviamente, tutto quello che i miei soldi hanno comprato. Tranne il cane e quello che indossi. Non posso mandare mia figlia nuda in strada.»

«Ma la manderesti in strada lo stesso?» Cercava di spaventarla per ottenere ciò che voleva.

«Esattamente. È quello che ottieni quando pensi di saperla più lunga. Dimostralo.» Si infilò le mani in tasca. «Non ti muovi, Cassidy? Sono sicuro che ti ci vorranno almeno cinque minuti per preparare la roba del cane. Le tue cose, invece, non richiederanno molto, visto che ho pagato io tutto quello che c'è in questo attico. Dato che non sono senza cuore, però, ti permetto di prendere i tuoi prodotti da toeletta. Ma sbrigati. Adesso devo andare dal mio agente immobiliare per mettere la casa in vendita.»

«Vendita?» Caspita, le stava davvero tentando tutte.

«Certo. Non posso tenere un immobile vuoto a farmi spendere. Aiuterà a vendere gli altri appartamenti.» Tirò fuori il cellulare. «Muoviti, Cassidy. Non ho tutto il giorno. Facciamola breve e senza emozioni inutili, ti va?»

«Papà, io non vado da nessuna parte.»

«Forse non sono stato chiaro.» Prese una linea sul telefono. «Deborah, voglio un fabbro all'attico delle Davenport Towers. Sì, l'appartamento di Cassidy. No, non c'è nulla che non vada, è solo che Cassidy ha deciso che non vivrà più qui. E chiama Shel una volta che avrai organizzato il fabbro. Lo voglio qui subito con il suo fotografo per scattare le foto dell'appartamento. La domestica è qui e dovrebbe finire entro un'ora. Questo posto sarà in condizioni perfette per le foto dell'annuncio.»

Cassidy guardò il telefono. Porca miseria. Stava davvero parlando con Deborah.

Oh mio Dio. *Faceva sul serio.*

La stava sbattendo fuori.

No, non poteva essere. Non avrebbe buttato in strada la propria carne e sangue.

Anche se *aveva* buttato fuori mamma, se la versione di Deborah era vera, e

Cassidy non aveva motivo di dubitarne. Qualche anno prima, dopo che la sorella di Deborah era morta e papà era in safari in Africa, dove il cellulare prendeva a malapena, Deborah aveva avuto un po' di tempo libero per accompagnare Cassidy a un sopralluogo per un evento imminente. Un bicchiere di vino al bar era diventato quattro, e qualche storia su suo padre era venuta fuori. Mamma faceva parte di quelle rivelazioni.

Mamma aveva avuto una relazione con il capo della sicurezza di papà. Cassidy vorrebbe dire che quella relazione aveva reso suo padre un bastardo senza cuore, ma il modo in cui stava abbaiando ordini a Deborah per organizzare il fabbro, l'agente, i redattori di varie riviste immobiliari e di architettura, persino un servizio nel programma del mattino locale non era qualcosa nato perché sua moglie l'aveva tradito.

«Cassidy, ti restano sette minuti. Ti suggerisco di fare i bagagli, altrimenti tu e il tuo cane resterete senza nulla.»

Già, papà era nato bastardo.

## Capitolo Sette

«Gesù, stai bene?» Liam fissò la creatura zombie che era entrata di legno in camera da letto. Cassidy sembrava come se avesse visto un fantasma.

Lei lo fissò, lui sulla scala, ma non disse una parola. I suoi occhi verdi, che prima avevano scintillato d'ira, erano opachi e senza vita, e si guardava intorno come se non riconoscesse nulla.

«Cassidy?»

Non parve sentirlo mentre avanzava a scatti verso il suo bagno, afferrando una borsa dall'armadio quasi per riflesso.

Lui praticamente saltò giù dalla scala e le corse dietro. Non aveva un bell'aspetto.

La trovò che buttava articoli da toeletta nella borsa. Sciocchezze come spugne esfolianti, carta igienica e rasoi.

Le sfilò la borsa dalle mani. «Cassidy, tesoro, parlami. Che cosa è successo?» Suo padre era appena arrivato. Era successo qualcosa? Sua madre, magari?

Lei prese la bilancia e la infilò nella borsa, poi andò verso il cesto di bagnoschiuma e amenità varie, frugandoci dentro senza meta, ma senza davvero sapere che cosa stesse facendo.

Liam tirò fuori la bilancia dalla borsa. Era abbastanza sicuro che ovunque stesse facendo la valigia ci sarebbe stata una bilancia. E poi a cosa le serviva? La donna era magra come ci si aspettava da una socialite.

«Cassidy, che succede? Che stai facendo?»

Lei lo guardò da sopra la spalla. «Sto facendo la valigia.»

«Questo l'ho capito, ma per andare dove?»

«A quanto pare, per il resto della mia vita.» Le scappò una risatina.

Una risatina un po' folle.

Le tolse dalle mani il cesto dei prodotti da bagno che aveva preso. «Spiegati.»

Lei guardò il cesto come se non sapesse che cosa fosse, il che era strano dato che ci aveva appena frugato dentro come se ogni articolo fosse un gioiello della Corona, poi guardò il resto del bagno e, barcollando, andò a sedersi sul coperchio del water.

«Mio padre mi sta sfrattando.»

Liam posò il cesto e si agitò un dito nell'orecchio. «Come, scusa?»

«Mio padre. Mi butta fuori.»

«Da qui?»

Lei alzò le sopracciglia. «Non è questo che significa sfrattare?»

«Ma perché?»

Le uscì un'altra risata, ma questa non era divertita. Più che altro uno sbuffo. «Perché non mi sposo.»

Ah. Liam capì. Paparino stava battendo il piede calzato da scarpe da duemila dollari. «Se non sposi quel tizio, lui ti fa andare via?»

«Ci sei arrivato.»

«Non può farlo.»

Le sopracciglia di Cassidy si sollevarono ancora di più. «Sai *chi* è mio padre? Non c'è molto che non possa fare.»

Questo era vero. «E allora perché tutta questa fretta?»

«Oh, merda.» Saltò in piedi. «Non ho tempo di parlare. Devo prendere la mia roba e andarmene di qui.» Afferrò la borsa, la piazzò nel lavandino davanti all'armadietto dei medicinali, ci riversò dentro il contenuto, poi ci buttò un assortimento di apparecchi per capelli e spazzole.

Cavolo, aveva una spazzola per ogni ciocca.

Non c'era da stupirsi.

La porta d'ingresso si chiuse sbattendo.

«Che cos'è stato?»

Cassidy si caricò la borsa sulla spalla. «Accidenti. Era mio padre. Devo assicurarmi che non abbia portato via Titania.» Quasi cadde quando la borsa sbatté contro lo stipite mentre cercava di correre fuori dal bagno.

«Dai, lascia che la prenda io.» Liam fece una smorfia mentre le faceva scivolare i manici dalla spalla. Maledizione. Non gli piaceva neanche quella donna; perché diavolo la stava aiutando?

«Ce la faccio.» Cercò di strattonargliela via.

«Va'. Prendi il tuo cane. Io non ti porto *questa* fuori.»

Lei guardò la borsa, poi verso il soggiorno, poi lui. «Grazie.»

Lui stava quasi per dire: «Ma figurati, Principessa», ma non era il momento per sarcasmi che lei non avrebbe colto. Le stava portando la borsa mentre veniva sfrattata dal suo attico dall'uomo che pagava i conti. Avrebbe dovuto gongolare per questo. Una di *loro* aveva appena assaggiato la realtà.

Peccato che nessuna di quelle vacanze su cui aveva cercato di imbucarsi prima avesse fruttato. Avrebbe potuto aspettare che a papà passasse la rabbia dopo aver dato alla sua principessina una lezione di stile, se le sue cosiddette amiche non l'avessero piantata.

«Titania, no!»

Liam fece una smorfia quando sentì lo schianto. Aveva il presentimento che fosse uno dei soprammobili di cristallo sul tavolino accanto, proprio dove finiva il tappeto e iniziava il foyer di marmo. Il che significava almeno cinquemila dollari in frantumi—che avrebbe dovuto pulire lui.

«Titania, vieni qui. Non ho tempo per questo.»

Liam sentì i pensili in cucina sbattere e contenitori di plastica e barattoli vari rovesciarsi ovunque sul pavimento.

«Cattiva, Titania!»

«Ma per favore.» Liam entrò, si accovacciò accanto alla piccola peste e la raccolse. «Senti, bastardina, calmati. La tua mamma non ha bisogno che tu vada fuori di testa adesso. Ha un programma e tu devi darle una mano.»

La rompiscatole squittente si calmò, grazie al cielo.

«Ecco, dagli una di queste.» Cassidy gli lanciò un barattolo di cartone ricoperto di feltro rosa e strass.

«Uh, non ne sono sicuro, ma credo che gli strass non siano il massimo per il suo apparato digerente.» Dio sapeva, non lo erano per il suo. Detestava gli strass, e giostrò il barattolo e il cane come in un gioco della *patata bollente*.

«Ci sono dei premietti dentro. Le piacciono.»

«Pensavo non si dovesse premiare il cattivo comportamento?» Posò il cane. Quella lo guardava con un interesse un po' troppo vivo mentre scoperchiava il barattolo. Per quanto avesse l'esterno da stilista, l'interno sapeva sempre di wurstel di fegato per cani.

«Si è calmata. Sto premiando quello.»

«No, la stai incoraggiando ad abbaiare così poi prenderà un premio quando si calma. Non è che glieli dai a caso durante il giorno perché sta zitta, vero?»

«Davvero? È questo che ti sembra più importante adesso?» Cassidy stirò il braccio fino in fondo al mobile, con la guancia schiacciata contro il cassetto sopra. «In questo momento ho un paio di cose più importanti per la testa.» Fece una smorfia e si sporse ancora nel mobile. «Ah, eccolo.»

«Che cos'è?» Era una specie di congegno di plastica rosa con i bordi arricciati e, santo cielo, una tiara intagliata sullo schienale come un trono. Un trono per cani.

«È il suo letto.»

«E perché era nel mobile?»

«A mio padre non piacerebbe in salotto o in camera mia. Non si abbina all'arredamento.»

Questo era poco ma sicuro. Quella cosa sembrava uscita dritta da un film della Disney.

«Dato che mi sta facendo andar via, immagino che non gli importerà se adesso Titania ci dorme.»

«Se lo dici tu.» Personalmente, avrebbe avuto gli incubi a dormire in una cosa del genere, ma lui non era l'accessorio viziato di una socialite viziata.

*Ma potrebbe essere divertente essere il suo.*

Spense quel pensiero in fretta—fino a quando lei si alzò e si spolverò le cosce.

Le cosce nude.

Come aveva fatto a non accorgersene in mezzo a tutto il trambusto che cascava dai mobili?

*Dannazione, Manley. Stai perdendo il tuo smalto.*

In realtà, era un bene. L'ultima cosa di cui aveva bisogno era notare le gambe di Cassidy Davenport.

Tranne quando lei si fece leva sul piano per alzarsi, e la maglietta riuscì a impigliarsi sotto la sua mano e gli regalò un rapido lampo di reggiseno rosa e scollatura e *quella* era l'ultima cosa di cui aveva bisogno.

Soprattutto con quei dannati pantaloni che erano già troppo stretti per i suoi gusti. E poi doveva alzarsi in piedi con quelli.

Per fortuna aveva ancora la sua borsa, così ci coprì l'erezione e raccolse la bastardina.

«Allora, hai tutto quello che ti serve per ora o hai intenzione di svuotare tutti gli armadi?»

Un'espressione strana le attraversò il viso e avrebbe giurato che il labbro inferiore le tremasse. Ma lei recuperò in fretta l'autocontrollo, raddrizzò le spalle e chiuse apposta l'anta del mobile.

«No, ho finito. Questo è tutto ciò che mi serve.» Si guardò intorno in cucina, afferrò una busta dalla dispensa e ci rovesciò dentro le scatolette e le scatole di biscotti. «Oh, e il suo guinzaglio. Mi serve quello.»

«Ci penso io.» Liam andò verso il ripostiglio in soggiorno.

Lei lo seguì, portando la busta—una busta di carta marrone con manici di spago—sull'avambraccio e cercò di riassestare la maglia svolazzante in modo che coprisse qualche parte di sé.

«Dov'è il mio iPad?» Andò al consolle dietro il divano e frugò tra le riviste. «L'hai spostato per pulire?»

«L'ultima volta che l'ho visto era lì.»

«L'ha preso lui. Quel bastardo.»

Meglio non far notare che quel bastardo era anche quello che aveva *comprato* l'iPad in questione. Non aveva voglia di vedersela con le lacrime. Oh, si era indurito a quelle anni fa, ma lo avrebbero solo fatto arrabbiare e la giornata era iniziata in modo così promettente. Non voleva rovinare il resto.

«Allora vuoi che ti chiami un taxi o hai l'auto qui?» Qualsiasi cosa pur di aiutarla a uscire dalla porta.

«La mia auto è di sotto.» Gli porse la mano dopo essersi infilata i piedi in un paio di infradito scintillanti. «Se mi porgi il guinzaglio e la mia borsa—e il mio cane—porto tutti e tre giù.»

La tentazione c'era. Eccome se c'era. Portarla fuori dalla porta in un colpo solo. Il problema era che lei sembrava sul punto di crollare prima che lui potesse farlo.

«Ho io la tua roba. Hai le chiavi?» Non aspettò che lei annuisse, ma andò alla porta e gliela tenne aperta. «Prima tu, Prin—signorina Davenport.»

Lei tirò su il naso, perfetta socialite. «Non chiamarmi così. Sto cambiando cognome.»

Lui roteò gli occhi alle sue spalle. Minaccia vuota, visto che era quel cognome ad aprirle le porte e avrebbe continuato a farlo, ne era certo. Come quelle del Ritz, o dell'Hyatt, o, diamine, soprattutto degli hotel di suo padre.

Marco li salutò per nome—anche il cane. «Tuo padre ha detto che saresti scesa. Devo chiamarti un taxi?»

Cassidy lo guardò assente. «Un taxi?»

«Sì, sai, una macchina gialla?» intervenne Liam. «Ti porta dove vuoi andare?» Sollevò la palla di pelo e le sussurrò in un orecchio da attore, cercando di stemperare la situazione perché Cassidy ancora non sembrava stare granché e non c'era bisogno di alimentare il pettegolezzo. Marco sembrava un tipo a posto, ma chissà che cosa avrebbe fatto se i tabloid fossero venuti a chiedere sporcizia con la giusta mancia. «La tua mamma sembra essersi scordata come viviamo noi comuni mortali.»

«È una cosa davvero cattiva da dire.»

Bene, le aveva fatto ribollire il sangue irlandese. Non che sapesse se lei *fosse* irlandese, ma insomma. Funzionò. La rabbia era una reazione molto più facile da gestire delle lacrime.

«Ehi, bella, se la Jimmy Choo calza.»

«Ti credi tanto divertente, vero? Fare tutto il superiore perché eri lì quando mio padre—» Lanciò un'occhiata a Marco. «Eh, proprio adesso.»

Liam fece spallucce e le passò il batuffolo. «Dico solo.»

«Tieniti i commenti per te.» Si sistemò il batuffolo e baciò il ridicolo fiocchetto sulla testa. La bestiola leccò lei sulle labbra.

Sì, sulle *labbra*. Non un grosso problema, avrebbe scommesso Liam. Probabilmente la bestiola faceva visite regolari al dentista canino.

L'ascensore velocissimo e silenziosissimo fece in un attimo i dodici piani fino al livello strada e Marco fu l'emblema dell'aiuto che non si vede e non si sente mentre teneva loro la porta. Liam lo avrebbe anche manciato, ma dato che Cassidy non fece alcun gesto, immaginò che la figlia del buon vecchio Mitch non dovesse oppure avesse un conto che pagava profumatamente a Natale. Non era sicuro del protocollo a quel livello di alta vita.

Liam stava puntando alla porta principale quando Cassidy girò a sinistra verso un'altra batteria di ascensori, dando per scontato che lui la seguisse, le infradito che schiaffeggiavano furiosamente il pavimento di marmo. Le sarebbe servito di lezione se avesse mollato la sua borsa lì, nella hall, per aver dato per scontato che fosse il suo lacchè, ma—accidenti—provava pena per lei e non voleva creare una scena dopo quella che aveva appena avuto.

La seconda batteria di ascensori si aprì su un parcheggio multipiano come non ne aveva mai visti. Non era un parcheggio *qualsiasi*. I pavimenti sembravano di mattoni, i pilastri erano ionici, e non si sarebbe stupito di trovare panche imbottite a forma di quel ridicolo lettino per cani dappertutto. Il grembo di lusso per auto di lusso.

«Figlio di puttana.»

Liam strabuzzò gli occhi. Non ci si aspettava di sentire un linguaggio del genere da una socialite che aveva frequentato tutte le migliori scuole di buone maniere. Non che sapesse quali fossero, ma quella era stata la sua fama ogni volta che la nominavano sul giornale. Era abbastanza certo che Bestemmie 101 non fosse in programma.

«Quel bastardo supercilioso e santimonioso.»

Se fosse stato un corso, avrebbe preso il massimo per l'interpretazione perché quelle parole suonavano così incongrue su quel viso angelico.

E poi vide che cosa stava guardando lei.

C'era una ganascia alla ruota della Mercedes.

Una ganascia.

Caspita, che rapidità. Ma poi, Mitchell Davenport probabilmente aveva gente in agguato pronta a eseguire gli ordini.

«Ha bloccato la tua macchina?»

Cassidy inspirò così profondamente che il seno le salì di buoni dieci centimetri—il che fece salire la maglia di buoni dieci centimetri, mostrando deliziosi dieci centimetri di pelle setosa e abbronzata.

Perché quella donna non poteva essere grassa e sciatta? Perché doveva uscire dritta da ogni fantasia erotica che avesse mai avuto *e* essere una principessa viziata? L'universo stava *cercando* di torturarlo?

«Come diavolo *pensa* che io vada da qualche parte senza la mia auto?»

«Questo spiega il commento sul taxi di Marco.»

Lei arricciò le labbra. «Ottimo. Marco lo sa. Chissà chi altro. Non bastava che mio padre mi sfrattasse, adesso mi rende lo zimbello.» Posò il batuffolo, si tolse la borsetta dalla spalla e iniziò a rovistarci dentro. «Dannazione.»

Lui quasi ebbe paura di chiedere. «Che c'è?»

«Non ho contanti.»

Ovvio che non ne avesse. I super ricchi non avevano bisogno di contanti.

«Sono sicuro che puoi pagare il taxi con la carta.»

Lei lo guardò come se fosse un idiota. «L'uomo mi ha messo la ganascia alla ruota. Ci vuole un decimo del tempo per annullare le mie carte di credito e, oh cavolo, il mio bancomat. Puoi scommettere i *miei* soldi che mio padre non si è dimenticato di quelli.»

Liam non scommetteva un bel niente. Le scommesse lo avevano cacciato in quel pasticcio—e dritto in mezzo al suo.

«Che ne dici di fermarti in banca? Puoi fare un prelievo.»

Lei scosse la testa. «Avrà chiuso i conti se ha annullato tutto il resto.»

«Quindi immagino che un hotel sia fuori discussione.»

«Cosa?» Gli occhi di Cassidy si spalancarono. «Oh mio Dio. Dove andrò?»

«Il fidanzato?»

«Burton? Non direi. Non dopo ieri sera.»

«Lui non sa che non vuoi sposarlo, giusto? Non l'hai davvero rifiutato. Scommetto che verrà in tuo soccorso.» E lei avrebbe potuto andare a vivere per sempre felice e contenta in un castello pagato da suo padre. Rachel sarebbe stata così gelosa.

«Oh, certo. Lo chiamo e vedo se posso trasferirmi da lui? È *esattamente* quello che vuole mio padre. E poi arriveranno il senso di colpa e la pressione per cedere a Burton.» Si tirò su la maglia sulle spalle, ma Liam avrebbe potuto dirle di non sforzarsi. Quella maglia era stata concepita per pendere provocante su un paio di spalle molto sexy e Cassidy possedeva proprio un paio così. «E adesso che cosa faccio?»

«Chiama le tue amiche.» Doveva pur essercene una che non l'avesse già rimbalzata.

«L'ho fatto. Sono tutte via, e quelle che non lo sono avranno già sentito di ieri sera. Non ci saranno grandi gesti del tipo "vieni a stare da me" adesso. Il nome e l'influenza di mio padre sono più grandi dei miei in questa città, e quando la voce si sparge.../. Nessuno vorrà mettterselo contro. Di fronte all'ostracismo sociale, l'amicizia con me va a farsi benedire.» Si appoggiò al cofano dell'auto con la ganascia. «E poi...» Tirò fuori il cellulare e ci passò il dito sullo schermo, poi glielo mostrò.

Lo schermo nero.

«L'ha disattivato.»

A Liam non piaceva dove la sua logica lo stava portando. Proprio per niente. Non gli piaceva nemmeno il suo stupido, maledetto cuore tenero. «Quindi dove andrai? Non hai famiglia che ti prenda in casa? Tua madre?»

Ora toccò a lei roteare gli occhi. «Immagino che tu non abbia letto *tutte* le pagine di Società. Mia madre è scappata col suo amante quando ero solo una bambina. Voleva allontanarsi da caro paparino il più possibile. Il Messico è piuttosto lontano.»

«Potrebbe mandarti dei soldi con un bonifico.»

Questa volta lei guardò altrove. «Non è un'opzione.» Il tono diceva che la discussione finiva lì.

Doveva essere una storia d'inferno, se era disposta a vivere per strada invece di chiamare la donna che l'aveva messa al mondo.

E allora che cos'erano la foto e il braccialetto sotto il letto di Cassidy? Avrebbe dovuto trovarlo interessante il fatto che non li avesse cercati, nel suo stato quasi catatonico, quando aveva buttato di tutto nella borsa, ma forse no. Forse non voleva promemoria dei suoi genitori. Non aveva preso nessuno dei suoi effetti personali, come vestiti—

Oh, cavolo. Tutto ciò che aveva era quello che indossava e ciò che stava nella sua borsa. Senza un accidenti di centesimo.

L'avrebbe rimpianto. Sicuro come aveva perso la scommessa con sua sorella, l'avrebbe rimpianto. Ma non riuscì a fermare le parole.

«Andiamo. Vieni a casa con me.»

# Capitolo Otto

Cassidy scosse la testa. Non poteva avere sentito ciò che credeva di aver sentito. «Mi hai appena invitata a venire a casa tua?»

«Sì, l'ho fatto. E sono sorpreso quanto te.»

«Ma tu non mi conosci neanche.»

«So che sei appena stata buttata fuori, che non hai due spicci da mettere insieme, che non hai un posto dove andare e nessuno che ti aiuti. Questo mi lascia in campo.»

«Quanto sei da Principe Azzurro.» Pensava davvero che lei sarebbe stata grata di andare a casa sua? Proprio adesso, nel momento più buio, e lui probabilmente cercava di portarsela a letto.

«Okay, Principessa, se la vuoi mettere così. A me pare di essere l'unica opzione che hai. Però, ehi, se preferisci di no...» Lasciò cadere la sua borsa sul pavimento in cemento stampato. «Non lasciare che ti impedisca di trovarti il tuo principe. Sono sicuro che prima o poi Burton verrà a cercarti.»

«Questo non succederà.» Non glielo avrebbe permesso. *Non* sarebbe rimasta lì ad aspettare che Burton si presentasse. Che l'avrebbe fatto, non aveva dubbi. Era, dopotutto, il piano maestro di papà. Be', lei non ci sarebbe stata. Non stavolta. Era troppo importante.

«Bene. Allora resta a casa mia finché non salta fuori qualcos'altro. Un giorno o due. Anche una settimana. Sono sicuro che quando le tue amiche torneranno dalle vacanze, sarà tutto passato e potrai stare da una di loro.»

«Neanche questo succederà.»

«Eh?»

«Quando verranno a sapere di questo sfratto, diventerò argomento di conversazione. Uno *scandalo*. Queste donne possono essere vipere, Liam. *Vivono* di scandali. Di parlare degli altri. Di sentirsi migliori schiacciando gli altri. Nessuna rischierà l'ira di Mitchell Davenport per ospitare sua figlia. No, ormai sono praticamente una paria.»

Il che significava che le conveniva proprio accettare *la sua* offerta ed essergliene grata.

E in fretta. Prima che cambiasse idea. O che capisse quanto fosse saggio non far arrabbiare papà. «Okay, lo farò. Resterò con te.»

Non sapeva chi fosse più sorpresa: lei o Liam.

«Davvero?»

«A meno che tu abbia cambiato idea?»

«Cos'è che ti ha fatto cambiare idea?»

«La dura realtà. Non ho un posto dove andare.» Accidenti, sentiva le lacrime salirle agli occhi.

Oh no. *Non* avrebbe permesso che cadessero. *Non* per Pa—Mitchell Davenport. Non ne valeva la pena.

Il silenzio riempì lo spazio attorno a loro, spesso e scomodo. Ma d'altronde, faceva parte della dura realtà.

Oh. Mio. Dio. Suo padre l'aveva buttata fuori. L'aveva tagliata fuori. Niente telefono, niente carte di credito, neanche un singolo lusso. Niente macchina, e nessuno che si sarebbe avvicinato a lei con lo spettro scarlatto dell'ira di papà che le aleggiava sulla testa.

Era da sola. Totalmente. Completamente.

E al verde.

Un brivido la attraversò e le ginocchia le si fecero molli. Non avrebbe dovuto sorprendersi. Non davvero. Quella sensazione, quel pruriginoso fluttuare-al-di-sopra-di-tutto-con-le-ginocchia-che-tremano era la stessa che aveva provato quando sua madre se n'era andata. Papà era stato altrettanto privo di emozioni allora, un piatto: «Tua madre se n'è andata, Cassidy. Non vuole vivere con noi. Adesso ci siamo solo io e te», come se stesse parlando di una gita scolastica o di cosa ci fosse per cena. Poi le aveva chiuso la porta della cameretta senza il minimo cenno di emozione e l'aveva lasciata lì. Sola.

Era scoppiata a piangere fino ad addormentarsi, ufficialmente perché le mancava la mamma, ma già allora aveva capito che era perché non aveva nessuno.

Adesso non avrebbe pianto. Non stavolta. Essere sfrattata era solo la manifestazione fisica del deserto emotivo in cui viveva da quando aveva quattro anni.

Ehi, almeno avrebbe avuto tempo per dipingere. L'avrebbe dimostrato a suo padre. Non aveva più alcun potere su di lei. Avrebbe sfornato quei pezzi così in fretta da fargli girare la testa.

Tranne che... Accidenti. Aveva lasciato i colori nell'attico.

«D'accordo, allora.» Liam raccattò di nuovo la borsa. «Andiamo.»

«Ehm, Liam?» Odiava davvero chiederglielo, ma non aveva modo di procurarsi altri materiali, visto il taglio netto e tutto il resto. «Potresti... Cioè... Voglio dire...»

«Sputa il rospo, Principessa. Non ho tutto il giorno. Devo sistemarti a casa mia e poi tornare qui a finire il lavoro per cui mi hanno assunto.»

«A proposito. Mi chiedevo se non ti dispiacerebbe recuperare una cosa mia che ho lasciato lì.»

«Non porto fuori niente da quel posto per poi farmi accusare da tuo padre di furto.»

«Oh, fidati. Probabilmente ti darà una ricompensa se lo fai.»

I bellissimi occhi azzurri di Liam si strinsero. «Che cos'è?»

«I miei colori nuovi. Li ho lasciati nel cassetto in basso della credenza in sala da pranzo.»

«Dipingi in sala da pranzo?»

Scosse la testa. «Ce li ho infilati dopo averli comprati l'altro giorno. È la stanza meno usata della casa, quindi è l'ultimo posto in cui papà penserebbe di cercarli. *Se* gli venisse anche solo in mente di cercarli. Dopo ieri sera, sono sicura che sarà ben contento di non averli in giro come promemoria. Quindi se potessi prendermeli, te ne sarei davvero grata. Mi permetterà di iniziare a guadagnare qualcosa per pagarti il soggiorno.»

Liam si strofinò il mento. «Ci preoccuperemo più avanti di come mi pagherai, però sì, i colori li prendo. Altro? Gioielli, abiti da sera, scarpe?»

Scosse la testa. «No. Niente. Se conosco mio padre, e purtroppo lo conosco fin troppo bene, avrà Deborah a fare l'inventario di tutto confrontandolo con gli scontrini. Non voglio niente di suo.»

«Allora forse vorrai lasciare qui quei sassi che hai alle orecchie.»

Si toccò i punti luce di diamanti. «Questi me li tengo. Me li sono guadagnati.»

«Facendo cosa? Intrattenendo dignitari in visita? Ospitando capi di Stato?»

Distolse lo sguardo e ricacciò indietro le lacrime che le erano salite agli occhi per il suo sarcasmo. Sciocco, in realtà, dato che aveva ragione, ma quanto desiderava essere valutata per ciò che sapeva fare e non per il suo aspetto. E la cosa ironica era che questi, *davvero*, se li era guadagnati. Chiacchierando con gente con cui non aveva alcuna voglia di parlare, partecipando a eventi che la annoiavano a morte, ed essendo considerata poco più che un bel faccino, con le occasionali pacche sul sedere al passaggio: tutto meritava un compenso.

«Senti, ho capito cosa pensi di me. So cosa la gente pensa della mia vita. Che siano tutte bollicine e rose e che dovrei essere felice come una Pasqua vivendo nella torre dorata con i miei vestiti e i miei gioielli e le cose belle. L'ho capito. Il punto è che quella era la persona che lui voleva che fossi. Ci sono cascata, ma non sono quella persona. Non più. In me c'è di più.»

Avrebbe voluto cancellare quell'espressione scettica dal volto di Liam, ma con le parole non ci sarebbe mai riuscita. Doveva dimostrarglielo. Doveva dimostrarlo a tutti. E lo avrebbe fatto, diamine. Quella era la sua occasione. La sua chance di rifarsi una vita come aveva progettato di fare durante il pranzo di ieri—era stato solo ieri?—con papà.

«Se lo dici tu.» Liam raccolse la borsa. «Okay, allora. Andiamo. Il mio pickup è di qua.»

Lo guardò avanzare con andatura dinoccolata. Oh, non era una spavalda sfilata; quelle le riconosceva a un miglio di distanza. La sua era pura grazia naturale e atletismo, con un gran bel didietro—

Okay, non i pensieri che avrebbe dovuto avere al momento. Sarebbe rimasta da lui solo finché non si fosse rimessa in piedi, non si stava trasferendo. Nessun senso nell'iniziare qualcosa del genere e rischiare che lui pensasse che *quello* sarebbe stato il modo in cui lo avrebbe ripagato—

Ops. Non era questo che pensava, vero? Tipo: «Oh, pagherai di sicuro.» Non credeva che lei... Che avrebbe...

Titania si dimenò nella piega del suo braccio e iniziò a guaire. «Ehm,

Liam? Potresti aspettare un attimo, per favore? Titania ha bisogno di una pausa pipì.»

Liam guardò indietro sopra la spalla con un sopracciglio arcuato. «Non dirmi che le hai preso anche una di quelle a forma di trono.»

«Non è divertente.» Giostrò la borsa, la borsetta, la cagnolina e il guinzaglio per agganciare insieme gli ultimi due. Di solito Titania non scappava, ma visto come le era andata nelle ultime ventiquattro ore, non intendeva rischiare.

La cagnolina continuava a dimenarsi. «Stai ferma, Titania. I cespugli sono lì.» Si affrettò verso il bordo del garage dove il giardino sporgeva sopra il muretto alto fino al petto, e posò la piccolina tra le petunie. «Avanti. Fai la brava.»

Colse Liam che roteava gli occhi con la coda dell'occhio.

Titania, essendo Titania, si prese il suo tempo ad annusare i fiori prima di trovare il posto perfetto.

Il piede di Liam iniziò a battere.

Finito tutto, Titania fece il suo dolce abbaietto felice, poi leccò il naso di Cassidy prima di saltarle praticamente in braccio. Non c'era niente come l'amore incondizionato di un cane. Ecco perché Titania le stava sempre incollata. La Maltese aveva sei anni e Cassidy ricordava ogni giorno come se fosse ieri—soprattutto il giorno in cui l'aveva portata a casa.

Papà aveva avuto una crisi isterica. Cassidy aveva sentito il termine ma non aveva mai capito esattamente cosa comportasse. Portare un cane a casa nel suo nuovo immacolato attico, «apice della mia carriera», aveva indotto la crisi. E che spettacolo era stato. Esattamente ciò che lei aveva cercato di evitare ieri a pranzo dandogli la notizia con tatto.

Eppure lui l'aveva avuta lo stesso. D'accordo, era successo a casa sua—*sua*—ma comunque, era stata la seconda volta che vedeva quella reazione nel di solito calmo e imperturbabile Mitchell Davenport.

Ancora non riusciva a credere che l'avesse tagliata fuori. Non se lo sarebbe mai aspettato. Come aveva potuto sbagliarsi così tanto su suo padre?

«Allora, siamo a posto? Non è che hai anche salviettine profumate, monouso, per cagnolini, vero?»

Il sarcasmo gli colava dalla lingua, eppure l'uomo le teneva aperta la portiera del pickup *e* l'aiutava a salirci. Meno male, perché era davvero alto da terra, anche con le pedane.

«È un camion grosso,» disse quando lui fece il giro del davanti e salì dal lato del guidatore.

«Sì, lo è.»

E basta. Non uscì un'altra parola dal signor Liam Manley per tutto il tragitto, di cui lei fu grata perché stava ancora cercando di raccapezzarsi nell'ultima ora. Papà l'aveva tagliata fuori. Aveva provato a piegarla alla sua volontà con i soldi.

Dio, che squallore. Quanto la considerava superficiale suo padre? E quanto superficiale era *lui*? E Burton? Quanto superficiale era *lui* a volerla sposare solo per diventare l'erede di Mitchell?

Okay, be', quella poteva essere una motivazione, ma voleva davvero sposare qualcuno che non era innamorato di lui?

Ritratto. La gente lo faceva continuamente, e diventare CEO del conglomerato di suo padre era una ricompensa sufficiente per un matrimonio senza amore.

L'aveva. Tagliata. Fuori.

Cassidy scosse la testa. Suo padre, a manipolarla—una donna quasi trentenne—verso un matrimonio combinato. Cos'era, l'Inghilterra feudale?

Cassidy guardò fuori dal finestrino mentre Liam svoltava in una stradina tranquilla, alberata, con le case abbastanza vicine da potersi dire vicini, ma abbastanza distanti da non sapere i fatti più intimi gli uni degli altri.

*Intimità*. Burton se l'aspettava. E con il denaro come base del loro matrimonio, suo padre la stava condannando a essere una prostituta molto ben pagata.

Le venne la nausea. Non aveva mai neanche *pensato* che potesse farle una cosa simile. Oh, certo, l'occasionale «restare al verde» era spuntato ogni tanto quando pensava di mettersi in proprio, ma si aspettava che la fase «al verde» fosse temporanea mentre aspettava di vendere altri mobili, *non* perché ogni centesimo in suo possesso sarebbe stato congelato per via del lungo braccio di suo padre.

Che cosa avrebbe fatto? Quando se l'era immaginata all'inizio, si aspettava di restare nell'attico o magari in una delle sue altre proprietà finché non avesse avuto entrate sufficienti per un piccolo mutuo. Aveva progettato di vivere in modo semplice. Accontentarsi di 1.000 piedi quadrati invece dei 4.000 da cui era appena stata buttata fuori.

Ora, se non fosse stato per la generosità di Liam, non ne avrebbe avuto neanche *uno*. Liam imboccò un lungo vialetto. Cassidy dovette tenere la bocca chiusa. E non chiusa nel senso che non avrebbe detto niente di cattivo, ma chiusa per impedire alla mandibola di cadere. Lei si preoccupava di *un* piede quadrato? Liam probabilmente ne aveva 4.000 solo di giardino davanti.

«È tuo questo?» chiese infine, senza riuscire a staccare gli occhi dal meraviglioso paesaggio. Non sapeva cosa aspettarsi con lo stipendio di una cameriera, ma di certo non questo. Alberato tranne che per una piccola radura illuminata come da un faro, con uno stagno di ninfee proprio al centro e panche scolpite nella pietra intorno, con una vecchia pompa d'acqua usata come fontana, e una splendida teoria di annuali ai bordi dello stagno, il posto sembrava davvero una terra delle fate. Titania si sarebbe divertita un mondo ad acciambellarsi tra le rocce. «Ci sono pesci lì dentro?»

Liam annuì. «Koi. Ne ho alcuni che superano il piede.»

«Wow. Sono impressionata. I koi hanno bisogno del tocco giusto per vivere così a lungo.»

Sembrava la metafora della sua vita.

Liam passò sopra un ponticello di pietra ad arco, poi fece il giro a sinistra, andando dietro alla struttura a capanna in stile A-frame con una parete frontale di finestre che le ricordava l'attico. La differenza era che, A) non apparteneva a suo padre, e B) era in mezzo alla natura, non al di sopra di essa. Si era sempre chiesta delle persone a cui piaceva vivere al di sopra della natura. Che pensavano che guardarla dall'alto fosse molto meglio che viverci dentro. Dopotutto, una cascata da patio non poteva nemmeno iniziare a competere con la bellezza dell'oasi di Liam e della sua pompa d'acqua gorgogliante, o con le farfalle che svolazzavano tra i fiori, e le libellule che restavano sospese appena sopra la superficie dello stagno con le ali che vibravano nel silenzio.

Era così tranquillo. Così bello. Un posto dove qualcuno poteva andare per fuggire dalle tensioni della giornata e semplicemente rilassarsi.

«Qualcosa non va?» La voce di Liam aveva un taglio acuto. «So che non è il Ritz o l'Hilton o roba simile, e l'acqua è sporca, e gli insetti ronzano in giro, ma questo posto fa per me. Mi piace sedermi sulla panchina a guardare le bolle d'aria sulla superficie causate dai pesci, o le rane che saltano per acchiappare gli insetti che girano. O il tonfo occasionale quando una si tuffa.»

«Sembra pacifico.»

«Lo è. A volte non c'è niente di meglio di un po' di solitudine nella natura.»

Era infinitamente meglio della solitudine nella sua gabbia dorata. Le sarebbe piaciuto stare lì.

Titania si agitò in grembo, appoggiò le zampette alla portiera vicino al finestrino e iniziò ad abbaiare.

«Oh, guarda. Vuole giocare.»

«Non continuerà con tutto questo abbaiare, vero? A un certo punto dorme, giusto?»

«Certo che sì. È solo eccitata ora.»

«E per gli incidenti? Ho speso troppo per i pavimenti per fare da servizio di addestramento alla toilette.»

«Titania è stata educata in casa dal giorno dopo che l'ho presa. Non devi preoccuparti di sporco.»

«Oh, non mi preoccupavo visto che lo pulirai tu.»

«Be', ovvio che sì. È la mia cagnolina. Pulisco io dopo di lei.»

Liam entrò nel garage e le fu accanto per aiutarla a scendere dal lato del passeggero prima che avesse raccolto Titania e il resto delle sue cose.

«Mettila giù. Tanto vale che impari il posto da subito.» Liam posò Titania a terra. Era così strano vedere la sua cagnolina minuta e delicata nelle mani grandi e forti di Liam. Le ricordò una foto di Ann Geddes con un bimbo cullato nelle mani del padre.

Wow. Si stava facendo davvero troppo fantasiosa. Liam stava solo cercando di aiutarla e lei era quella che rendeva tutto strano con la sua stupida immaginazione.

*Riservala ai quadri, Cassidy.*

Esatto—Ops. La sua arte. I mobili. Erano nel magazzino che, sfortunatamente, aveva affittato a suo nome. L'affitto era pagato fino a fine mese, ma se papà l'avesse scoperto prima...

Doveva portare via tutti i pezzi da lì.

Grazie al cielo Liam aveva un garage per due auto. Ora speriamo solo che fosse disposto a far trasferire anche i suoi mobili per qualche giorno...

Lo seguì attraverso il garage fino alla lavanderia, dove la accolsero la caldaia, il lavatoio e un aggeggio di tubi che poteva essere uno scaldacqua istantaneo.

«Lascia le scarpe qui nel mudroom,» disse lui, togliendosi le proprie.

Sul serio? L'uomo si toglieva le scarpe a casa propria?

«Cerco di tenere il disordine al minimo così non devo pulire troppo.»

«Immagino che non ti vada, dopo averlo fatto tutto il giorno per lavoro, eh?» Ci stava. Si sfilò le infradito e le mise sugli scaffali nel ripostiglio lungo la parete in fondo.

«Qui è dove tengo tutti i prodotti per le pulizie.» Liam indicò gli scaffali a sinistra. «Scopa, panno antipolvere, una bacchetta per le veneziane.» Indicò le cose allineate sulla pannellatura forata lungo il lato opposto del ripostiglio. «Gli accessori per l'impianto di aspirazione centralizzato sono qui.» Aprì un pensile. «Ho anche un aspirapolvere manuale, e i sacchetti e gli accessori sono qui.» Sfiorò una specie di sacca in vinile nera appesa. «Asta di prolunga e pinza per le lampadine, che stanno quassù.» Aprì un armadietto all'interno del ripostiglio per mostrarle vari tipi di lampadine e un paio di grosse batterie e torce. «Sacchi della spazzatura, batterie, nastro americano, qualche attrezzo... Qui trovi tutto.»

Perché mai avrebbe avuto bisogno di nastro americano e martelli?

Titania grattò la porta che dava su quello che Cassidy presumeva fosse il resto della casa.

«Graffia? Dannazione, ho appena finito di dipingere le porte.»

Cassidy raccolse la cagnolina. «Di solito non lo fa. Immagino che tu abbia qualcosa che profuma alla grande dietro quella porta.»

«La cena.» Aprì la porta. «Ho messo del pollo alla salsa nella slow cooker prima di uscire.»

L'aria si riempì del profumo di salsa. «Ha un odore davvero invitante.»

«Lo è. Facile e buono, anche. Cucinare con la slow cooker è una manna.»

Cassidy non menzionò che, pur avendo sentito parlare di una slow cooker, non era del tutto sicura di cosa fosse né di come si usasse. Meglio sorvolare su quel dettaglio, visto che lui era tutto un «sì, Principessa» di qua e «sì, signorina Davenport» di là. Non aveva bisogno di sapere come si usa una slow cooker per cavarsela da sola.

O forse sì. Cucinare con un budget non era stato incluso in nessun suo programma di studi. *Cucinare* neppure. La pianificazione dei menù, invece, e come trattare con il personale sì.

Be', magari cucinare era qualcosa che avrebbe potuto imparare mentre stava lì. Ai ragazzi piace quando le donne cucinano per loro, giusto? Sicuramente a Liam non sarebbe dispiaciuto. La maggior parte dei ragazzi probabilmente non metteva mai piede in cucina se non per prendere birra e pizza dal frigo.

A quanto pare, Liam faceva di più in cucina. La sua era un disastro.

«Che cos'è successo qui?» Cassidy posò Titania e osservò i piani in quarzo coperti da scatole di cartone.

Liam sospirò e si passò le mani tra i capelli. «Mia nonna. Passa ogni tanto a rifornire il frigo, come dice lei. Immagino che oggi fosse quel giorno.» Prese una scatola e iniziò a smontarla. «L'abbiamo trasferita in una residenza assistita e le manca cucinare, quindi prende in prestito la cucina di un'amica e si mette a spadellare come una matta.» Aprì la porta del frigo in acciaio. «Vedi?» Si scostò. Contenitore di plastica dopo contenitore di plastica allineavano i ripiani. «Pensa che io mi mangerò tutto questo prima che vada a male.»

Prese due dei contenitori e cercò di spostarli nel congelatore... solo che non poteva. Era pieno zeppo anche quello.

«Direi che sei a posto per l'apocalisse.»

«Be', immagino di poter depennare la cucina dai tuoi metodi di risarcimento.» La squadrò dall'alto in basso. «Sai cucinare, vero?»

Stava quasi per lasciarglielo credere, poi decise che era meglio di no. Il modo più facile per essere scoperta a mentire era doverlo dimostrare. «Non proprio. Papà aveva degli chef. Non amavano avere i bambini tra i piedi.»

«E sono sicuro che mettere insieme i menù è più importante che imparare a cucinare ciò che c'è sopra, in quelle scuole di finitura.»

«Non ho avuto voce in capitolo sulla mia istruzione, sai.»

Lui afferrò un'altra scatola e la schiacciò, iniziando una pila sull'isola. «E quanti anni hai?»

Inspirò a fondo ed era sul punto di scatenare una tirata ma... non lo fece. A che scopo? Potevano discutere quanto volevano, ma la verità era che non sapeva cucinare e non l'aveva considerato necessario per andare a vivere da sola. Per quello esisteva l'asporto.

«Che importa, comunque? Tua nonna ha reso le mie abilità culinarie—» o la loro mancanza—«irrilevanti.»

«Okay, d'accordo. Allora puoi passare direttamente a mettere in ordine questo posto.»

*Come, scusa?* «La tua cucina?»

«Per cominciare. Poi il soggiorno, le camere e i bagni. Ce ne sono due al piano di sotto e uno su.»

«C'è un piano di sopra? Dove?»

Indicò un'altra scatola verso una scala a chiocciola in ferro battuto. «Porta al soppalco. Due camere e un bagno. Non dovrebbe volerci molto.»

«Non dovrebbe volerci molto per fare cosa?»

«Per pulire, naturalmente.»

Sentì le parole, ma non avevano senso. «Aspetta. Cosa? Vuoi che io pulisca casa tua?»

«Colto al primo colpo. Bene. Allora non dovremmo avere problemi di comunicazione.»

Scosse la testa. «Vuoi che io pulisca casa tua.»

«Non ne abbiamo appena parlato?»

«Ma perché?»

La guardò con un sopracciglio alzato. «Perché il posto è sporco?»

«Ma perché io? Non hai una Manley Maid che lo faccia per te?»

«Ce l'ho, ma perché pagare qualcuno quando hai detto che mi avresti ripagato per stare qui?» Accatastò un'altra scatola appiattita sul piano di lavoro.

La sua logica non le piaceva. E nemmeno il suo metodo di risarcimento. «Perché non posso pagarti in contanti?»

«Ne hai?»

«Be', no. Ma ne avrò.»

«Allora ne parleremo quando li avrai. Nel frattempo, puoi farmi risparmiare un po' di soldi facendolo tu.» Le tese una scatola.

«Ma non so come si pulisce.»

«Oh, andiamo, Principessa.» Scosse la scatola quando lei non la prese. «Non è così difficile. Ti ho fatto vedere dove sono tutti i prodotti. Spolveri e aspiri i residui. Un paio di prodotti in bagno. Non è scienza missilistica. Se sai capire come si gioca a pinnacola, sono sicuro che sai pulire un gabinetto.»

«Come fai a sapere che gioco a pinnacola?»

«Non è quello che insegnano tutte le scuole di finitura, al giorno d'oggi?»

«Be', sì, ma non mi è mai piaciuto.»

«Però sai giocarci, vero?»

Certo che sì. Aveva addirittura seguito corsi di bridge e pinnacola e mahjong e tutta un'altra serie di passatempi considerati adatti all'ambiente dei country club.

Dio, quanto sembravano pretenziosi, adesso. Dov'era l'esperienza pratica come... be', cucinare e pulire e gestire il denaro?

E avrebbe dovuto gestire i suoi soldi. Quando ne avrebbe avuti, ecco.

Liam posò la scatola—intatta—in cima alla pila. «Senti, devo tornare indietro. Tuo padre vuole che mi metta al lavoro sul condominio di fronte al tuo, ehm, al tuo vecchio, perché vuole venderlo. Stasera viene il fotografo per scattare le foto.»

«Già, papà va matto per le foto al chiaro di luna. Spende un patrimonio in micro-luci bianche per tutti i suoi giardini sui patio e adora come si riflettono sulle superfici di vetro. Dice che fanno sembrare il posto caldo e accogliente.»

«È vero.»

«Fuori, forse. Dentro è freddo, austero e completamente privo di personalità.»

Liam la fissò un battito di troppo per i gusti di lei, così si voltò. Probabilmente non avrebbe dovuto confessare le sue angosce interiori all'uomo che già di suo non andava particolarmente matto per lei ma che, per qualche ragione, aveva avuto pietà e l'aveva accolta.

Dio, detestava la pietà.

Ma era tutto ciò che aveva dalla sua, in quel momento, perché non c'era, letteralmente, nessuno che potesse chiamare. Non aveva esagerato prima. Nessuno avrebbe voluto aiutarla rischiando di mettersi contro Mitchell. Lo sapeva, tanto quanto sapeva di essere lì in piedi.

Solo che poi quasi non rimase in piedi. L'enormità di ciò che papà aveva fatto—*e* di come lei non l'avesse visto arrivare—la travolse di nuovo e, stavolta, le ginocchia cedettero davvero. Afferrò il bancone della colazione per non crollare e riuscì a scivolare su uno sgabello lì. Le bastavano pochi istanti per ritrovare la calma. Sarebbe andata bene. Davvero.

«Stai bene?» Liam girò attorno al bancone, la preoccupazione sul viso facendola sentire in colpa perché aveva già fatto abbastanza per lei; non voleva aggiungere la preoccupazione al resto di ciò che stava facendo per lei.

«Sì. Perché?»

«Perché per un attimo eri bianca come un cencio.»

«Probabilmente perché non ho fatto colazione.»

«Be', serviti pure di quello che vuoi. Nonna, ne sono certo, ha portato un bel campionario. Fa così di solito. Non vuole che resti senza mangiare.» Si diede una pacca sugli addominali. «Come se potesse succedere.»

Cassidy avrebbe voluto che non si fosse schiaffeggiato quei muscoli di roccia. Non voleva notarli, su di lui. Non voleva notare niente, di lui. Non quando avrebbe dormito sotto il suo tetto e si sarebbe sentita più grata di quanto fosse prudente.

«Okay, allora io torno a finire il lavoro e dovrei essere a casa per le sei al massimo. Il pollo a quel punto dovrebbe essere pronto. Se vuoi mettere su un po' di riso e una verdura, te ne sarei grato.»

«Uh, certo.» Una volta capito *come* si cuoce il riso, ecco. Probabilmente avrebbe saputo cavarsela con dei broccoli al vapore.

Se sapeva come si cuoceva a vapore qualcosa...

«Hai, ehm, un computer qui che potrei usare visto che non ho più lo smartphone?»

«Nello studio. Puoi entrare con un account ospite.» Andò alla lavagna sopra l'angolo scrivania in cucina. «Non ho il telefono fisso, ma puoi mandarmi messaggi dal computer.» Scrisse sulla lavagna. «Questo è il mio cellulare. Chiamami se ti metti nei guai.»

«Allora avrei dovuto chiamare per tutto il tragitto fin qui, eh?»

Un sorrisetto maledettamente sexy attraversò il viso di Liam e Cassidy avrebbe tanto voluto che non fosse successo. Era in debito con quel tizio. Essere attratta da lui non era un'idea intelligente.

Lo dicesse ai suoi ormoni e alle stupide farfalle che se n'erano state in letargo per mesi nella pancia.

«Te la caverai per i prossimi giorni, finché non salterà fuori qualcos'altro. Pulisci la casa e poi vediamo.» Le sfiorò il fianco passando e diamine se non colse un profumo fantastico di sandalo e di Liam. L'uomo come un feromone ambulante.

Eh già... Stare qui sarebbe stato *davvero* interessante.


Avere Cassidy Davenport a casa sua sarebbe stato *davvero* interessante. Liam pregò soltanto di non finirla per strangolarla.

Lei non sapeva cucinare né pulire. Sul serio? Quanto poteva essere difficile capirlo? Lui e i suoi fratelli erano stati giovani ma avevano capito in fretta che uno straccio e del lucidante per mobili equivalevano a ore di fatica. Ma quello stesso straccio e lucidante equivalevano anche a una nonna felice che faceva biscotti al cioccolato strepitosi e li copriva di abbracci per tutti i loro sforzi. Avevano odiato pulire, ma avevano capito che il disordine che facevano era responsabilità loro. Che erano tutti sulla stessa barca e che la nonna non poteva fare tutto. Così le lasciavano fare ciò che loro non sapevano fare—cucinare cose strepitose—e recuperavano in altre aree.

Cassidy Davenport probabilmente non aveva mai dovuto recuperare in nulla.

Liam fece retromarcia dal vialetto, pregando di non star commettendo un errore nel tenerla lì, ma cos'altro poteva fare? Non aveva un posto dove andare.

Dio, non era ironico? La donna che aveva avuto più soldi di quanti lui avrebbe mai sperato di vedere in tutta la vita era senza casa. E scaricata da tutte le sue amiche ricche, cosiddette. Diamine, con amiche così, a che servivano i nemici? E tutta la faccenda con suo padre... La gente non capiva quanto fosse speciale il rapporto tra genitori e figli? Come, una volta che l'altra persona non c'era più, non si potesse tornare indietro? I suoi gli mancavano ogni giorno della sua vita e, qualunque fosse stata la lite tra loro, l'avrebbe sistemata in un battito di ciglia. Ma Cassidy e suo padre non potevano. O non volevano.

Triste. Semplicemente triste.

Svoltò a destra verso l'attico. No. Non avrebbe provato pena per lei. Non era un problema suo se era una bambina viziata che aveva dato tutto per scontato. Perché mai non avrebbe dovuto avere soldi suoi? Perché non mettere da parte un po' della paghetta di caro paparino su un conto di cui lui non sapesse nulla, per un giorno come questo?

Perché probabilmente se ne andava a fare festa a Los Angeles o a Cannes o in uno di quei miliardi di posti del jet set dove le sue amiche ora soggiornavano senza di lei, senza pensare che il treno dei soldi avrebbe potuto fermarsi.

Proprio come Rachel. Viziate, egoiste, approfittatrici.

Eppure l'aveva appena sistemata a casa sua.

A *pulire*.

Liam non riuscì a trattenere una risata mentre entrava nel garage sotterraneo del palazzo di suo padre—quello usato dalla «gente comune». Quello senza il cemento dipinto e la bella sistemazione del verde.

In quel preciso momento, Cassidy Davenport era a casa sua a *pulire*. Avrebbe probabilmente dovuto menzionare la scatola di guanti di gomma sul ripiano più alto. Non voleva che si rovinasse la manicure.

Fece un cenno a Marco nell'atrio mentre il tipo staccava per la pausa dal suo lavoro di ascensorista. Chissà quanto veniva pagato per quello? Doveva essere una bella cifra se quella era la sua fonte principale di reddito.

Liam scosse la testa. Non avrebbe mai capito i super ricchi. Ma poi, visto che non sarebbe mai *stato* super ricco, non aveva bisogno di capirli. Era perfettamente felice con la casa che aveva ristrutturato, quelle che rivendeva, e il suo unico capriccio—la casa per le vacanze a Kiawah Island, in South Carolina. Non che ci andasse spesso, ma era lì per lui, se mai avesse voluto.

Forse avrebbe dovuto lasciare che Cassidy stesse *lì* invece. Così non avrebbe dovuto preoccuparsi di entrare e trovarla nel suo letto.

*Sarebbe proprio un bel peccato.*

Ecco un pensiero. Com'è *sarebbe* averla ad aspettarlo alla fine di una lunga giornata?

Si lasciò indulgere per un secondo. Okay, magari per una trentina.

Era un bel sogno. Una buona fantasia. Ma questa era Cassidy Davenport, la donna che lo faceva sbavare, l'esatto tipo di donna da cui aveva giurato di stare alla larga. L'esatto tipo *sbagliato* per lui. Perché lei potrà pure dire che non farà ciò che il padre vuole, ma una volta che la realtà si farà sentire, tornerà. Gente come lei torna sempre.

L'attico era stranamente silenzioso quando entrò. Niente cagnetta che abbaia—Cristo. Sperava che quella cosa non graffiasse la sua pelle dei divani.

Liam attraversò il soggiorno, tutto perfetto da foto. Nessuno avrebbe mai detto che era stato lo scenario di un momento che cambia la vita. Di un litigio così grande tra padre e figlia che lei era stata tagliata fuori. Niente telefono, niente carte di credito e niente Mercedes.

Okay, sull'ultima parte non provava poi tutta questa pena per lei, ma comunque... Fa schifo vedersi strappare via tutto d'un colpo, come lui e i suoi fratelli sapevano bene in prima persona.

Si diresse verso la sala da pranzo, un tripudio di vetro e tappezzerie pastello con un credenzone in betulla lungo l'unica parete piena della stanza.

Aprì il cassetto in basso e vide i colori, insieme a un assortimento di utensili elettrici sorprendente, a dir poco. Come sorprendente era il fatto che nulla fosse riposto con un minimo di ordine o cura. Proprio come i suoi pensili in cucina, tutto era stato buttato nel cassetto come se avesse avuto fretta.

Guardò lungo il corridoio verso la sua camera. I cassetti del comò erano altrettanto in disordine?

No, non avrebbe ficcanasato. La camicina pesca e i tacchi a spillo erano stati abbastanza; non aveva bisogno di immaginarla con altro. O con meno. O con niente—

Diamine.

Tornò in soggiorno e fece qualche passo quando gli venne in mente qualcosa. La foto e il bracciale.

Dovevano aver significato qualcosa per lei, se li aveva tenuti per tutti quegli anni, anche se non capiva perché non li avesse portati con sé. Forse era stata troppo sconvolta per ricordarsene. Forse li aveva persino rimossi—un altro genitore che l'abbandonava doveva essere dura. Almeno lui e i suoi fratelli sapevano che il motivo per cui non avevano i genitori era l'incidente, non perché non li avessero voluti.

Liam si inginocchiò accanto al vecchio letto di Cassidy e tastò sotto finché non trovò gli oggetti. Cassidy e sua madre sembravano felici, lì, sulla spiaggia. Aveva il sorriso della madre. La stessa forma del viso e lo stesso naso. Gli occhi erano diversi, però, quelli della madre molto più piccoli e ravvicinati rispetto ai grandi verdi di Cassidy, con ciglia così folte che la gente avrebbe probabilmente pensato fossero finte.

Si infilò la foto nella tasca posteriore e mise il bracciale in quella davanti. Basta parlare dell'aspetto di Cassidy e dei suoi perizomi e di qualsiasi altra cosa che non aveva alcun diritto di notare. Era lì per lavorare e andarsene. Un mese e non avrebbe mai più dovuto vedere Cassidy Davenport ma—

Tranne che viveva con lui. Diamine. In che cosa si era cacciato?

# Capitolo Nove

Lei era nel suo letto.

Liam alzò gli occhi al cielo. *Davvero?*

Si fermò sulla soglia della sua camera dopo una lunga giornata abbastanza di merda a pulire, e si passò una mano sulla bocca. Era disposta a pagare con il proprio corpo pur di non pulire? Davvero pensava che lui ci sarebbe cascato? Ricordi di Rachel ondeggiarono nella sua testa.

La principessa doveva aver deciso che questo sarebbe stato più facile di una onesta giornata di lavoro a ripulirgli la casa. Peccato che non lo conoscesse.

*Ti sta offrendo di conoscerti* molto *bene.*

Non sarebbe successo. Non era lo stesso idiota che era stato con Rachel.

Si avvicinò al letto. «Chi è stato a dormire nel mio letto?» chiese a voce alta.

Cassidy si tirò su come se avesse elettrizzato le lenzuola, i capelli che le volavano intorno alla testa in un groviglio d'onde.

Un groviglio d'onde sexy.

Maledizione.

«Eh?» Gli strizzò addosso quegli occhi verdi.

Doppia maledizione. Quella non era una recita; era troppo intontita per star cercando di sedurlo.

«Ho detto, chi è stato a dormire nel mio letto?»

«Io?» Gli occhi le si spalancarono. «Accidenti. Scusami.» Scivolò giù dal letto in fretta. «Mi dispiace tantissimo. Non so cosa mi fosse passato per la testa. Be', sì, ovviamente ho pensato di potermi fare un pisolino veloce, ma visto che sei qui—»

Si ribaltò i capelli oltre la testa con l'avambraccio e quelli le ricaddero dietro come una soffice nuvola in cui lui voleva intrecciare le dita—

Maledizione. *Tripla* maledizione.

Fece un passo indietro dal letto. E un altro, per sicurezza. Stava cercando di fare una buona azione e aiutare quella donna, e il suo sex appeal lo seguiva in giro come una nuvola di pioggia. «Allora, oggi si è pulito qualcosa?»

«Ho fatto la cucina, il soggiorno, il tuo bagno, e stavo pulendo qui quando—»

«Quando hai deciso di fare Riccioli d'Oro?»

«Non è vero. Avevo solo pensato che—» sbadigliò «—mi sarei fatta un pisolino di cinque minuti o giù di lì.»

Lui guardò il caos in cui erano diventati i suoi capelli e il gonfiore assonnato degli occhi. «Propendo per l'opzione "o giù di lì".»

Lei fece una smorfia e poi si grattò la testa. «Scusami. Davvero non intendevo che mi trovassi sul tuo letto.»

Tutti sapevano che la strada per l'Inferno era lastricata di buone intenzioni e lei praticamente lo trascinava giù per quella.

«Oh, Liam, speravo di poterti chiedere un favore.»

Ovviamente. Proprio come Rachel. Se avesse smesso di pensare con il pisello, si sarebbe ricordato che non poteva fidarsi di donne come Rachel e Cassidy. Non sembrava però che quell'idiota della sua libido smettesse di desiderarle. Maledetta libido.

«Te lo restituirò. Lo prometto.»

«Senti, zuccherino, non tutto nel *mio* mondo riguarda i soldi.»

Lei fece una smorfia e lui, idiota com'era, si sentì in colpa per avergliela causata. Forse perché Rachel non aveva mai fatto una smorfia. Mai, quindi non c'era stato nulla per cui sentirsi in colpa. La sua pretesa di superiorità lo aveva fatto arrabbiare. Sarebbe stato più semplice se anche Cassidy lo avesse fatto arrabbiare, ma no. Con lei, arrivavano i sensi di colpa.

«Io... mi dispiace. Non volevo offenderti. Volevo solo che sapessi che non mi aspetto che tu faccia cose per me solo perché sei così gentile da farle. Ti ripagherò. Lo prometto. È che oggi è stato... ehm, be', non sono esattamente al meglio. È stata una giornata un po' dura, capisci?»

«Già.» Non voleva lasciarsi toccare, ma a quanto pare non aveva più controllo sulla propria empatia di quanto ne avesse sulla sua stupida libido. «Allora qual è il favore?»

«Mi chiedevo se potessi prestarmi il tuo pick-up.»

«Vuoi che ti presti il mio pick-up?»

«Solo per un'ora o due.»

«Per cosa?» Cosa se ne sarebbe fatta una come lei di un *pick-up*? E sapeva anche guidare, o era abituata agli autisti? Non le stava dando il suo camion per farlo andare a sbattere contro un albero.

Girò la testa a sinistra tanto in fretta che i capelli le ondeggiarono davanti al viso. «È, ehm...» Si infilò i capelli dietro l'orecchio con un gran sospiro e lo guardò dritto. «È per i miei mobili.»

«Credevo avessi detto che te n'eri andata solo con i vestiti che avevi addosso. E i tuoi colori, certo. Sono fuori nel mio camion insieme ai tuoi elettroutensili. Ah, e ti ho preso un po' di cose da mettere.» La questione della biancheria era stata spinosa, ma aveva inghiottito l'imbarazzo e ne aveva afferrata una manciata *senza* frugare nel resto dei cassetti—meglio che sapere che lei andasse in giro per casa sua senza. «C'era una pila di vestiti in fondo all'armadio senza etichette, quindi ho pensato che tuo padre non avrebbe potuto giustificarne la mancanza.»

«Oh, wow. È stato davvero carino da parte tua. Grazie mille!» Lo abbracciò.

*Lo* abbracciò. Come se fossero migliori amici.

O qualcosa di più.

Il momento s'inasprì in fretta. Soprattutto quando le sue mani—non più sotto il suo controllo della libido o dell'empatia, a quanto pare—le salirono ai fianchi e vi rimasero.

Il sorriso di lei svanì.

Lo stomaco di lui si contrasse. Doveva lasciarla. Fare un passo indietro. Allontanarsi.

Non lo fece.

Lei si inumidì le labbra con la lingua e poi inclinò la testa, esponendo una lunga linea di pelle invitante da sotto l'orecchio, giù per il collo e lungo la spalla fino a dove la maglietta a malapena aderiva alla curva del braccio. Se ne prendesse solo un pezzetto tra i denti e tirasse...

«Io, uh...» Gli lasciò le spalle. Forse un dito alla volta, ma comunque, lo lasciò.

Meglio che lo facesse anche lui.

Diede un ultimo, indugiante sguardo alla curva del suo collo e tolse le mani dalla sua vita. Fece anche un passo indietro. «Vado a prendere le tue cose.»

Poi se ne andò al diavolo dalla sua camera prima di fare qualcosa di cui entrambi magari sarebbero stati felici per qualche istante, ma che alla lunga avrebbero finito per rimpiangere.


Per un soffio non l'aveva baciato—e lei era abbastanza sicura che anche lui avesse voluto baciarla. Se questo non complicava le cose ancora di più...

Lei era attratta da lui. Proprio il posto e il momento sbagliati... Il suo obiettivo era andare a vivere da sola. *Stare* da sola. *Farcela* da sola. Questo era temporaneo. Solo finché non avesse venduto uno o due pezzi di mobili e avuto abbastanza soldi per un appartamento. Le serviva solo un po' di tempo per rimettersi in piedi, e che lui la facesse capitolare non rientrava nel piano.

«Andiamo, Titania.» La cagnolina era stata raggomitolata sul cuscino e non aveva nemmeno abbaiato quando Liam era entrato, traditrice. «Usciamo di qui prima che torni.» *E* prima che lei perdesse la qual forza le aveva fatto lasciare le sue spalle. Le sue spalle larghe, massicce—

Già, se ne andò di lì in fretta e furia.

Non era meno attraente quando lo raggiunse in soggiorno.

«La stanza sembra a posto. Hai fatto un bel lavoro.»

«Felice che approvi.» Se solo avesse saputo lo sforzo che c'aveva messo per arrivarci. Aveva quasi dovuto raccogliere vetri crepati dal tavolino dietro il divano quando Titania aveva provato ad aiutarla spingendo in giro il mocio. Poi c'erano state le tre volte in cui aveva dovuto lucidare quel tavolo.

Sì, tre. Prima, c'erano le striature sul vetro, quindi l'aveva pulito di nuovo. Altre striature. Alla fine aveva letto le scritte in piccolo sul retro delle bombolette per scoprire che stava usando un lucido per legno non pensato per il vetro.

Così aveva dovuto *trovare* il detergente per vetri in quell'affare spaventoso che lui chiamava lavanderia, pieno di attrezzi e tubi e troppi prodotti chimici per la sua pelle sensibile, finché non era stata fortunata e aveva trovato una scatola di guanti di gomma e uno spray per vetri.

Poi c'era stata tutta l'indagine su cosa usare in bagno e se andasse bene anche in cucina, seguita da analisi mop-bagnato/mop-asciutto. Tutta la faccenda di muffa/umidità le aveva rivoltato lo stomaco. Quando avrebbe avuto una casa sua, avrebbe richiesto solo tre flaconi di detergenti, un mocio e un aspirapolvere. Il resto era esagerazione. Chi aveva tempo o soldi per sei bottiglie diverse, un mocio per le piastrelle, un aspirapolvere per il parquet, un aspirapolvere per la moquette e uno strano accessorio per le scale? Meno male che le sue scale erano in ferro battuto e lo spolverino andava bene, perché non era del tutto sicura di come si montassero tutti quegli accessori.

«Allora dove vuoi questo?» Alzò la borsa che stava nel suo armadio. Buona pensata da parte sua, perché papà non si sarebbe accorto che mancavano quei vestiti.

Solo che lei non era sicura di riuscire a indossarli davanti a Liam senza sentirsi a disagio. Erano i suoi vestiti da pittura. Quelli che papà non avrebbe mai approvato che indossasse in pubblico, che era metà del motivo per cui li aveva comprati. L'altra metà era che erano l'opposto di ciò che indossava di solito e si era sentita ribelle. Tutta quella gita al mercatino con Stacey era stata ribelle e dannatamente divertente. Indossare quei vestiti l'aveva resa felice.

Di quella sensazione avrebbe avuto bisogno adesso.

«Direi la mia camera.» Qualunque fosse. Ce n'era una in più al piano di sotto accanto alla sua e due al piano di sopra. Il buon senso avrebbe dettato di usare quella al piano di sotto, visto che era sul livello principale, ma l'istinto di autoconservazione diceva di salire.

Lui non aiutò fissandola e basta.

«Oppure...» Aveva già chiesto il camion; tanto valeva mettere tutto sul tavolo. «Che ne dici dell'ala vuota del tuo garage? Speravo di poterla usare come deposito e studio temporaneo. Ho ancora qualche pezzo in un magazzino che dev'essere dipinto e una volta che mio padre scoprirà l'esistenza del posto—ammesso che non l'abbia già fatto—lo farà mettere i sigilli e io resterò fregata. Da qui, la necessità del tuo camion. Metterò un telone per terra così non dovrai preoccuparti del pavimento, e poi l'odore e il disordine resterebbero fuori. Prima inizio a lavorare sui mobili, prima posso vendere qualcosa e cominciare a pagarti per avermi ospitata. Non ti accorgerai nemmeno che ci sono e ti toglierò dai piedi, quindi davvero non sarà un grande disturbo—»

«Stop.» Liam alzò la mano. «Prendi fiato prima di svenire. Non ho bisogno pure di una corsa in ospedale, con tutto il resto.»

Invece di prendere fiato, inghiottì il panico. Era suonata disperata, buttandogli addosso tutto in una volta, ma aveva bisogno della sua collaborazione al piano o sarebbe rimasta bloccata lì per un bel po'.

«Va bene. Puoi prendere in prestito il camion. Ma metto dei tappetini dietro. Non voglio il cassone graffiato. Riuscirai a caricare i mobili senza il mio aiuto?»

Accidenti. A quello non aveva pensato. «Be'...»

Lui espirò e si asciugò la fronte con l'avambraccio. «Già, come immaginavo.» Posò la borsa sul pavimento accanto al muro e si mise le mani sui fianchi. «E di quanti pezzi stiamo parlando? Riuscirò a parcheggiare il camion in garage se diventa il tuo studio?»

«Sì. Non sono poi tanti. Forse una mezza dozzina.»

«Okay. Bene. Andiamo dopo cena.»

«Cena?»

«Sì, sai. Il pasto che viene a fine giornata? La cosa nella slow cooker?»

La slow cooker. Oh. Accidenti. Se n'era dimenticata. «Ehm, Liam, a proposito di quello—»

Lui alzò una mano ed espirò. «Faccio io il riso. Prima usciamo di qui, prima impediamo a tuo padre di trovare il tuo nascondiglio segreto.»

Era lo stesso tizio che l'aveva presa in giro chiamandola *Principessa*? Lo stesso che credeva a tutto il clamore sulla sua vita? Eppure eccolo lì, gentile con lei, l'aveva accolta in casa e voleva battere suo padre sul tempo. Potrebbe essere un suicidio professionale per lui se Mitchell lo avesse mai scoperto.

Se non stava attenta—diavolo, se *lei* non stava attenta—rischiava di prendersi una cotta per il signor Liam Manley.


«*Questo* è ciò che volevi salvare?» Liam rimase sulla soglia del suo deposito dopo il loro pasto veloce con la bocca spalancata. «Principessa, odio dirtelo, ma nessuno comprerà questa roba. È... be'... è ciarpame.» Si pizzicò l'attaccatura del naso. «Non voglio essere duro, ma questa roba sembra una mer— ehm, schifezza. Vecchia. Malandata. Con questa roba non ci farai soldi.»

«Sappi che il pezzo che ho appena venduto stava peggio della maggior parte di questi, e l'ho venduto per cinque cifre.»

«Stai scherzando.»

«Macché.»

«Allora dove sono quei soldi? Perché non puoi usarli per darti una nuova vita?»

Adesso sì che tirò dentro un bel respiro. E un secondo. «Ho versato l'assegno. Su un conto presso la cooperativa di credito della società di mio padre. Sai, quello collegato alla mia carta di debito. E siccome a papà non sembrava che dipingere e—Dio non voglia—*vendere* ciò che dipingevo fossero attività dignitose, si è ricomprato il pezzo quando l'ha scoperto. *E* ha preteso che rinunciassi alla provvigione. Quindi, sì, quel conto è chiuso.»

«Stai scherzando.»

«Ti sembro una che scherza? Mi sarei trasferita da te, uno quasi sconosciuto, se stessi scherzando?»

Si passò il palmo sulla faccia. «Immagino di no, ma cazzo.»

Lei espirò. «Lo so, vero? Non riesco a credere che l'abbia fatto.» Né che non l'avesse previsto. Perché, perché non aveva aperto un conto segreto tutto suo? Il senno di poi era davvero venti-venti. Tutti i suoi passatempi frivoli per tenere il passo con le amiche e le loro famiglie... Se solo avesse pensato in anticipo.

Se solo avesse visto suo padre per ciò che era davvero.

«Non riesco a credere che abbia pensato che i mobili non fossero una buona idea. Alla gente piace quel genere di cose.»

«Lo so. C'è un mercato per il mio lavoro. Un paio di cerniere, due martellate e una bella mano di vernice possono trasformare un vecchio mobile in qualcosa di utile e decorativo. Solo perché è vecchio non vuol dire che sia fuori gioco.»

«Ti capisco. Io compro case vecchie, le sistemo e le rivendo. E ci campo dignitosamente.»

Così aveva iniziato suo padre. «E le pulizie? Credevo che fosse quello che facevi.»

«Eh, be', sì. Faccio anche quello. Per aiutare mia sorella.»

Che bravo tipo. Anche gran lavoratore. E poi c'era il fattore bellezza...

Già, era meglio che stesse attenta o si sarebbe affezionata molto facilmente, e poi che ne sarebbe stato dei suoi piani per il futuro? Liam era arrivato sia al momento giusto sia a quello sbagliato.

«Quindi hai ristrutturato casa tua?»

La schiena di Liam si raddrizzò un po', il petto si gonfiò appena. «Sì.»

Aveva ragione a esserne orgoglioso. «Sei molto bravo, Liam. Cioè, non so com'era il posto prima che lo comprassi, ma hai un gusto fantastico.»

Un lampo gli attraversò il viso, ma lo coprì con una scrollata prima che lei potesse capirne il senso. «Scelgo solo quello che mi piace.» Si schiarì la gola. «Allora, la facciamo, prima che arrivi tuo padre?»

Un sì grande come una casa. «Prendiamo prima la credenza, ma occhio alla gamba davanti. È attaccata per un filo della vite.»

Lui inarcò un sopracciglio. «E pensavi di riuscire a caricarla sul camion da sola?»

«Non stavo pensando, okay?» A molte cose, ovviamente. «E poi, già ti sto chiedendo troppo e non volevo esagerare. Qualcosa mi sarei inventata.»

«E l'avresti rotta nel farlo. E poi dove saresti finita?»

Lei fece scattare l'anta e questa si aprì con un *toc* sbilenco. «Non potrebbe andare peggio di così.»

Lui la fissò per un secondo o due, poi guardò lei. In quello sguardo c'era qualcosa... Poteva azzardare che fosse *ammirazione*?

«Non vedo l'ora di vederla quando avrai finito. Se riesci a trasformare questo rottame in qualcosa che valga cinque cifre, ti devo una cena.»

«Affare fatto.»

«Significa che, se non ci riesci, la cena la devi *tu* a me.»

«Non mi preoccupo.» Non si preoccupava perché in ogni caso avrebbe avuto una cena con Liam Manley.

Anche se forse *quello* avrebbe dovuto preoccuparla.


Liam tenne gli occhi incollati allo specchietto retrovisore mentre si allontanò da casa sua per la terza volta quel giorno. La principessa era rintanata nel suo garage, telone sul pavimento—che pure quello gli doveva—i mobili sparsi intorno, e l'espressione in viso era una di quelle che si sarebbe aspettato di vedere in un giorno di saldi al centro commerciale, non davanti a un mucchio di pezzi di legno e marmo rotti che avrebbero richiesto discrete capacità di falegnameria, per non parlare di un bel po' di talento in fatto di arte. Non aveva il cuore di dirle che il motivo per cui aveva preso cinque cifre per quell'altro pezzo doveva avere più a che fare con il cognome del padre che con qualche corso di belle maniere con acquerelli.

Sperò che non vivesse più con lui quando la realtà le fosse crollata addosso. Non voleva mettere alla prova la sua fermezza contro le lacrime di una donna; dubitava di esserne immune quanto avrebbe voluto.

Di certo non era immune ai suoi sorrisi. O alle sue espressioni corrucciate mentre studiava il cassettone da ogni angolo. O all'inclinazione sexy del mento mentre ne tamburellava il fianco con il manico di un pennello.

Per fortuna, guardò fuori dal parabrezza proprio allora—giusto in tempo per evitare un albero che era a circa quindici centimetri dal paraurti.

Sbandò, maledicendosi per essersi distratto. Avrebbe dovuto farsi vedere da uno bravo.

Di solito sarebbe andato a trovare uno dei suoi fratelli, ma non voleva gli sguardi. Le ramanzine. Avevano già sentito abbastanza delle sue lamentele quando Rachel aveva fatto la sua mossa; non voleva tornare di nuovo con la coda tra le gambe per via di un sorriso mozzafiato e di quella dannata determinazione pimpante che mai avrebbe pensato avesse dentro Cassidy Davenport.

Ci mancava. L'unica socialite con cui si era ritrovato bloccato stava cominciando a smentire lo stereotipo.

# Capitolo Dieci

T-shirt rosa con strass, capri bianchi ricamati, leggings neri da yoga, lungo caftano tie-dye svolazzante che suo padre probabilmente le avrebbe ordinato di bruciare, short-shorts che *di sicuro* le avrebbe fatto bruciare, e una giacca di pelle che sembrava uscita dritta dal guardaroba di una tipa di una gang di motociclisti... Cassidy sorrise mentre tirava fuori dal sacchetto i vestiti che Liam le aveva portato, cercando di non sentire quel formicolio per la sua premura.

Ma quando arrivò alla baby-doll color pesca con vestaglia di seta blu, e ai sandali neri con tacco a spillo e cinturini alla caviglia, perse quella battaglia. Solo che era un tipo diverso di brivido. C'era qualcosa nell'idea che lui avesse maneggiato quelle cose setose che le faceva provare sensazioni deliziosamente sconvenienti.

*Non è una buona idea. Volevi stare per conto tuo, ricordi? Niente uomini. Né tuo padre, né un sugar daddy, e niente fidanzato. Questo tempo è per te. Riguarda* te. *Ricordatelo.*

Ci provava, ma lui doveva per forza essere così maledettamente carino oltre che così sexy.

Titania guaì alla sua caviglia, poi le saltò in ginocchio. La maltese di solito era una piccola signora perfettamente educata, tranne quando aveva fame.

«È ora di cena, Titania?» Cassidy si sentiva nuda senza il cellulare. Non riusciva a credere che suo padre gliel'avesse disattivato. E le avesse bloccato la macchina. E l'avesse lasciata uscire con addosso solo i vestiti che aveva.

Guardò il mucchio nel comò della sua stanza e sorrise. Un dilemma risolto. Avrebbe adorato abbracciare Liam per questo.

Tra le altre cose.

Titania guaì di nuovo.

«Va bene, va bene.» Cassidy mise quel pensiero da parte per un po' e chiuse l'ultimo cassetto del comò prima di dirigersi in cucina a cercare le bustine di cibo per cani che aveva portato da casa. Fece l'inventario. Ne erano rimaste abbastanza da durare circa una settimana. Il che non le lasciava molto tempo per finire la credenza, se voleva venderla per farsi i soldi della spesa per il cane. Un ritmo serrato in una giornata normale, e questo *se* Jean-Pierre avesse anche solo *preso in considerazione* di accollarsi un altro pezzo. Il che avrebbe richiesto che lei raccogliesse un po' di coraggio, lasciasse alle spalle la mortificazione per le trovate di suo padre e lo implorasse di rischiare la sua ira.

E anche se lui *avesse* accettato, lei avrebbe dovuto pregare che la credenza si vendesse in fretta quanto il cassettone.

Erano un sacco di *se*. E tutto il suo futuro—così come quello di Titania— ci si reggeva sopra.

Così si infilò gli occhiali protettivi tempestati di strass e si mise al lavoro.


Qualche ora dopo, era coperta di segatura e di colla da legno secca, e aveva riparato le cerniere molli delle ante della credenza. La gamba traballante non rischiava più di spezzarsi e, dopo qualche altra passata con la pelle di daino, il pezzo sarebbe stato pronto per la prima mano di vernice.

Cassidy si tolse gli occhiali e la mascherina, si scostò dalla fronte qualche ciocca sudata e impastata di segatura, poi guardò fuori. Era buio. La stupiva sempre come il tempo scorresse veloce quando era immersa nel lavoro.

La povera Titania era stata chiusa nella lavanderia di Liam da quando lei era uscita qui. Meno male che la cagnolina aveva fatto i bisogni prima che Cassidy la chiudesse dentro, ma adesso toccava a Cassidy. E avrebbe fatto bene a farsi una doccia per levarsi di dosso tutta quella roba.

Guardò fuori dalla porta del garage. Nessun segno di Liam. Bene.

Spense le luci, poi si sfilò t-shirt e shorts, per non lasciare una scia di segatura fino al bagno, e rientrò in casa in biancheria.

Liam sapeva proprio come trattare i suoi ospiti—o i suoi servitori a contratto, ma non avrebbe lasciato che questo le impedisse di godersi il lusso di una doccia tutta in marmo con soffione a pioggia dall'alto e getti per tutto il corpo. Dopo la giornata di schifo che aveva avuto, un po' di coccole le avrebbero fatto bene.

E quando entrò sotto il getto pulsante perfettamente calibrato, con i prodotti da toeletta che aveva prelevato dal suo bagno, le parve di entrare in paradiso.


Liam, invece, stava all'inferno.

Era sceso dal pick-up—dritto su un mucchio di vestiti.

I vestiti di Cassidy.

Quelli che lei indossava prima.

C'era una sola ragione per cui una donna avrebbe lasciato cadere i vestiti in mezzo a un garage, soprattutto quando erano coperti di segatura.

Se ne andava in giro per casa sua nuda. O in biancheria che—seriamente—non era affatto meglio.

Che cosa aveva fatto per meritarsi questa tortura? Aveva cercato di fare una *buona* azione e adesso pagava il fio dei dannati. Dio lo aiutasse.

Si pizzicò l'attaccatura del naso e girò attorno al frontale del pick-up entrando nella lavanderia, facendo più rumore possibile, pregando che lei lo sentisse e si infilasse in camera o in bagno, e almeno si avvolgesse in un asciugamano.

«Cassidy?» disse da dietro la porta della stanza.

Niente.

«Cassidy?» disse un po' più forte, questa volta sporgendosi oltre lo stipite.

Ancora niente.

Entrò in casa e allora lo sentì.

Cantava sotto la doccia.

Stonata.

Be', ecco qualcosa che i soldi di papà non potevano comprare: la capacità di andare a tempo. Quella sua imperfezione gli piaceva.

Ma non *voleva* che gli piacesse *niente* di lei.

Attaccò una nota alta... più o meno. Un po' fuori tono, ma non era quello a farla desistere.

Quella testardaggine gli piaceva, pure.

Dannazione.

Schivò la porta del bagno del corridoio il più possibile, dato che doveva passarci davanti per arrivare in camera sua, dove anche lui si sarebbe fatto una doccia.

C'era una certa ironia nel fatto che fossero nudi entrambi nello stesso momento, ma Liam conosceva il modo migliore per evitare la tentazione: farsi la doccia più fredda che l'uomo abbia mai conosciuto.

Purtroppo, continuava a sentirla cantare anche con l'acqua che gli martellava la testa.

Provò a ovattarsi la voce con il sapone nelle orecchie, ma quella sua tonalità... Gli avrebbe rizzato i peli della nuca, se non fossero stati bagnati.

Così si lavò via il più in fretta possibile, impiegando un po' di più per togliere tutta la schiuma dalle orecchie, e si avvolse un asciugamano in vita e ne buttò un altro sulla spalla. Si sarebbe asciugato in camera, con il cuscinetto del bagno tra loro.

Era un cuscinetto perfetto, in realtà, dato che non sentì neanche una nota mentre afferrava i boxer dal comò.

Quello avrebbe dovuto essere un indizio.

Si era appena asciugato e aveva lanciato gli asciugamani sul letto quando sentì un «Titania!» seguito da un'imbrottata.

Si voltò.

Grosso errore.

Lì stava Cassidy, avvolta in un asciugamano che la copriva dal petto alla coscia, ma era comunque troppo nuda per i suoi gusti, mentre lui... lui *era* nudo.

«Oh, merda.»

«Mi dispiace.»

«Che cosa—»

«Dovrei andare—»

«Sì. Buona idea.» Allungò la mano verso gli asciugamani e dovette quasi gattonare sul letto per prenderli, maledizione. Il che le offrì più spettacolo di quanto volesse.

La guardò. «Puoi anche andare, lo sai.»

«Uh, sì. Giusto. Vado. È solo che—»

Si sedette sul letto e si posò l'asciugamano sull'inguine. «Principessa, nel caso ti fosse sfuggito, sono nudo.» Sventolò l'asciugamano.

«Tecnicamente, adesso non lo è, e credo che Titania sia entrata qui.»

«È la scusa migliore che ti viene?»

Lei alzò gli occhi al cielo. «Non è una scusa. È corsa fuori dal bagno e ho controllato davanti. Non ha ancora imparato la sua scala a chiocciola e, dato che ha fatto un pisolino qui con me, ho pensato che potesse essere venuta qui. Avrebbe aiutato se avesse chiuso la porta.»

Aveva ragione. Avrebbe dovuto anche chiuderla a chiave. Ma non è che fosse abituato a vivere con qualcuno, e *credeva* di averla chiusa.

«Titania,» chiamò.

Ci fu un raspare sotto il letto.

Ovviamente era lì. Il che significava altra tortura per lui mentre Cassidy si metteva a carponi—uccidetelo ora—a sbirciare sotto il letto. Se fosse stato in piedi sulla soglia, si sarebbe goduto un gran bello spettacolo.

«Forza, Titania. Vieni fuori.»

Il raspare si spostò verso la testata del letto.

Ovviamente.

«Titania!» Cassidy batté il palmo sul pavimento. «Vieni qui!»

La cagnolina non si mosse.

Liam alzò gli occhi al cielo. E si alzò in piedi. E si avvolse l'asciugamano in vita.

Tenendo lo sguardo lontano dalla curva piena di quello che era sicuro fosse un lato B squisito, con l'asciugamano quasi tirato su, si mise a terra accanto a Cassidy. «Titania. Vieni.»

Il batuffolo di pelo strisciò pancia a terra verso di lui e gli leccò il naso.

Lui le passò il braccio attorno e la fece scivolare fuori da sotto il letto, cullandola come il pallone da football delle sue dimensioni.

«Ecco qua,» disse quando furono di nuovo in piedi entrambi.

Cassidy prese la cagnolina, quasi facendola cadere quando l'asciugamano cominciò a scivolare.

Liam allungò le mani per afferrare il cane, si ritrovò una manciata di seno, e ritrasse la mano come se si fosse bruciato.

«Uh, scusa. Non volevo—»

«Lo so.» Cassidy si agguantò l'asciugamano con la cagnolina in bilico sul braccio e non c'era verso che Liam stavolta l'aiutasse.

Si voltò. «Fammi sapere quando sei uscita dalla stanza.»

«Grazie. Lo farò.»

La sentì correre fuori e tirò un gran respiro. Era stato troppo vicino. *Lei* era stata troppo vicina. La sua *mano* era stata troppo vicina. Come attestava l'erezione sotto l'asciugamano. E la sensazione del suo seno nel palmo. Quella sarebbe stata dura da dimenticare.

Andò a grandi passi verso il suo armadio—con l'asciugamano *ben* stretto ai fianchi—e prese una t-shirt, i boxer che aveva mollato in favore dell'asciugamano e un paio di pantaloncini da basket.

Peccato non avesse scelto un'armatura perché, proprio mentre passava davanti alla sua porta andando in cucina, la cagnolina schizzò fuori dalla stanza, lasciando la porta aperta tanto quanto bastava per vedere—

Adesso lei *era* nuda.

Si teneva l'asciugamano sul petto così che lui ebbe solo un mezzo scorcio di una gamba lunga e tornita, e di un sedere che, sì, era squisito. Poi c'era quella vita sottile che lui aveva avuto tra le mani prima, più il bonus della curva del seno, un'immagine di cui non aveva davvero bisogno—la memoria funzionava benissimo.

Purtroppo, anche il suo cazzo. Andò a tutta vela in due secondi.

«Titania, torna qui!» Lei si voltò di scatto, stringendosi l'asciugamano al petto, e corse alla porta—fermarsi appena lo vide. «Oh.»

«Sì. Oh.» Guardò. Non avrebbe dovuto, ma non poté farne a meno.

«Io, uh, devo vestirmi.»

«Sì. Devi.»

«Quindi, potresti, insomma...» Fece svolazzare le dita.

Sì. Aveva capito. Ma la cagnolina gli stava riposando sui piedi.

Così raccolse Houdini, si voltò di scatto e portò la piccola ululatrice—anche se ora era una piccola leccatrice, intenta a raccogliere le gocce residue della sua doccia dal polso—in cucina.

Prese un contenitore di spezzatino di manzo della nonna. La piccola piantagrane avrebbe cenato di gran lusso stasera. Solo perché...

«Oh, non deve darle da mangiare. Ha già mangiato.»

Cassidy arrivò di corsa in cucina con i capelli bagnati, in un vestito tie-dye che si appiccicava a quelle maledette curve sue fin troppo per i suoi gusti—be', non era proprio vero, ma lo spettacolo era troppo per lui, in quel momento.

Poi si chinò a prendere la cagnolina e la tortura continuò mentre lui ebbe una visuale diretta dentro lo scollo del vestito.

Sul serio, quanti anni aveva? Diciotto? Avrebbe davvero dovuto smetterla di sbirciarla.

Ma perché diavolo non poteva mettersi un reggiseno?

*Perché tu non ne hai preso uno mentre arraffavi la sua biancheria.*

Il ringhietto della bestiolina fu un efficace richiamo *rinsavisci*.

«Immagino che la cagna abbia altre idee.»

«Ha un nome, sa. Titania.»

«Lo so. L'ho usato, ricordi? In camera mia. Quando ero nudo, ricordi?»

«Senta, ho detto che mi dispiace. Se avesse chiuso a chiave la porta, non sarebbe successo. Non sapevo che fosse rientrato.»

«Ehi, non dare la colpa a me. È casa mia. Ho diritto di andarci in giro nudo se mi va.»

«Allora perché era tutto sconvolto quando sono entrata?»

«Ti è piaciuto quando sono entrato io?» Sperava quasi che lei rispondesse di sì.

E avrebbe rimandato a dopo il *perché* di quel pensiero.

«Senti, Liam. Mi dispiace. Mi dispiace che la mia cagnolina sia entrata in camera tua e mi dispiace di essere entrata io. Non è che l'abbia fatto apposta.»

«Allora che cos'è quella roba di vestiti sparsi nel mio garage?»

«Non sono sparsi dappertutto. Sono in un mucchio, coperti di segatura. Non pensavo che le sarebbe piaciuto che portassi la segatura per tutta la casa.»

Era premurosa. Quella non l'aveva prevista. Se avesse finito per avere anche altre qualità carine, avrebbe fatto fatica a ignorare l'effetto che aveva su di lui. «Finché la pulisci, non ho nulla da dire.»

«Be', lei non c'era e io non me la sentivo di fare altra pulizia dopo aver lavorato sulla credenza. Ho aggiustato lo sportello, comunque. Adesso funziona benissimo. Nessuno saprà mai che non lo faceva. Se le interessa, cioè.»

Mise le mani sui fianchi e sollevò il mento e—

Già. *Era* interessato.

# Capitolo Undici

Cassidy si fermò all'ingresso del supermercato e rimase a fissare. Sul serio? E come avrebbe dovuto trovare qualcosa, lì dentro? L'ultima volta che era stata in un negozio di alimentari era stata quando la tata si era ammalata e lo chef aveva avuto bisogno di qualche prodotto all'ultimo minuto. Ora aveva una lista e un po' di contanti e doveva far sì che la lista rientrasse nei contanti.

La sua educazione da collegio svizzero era stata terribilmente carente di competenze pratiche, ma si infilò dietro l'orecchio una ciocca scappata dalla coda di cavallo e guardò la lista che Liam aveva scritto. Poteva farcela. Non era scienza aerospaziale. Milioni di persone lo facevano ogni giorno. Doveva farlo prima o poi; tanto valeva farlo adesso.

Aveva sessanta dollari per le cose che sua nonna non aveva portato. Cose come latte, uova, formaggio e… e aveva quasi perso la testa quando aveva letto questo… cibo per cani.

Ancora adesso batté le palpebre per scacciare qualche lacrima. Non avrebbe pianto. Liam, quella lingua tagliente di un rompiscatole, aveva un cuore. A differenza di suo padre, l'uomo il cui DNA portava addosso.

Fu *proprio* a causa di quel DNA che decise di farcela. E lo avrebbe fatto con stile. Suo padre non l'avrebbe vista fallire. Non si sarebbe rannicchiata per tornare strisciando da lui. O da Burton. Era per conto suo. Be', una volta lasciato Liam, ecco.

Raddrizzate le spalle, Cassidy si diresse al Servizio Clienti. «Buongiorno. Mi chiedevo se poteva aiutarmi.»

«Che le serve?» La ragazza dietro al bancone non si prese nemmeno la briga di alzare lo sguardo. Meglio. Cassidy non voleva essere riconosciuta. Non solo suo padre avrebbe avuto un altro attacco d'ira, ma avrebbe saputo dove si trovava.

Le importava più del secondo che del primo.

«Volevo sapere dove posso trovare cibo per cani e uova e latte e—»

«Latticini alla dodici. Animali alla sei.»

«Mi scusi, ma cosa significa?»

La ragazza finalmente alzò lo sguardo e inarcò un sopracciglio trafitto. «Corsie dodici e sei?»

«Oh. D'accordo.»

«Ehi, ma non è che lei è qualcuno?»

Lo stomaco di Cassidy *cadde*. «Be', certo. Non lo siamo tutti?»

La ragazza si raddrizzò e picchiettò la penna contro il bancone. «No. Intendo, *qualcuno*. Tipo famosa o qualcosa del genere.»

Accidenti. Aveva indossato i capi più anti-Davenport del mucchio anti-Davenport, si era tirata indietro i capelli e aveva giurato di non truccarsi. Non assomigliava per niente alla sua vecchia versione da pagine di gossip. «No, mi spiace. Sono solo me stessa.»

Le labbra della ragazza si torsero. «Be', di sicuro assomiglia a qualcuno. Solo che non riesco a capire a chi.»

«Corsie sei e dodici, giusto?» Cassidy picchiettò sul piano del bancone. «Grazie.»

Si diresse prima al cibo per cani, poi riuscì a trovare tutto sulla lista nel giro di mezz'ora. Niente male per una debuttante. Poteva farcela. Poteva imparare le cose normali, quotidiane, che la maggior parte della popolazione dava per scontate, e per le quali la gente del giro di suo padre aveva "la gente giusta".

Era alla cassa quando quel retrogusto di successo si offuscò.

«Ha sentito della figlia di Mitchell Davenport?»

In realtà, l'euforia *precipitò*. Altro che *offuscarsi*.

«Intende quella carina che è sempre sui notiziari? Nata con la camicia e che conduce una vita da favola?»

L'altra donna scosse la testa. «Non più.»

Cassidy non riuscì a vedere il volto della donna, ma sentì l'allegria nella sua voce.

Ah. Un'odiatrice. Ne aveva incontrate parecchie, ai suoi tempi.

«Che cosa intende?»

«Ecco. Guardi qui.»

Tabloid da supermercato. Maledizione. Il suo bagliore si dissolse in un *puff* di mortificazione.

«Suo padre l'ha buttata fuori. L'ha costretta a cavarsela da sola.»

«Era ora. Quanto pensava che quel self-made man avrebbe continuato a pagare la sua vita da festa? Cavolo, cosa non darei se il mio vecchio avesse finanziato anche solo metà dei miei giri da adolescente. Però, bisogna ammetterlo, una ragazza che riesce a farsi pagare dal padre per dieci anni dopo la laurea ha il suo talento.»

«Doveva trovarsi un sugar daddy per continuare la tradizione. In quegli ambienti, non dev'essere stato così difficile.»

«Avanti il prossimo.»

Cassidy sentì un ronzio in testa. Guardò il nastro trasportatore, aspettandosi che qualcosa fosse rimasto incastrato a provocare quel frastuono, ma vide soltanto la cassiera che la fissava.

«Avanti il prossimo.»

Oh. Già. Lei. Quel ronzio era probabilmente l'inizio di un'emicrania coi fiocchi.

«La povera piccina non ha potuto prendere la Mercedes. E la giornalista è riuscita pure a fotografare l'auto.»

Cassidy scattò verso la cassa, riuscendo in qualche modo a coordinare le mani con il cervello per mettere il contenuto del carrello sul nastro, e le dita per frugare nella borsetta in cerca dei sessanta dollari.

Il totale ammontò a 62,50.

Non li aveva.

Dio. Questo non le era mai successo prima. Dov'era quel dannato cucchiaio d'argento di cui quella donna aveva parlato? L'avrebbe venduto in contanti per far andare a buon fine questa transazione.

«Certo che potrei andare a letto con qualche vecchio per i suoi soldi,» disse l'Odiatrice. «Non è che duri poi tanto, capisci che intendo? Qualche bel O e quello si sforza, salta una guarnizione e mi muore sopra. E poi sarebbe tutto mio.»

«Peccato che non frequentiamo i giri di quella Davenport. Io non farei nemmeno la schizzinosa, purché il conto in banca sia a sette cifre.»

Questo renderebbe la donna una prostituta, ma Cassidy si morse la lingua. Oh, non perché fosse una saggia creatura umana, ma perché, se l'avesse sciolta, era quasi certa che le sarebbe uscita di bocca una cosa che non avrebbe dovuto dire.

Non era quella che era. Non lo erano le sue amiche. Succedeva nel suo ambiente? Certo, ma non per questo tutti avevano la morale di un gatto di strada e la coscienza di una pulce.

«Sessantadue e cinquanta, prego.» L'adolescente alla cassa fece scoppiare la gomma.

Cassidy scosse la testa per liberarla dalla nebbia di rimproveri urlanti e si concentrò sul totale. Cosa doveva fare? Non le era mai capitato di restituire del cibo. Si poteva fare? E si chiamava restituzione se non l'aveva mai tolto dal sacchetto?

«Ehm, potrebbe togliere tre pacchetti di cibo per cani?» Titania avrebbe dovuto accontentarsi di più spezzatino di manzo e meno cibo commerciale. Alla cagnolina non sarebbe dispiaciuto.

Alla ragazzina, però, sì, evidentemente: roteò gli occhi pesantemente truccati e sbuffò così forte che quelle donne sentirono.

Si voltarono. E una di loro assunse un'espressione che Cassidy temeva.

«Ehi, lei assomiglia un sacco a quella Davenport.»

«Chi? Io?» Cassidy non riuscì a pagare la cassiera e a levar via le buste dal carosello abbastanza in fretta. «Me lo dicono spesso. Non mi dispiacerebbe avere il suo conto in banca, però.»

«Di questi tempi, non credo proprio.»

«Scommetto che non riesce nemmeno a pagarti la spesa.»

Già; non ci riusciva.

E ci erano finiti i tabloid. Tutti quelli che conosceva lo avrebbero saputo.

Cassidy strappò quasi l'ultima busta dal carosello e si diresse verso l'uscita prima che le donne vedessero i suoi orecchini. Quelli l'avrebbero tradita all'istante e non aveva intenzione di restare lì a scusarsi per essere nata con il cucchiaio d'argento in bocca né di sentire ancora le loro prese in giro.

Dio, se solo avesse incontrato Franklin prima nella vita. Le lezioni che i suoi tredici, brevi anni avevano insegnato a Cassidy valevano più di qualunque istruzione privata pagata da suo padre.

Scacciò le lacrime dagli occhi. Aveva conosciuto Franklin quando aveva partecipato a una cena di beneficenza per il reparto pediatrico dell'ospedale al posto del padre. L'ennesima occasione per il papà di metterla in mostra al posto suo.

Non che le fosse dispiaciuto. Conosceva quasi tutti e aveva avuto l'occasione di indossare il nuovo abito di Stella McCartney e bere champagne—le fondamenta della sua vita fino a quel momento.

Poi Franklin era stato fatto sedere accanto a lei.

Quel ragazzino l'aveva conquistata in una trentina di secondi e le aveva cambiato la vita nei successivi trenta giorni. Era alla fine delle cure, senza speranza di remissione, ma era deciso a lasciare il segno nel mondo. Lui, che avrebbe avuto ogni motivo per essere amareggiato e arrendersi alla vita—dal cancro alla famiglia che l'aveva affidato ai servizi sociali perché non era stata in grado di affrontarlo—aveva rifiutato di farlo. Aveva intenzione di godersi la vita finché poteva, e rimuginare su cose negative e meschine era solo uno spreco del tempo che gli restava.

Cassidy si era assicurata di passare a trovarlo almeno tre volte a settimana, di più quando la fine si avvicinava. Stare così tanto con lui aveva rimesso in prospettiva quelle frivole attività mangiatempo come fare shopping, spettegolare e "farsi vedere".

E poi lui se n'era andato.

Cassidy ricordava ancora il dolore come se fosse ieri. Come se le avessero strappato il cuore dal petto e calpestato. Come se non avrebbe più ripreso fiato. L'unica ragione per cui sapeva che ce l'avrebbe fatta era perché aveva provato le stesse emozioni quando la mamma se n'era andata.

Ma sentire quelle donne parlare di lei—*ridere* delle sue difficoltà... In momenti come quello le veniva voglia di cedere all'autocommiserazione e piangere. Poi però ricordava Franklin, inghiottiva il magone e andava avanti. Perché quello che doveva affrontare non era nulla in confronto a ciò che Franklin aveva affrontato e lui non si era lasciato vincere dalla pena di sé.

E nemmeno lei.

Gli atteggiamenti di quelle donne, il capriccio del destino, l'insidiosità della malattia e la vita... nulla di tutto questo era giusto. Era il modo in cui sceglieva di affrontarlo a decretare il successo o il fallimento. E Cassidy, come Franklin, *non* si sarebbe spezzata. Si sarebbe rialzata.

Soffiò un bacio verso il cielo—come faceva ogni volta che pensava a Franklin. Non avrebbe permesso che la sua morte fosse vana.

Fece un bel respiro, scacciò dalla mente quelle donne e tornò al pick-up di Liam. Gliel'aveva prestato per la giornata, visto che lui sarebbe rimasto bloccato nell'edificio di suo padre. Era stato agrodolce lasciarlo lì quella mattina, ma, cosa interessante, non c'era stata né la tristezza né la rabbia che avrebbe pensato di provare a tornarci. Era come se l'edificio appartenesse a un altro luogo e a un altro tempo. Uno in cui non voleva tornare.

Ripose le buste della spesa sul sedile posteriore della cabina a quattro porte, poi salì, ricordando quando Liam l'aveva aiutata.

Accidenti se quello non le fece venire i brividi. Era strano, davvero, come il solo pensiero di stargli vicino, essere al suo fianco, sentirlo toccarla... metteva Cassidy in contatto con il suo lato femminile come non era mai successo con Burton o Carlton o Helmsford, o con qualsiasi altro uomo che suo padre aveva combinato per farla uscire.

Serrò i denti mentre innestava la marcia. C'era sempre stato qualche scapolo papabile alle riunioni di suo padre. Un rappresentante di un'altra famiglia "di buona razza" per creare la prole perfetta. Aveva spesso scherzato con le amiche dicendo che quello che le avrebbe controllato i denti sarebbe stato quello che il padre avrebbe scelto come marito.

Burton non si era spinto a tanto, ma in realtà non si era spinto affatto. Non gliel'aveva permesso lei. Non aveva sentito il bisogno di approfondire un rapporto fisico con lui—un enorme, lampeggiante, neon abbagliante che diceva che non era l'uomo per lei.

*E Liam?*

Schivò un carrello ribelle che rotolava per il parcheggio. Con Liam non c'era niente. Era un bravo ragazzo ad aiutarla—e maledettamente sexy—ma era una misura temporanea. Un tappabuchi.

*Quel buco glielo può tappare quando vuole—*

Oh, per l'amor del cielo. Cassidy espirò e tirò deliberatamente il pick-up a destra. Sul serio? La sua parte inconscia *doveva* essere così volgare? Così banale?

*Ehi, sii volgare e banale con Liam e vedi se non ti piace.*

Non poté fare a meno di sorridere. Sì, sarebbe parecchio divertente.

Ma aveva un lavoro da fare e non era «fare» il domestico, per quanto fosse hot. Nella vita c'era altro oltre al sesso.

*Però la rende proprio dolce...*

Uscì dal parcheggio e svoltò a destra su Davenport Drive. Non riusciva nemmeno a fuggire da suo padre *quando* era fuggita da lui. C'era l'ala Davenport della biblioteca e i cartelli «Pulizia Stradale a cura di Davenport Properties», e il parco giochi di cui aveva cercato di convincere suo padre a cambiare il nome in «Campo di Franklin», ma lui si era rifiutato. Ovvio. Niente era più importante per suo padre del nome Davenport.

Nemmeno sua figlia.

Svoltò rapidamente a sinistra in un altro centro commerciale e stava per fare il giro fino al vicolo sul retro—qualunque cosa pur di uscire da Davenport Drive—quando una vetrina le catturò l'attenzione.

*Pawn Shoppe.*

Un nome carino per una soluzione semplice a quel buco di due dollari e cinquanta.

Parcheggiò davanti ed entrò, svitando le farfalline degli orecchini mentre andava.


Liam rilesse il trafiletto sul giornale sotto una foto di Cassidy in un abito da sera mozzafiato sui gradini di marmo di un ristorante chic.


## LA PRINCIPESSA DIVENTA ZINGARA


La socialite locale, Cassidy Davenport, sta imparando che l'erba del vicino è molto meno verde dei prati curati professionalmente del suo grattacielo e del suo country club, in questi giorni.

Un informatore riferisce che il padre della signorina Davenport, il rinomato imprenditore Mitchell Davenport, l'ha sfrattata dall'attico, costringendola a cercare un impiego in mezzo alla massa.

Gli amici dicono di aver parlato per l'ultima volta con la signorina Davenport ieri mattina, prima dello sfratto. Nessuno ha avuto sue notizie da allora, il che solleva domande su cos'altro suo padre abbia tagliato dal suo stile di vita. Nessuna dichiarazione è pervenuta dalla roccaforte della Davenport Properties nel distretto affari del centro.

È vero o è solo un'altra trovata di PR da parte dell'uomo che molti definiscono il Segugio dell'Inferno per il suo acume nel marketing e lo stile imprenditoriale?

E se non lo è, come se la caverà la signorina Davenport in questa sfida? Dove vivrà? Che cosa farà? E sarà alla moda come appare in questa foto del Todd Best Art Show dello scorso autunno?


Avvoltoi del cavolo. Un'altra offesa che Cassidy doveva sopportare. Pubblica, per giunta. Povera donna.

Già, gli dispiaceva per lei. Non avrebbe dovuto, forse, dato che la vita nella boccia di vetro veniva anche con milioni, macchine di lusso e vacanze da sogno, ma aveva visto quanto le azioni del padre l'avessero ferita. Ora avrebbe dovuto sopportarle di nuovo, stavolta sapendo che era tutto là fuori, sotto gli occhi di tutti.

Sperò con tutto se stesso che fosse tornata a casa e non a fare la spesa dopo averlo lasciato stamattina, e che non avesse scoperto nulla. Magari sarebbe riuscito a concentrarla così tanto sulla pittura da farla arrivare alla fine del clamore senza saperlo.

Poi guardò oltre il parabrezza e quella teoria andò a farsi benedire.

Cassidy era in giro, eccome—e stava entrando in un banco dei pegni.

Con le dita che lavoravano il ghiaccio alle orecchie, aveva una buona idea del perché, ma la donna stava per essere spennata e privata di ogni centesimo che non aveva. Andare al banco dei pegni non era come andare da un gioielliere. Non che un gioielliere facesse i prezzi migliori—come aveva scoperto quando aveva provato a rendere il bracciale che aveva comprato a Rachel. Non ci aveva rimesso poco rispetto a quanto pagato, ma almeno l'aveva tenuto lontano dai banchi dei pegni.

«Svolta a destra, Jake,» disse all'amico che guidava. Jake era su un cantiere lì vicino e avevano deciso di pranzare insieme.

«Grazie. Tornerò da solo.» Si infilò il giornale sotto il braccio e fu giù dal pick-up di Jake prima ancora che si fermasse, correndo alla porta del banco dei pegni circa trenta secondi dopo Cassidy.

Per poco non fece in tempo.

«Quanto mi dà per questi?» Cassidy era al bancone.

«Ehi.» Posò la mano sul palmo aperto di lei, dove i due blocchi di diamante scintillavano sotto la luce al neon, mentre Vito ci sbavava sopra. Probabilmente la prima volta nella vita di Cassidy che un tizio sbavava per qualcos'altro che non fosse lei quando era nella stessa stanza, ma Vito aveva occhio per gli affari. *I suoi* affari. E non era in affari per far guadagnare gli altri, motivo per cui quello era l'ultimo posto dove Liam volesse vederla.

«Liam? Che ci fai qui?» Lei richiuse le dita sotto il suo palmo. I diamanti, per il momento, erano al sicuro.

«Ti ho vista entrare qui e volevo assicurarmi che non facessi un errore.»

Uh oh. Scelta di parole sbagliata. La principessa diventò più glaciale dei sassi nel suo pugno.

«Io *non* sto facendo un errore. So quello che sto facendo.»

«No, non lo sai. Non vuoi venderli a Vito.»

«Ma certo che no. Intendo darli in pegno.»

«Neanche questo vuoi farlo.»

«Ehi, Manley. Fatti i cazzi tuoi, amico. Io non ti dico come fare il tuo lavoro.» Il testosterone di Vito montò a vista d'occhio.

«Rilassati, Vito. Non ti prendi i suoi diamanti.»

«Col cavolo. Se lei vende, e sono quello che dice, io compro.»

«Ha appena detto che non vende.»

Il dito, grosso come una salsiccia, di Vito quasi colpì il naso di Liam. «Tu mi piaci, Manley. Anche i tuoi fratelli. E tua sorella...» Vito non dovette aggiungere altro perché Liam capisse cosa pensasse di sua sorella. «Ma questi sono affari. Quindi fatti da parte o chiamo i miei ragazzi. E non vuoi che chiami i miei ragazzi.»

No, Liam non voleva. Guardò Cassidy. «Possiamo per favore parlarne prima che lo faccia?»

«Perché? Non sei il mio capo.»

«In realtà, tecnicamente, lo sono. E sei in orario di lavoro, quindi non dovresti essere qui. Potrei licenziarti.»

Lei socchiuse gli occhi e lui si preparò alla lite. Inarcò un sopracciglio.

Lei lo guardò, poi guardò Vito. Si sfilò la mano da sotto la sua e si mise a fissare gli orecchini per qualche secondo.

Poi chiuse di nuovo le dita intorno a loro e se li infilò nella tasca dei pantaloncini. «D'accordo, cosa vuoi dire?»

Lui guardò Vito. «Non qui.» Le afferrò il braccio. «Andiamo fuori.»

«Figlio di puttana,» borbottò Vito tra sé, scuotendo la testa mentre si dirigeva verso il retrobottega. L'sancta sanctorum, il retro, che probabilmente teneva un paio di milioni nascosti lì in un giorno qualunque, insieme alle armi preferite di Vito. Il suo negozio poteva anche stare nella parte buona della città, col nome abbellito da quel «*pe*» finale, ma restava il luogo d'affari di Vito e a volte quegli affari non erano proprio così carini. Né amichevoli. Né legali. O tutte e tre le cose insieme.

Liam la condusse fuori verso il suo pick-up. Era l'ultima volta che le dava le chiavi. Si era preoccupato di un incidente, senza immaginare che lei fosse un incidente ambulante in attesa solo di entrare nel *shoppe* giusto.

«Allora, che cosa hai da dire, Liam?» Gli si piantò davanti, in mezzo al parcheggio.

«Possiamo, ehm, andare in un posto meno pubblico?»

Lei guardò intorno e spalancò le braccia. «Vuoi la privacy in un parcheggio? Buona fortuna.»

«Quella che ha bisogno di buona fortuna sei tu.» Liam stava facendo uno sforzo enorme per tenere a bada il suo temperamento. Non ne aveva uno cattivo; di solito non ne aveva *proprio*. Era il fratello easy-going.

Ma non stavolta.

«Bene, Cassidy. Sputiamo i panni sporchi in pubblico. I titoloni di stamattina su di te cacciata di casa non ti bastano, vero?»

«Non dirmi che leggi quei cenci. Tutti sanno che non sono veri.»

«Cenci? *The Herald* non è un cencio.»

«*Il... The Herald*? È finito su *The Herald*?» Il suo viso impallidì.

«Non lo sapevi.» Merda. Non era così che avrebbe voluto farle scoprire che la sua foto era in prima pagina sul quotidiano, con ben più di una riga di didascalia sotto. Cavolo, avrebbe voluto evitare che lo scoprisse del tutto, ma Mitchell Davenport era un nome grosso in quella città e ciò che faceva o diceva finiva sui giornali.

Avrebbe tanto voluto scoprire come il cronista avesse avuto le informazioni. Era stato Marco? Il tipo sembrava così innocente, ma magari aveva avuto bisogno dei soldi che una storia succulenta come quella avrebbe fruttato.

«Sei sicuro che sia su *The Herald*? Non solo sui tabloid?»

Liam le afferrò il braccio. «Senti, non importa dove sia. Il punto è che stavi per vendere l'anima e quei diamanti al diavolo.»

«Non li stavo vendendo. Te l'ho detto, li davo in pegno.»

«È lo stesso. Se non hai ora i cinque mila che ti darebbe per quelli—*se* hai la fortuna di ottenere tanto—cosa ti fa pensare che li avrai alla scadenza? Per non parlare degli interessi che ti addebiterà se sei in ritardo. Sei pronta a perdere quegli orecchini solo per dimostrarmi che sai quello che fai?»

Una miriade di emozioni attraversò il volto di Cassidy e Liam non era sicuro di cosa aspettarsi quando finalmente si coagularono in una reazione precisa.

«Ti prego, dimmi che non è in prima pagina.»

Merda, merda, merda.

«Cass, non andarci. Dimentica quello che ho detto.»

«Liam, *dimmi*.»

Dov'era stata questa spina dorsale quando suo padre l'aveva buttata fuori? Se se la fosse fatta crescere allora, non sarebbe in quella situazione e lui avrebbe potuto lasciarsi alle spalle il lavoro diurno quando tornava a casa la sera. E invece no; ricadde dritto nel caos che i Davenport avevano scatenato nella sua vita non appena varcava la soglia di casa.

Aprì la portiera della cabina. «Sali e te lo faccio vedere.»

Aspettò che lei salisse. Magari era sotto shock per i titoli, ma, svanita quella foschia di rabbia, gli avrebbe riconosciuto il merito di non averla lasciata allo scoperto, dove chiunque avrebbe potuto vederla. A una donna doveva essere concessa la privacy per quello che stava per arrivare.

Tirò fuori il giornale da sotto il suo braccio. «Tieni.»

«Figlio di puttana.»

Non pensava fosse possibile che il suo viso diventasse ancora più bianco.

Lei lo smentì mentre leggeva l'articolo. «Oh mio Dio. Quel figlio di puttana.» Lasciò cadere il giornale sulle ginocchia. «E io stavo per...» Guardò di nuovo verso il negozio di Vito.

«Già. Stavi per far sapere a Vito esattamente chi sei. Nel secondo in cui l'avesse saputo, avrebbe capito perché ti servono i soldi e avrebbe adeguato il prezzo di conseguenza. È come in ogni trattativa; devi stare in posizione di forza. La conoscenza è potere, e nel momento in cui Vito sa che sei disperata è il momento in cui ti taglia le gambe. E ora che ti ho tirata fuori di lì...» Avrebbe voluto rientrare e minacciare Vito di tenere la bocca chiusa, ma quello l'avrebbe mandato ai tabloid ancora più in fretta. «Vito punta a far quattrini come capita.»

Lei batté le palpebre più in fretta e fissò qualcosa oltre il parabrezza, ma non disse nulla.

Aspettava le lacrime. Sarebbero arrivate; arrivavano sempre. Rachel era maestra nel farle affiorare e guardarlo con quegli occhioni lucidi e lui si scioglieva...

«Dunque.» Cassidy espirò e, con sorpresa di Liam, si schiarì la gola, *non* pianse e lo affrontò. «Che cosa mi suggerisci di fare? Non è che possa aspettarmi di vendere online orecchini da trentamila dollari e ricavarne una cifra decente.»

Gli ci volle un secondo per sintonizzarsi con lei. Stava andando avanti. Non si crogiolava nel pantano di dolore e rabbia che doveva provare.

Accidenti, sapeva sorprenderlo.

«Perché no? La gente vende auto; perché non gioielli? Sono sicuro che non saresti la prima.» Trentamila *bigliettoni*? Aveva trentamila appesi ai lobi e stava scroccando a lui? «Sai, trentamila non sono bruscolini.» A meno che fossero in fazzoletti di foglia d'oro. «Non hai bisogno di lavorare per me.»

«Questo *se* riesco a prenderli, Liam. La gente ha trentamila dollari che gli avanzano per lo shopping online?»

«Giusto.» Quelli che potevano permetterseli probabilmente non andavano online a comprarli. Andavano dal loro gioielliere personale. Guidati dal loro autista personale. Dopo aver pranzato al loro club. Sullo yacht.

Ok, l'amarezza iniziò a rosicchiarlo. La fuga di Rachel avrebbe potuto dargli una bella botta all'autostima se fosse stato quel tipo di uomo, ma non lo era. Se la cavava bene e, se non era stato abbastanza per Rachel, allora, al diavolo, non era lei a essere abbastanza per lui. Non gli serviva uno yacht. Non gli serviva un club. Gli bastavano gli amici, la famiglia e che i suoi affari andassero bene. Il denaro, così importante per le Rachel e i Mitchell Davenport del mondo, non era il fine ultimo per lui.

«Li accetteresti come pagamento?»

«Orecchini? Che cosa me ne faccio di orecchini di diamanti? Non sono un tipo da gioielli.»

«No, intendo, li prenderesti, li venderesti e saremmo a posto?»

«Saresti disposta a darmi orecchini da trentamila dollari in cambio di vitto e alloggio? E io potrei tenere quel che ricavo dalla vendita?» Alzò il sopracciglio. «Sul serio, Cassidy, non ce la farai mai da sola se è così che ti muovi.»

«Io—» Sprofondò contro lo schienale e incrociò le braccia.

Liam vedeva le parole che le spumeggiavano sulle labbra, pronte a uscire, ma aveva ragione e lei lo sapeva. Sì, certo, si sarebbe preso i gioielli e ne avrebbe tratto un bel profitto, ma non gli serviva quel grattacapo. Ci mancava solo che Davenport li denunciasse come rubati e Liam si sarebbe ritrovato a rispondere a un mare di domande dietro le sbarre. Quei trentamila sarebbero evaporati in un attimo se avesse dovuto pagare avvocati per affrontare la batteria di legali di Davenport.

«Hai ragione. Dovrei venderli perché ormai non tornerò più indietro.» Si raddrizzò un po' sul sedile. «Ma non ho idea di come. Mi aiuterai?»

Avrebbe voluto dirle di no. Voleva che lo facesse da sola, ma nei suoi occhi c'erano così tanta preoccupazione e speranza che si sarebbe sentito lo stronzo più grande del mondo a non aiutarla. Orientarsi nei sistemi d'asta online poteva essere complicato se non li conoscevi, e avrebbe scommesso tutti quei trentamila che Cassidy Davenport non aveva mai comprato nulla online. Perché avrebbe dovuto, quando le bastava chiamare il gioielliere e sventolare il nome di papà? La roba probabilmente arrivava, consegnata a mano, quel pomeriggio stesso, in scatoline imbottite rosa con fiocchetti scintillanti.

«Sì. D'accordo. Almeno recupererò i miei soldi da te.»

«Non preoccuparti, Liam. Ho intenzione di pagarti tutto.»

Non aveva voluto essere così brusco. Non era senza cuore e lei stava passando un mucchio di merda. Magari non la sua idea di merda—opzioni di ripiego da trentamila sono difficili da ignorare—ma quella era Cassidy. Non era abituata a queste cose.

*E rieccoti, che vuoi prenderti cura di lei...*

«E ti pulirò la casa così bene che potrai mangiare per terra.»

«No, grazie, io resto al tavolo, ma per carità, fammi vedere di che sei capace.»

«Ci conto.» Appallottolò il giornale e guardò fuori dal finestrino, borbottando qualcosa che suonò tremendamente come: «Te *e* mio padre.»

# Capitolo Dodici

Cassidy non aveva mai lavorato così duro in vita sua.

Aveva *dovuto* aprire quella sua grande bocca. *Dovuto* dirgli che gli avrebbe mostrato di che pasta era fatta.

In quel momento si sentì come uno spaghetto scotto e una pezza bagnata.

Scagliò la suddetta pezza bagnata sopra la spalla, sussultando quando un rivolo di acqua schifosa e piena di sostanze chimiche le colò sulla maglietta. La candeggina avrebbe lasciato il segno.

Pazienza, non è che avrebbe indossato quella maglietta ancora tanto presto. L'aveva strappata alla bacchetta della tenda mentre sbatteva la polvere via dalle tende, poi l'aveva impigliata nello sportello del forno, lasciando una striscia di unto proprio a metà.

«Yip! Yip!» Titania stava saltandole di nuovo contro le ginocchia—

E stava lasciando impronte di zampette sporche sulle piastrelle color beige.

«Titania, che cosa stai facendo?» Gettò la pezza nel lavello e afferrò il cane —e addio altre impronte sulla maglietta che non avrebbe più messo. La cagnolina le leccò il naso. «Cosa? Dove hai preso tutta quella terra sulle zampe?»

Titania la leccò di nuovo.

«Ti ho ignorata, vero?» Cassidy acchiappò un tovagliolo di carta umido, poi si sedette sul bordo del divano di pelle nel soggiorno di Liam e pulì le zampette di Titania. Probabilmente lui chiamava quella stanza great room, visto che era l'unica del genere in casa. Niente salotto formale e sala di famiglia, ma del resto, non aveva una famiglia.

Nemmeno lei, a quanto pareva.

Che razza di padre vende la propria figlia? Sul serio. Quel figlio di buona donna.

Ma gli aveva messo il nome sui giornali, no? E aveva messo pressione a lei.

Solo che suo padre non la conosceva poi così bene, se pensava che l'umiliazione pubblica l'avrebbe riportata all'ovile. Se mai, la rendeva più determinata a riuscire.

Controllò il telefono ricaricabile che aveva comprato grazie ai soldi che Liam le aveva prestato. Altro debito che gli doveva. Ma, davvero, non poteva vivere senza telefono. Se non altro, per sapere che ora fosse.

«Ehi, Cass, sono a casa. Che c'è per cena?» La voce di Liam echeggiò nella stanza grande, facendole correre brividi lungo la schiena.

«Cena?» Era troppo stanca perfino per dirgli che odiava quel nomignolo.

«Sai, il pasto che arriva alla fine di una lunga giornata quando qualcuno è stato fuori a guadagnarsi da vivere per più di otto ore e qualcun altro è stato a casa a tenere caldo il focolare.» Il sorrisetto carino che sfoggiava attenuò la puntura delle sue parole.

Provò a ricambiare il sorriso mentre si passava l'avambraccio sulla fronte. «Qui niente fuochi. Sono già abbastanza sudata.»

Per un battito di cuore, non si sentì alcun rumore nella stanza. Persino Titania parve smettere di respirare.

Poi Liam si schiarì la gola. «Beh, meglio così, visto che fuori fa già abbastanza caldo. Quindi immagino che prenda qualcosa che ha preparato mia nonna. Ti va bene?»

«Non ho fame.»

«Balle. Hai avuto una giornata di merda e non ti sei fermata un attimo. Sono sicuro che ti è venuto appetito.» Le fece cenno di avvicinarsi. «Dai. Devi mangiare. Tu siediti; prendo io.»

Avrebbe davvero voluto che non fosse così dannatamente gentile con lei. Perché proprio lui? Non la conosceva nemmeno e non le era nemmeno parente.

Oh, no. Lì non ci andava. *Non* si sarebbe impietosita né avrebbe messo in dubbio il proprio valore. Il problema ce l'aveva suo padre—e parecchi, a quanto pareva—non lei.

Cassidy prese posto al bancone della cucina, mentre esaustione e senso di colpa si davano battaglia, e Liam scaldava due—anzi, facciamo tre—scodelle di spezzatino di manzo.

Titania si sedette ai suoi piedi, adorandolo come se fosse un dio, la piccola golosa.

E naturalmente lei non seppe trattenere il sorriso grato quando lui posò la scodella davanti a lei con un bel pezzo di pane francese croccante che sembrò materializzarsi dal nulla.

«Mi sono fermato al negozio tornando a casa. Ho pensato che ci sarebbe stato alla grande con lo stufato.»

Ci aveva visto giusto, ma Cassidy non poté dirglielo perché aveva già strappato un pezzo di pane, l'aveva intinto nello stufato e ne stava assaporando il gusto prima ancora che lui finisse di parlare. Sua nonna era un angelo. Chiunque sapesse cucinare così—fuori da un ristorante di alto livello—era divino.

Suo padre avrebbe avuto una crisi se avesse potuto vederla in quel momento. Sudata, con i vestiti strappati, che si leccava lo stufato dalle dita.

Cassidy sorrise. Meglio così.

«Che cosa sogghigni? Sembri sul punto di conquistare il mondo.»

Cassidy si succhiò il sugo dalle dita, poi se le pulì sul tovagliolo che Liam le porse. «Ci sto pensando.»

«Allora hai venduto gli orecchini?»

«Uh, no. A dire il vero non ci ho nemmeno pensato. Sono stata troppo impegnata da quando sono tornata qui.»

«Quanto sei riuscita a fare?»

«Ci sono ancora il soppalco e il bagno di sopra. Finirò domani.»

«Giusto in tempo per il prossimo progetto: il garage.»

«Il garage? Nessuno pulisce un garage.»

«Si puliscono *i* garage, ma io intendevo la stanza sopra. Avevo in programma di farne una sala per allenarmi, ma è finita per diventare un deposito. Se me la sistemi e me la organizzi, porterò su l'attrezzatura dal seminterrato così avremo una palestra.»

Voleva che gliela organizzasse? Aveva *visto* i suoi pensili? «C'è un seminterrato?»

Liam indicò la porta vicino alla sua camera. «Dove pensavi che portasse quella porta?»

Aveva avuto paura di guardare. Dopo tutta la faccenda della nudità, stava alla larga dalla sua camera. Sarebbe stato un inferno doverla pulire di nuovo.

Se la sua fortuna, le sue vendite o la vendita degli orecchini avessero fruttato, se ne sarebbe andata prima di doverlo fare.

«Speravo di riuscire a lavorare alla credenza domani.»

«E io speravo di dormire fino a tardi, ma abbiamo entrambi un lavoro da fare.»

«Liam, casa tua non è così sporca. Sei da solo; quanto puoi essere cinghiale?»

Lui inarcò di nuovo il sopracciglio e, accidenti, la distrasse. L'uomo era davvero uno spettacolo, con quei capelli neri che si rifiutavano di restare piatti sulla testa ma le si arricciavano intorno in un abbandono da *affondaci-le-dita* che le faceva venire voglia di fare proprio quello.

«Avevamo un accordo, Cassidy. Non manchi alla parola data, vero?»

Doveva proprio metterla così. «Certo che no. Ma non è poi un affare così grosso come l'hai fatto sembrare.»

«Allora ti va a vantaggio, no?»

Accidenti. Aveva ragione. Non le doveva niente; voleva la casa pulita. Lei doveva incastrarci le sue cose personali attorno.

Se solo avesse pianificato meglio prima di parlare con suo padre.

Inghiottì la frustrazione e annuì. «Hai ragione. Domani vado in garage.»

«Grazie. È da un po' che voglio rendere operativa la palestra. E sentiti libera di usare l'attrezzatura quando sarà su.»

Era sbagliato che la sua mente fosse corsa dritta agli addominali di pietra che aveva intravisto? Ai bicipiti che tiravano le maniche della sua t-shirt? Ai pantaloni che tendevano sulle cosce scolpite? A che gli serviva una palestra, a quell'uomo? E con quello che aveva intravisto durante il disastro del dopodoccia, poteva parlare con cognizione di causa.

Come sarebbe stato fare l'amore con Liam, un uomo così maschio da poter fare da pubblicità al testosterone?

Cassidy quasi si strozzò con lo stufato. Non avrebbe dovuto avere pensieri del genere. Non era lì per fare la mogliettina, solo per pulire la casa.

Titania tracannò la sua pappa, poi si mise a trottare sulle zampe posteriori, piroettando come una ballerina accanto alla sedia di Liam. Le mancava solo un tutù—e ce l'aveva, ma purtroppo era rimasto al condominio.

«Pare che tu abbia un'ammiratrice.» Cassidy accennò con il capo alla sua cagnolina, che era praticamente in preda all'estasi, con la linguetta che entrava e usciva dalla bocca per l'eccitazione.

«Finché non prova a saltarmi nel letto stanotte, per me va bene.»

Cassidy ebbe la saggezza di tacere, perché aveva appena deciso che non sarebbe stata una buona idea.

Così, prese la sua scodella e tracannò il resto dello stufato, schermandolo alla vista. Le serviva distanza.

Per fortuna, Liam andò verso la sua stanza dopo aver messo le scodelle sue e di Titania nel lavello. «Vado a farmi una doccia e poi a rivedere un po' di scartoffie. Me ne sto in camera mia se vuoi guardare la TV nella great room.»

Guardare la TV? Non pensava di riuscire a tenere gli occhi aperti abbastanza. E aveva sempre pensato che fare shopping fosse stancante. Niente in confronto al lavoro manuale. Si sentì in colpa per non aver insistito che Sharon si prendesse tutta la gravidanza libera. Dover fare le pulizie mentre si portava in grembo un bambino...

Per un attimo, qualcosa le si mosse nello stomaco. Un bambino. Aveva pensato che prima o poi ne avrebbe avuto uno—l'erede di prammatica per qualunque fusione dinastica suo padre avesse alla fine sancito—ma per qualche motivo, la realtà di averne uno non le era mai scattata dentro fino a quel preciso istante. Pensò al modo in cui Sharon si era sempre sfiorata la pancia. Stava accarezzando il suo bambino. Ci pensava, se ne preoccupava, lo amava. Cassidy l'aveva perfino sentita parlargli in alcune occasioni.

Niente di tutto questo le era sembrato reale. Era stato un concetto estraneo a lei quanto, be', vendere orecchini di diamanti online o pulire la casa di qualcuno. La mamma non aveva avuto problemi a filarsela via dalla città lontano da lei, e il papà la teneva nei paraggi solo per l'immagine, quindi non è che i bambini fossero qualcosa a cui avesse mai avuto esperienza di guardare con gioia.

Ma per qualche ragione, stare lì, in casa di Liam, a pulire le sue cose—un lavoro tanto personale che non poteva fare a meno di pensarla in termini personali—l'idea di un figlio, *un* suo *figlio*, d'un tratto divenne reale.

Così come la questione del padre di quel bambino.

«Vuoi tenere d'occhio questo piccolo spolverino?» Liam tornò in cucina a circa quindici centimetri dallo sgabello del bancone su cui Cassidy era ancora appollaiata, con Titania che gli abbaiava ai talloni e di nuovo piroettava come una ballerina. «Mi ha seguito fin là dietro.

*Brava cagnolina.*

Cassidy si chinò a raccogliere la suddetta geniaccia, nascondendo il fatto che stava pensando a *là dietro*. A ciò che aveva visto l'ultima volta che era stata *là dietro*. A ciò che *lui* aveva visto...

No. Non avrebbe pensato a mettersi con Liam. Avrebbe reso la situazione imbarazzante. Poteva perfino farsi cacciare se le cose non fossero andate bene. E non c'era alcuna garanzia che *lui* stesse pensando nella stessa direzione, quindi era inutile spingersi fin lì. In poche (brevi, sperava) settimane, Liam e quel posto sarebbero stati un lontano ricordo.

*Non ci* credi *davvero, vero?*

Doveva farlo. Doveva credere che da lì sarebbe andata avanti verso la sua nuova vita. Doveva credere in se stessa.

Perché non c'era nessun altro che l'avrebbe fatto.

Si sistemò Titania contro il fianco. *Non* si sarebbe impietosita. Tanta gente stava peggio di lei. Oggi era il secondo giorno del resto della sua vita e, anche se lo aveva passato a pulire, adesso le si apriva un mondo di possibilità. Tutto ciò di cui aveva bisogno era il coraggio di afferrarle.

Be', quello e i soldi.

«Sai che c'è? Penso che comincerò dal garage. Così potrò mettermi a dipingere prima.»

*Avrebbe* fatto questa cosa. Avrebbe mostrato a suo padre di che pasta era fatta.

E a se stessa, pure.

# Capitolo Tredici

Liam non riuscì a dormire. Non avrebbe dovuto stupirsi, dato che stava condividendo casa con il suo peggior incubo: una figlia di papà sexy da morire.

Che non era la viziata egoista che aveva creduto.

Quella seconda parte fu peggiore per il suo equilibrio della prima. Alla prima, ci avrebbe fatto fronte. Alla seconda...

Aveva ben poche difese contro la seconda. Cassidy Davenport non si stava rivelando nulla di ciò che lui aveva pensato. Ed era questo che lo tenne sveglio quella notte.

Decisamente sveglio.

Buttò via le coperte e si sedette sul bordo del letto, le dita dei piedi che affondavano nel tappeto. Non voleva farsi un'altra doccia. Specialmente fredda. Non alle—rabbrividì guardando il telefono—tre del mattino. Ma che diavolo?

Si grattò la nuca, peggiorando la zazzera da letto che già aveva. Non che gli importasse. La cosa migliore per lui sarebbe stata risultare talmente poco attraente che Cassidy non gli avrebbe dato un secondo sguardo.

Purtroppo, l'aveva sorpresa a guardarlo molto più di due volte. Il che non faceva che aggiungere incubi al suo incubo.

Si alzò. Inutile provare a riaddormentarsi. Non senza prendere la situazione in mano, per così dire, e quanto era patetico? Una donna stupenda nella stanza accanto e lui a farsi una sega da solo. Non se ne parlava.

Gli sarebbe piaciuta una birra.

Infilò i boxer, si mise una t-shirt, cose che non aveva mai fatto quando viveva da solo, ma non rischiava nessuna tentazione con lei in giro, poi si diresse verso la cucina.

Solo per sentire due serie di piccoli russetti provenire dal divano del salone.

La principessa e il suo bastardino si erano addormentati lì.

*Girati e torna in camera. Subito.*

Era un consiglio saggio. Un buon consiglio. Il migliore, al momento.

Allora perché lo ignorò?

Perché la curiosità ebbe la meglio.

*Oh, sì, certo. Curiosità. È questo il nuovo modo di dire per istinto sessuale oggigiorno?*

Non lo sapeva. Era passato un po' dall'ultima volta che aveva fatto sesso.

*E questo fa parte del problema. Vai a trovarti una tipa e stempera i bollori. Così non noterai come il dito di Cassidy le sta appoggiato sul labbro inferiore nel sonno. Come i capelli scompigliati, così morbidi e setosi, scorrerebbero sulla pelle di un uomo, provocando brividi al loro passaggio. O quanto è morbida e vellutata la sua pelle. Le gambe, così perfettamente tornite mentre si raggomitolano su di lei nel sonno—e si avvolgerebbero attorno a lui da sveglia. Le sue caviglie delicate si incrocerebbero dietro il suo culo e lei lo esorterebbe a entrare in lei, più a fondo e—*

Cazzo.

*Già, è proprio questa l'idea, Einstein.*

Liam quasi inciampò fuori dal salone prima di fare qualcosa di cui si sarebbero pentiti entrambi.

«Yip.»

Naturalmente *il* cane si svegliò. Benissimo.

«Shhh.» Alzò una mano.

E naturalmente il cane non ascoltò. E *di sicuro* non sarebbe rimasto dov'era.

Si divincolò dalle braccia di Cassidy e gli saltò incontro con la lingua rosa che sventolava veloce quanto la coda, e un altro eccitato *yip* che fece esattamente ciò che Liam non aveva voluto fare.

Cassidy si svegliò. «Cosa...?» Si scostò dal viso la nuvola ondulata dei capelli mentre si tirava su, e quella le ricadde in disordine sulle spalle come se lui avesse passato buona parte della notte a infilarci le dita.

Cosa che desiderava ardentemente fare.

«Uh.» Si schiarì la voce. «Scusa. Io, uh, non riuscivo a dormire. Sono venuto a bere qualcosa. Non mi ero accorto che tu e lo spolverino vi foste addormentati qui fuori. Il cane, uh, è un buon cane da guardia.»

«Titania?» Cassidy si passò le dita tra i capelli, il che non fece che aumentare il suo desiderio di farlo lui. C'era qualcosa nei capelli di una donna in disordine selvaggio che lo chiamava a renderla selvaggia e abbandonata quanto più poteva.

Dio, quanto lo voleva. Proprio adesso. Proprio qui. Con lei così com'era.

Era nei guai seri.

La cagnolina gli saltava sulla gamba, con quelle unghie laccate di rosa un po' troppo appuntite per i suoi gusti.

Se fossero state quelle di Cassidy, a graffiargli la schiena—

«Io, ehm, vado solo a prendermi una birra e, uh, torno in camera.»

*Non chiederle di venire con te.*

«Ne vuoi una?»

*Oh, ancora meglio. Mantieni il contatto, genio. Hai proprio un bel modo di evitare la tentazione.*

«Non una birra, no.» Si passò una mano sul viso e, anche senza trucco, era bellissima. Diavolo, era proprio uno schianto. L'emblema della ragazza della porta accanto con in più la sensualità di una modella di Victoria's Secret, giusto per rendergli la vita un inferno.

Lo seguì in cucina. «Ma se hai del succo d'arancia, prendo quello. O di mirtillo rosso?»

«Li ho entrambi.» Posò le bottiglie e un bicchiere sul bancone. «Scegli tu.»

Diede un colpetto alla bottiglia del succo d'arancia mentre scivolava sullo sgabello con la mossa più sinuosa che lui avesse mai visto per sedersi a un bancone. Avrebbe giurato che fosse intenzionale, se non fosse che lo sbadiglio che l'accompagnò avrebbe dovuto annullarne la carica sensuale.

Quando le versò il succo, ne rovesciò un po' oltre il bordo del bicchiere. Cassidy la *sensualità* non riusciva proprio a perderla. Diamine, quella donna era un poster vivente da pin-up.

Che ruttò come uno dei ragazzi.

«Ops. Scusami.» Si coprì la bocca e arrossì fino all'attaccatura dei capelli mentre posava sul bancone il bicchiere di succo che s'era scolata d'un fiato.

Liam rise. «Ho sentito che in certi Paesi è un complimento per il cuoco.» Ottenne il sorriso che sperava.

«Non mi ero resa conto che *tu* avessi spremuto le arance.»

«Ehi, è un lavoro duro sollevare quelle bottiglie.» Fletté il bicipite. «Ci vuole un bel po' di muscolo.»

«Allora, i miei saluti all'alzatore di bottiglie.» Prese il bicchiere e lo agitò. «C'è qualche possibilità di avere il bis?»

«E rischiare un'altra figuraccia?»

Fece spallucce e la chioma le cascò sulle spalle. «È un rischio che sono disposta a correre.»

Ma lo sarebbe stata se avesse saputo quanto lui fosse vicino a sollevarla sul bancone e a far dimenticare a entrambi quanto fossero assetati di bevande, per scoprire quanto fossero assetati l'uno dell'altra?

Che cosa *aveva* che non andava? Non aveva imparato *niente* da Rachel?

*Tranne che lei non è Rachel e lo sai. Continua pure a sventolare la bandiera di Rachel, ma non è per quello che stai lontano da Cassidy. Anzi, perché stai lontano da Cassidy? Non somiglia a Rachel—non dove conta. Te la immagini Rachel a pulirti la casa senza fiatare? Rachel che prova ad avviare un'attività? Rachel che rinuncia ai soldi facili sposando l'erede designato di suo padre? Rachel che indossa i vestiti che ha Cassidy o che dorme su un divano? Che* vende *orecchini di diamanti?*

*Neanche per sogno.*

*Sei nei guai, qui, Manley, perché l'unico argomento che hai contro Cassidy si sta sgretolando. E adesso che cosa pensi di fare?*

Le versò un altro bicchiere di succo, cosa che fece, poi tornò al frigo per rimettere via le bottiglie. E, sì, magari crogiolarsi un attimo nel freddo per raffreddarsi.

Afferrò la birra che si era dimenticato e svitò il tappo, bevendone una sorsata più grande del solito.

Entrare in cucina non era stata una buona idea. *Invitarla* a venire con lui, ancora peggio. Sarebbe stato molto meglio restarsene in camera a comportarsi da adolescente, invece di stare qui fuori a pensarla come un adolescente con lei a portata di mano.

.  .  .

«Titania non ti ha svegliato, vero? Di solito dorme come un sasso. Si muove a malapena quando cerco di togliermela dal cuscino. Sembra piccola, ma si allarga su tutto il letto ed è difficile dormire.»

Lui udiva le parole, ma le immagini erano tutt'altre. *Cassidy* distesa su un letto, ed era certo che lui non stava dormendo.

«No. Ero sveglio comunque.» In tutti i sensi. «Ho pensato che una birra mi avrebbe tolto il filo di agitazione.»

«Agitazione? Ti preoccupa qualcosa?»

Già, tipo come tornare in camera senza tirarla giù da quello sgabello e portarsela dietro. «Non proprio. Be', mio fratello Sean ha messo insieme un affare di cui faccio parte e potrebbero esserci complicazioni, ma non al punto da tenermi sveglio la notte. Non ancora, almeno.» No, a quello ci pensava lei.

«E secondo te cos'è, allora?» Passò il dito sul bordo del bicchiere e, maledizione, Liam se la immaginò farlo a lui.

Addio effetti distensivi della birra.

«Probabilmente non sono abituato ad avere un'altra persona in casa.» Tracannò altro. «Ci farò l'abitudine.»

«Cercherò di andarmene in fretta. Apprezzo davvero la tua generosità, Liam.»

Già, così generoso da farla lavorare tanto che si era addormentata sul divano. Che principe.

«Sai, il garage non deve per forza essere finito domani. Prenditela con calma. Dedicati un po' ai tuoi quadri.» Così l'avrebbe tolta dalla sua orbita e lui dalla via della tentazione. E non era quello l'obiettivo fin dall'inizio? Ora sapeva come viveva "l'altra metà"; il suo punto l'aveva fatto.

«No, no. Abbiamo un accordo e io intendo rispettare la mia parte. Finirò di sopra e poi comincerò con il garage. Infilerò la pittura da qualche parte.»

Finì la birra così da poter chiudere quella conversazione, perché a ogni frase che Cassidy pronunciava stava abbattendo il muro delle sue idee sbagliate su di lei. Invece di frignare e accettare la sua offerta per scansare il lavoro, avrebbe lavorato più sodo. Non aveva davvero voluto che quella donna gli piacesse, ma stava cominciando a succedere.

La cagnolina abbaiò piano ai suoi piedi.

«Vuole che tu la prenda in braccio.»

«Non la prendo in braccio.»

«Ma perché? Vuole solo darti un bacino.»

«E questo come lo sai? Non dirmi che parli con gli animali.»

Fece roteare i suoi splendidi occhi verdi. «Le scodinzola la coda e non ti toglie gli occhi di dosso.»

«E questo significa che vuole baciarmi?»

Cassidy inarcò sopracciglia perfette. «Dai, Liam. Con l'aspetto che hai, non dirmi che non ti accorgi quando una donna è interessata.»

«Considerata la non proprio carina correlazione tra cagne e donne, non credo di poter rispondere senza cacciarmi in un mare di guai.» Posò la bottiglia nel lavandino. «E con questo, per me la notte finisce qui.»

«È mattina.»

«Mattina. Come vuoi. Io torno a letto e ti inviterei a fare lo stesso.»

Per un battito di ciglia sentì i suoi pensieri. O forse erano i suoi. A chiunque appartenessero, sì, la voleva nel suo letto.

# Capitolo Quattordici

Tutto sommato, la stanza sopra il garage di Liam non fu l'incubo che si era immaginata. Ebbe perfino il tempo di finire la maggior parte della credenza. Un altro paio d'ore per completare i riccioli intorno ai fiori che avrebbero collegato il motivo su tutto il pezzo, qualche altra ombra e qualche rilievo, più la finitura finale, e avrebbe potuto telefonare a Jean-Pierre. Se avesse rifiutato di prenderla, forse avrebbe potuto consigliare qualcun altro.

Fece una smorfia. Non era il piano migliore, ma fu l'unico che le venne in mente in quel momento. La portata di suo padre era vasta e trovare qualcuno disposto a rischiare la sua ira sarebbe stato molto più difficile che pulire una casa, se Jean-Pierre l'avesse davvero respinta.

Ebbene, ci avrebbe pensato dopo. Per ora, si sarebbe accontentata di una doccia e di un massaggio.

Peccato che qualcuno bussò alla porta d'ingresso proprio mentre stava andando verso la sua stanza.

Titania impazzì, saltellando e piroettando come se stesse facendo un provino per un talent show. Ci volle uno scatto all'ultimo secondo di Cassidy per afferrare la cagnolina prima che graffiasse la porta di Liam.

Cassidy prese in braccio la sua bestiola prima di aprirla. Chi sapeva se dall'altra parte ci fosse un amante dei cani?

Si scoprì che era una vecchietta dagli occhi azzurri e dal sorriso identico a quello di Liam. Cassidy immaginò che la donna non fosse lì a vendere enciclopedie.

«Salve?» La donna le rivolse un sorriso garbato, e con un rapido colpo d'occhio ai suoi capelli e ai vestiti in disordine, le lanciò un'occhiata che diceva—

Oh Dio. Non starà pensando che lei e Liam fossero stati— Che lei e Liam stessero—

«Salve.» Cassidy tese la mano, poi vide tutta la vernice e la nascose dietro la schiena. «Ehm, mi scusi. Sono tutta di vernice.»

«Fa la pittrice?»

«Ehm... sì.» Sì. Lo era. Dannazione. «Un'artista.» Dirlo le piacque ancora di più.

«Posso entrare?»

«Oh, mi scusi.» Cassidy fece un passo indietro. «Prego. Sì.»

«Grazie. Sono la nonna di Liam, Cate Manley.»

«Salve. Io sono—» Non voleva dire alla donna chi fosse. Chi fosse davvero. Le cose cambiavano quando la gente sapeva chi era. «Cass. Cass Marie.»

Il nomignolo che sua madre le dava le cadde dalle labbra. Lo odiava, odiava i ricordi, ma Cass Marie non era Cassidy Davenport, quindi per il momento andava bene.

«È un vero piacere conoscerla, Cass.» La signora Manley si avviò verso la cucina. «Liam è qui?»

«Sta lavorando.»

«Ah. Dunque, quale stanza sta facendo dipingere? Pensavo avesse finito di sistemare questo posto.»

«Non sto dipingendo una stanza. Sto lavorando su mobili su misura. In garage.»

La signora Manley si voltò. «Liam si fa dipingere dei mobili?»

«Non sono per lui. Intendo vendere i pezzi.»

«Quindi sta affittando da lui lo spazio?»

«Be', non proprio. Io, ehm...» Accidenti. Non sapeva quanto fosse aperta la nonna di Liam né come avrebbe preso il fatto che Cassidy vivesse lì.

Eppure, una bugia era già una di troppo.

«Pulisco casa per lui in cambio di una stanza. Finché non venderò un altro mobile e non potrò permettermi un posto tutto mio, ecco.»

«Oh. Be', questo è... nuovo.» La signora Manley parve un po' confusa. Ma non inorridita, per fortuna. «Quindi ne vende molti, di questi mobili?»

«Non ancora. È per questo che sono qui.» Cassidy passò accanto alla nonna di Liam verso il mobile a destra del lavandino. «Ha sete? Posso offrirle qualcosa?»

«Grazie. Prenderei volentieri un tè freddo. È sul secondo ripiano, in fondo a destra.»

«Ah, sì. Ha rifornito lei il suo frigorifero. A proposito, il suo cibo è fantastico.»

«Grazie.» La signora Manley scivolò sullo sgabello, apparentemente intenzionata a fermarsi un po'. «Dunque, com'è arrivata a scambiare le pulizie per vitto e alloggio?»

«Io, ehm, sono stata sfrattata dal mio appartamento. Il proprietario voleva venderlo.» Tecnica, non era una bugia.

«Sembra sia stato tutto molto rapido.»

Detto poco. «Sì. Lo è stato.»

«E conosce Liam da... scuola? Un altro lavoro che ha fatto? Uno dei suoi amici? O lavora anche lei per la Manley Maids?»

«No, non lavoro lì. Stava pulendo il posto dove vivevo. Ha sentito tutta la storia dello sfratto ed è stato così gentile da offrirmi un posto dove stare.»

La signora Manley si appoggiò allo schienale con un sorriso. «Bene, è confortante sapere che le mie lezioni non sono andate sprecate.»

«Come, prego?»

«Liam. Io allevai lui, i suoi fratelli e sua sorella dopo che persero i loro genitori—mio figlio e sua moglie—in un incidente d'auto. Visto il baccano che tre ragazzi sanno fare, impararono a dare una mano in casa, a pulire, a fare il giardinaggio e persino un po' di cucina. È per questo che ogni tanto mi piace fare qualcosa per loro. Certo, mia nipote, Mary-Alice Catherine, dice che esagero.» La signora Manley scrollò le spalle con un lieve rossore sulle guance. «Suppongo di sì, ma per tanto tempo dovemmo contare ogni boccone in tavola, ed è bello adesso poter essere generosi, capisce?»

Cassidy, purtroppo, ormai aveva sperimentato in prima persona ciò di cui la signora Manley stava parlando. Prima dell'ultimatum matrimoniale di suo padre, non aveva mai dovuto preoccuparsi da dove sarebbe arrivato il pasto successivo, né di dove avrebbe vissuto o se ci sarebbero stati vestiti nel suo armadio.

. . .

«Questo però ci avvicinò. Ci fece apprezzare di più l'un l'altro. Avevo sempre amato i miei nipoti, naturalmente, ma c'è differenza tra far loro visita e vederli tornare a casa, e prendersi in carico quattro bambini alla mia età. E io ero una vedova che aveva cresciuto un solo figlio. Quattro erano una bella impresa.»

«Posso immaginarlo.» Riuscì a immaginarselo bambino, che correva in giro con i suoi fratelli e sua sorella... Bambini. Figli. Famiglia. Come sarebbe stato averla?

«Ha fatto un lavoro straordinario a crescerlo, signora Manley.»

«Oh, grazie, cara. È gentile da parte sua dirlo. Lo conosce da molto?»

«Non da molto, no.» Probabilmente avrebbe scioccato la donna sapere quanto pochi fossero in realtà i giorni. Sul serio, chi andava a vivere con un perfetto sconosciuto dopo averlo conosciuto per così poco tempo?

Il che poneva anche la domanda: chi invitava qualcuno a vivere con sé dopo averlo conosciuto per così poco?

Qualcuno speciale, ecco chi.

«Posso vedere il pezzo su cui sta lavorando, o è una di quelle artiste che non lasciano vedere nulla finché non è finito?»

«Se avessi il lusso di gente che mi sfonda la porta per vedere il mio lavoro, forse; ma a questo punto della mia carriera sono disposta a mostrarlo a chiunque sia interessato.»

La signora Manley posò il bicchiere sul piano della cucina e scese dallo sgabello. «Allora vediamolo. Ho sempre voluto essere una mecenate.»

Cassidy si sentì un po' strana a guidare la nonna di Liam per casa sua. Doveva esserci stata innumerevoli volte. Più di Cassidy. Avrebbe dovuto essere il contrario. Ma in qualche modo, ciò le parve giusto.

*Datti una calmata, Davenport. Non stai per fare la mogliettina con Liam, quindi non metterti in testa che anche la nonna di Liam possa essere tua. Solo perché i tuoi nonni sono stati inutili quanto i tuoi genitori non significa che tu possa "adottare" quelli di Liam. Dovresti essere grata per vitto e alloggio e dimenticare tutto il resto.*

Ci stava davvero provando a dimenticare tutto il resto. Davvero. Il problema era che la *signora Manley le piaceva*. Chiunque fosse disposto a prendersi quattro bambini e a crescerli per tutti quegli anni era qualcuno di speciale, secondo Cassidy.

«Faccia attenzione a dove mette i piedi. Non ho ancora riordinato. Stavo per—» No, non avrebbe fatto sentire in colpa la donna perché le aveva interrotto la doccia— «farlo proprio un attimo prima che arrivasse.»

«Allora non la trattengo.» La signora Manley si voltò a guardare la credenza. «È splendida.» Allungò la mano per toccarla, poi la ritrasse. «Mi scusi. Non dovrei toccare, ma è così bella che ho sentito il bisogno di passarci la mano sopra.»

Non esisteva complimento migliore.

«Devo avere questo pezzo. A quanto lo vende?»

D'accordo, forse quello era anche migliore.

Ma, per quanto la convalidasse, quello era un pezzo costoso. Avrebbe potuto ricavarne molto e non voleva chiedere così tanto alla nonna di Liam. E non poteva nemmeno permettersi di regalarlo, non quando aveva bisogno di ogni centesimo.

«Mi dispiace, ma è già stato venduto su commissione. Combina con un altro pezzo e il proprietario vuole il set.» Cassidy incrociò le dita così forte da non sentirle più. «Ho però quel tavolino, se le piacerebbe.»

La signora Manley guardò il tavolino. Cassidy rimase sorpresa nel vederla sorridere. La maggior parte delle persone non avrebbe visto la possibilità in quel vecchio mobile logoro.

«Sarebbe perfetto. Mi sono trasferita da poco in una nuova casa e sto ancora cercando di sistemarla tutta, sa?»

Cassidy annuì, sebbene non avesse nemmeno iniziato a «sistemare qualcosa», perché non *aveva* niente *da* sistemare.

«Sarà bello averlo accanto alla poltrona che mi ha comprato mia nipote. È davanti a una finestra a bovindo. Con un bel tavolino, sarà il posto perfetto per la lampada che Bryan mi comprò al suo primo viaggio a Londra. Cristallo Waterford.»

«Avevo una Wa— cioè, ho sempre voluto una lampada Waterford. Sono splendide.» Per fortuna. Aveva quasi mandato all'aria la copertura. E *tecnicamente* ciò che aveva detto era vero. Aveva *sempre* voluto averne una tutta sua perché quelle che aveva avuto erano di suo padre.

«Ho detto a Bryan che non avrebbe dovuto spendere così tanto per me. Davvero, mi sarebbe bastato un piccolo ricordo del suo viaggio, ma lui ha insistito. E infatti è bellissima. Una delle cose più belle che possiedo. Sono tutti in gamba, i miei nipoti, e amano portarmi dei regali. Ma per me è sufficiente che stiano bene nella vita. Se solo riuscissi a vederli sistemati, sarei felice.»

L'immagine colpì Cassidy come un fulmine: Liam, sposato. Sua nonna voleva che qualche donna si trasferisse in questa casa e nel suo letto e gli desse dei figli. Che le regalasse dei pronipoti.

Un'altra donna che viveva qui...

Cassidy si incollò un sorriso in faccia. Essere gelosa era semplicemente ridicolo. Non aveva nulla di cui essere gelosa perché non aveva alcun diritto su Liam.

E, in questo momento della sua vita, per quanto suonasse bello, non lo voleva.

*Ah, sì... come no.*

Cate Manley lasciò andare il sorriso appena l'ospite di Liam chiuse la porta alle sue spalle. Altro che Cass Marie. Anche coperta di vernice e sudore, con gusto discutibile in fatto di abiti e i capelli in totale disordine, non si poteva nascondere il fatto che Liam avesse Cassidy Davenport a lavorare per lui.

Buffo: secondo Mary-Alice Catherine, *lui* avrebbe dovuto lavorare per *lei*. Era per questo che Cate era passata: per avere la sua impressione sull'ereditiera mondana che *lei* gli aveva personalmente scelto.

Le toccò invece una bella sorpresa. Cassidy era interessata a Liam quanto Liam doveva esserlo a lei, per averla invitata a restare.

Cate si concesse una risatina. Evidentemente Dio approvava il suo piano, visto che le cose parevano andare proprio come aveva voluto.

## Capitolo Quindici

La mattina seguente Liam caricò l'ultima delle forniture per le pulizie nel retro del furgone da lavoro. Aveva lasciato il suo pick-up a Cassidy perché il giorno prima aveva firmato come coobbligato il prestito per il primo furgone aziendale di Mac—con la condizione che lo avrebbe usato lui per il resto del mese. Se Cassidy non se ne fosse andata prima, be', avrebbe trovato una soluzione.

Per parecchie cose.

Nel frattempo, aveva finito il secondo condo per Davenport, contento di toglierselo di mezzo prima di dover tornare lunedì a pulire di nuovo l'appartamento di Cassidy.

Non che fosse una gran cosa, dato che lì non ci viveva nessuno, ma il posto non era lo stesso senza di lei.

*Non pensarci. Lei se ne andrà da casa tua.*

Vero, ma non subito, quindi lunedì avrebbe dovuto prenderle anche qualche altra cosa. Tipo pantaloni della tuta e magliette larghe. Le sue magliettine striminzite e i vestiti lunghi e svolazzanti che su altre donne probabilmente sembravano delle muumuu ma su di lei scivolavano sulle curve stuzzicandolo, non aiutavano a mantenere il paragone con Rachel a cui stava cercando di aggrapparsi come a un salvagente. E se quello si fosse spezzato, non avrebbe avuto motivo per non desiderarla.

Sbatté il portellone un po' più forte del necessario, ma servì a scaricare un

125

po' di tensione. Grazie a Dio il rogito della sua ultima proprietà era stato chiuso prima del previsto, così aveva qualcosa con cui tenersi occupato invece di dover tornare a casa dove *lei* sarebbe stata.

Tranne che lei si presentò alla sua proprietà.

«Liam?» Cassidy bussò alla porta d'ingresso del Cape Cod dove lui stava a metà del lavoro di rimozione dell'orribile vernice verde anni Settanta—che il precedente proprietario, per qualche ragione inspiegabile, aveva scelto—dalle librerie a muro in teak.

Non capì le scelte che facevano certe persone.

Come l'aprirle la porta. «Che ci fai qui, Cassidy? Non hai qualcosa da pulire?»

«Ancora scontroso per il sonno interrotto l'altra notte, eh?»

«È stato ieri mattina e sto bene. Sono solo impegnato e non mi aspettavo di vederti.» Altrimenti si sarebbe preparato a lei. Gli faceva venire in mente cose che pensava di non dover pensare—e lo spingeva a non importargliene. «Dov'è il bastardino?»

«*Titania* è a casa, nel suo recinto.»

Per un istante, Liam immaginò il focolare e il camino in marmo bianco davanti ai quali stava la gabbietta dorata della cagnolina viziata nel suo condo, poi si rese conto che lei intendeva *casa sua*. Avrebbe dovuto suonare strano sentir dire a Cassidy che casa sua era casa, e invece... non lo fu.

Lei si schioccò le nocche, un'abitudine così incongrua con la sua immagine da modella da passerella che lui impiegò un momento a rendersi conto che stava ancora parlando. «...più colla vinilica, quindi ho pensato di fare un salto al negozio. Si sono rotti alcuni incastri a coda di rondine del cassetto del pezzo su cui sto lavorando.»

«Potresti sempre rifare una sponda per mantenere l'integrità del pezzo.» Era un tuttofare in edilizia, ma la falegnameria era la sua specialità.

«La pittura è il mio campo, non l'edilizia. E poi non ho l'attrezzatura giusta.»

«Io sì.»

«Mi stai offrendo aiuto?»

A quanto pare. «Se ti serve.»

Dovette serrare i denti quando lei gli posò la mano sul bicipite. Tra il fatto della "casa", quell'outfit e il suo tocco, quella donna l'avrebbe ammazzato.

«Liam, davvero, hai già fatto fin troppo per me. Sei impegnato con questo posto. Io vado a prendere la colla, però, ehm...»

Era troppo sexy con un'altra maglietta tie-dye con orlo asimmetrico che a qualcuno era sembrata una buona idea, ma non per lui, non quando l'immagine di lui che le faceva scivolare la lingua sulla pelle della vita scoperta gli balenò in testa e non se ne andò più. Poi lei si infilò una ciocca dietro l'orecchio e lui ebbe voglia di succhiarle il lobo.

«Mi servono un paio di dollari. Prometto che te li restituisco.»

Aveva già il portafogli in mano prima ancora di pensarci.

Tanto per aver imparato la lezione con Rachel. In molti sensi.

«Tieni. E ho lasciato il portatile sul mio comodino. Sentiti libera di usarlo per mettere in vendita gli orecchini. Ti ho creato l'account e l'ho collegato al mio conto in banca. Sistemeremo la logistica dopo che li avrai venduti.»

«Oh. Giusto. Gli orecchini. Lo faccio appena fisso il cassetto.» Prese i venti dollari. «Ti serve qualcosa mentre sono al negozio di ferramenta? Altri svernicianti o carta vetrata o altro?»

Una serratura per la porta della sua camera... «Come mai ne sai così tanto di edilizia e restauro di mobili?» Avrebbe scommesso che non erano corsi della sua elegante scuola di perfezionamento.

«Mio padre è nel settore edilizio, ricordi? Si è assicurato che conoscessi ogni aspetto del mestiere, visto che era evidente che non avrebbe mai avuto il figlio che voleva.»

Sorprendentemente, Liam non colse sarcasmo. Non era il figlio che suo padre voleva, quell'uomo l'aveva buttata fuori di casa, lei doveva lavorare per letto e vitto per la prima volta nella sua vita privilegiata, eppure era abbastanza premurosa da chiedere a *lui* se gli servisse qualcosa. Senza amarezza.

Stava diventando davvero difficile non voler bene a Cassidy Davenport.

E se si fosse morsicata di nuovo il labbro inferiore, qualcos'altro si sarebbe indurito.

«No. Sono a posto. Tieni il resto. Agglotalo a quello che mi devi. Incasso quando venderai gli orecchini. O i mobili. Qualunque cosa venga prima.»

E poi lei avrebbe potuto togliersi dalla sua vita così da poter tornare alla normalità.

Lei gli diede un colpetto sull'avambraccio. Anche quello lo eccitò. Dannazione.

«Oh, a proposito, visto che sei tornato così tardi ieri sera non ho avuto modo di dirti che tua nonna è passata ieri.»

Era rientrato tardi apposta per non vederla e, dopo aver aiutato il suo amico Jared, si era spompato con un bel po' di lavoro manuale nella tenuta dove Sean stava scontando la sua scommessa. Beato lui non aveva una strafiga a casa a farlo impazzire. Liam stava seriamente pensando di accamparsi lì per il resto del mese. «Gran? Perché?»

Ed eccola di nuovo a giocare col labbro inferiore. Avrebbe pensato fosse un vezzo, ma lo aveva fatto anche nel sonno sul divano.

«In realtà, non lo so. Non l'ha detto. Mi sono presentata e abbiamo iniziato a parlare dei miei mobili, poi ha voluto vederli e alla fine ne ha ordinato uno. Il tavolino su cui sto lavorando.»

Liam si morse indietro un gemito. Gran aveva sondato il terreno con Cassidy. Non aveva mai nascosto di volere dei pronipoti. Ma una volta che aveva conosciuto Cassidy—saputo chi fosse—doveva aver capito che a lui non sarebbe interessato.

Invece *gli* interessava. E quello era un problema su tanti livelli.

Ma Gran non aveva bisogno di saperlo. Una cosa era essere attratto dalla donna, ma i figli non rientravano nell'equazione. L'ultima cosa che avrebbe voluto sarebbe stata avere Mitchell Davenport come suocero.

Suocer—era impazzito del tutto? Come era passato da Gran che passava di lì a sposare Cassidy?

«Quindi la colla è per il tavolino di mia nonna?»

«Sì, ma non preoccuparti, Liam. So quello che faccio. Il cassetto andrà bene e sarà il pezzo di legno originale.»

«Con colla moderna. Lo svaluterai.»

«Sto riparando un mobile rotto e lo sto dipingendo su commissione. Qualsiasi valore intrinseco del suo stato originale andrà a farsi benedire comunque. Ma il fatto che sia un C. Marie originale ne aumenterà il valore. E non la sto spennando, per inciso. Voleva la credenza, ma le ho detto che era già venduta.»

«Ma non lo è.»

«Spunterà un prezzo più alto del tavolino. Non volevo contrattare con tua nonna. Non me la sentivo, in coscienza, di prenderle quanto vorrei, e io ho bisogno di pagarti.»

Liam sapeva per certo che l'etica di Mitchell Davenport poteva essere ricablata per adattarsi a qualsiasi circostanza si trovasse ad affrontare, quindi fu piacevole vedere che l'etica di Cassidy era un gradino sopra. Avrebbe scommesso che non l'avrebbero mai beccata a fare un lap dance mentre sfilava il portafogli al tipo.

Okay, *non* aveva bisogno di immaginare Cassidy che faceva un lap dance a qualcuno. Inclusi lui.

«Grazie di questo. Sono sicuro che avrebbe pagato qualunque cifra le avessi chiesto.»

«È perché è una brava signora.»

«Fin troppo.»

«Dovrei offendermi, ma hai ragione. È stata fin troppo gentile, anche se credo che possa essersi fatta un'idea sbagliata su di noi. O forse ci spera. Ti vuole sposato, lo sai.»

«Già. Lo so.» Si passò una mano sul viso. Se Gran avesse saputo cosa stava pensando di Cassidy, avrebbe fatto i salti di gioia.

«Ma è perché ti vuole bene e desidera vederti felice.»

Lo sapeva. E non era una conversazione che avesse voglia di avere proprio con Cassidy. Non alla luce dei fatti recenti. Mitchell Davenport come suocero... Doveva aver inalato troppo sverniciatore. «Spero che tu non abbia alimentato la sua illusione.»

«Alimentato—?» Cassidy piantò le mani sui fianchi morbidi. «Per chi mi prendi? Non le ho nemmeno detto chi fossi così da non farle venire in mente che avresti fatto il colpaccio.»

«Il colpa—?» Stavolta toccò a lui offendersi. «Senti, Principessa, me la cavo benissimo da solo. Solo perché il mio tenore di vita non ha raggiunto l'eccellenza di Baccarat e Dom Pérignon come il tuo non significa che io non stia andando bene per conto mio. Non ho bisogno di una donna ricca che si prenda cura di me.» E di sicuro lui non si sarebbe preso cura di nessun'altra. «Mi faccio strada da solo in questo mondo.» E aveva la casa per le vacanze a dimostrarlo. Niente *tempo* per le vacanze, ma questo era un altro discorso.

Lei sollevò le mani e Liam notò che l'unghia dell'anulare della sua mano sinistra era spezzata.

C'era un bel po' di simbolismo, lì, ma Liam non lo avrebbe analizzato oltre. La vita sentimentale di Cassidy Davenport—o la sua mancanza—non lo riguardava.

«Ehi, piano, bello. Puoi scendere dal tuo piedistallo. Non l'ho illusa in alcun modo e, per tua informazione, non le ho nemmeno detto chi fossi. Ho detto di chiamarmi Cass Marie, che, tecnicamente, non è una bugia, ma non mi sembrava che tu volessi farle sapere che mi tieni a casa tua. Fidati, so come si comporta la gente quando scopre il mio cognome. Sono stufa di affrontare reazioni e preconcetti. Potresti pensare che vivere in quel grattacielo fosse una pacchia, ma questi ultimi giorni in cui non mi sono dovuta preoccupare di come appaio o se ci fosse qualche paparazzo appostato davanti a casa tua in attesa di beccarmi senza trucco in vestiti stracciati—» sollevò l'orlo sfilacciato di quella maglietta—«mi hanno aperto gli occhi. In senso buono.»

Avrebbe davvero dovuto controllare i vestiti prima di portarglieli a casa. L'abbigliamento casual di Cassidy lasciava molto a desiderare—cioè, lasciava molto di lei—e ben poco all'immaginazione. Due cose fatte apposta per mandarlo fuori di testa.

«Per la prima volta in vita mia, posso essere me stessa. Chi sia, non ne sono ancora sicura, ma di certo non sono *la* Cassidy Davenport che vedi sui giornali. È stato bello essere solo una donna a casa tua, per tua nonna.»

Tranne che a casa sua non c'era mai stata "una donna qualsiasi"—Gran non aveva visto nemmeno Rachel in casa sua perché Liam si era assicurato di tenere separate quelle parti della sua vita. Sapeva che Gran voleva che tutti e quattro trovassero un legame come quello che aveva avuto con il nonno, quindi lui era stato iperattento a *non* portare donne a casa finché non avesse trovato Quella Giusta.

*Tipico* che la donna vista da Gran a casa sua fosse Cassidy Davenport. Sapeva per certo che Gran l'avrebbe riconosciuta a prescindere dal nome usato, perché Mitchell era stato alle elementari con il loro padre e Gran amava seguire sulla stampa le storie dei ragazzini del posto diventati tycoon. Era solita dire loro che—come Davenport—potevano fare qualsiasi cosa si mettessero in testa. Sapeva un sacco di cose sull'uomo. E su sua figlia.

A sentire i racconti di Gran, Cassidy era sembrata una principessa viziata che viveva nella torre d'avorio. Strano, come lui non avesse visto la stessa cosa in Rachel. O meglio, la stessa cosa *aspirazionale*. Rachel aveva sminuito la sua ambizione. Lui aveva pensato che fosse vera.

Bel risultato. Lei era tutta presa dal signor Ivy League Frat Boy, cercando di spacciarsi per una studentessa universitaria, a caccia di qualcuno con un libretto degli assegni più gonfio e l'accesso al mondo in cui Cassidy viveva. Gli era sfuggito fino a quando non glielo aveva sbattuto in faccia. O meglio, non gli si era sbattuta addosso in faccia.

Liam si massaggiò la nuca. Perché Cassidy non poteva essere ciò che lui aveva creduto?

«Allora, bene. Hai fatto una vendita. È abbastanza perché tu ti trasferisca?»

Per un secondo, un'ombra di dolore le attraversò il viso, ma lei la mascherò così in fretta che lui capì che aveva molta pratica nel nascondere le ferite.

Ma perché avrebbe dovuto ferirla il fatto che lui volesse che se ne andasse? Non è che dovesse essere una cosa permanente. E certo, in questo momento poteva godersi l'anonimato, ma di sicuro non avrebbe scambiato i grattacieli del suo mondo per i suoi "Affaroni da Riparare" a lungo termine. *Non* che lui avesse intenzione di chiederglielo.

«Che razza di persona sarei se facessi pagare a tua nonna una cifra del genere?»

Ora si incrociò le braccia, e non era molto meglio di quando le aveva sui fianchi, perché sottolineava solo una zona che lui stava cercando con tutte le forze di non notare.

«Le ho fatto un prezzo simbolico. Posso restituirti i soldi della colla, ma il resto mi serve per il telefono.»

«Okay. Va bene. Come vuoi.» Intinse di nuovo il pennello nello sverniciatore. Non voleva parlare di soldi con Cassidy. I soldi erano la radice di tutti i mali. Caso esemplare: Rachel. *E* con Cassidy; i soldi erano la ragione per cui era a casa sua. L'ironia di una donna convinta che lui non ne avesse abbastanza e un'altra che aveva bisogno di ciò che lui *aveva* era da ridere.

Peccato che non stesse ridendo.


Cassidy si morsicò l'interno del labbro inferiore. Qualcosa aveva punto Liam sul vivo, ma non poteva essere stata lei. Lo avrebbe rimborsato e era stata gentile con sua nonna. Non poteva essere arrabbiato con lei.

Be', probabilmente sì, dato che si era praticamente infilata nella sua vita, ma stava cercando di essere il più discreta possibile. Il suo lato del garage era ordinato quanto poteva esserlo e insieme creativo. Aveva pulito casa sua, liberato spazio per la sua palestra, tenuto Titania fuori dai piedi, era stata gentile con sua nonna e stava dipingendo su commissione un pezzo per lei al costo con un piccolo ricarico. E quel ricarico era solo perché non voleva che la signora Manley capisse che le stava facendo uno sconto. Cassidy non avrebbe guadagnato neanche lontanamente quanto avrebbe dovuto per il suo tempo e il suo talento, ma ci sono cose più importanti del denaro. La sua integrità era una di quelle.

Chissà da quale genitore l'avesse presa. O forse era un gene latente nell'albero genealogico.

«Allora, che cosa pensi di fare con questo posto? Ci vivrai?» Aveva visto l'espressione serena sul viso di Liam quando non si era accorto che lei era dietro la porta d'ingresso a sei riquadri. Stava raschiando la vernice dallo scaffale, attento ma rilassato. Gli angoli della bocca si incurvavano un po' e nelle spalle non c'era tutta la tensione che c'era adesso.

Quella tensione gliel'aveva messa lei. Doveva esserle stata lei. Nel momento in cui lui aveva aperto la porta con quel saluto brusco, gli si erano rizzati i peli sulla nuca.

Il suo primo istinto era stato quello di rinfacciarglielo. In fondo, nessuno trattava una Davenport senza rispetto. Ma poi si era ricordata che non stava più sbandierando il nome di suo padre e che essere una Davenport non le aveva poi fruttato molto in quei giorni.

«Non posso viverci. La zonizzazione è cambiata in questa parte della città e non è più residenziale. Il mio agente immobiliare ha un paio di professionisti interessati a questo posto per il loro ufficio.»

«Che ne dici di un asilo?»

Liam indicò il camino. «Non è una buona idea con il camino ancora funzionante. Non voglio murarlo. È un bel punto a favore per la vendita, soprattutto quando tingerò questi pavimenti color noce.»

«Che ne dici di ciliegio? Finitura a lucidissimo?» Era un Cape Cod; avrebbe dovuto valorizzarne le caratteristiche e puntare tutto su quell'atmosfera da caccia del New England. «Dipingi le pareti verde bosco con rifiniture bianche e magari ripunta i mattoni intorno al camino con malta nera? Aumenterebbe l'impatto quando si entra dalla porta. Renderebbe il camino il fulcro della stanza.»

Liam la guardò come se la vedesse per la prima volta.

Quello sguardo lo riceveva spesso, quando la gente si prendeva la briga di conoscerla—come se non si aspettasse che avesse un cervello in testa. Meno male che non era bionda; se lo fosse stata, non avrebbe mai avuto l'opportunità di dimostrare di averlo, un cervello. «Ho studiato interior design. Mio padre voleva che facessi parte del suo team di progettazione.» Ma poi una delle sue Sapore-del-Mese (che era durata più di un giorno) aveva avuto da ridire sul fatto che la figlia del "*suo* Mitchell" le desse consigli, e caro papà aveva cambiato lo status di Cassidy a Vetrina. Quando quel Sapore era stato liquidato, Cassidy si era sentita troppo mortificata per tornare nel team. Tutti sapevano che aveva ottenuto il lavoro perché era la figlia di Mitchell ed era stata rimpiazzata per via dell'amante di lui. Già brutto che i suoi genitori l'avessero palleggiata quando sua madre era in giro; non lo avrebbe rivissuto nella carriera. Così aveva indossato il suo sorriso perfetto ed era stata la miglior Vetrina che chiunque potesse desiderare.

E guarda dove l'aveva portata. Sul mercato matrimoniale e, ora, in mezzo alla strada.

Eppure, aveva il suo talento e il suo occhio per il design. Quelli, papà non poteva portarglieli via.

«Vorrai mettere un paio di portavasi con felci quando allestirai la stanza.»

Liam inarcò un sopracciglio in modo sexy e un po' canaglia che le fece svolazzare lo stomaco. «Io non allestisco le stanze. L'agente porta gli acquirenti in uno spazio vuoto.»

«Sul serio?» Ordinò alle farfalle di calmarsi. «Dovresti provare a metterla in scena. Non tutti sanno visualizzare le potenzialità di una stanza vuota, e poi il posto sembra freddo e impersonale senza niente. Anche se qualcuno lo trasformerà in un ufficio, vedere il focolare con un tappeto e un'area conversazione davanti, qualche quadro alle pareti... farebbe miracoli sull'impressione delle persone. E scommetto che aumenterebbe le offerte.»

Il sopracciglio inarcato tornò al suo posto e, a quanto le parve, si congiunse a V con l'altro. «Senti, Principessa, magari nel tuo mondo si fa così, ma io sono anni che compro e rivendo proprietà e so quello che faccio.»

«Non ho detto che non lo sai. Cercavo solo di aiutare, ma hai ragione: questo è il tuo lavoro. Però, se cambi idea, potrei mettere insieme qualche pezzo per darti una mano quando sarai pronto. Se ti interessa, s'intende.»

Sì, forse si stava dando la zappa sui piedi non cercando di vendere subito i pezzi, ma già vedeva la credenza sotto quelle finestre piombate. Poteva puntare su una scena di caccia, oppure su una cascata di foglie autunnali. Avrebbe potuto rifinire il piano nello stesso ciliegio lucidissimo del pavimento, legando la stanza—

Tranne che non sarebbe rimasta nella stanza. Però, il portavaso tondo aveva lo stesso piede artigliato della credenza e c'era una vetrinetta che poteva coordinare con loro e sarebbe stata perfetta in quell'angolo.

Attraversò la stanza e prese le misure a passi. Avrebbe dovuto controllarle rispetto alla larghezza della vetrinetta, ma se ci stava, lì sarebbe stata perfetta. Avrebbe suggerito edera in un vaso di ottone brunito sul ripiano superiore, a cadere lungo il fianco, con un vaso coordinato sul portavaso tra una coppia di poltrone wingback Queen Anne e una panchetta imbottita coordinata a chiudere il riquadro davanti al camino—

«Che stai facendo?» La voce di Liam le tagliò la visione.

«Sto misurando.»

«Per?»

«C'è una vetrinetta che secondo me ci starebbe—»

«Cassidy, apprezzo il suggerimento, ma non metterò in scena la stanza. I professionisti che porterà il mio agente sanno già cosa vogliono. Sarà una questione di prezzo giusto al metro quadro. Se devo noleggiare i mobili, mi si mangia il margine, che dovrò ribaltare nel costo al metro quadro. Finirò fuori mercato. Inoltre è poco etico. O quantomeno, coercitivo. Artefatto. È come se cercassi di infinocchiarli. Se entrassi in uno spazio come questo tirato a lucido, solleverei i tappeti per verificare se ci sono termiti o altro.»

Si trattenne dal fargli notare che in una proprietà di Davenport Properties non ci sarebbero *mai* stati danni da termiti. Papà teneva molto al brand e l'ultima cosa che avrebbe permesso era che un insetto danneggiasse la sua immagine.

Sua figlia anche, a quanto pare.

«Okay, allora. Ti lascio in pace e torno a casa dopo il negozio. Ho un sacco di lavoro.» E non aveva bisogno di restare lì a farsi trattare con condiscendenza sulle sue "ideuzze" come le aveva fatto suo padre per anni. Era proprio ciò da cui cercava di fuggire.

Quindi sarebbe tornata, si sarebbe messa al lavoro e avrebbe preparato quei pezzi per la vendita. Poteva farcela, e lo avrebbe fatto.

Poi avrebbero visto tutti chi era la vera Cassidy Davenport.

# Capitolo Sedici

«Dimmi che hai portato birra.» Liam allungò la mano verso il frigo portatile che Sean teneva, pregando che non gli tremasse.

Che diavolo gli era preso? Cassidy aveva fatto un paio di commenti innocui e lui le era subito saltato addosso, a difendere la sua attività come se lei fosse un'autorità a cui dovesse rendere conto.

«Già, da qualche parte saranno pur le cinque.» Sean fece scattare il coperchio quando Liam lo posò sul tavolo improvvisato con i cavalletti che aveva messo al centro di quello che sarebbe stato l'ingresso di un nuovo ufficio. *Senza* una credenza, né un divano, né niente. «Nazionale o importata?»

Liam afferrò la prima bottiglia che gli capitò. «Non importa. Ho solo bisogno di qualcosa che mi tolga la sete.» E che calmasse la sua mente in subbuglio. Non riusciva a decidere se fosse rabbia verso Cassidy per aver insinuato che non sapesse fare il suo mestiere, o il fatto che lei fosse così dannatamente attraente e lui non *voleva* che lo fosse. Qualunque cosa fosse, l'ultima cosa di cui aveva bisogno era che Sean lo scoprisse. Per fortuna lei se n'era andata quindici minuti prima che suo fratello si presentasse senza avvisare e senza essere atteso. Se Liam avesse saputo che arrivava mentre Cassidy era lì... Non voleva nemmeno pensarci.

«Allora, com'è lavorare per Cassidy Davenport?»

Addio, discrezione.

Liam svitò il tappo senza rispondere. Non sapendo *come* rispondere.

«Che c'è?» Sean allontanò la birra dalla bocca. «È un gran segreto?»

«Che lavori al suo condo? No.» Liam prese un sorso cauto, aspettandosi ancora che Sean lo mettesse in guardia dal cacciarsi di nuovo con un'altra approfittatrice di lusso.

«Be', almeno non dobbiamo preoccuparci di te con lei.»

Liam si strozzò con il sorso. «Io *con* lei?»

«Sì, lo sai. Prendersi una cotta per lei. Voglio dire, devi ammettere che è una gran gnocca.»

A Liam cominciò a salire il calore. Sean non avrebbe dovuto notare quanto fosse sexy Cassidy—

Oh. Dannazione. Non bello. Per niente. Fratelli prima delle troie. E lei non era nemmeno la sua troia—

Liam troncò quel filo di pensieri perché era *esattamente* ciò che aveva pensato di Rachel quando aveva scoperto che voleva vivere dei frutti del suo— o di qualunque uomo, a quanto pareva—lavoro, semplicemente concedendosi per raccogliere tutti i benefici. Definizione classica.

Ma lo stesso non valeva per Cassidy. Il perché lo preoccupava da matti. Doveva mantenere un po' di prospettiva.

«Ehi, Lee?» Sean gli agitò una birra davanti alla faccia. «Ci sei, amico? O ti ho appena fatto aprire gli occhi sul fatto che la tua cliente è una gran bella tipa?»

«Potresti smetterla di dirlo, per favore? Non la conosci, altrimenti non diresti quelle stronzate.»

«*Stronzate*? Sei cieco? O, aspetta. Si è rivelato che un'anima ce l'ha davvero? Una che non è stata prosciugata dai milioni di suo padre?»

«Pianta lì, Sean. Non sono dell'umore.»

«Forse stai protestando troppo?» Sean non riuscì a togliersi dalla faccia quel ghigno da presa in giro.

A Liam non faceva per niente ridere. «Non sto protestando un bel niente. Sei un idiota se pensi che mi rimetterei su quella strada. Punto. Voglio solo rimettere in sesto questo posto per metterlo in vendita. Gli agenti immobiliari mi stanno tampinando. Pare che ci sia una variazione urbanistica imminente che renderà questa zona un mercato bollente.»

Sean si guardò intorno. «Ehm, Lee? Ti rendi conto di quanto lavoro c'è? Quelle scale fuori sono pericolose.»

Liam annuì e tracannò un altro sorso di birra, grato di essere usciti dal tema Cassidy. «Il marciume sul muro esterno. L'acqua è filtrata attraverso la riparazione dell'intonaco, fatta alla bell'e meglio dall'ultimo proprietario.»

«Meno male che non hai ottenuto tu il lavoro da residente di Mac che ho avuto io, altrimenti non avresti mai tempo per questo. Diavolo, mi ci vuole un giorno intero solo per pulire una suite.»

«Già, ma tu stai nella tenuta, quindi è come prendere due piccioni con una fava.»

Sean aveva convinto Liam e Bryan a investire con lui in una splendida tenuta sui Monti Pocono per creare un resort di lusso più vicino a Philly dei Catskills e più abbordabile che filare a New York City, a Washington o ad Atlantic City. Un posto perfetto per dirigenti ben pagati per rilassarsi e staccare da tutto, con un campo da golf da campionato, una volta che Sean avesse comprato il posto dall'eredità del defunto proprietario. Sean lavorava a quell'affare da anni, comprando persino alcune proprietà circostanti per privacy e una possibile futura espansione. Era l'occasione di Sean per realizzare i suoi sogni, e loro avevano i fondi in più per sostenerlo, con l'idea che un giorno Sean li avrebbe liquidati. A Liam non importava quando; aveva comunque il suo flusso di cassa e gli piaceva essere coinvolto in un progetto con i fratelli. Fu un colpo di fortuna che Mac avesse la tenuta nella lista dei suoi clienti. Era diventata di Sean nel momento stesso in cui avevano perso la scommessa.

«Sì, ma mi sto spaccando la schiena. Quel posto è enorme. Mac dovrà assumere altra gente una volta che avremo finito, perché io avrò decisamente bisogno di aiuto se—voglio dire, quando prenderò in mano tutto.»

Liam posò la birra. «Se?»

«Volevo dire quando.»

«Però hai detto se.»

«Volevo dire quando.»

Liam lo fissò. Sean aveva un buon volto da poker, ma non era stato pronto a farsi mettere in discussione da Liam. «Sputa.»

Sean sospirò. «Potrebbe esserci un intoppo.»

«Che tipo di intoppo?»

«Non ne sono ancora sicuro. Ma lo sistemerò. Quell'immobile lo *prenderò*.»

Liam non insisté. Se c'era un «intoppo» era più grosso di quanto Sean volesse far credere, altrimenti non gli sarebbe scappata quella parola. Sean aveva un bel peso in testa. Non aveva senso aggiungercene altro pressandolo. Quando sarebbe stato pronto, glielo avrebbe detto.

La cosa buona dell'essere così uniti tra fratelli era che sapevano quando era il momento di fare un passo indietro. Proprio come Sean aveva fatto riguardo a Cassidy.

«Allora perché sei qui se sei così occupato al tuo posto?» Liam riprese la spatola e tornò agli scaffali. C'era *davvero* un sacco di lavoro da fare in quel posto, e per una volta ne era grato. L'avrebbe tenuto lontano da casa sua e lontano da Cassidy.

«Avevo bisogno di una pausa. Sto cominciando a parlare da solo in quei lunghi corridoi vuoti, capisci? Non mi spiacerebbe fare qualcos'altro. Ti va un'altra partita a poker? Potremmo chiamare Bry.»

«Cosa, l'ultima partita è andata così bene che vuoi il bis?»

«Non inviteremo Mac.»

«Mai più.»

Rise con Sean, tentato a metà di condividere la sua teoria, ma... perché? Non c'era più niente da fare se non ingoiare il rospo e tirare avanti per le prossime tre settimane.

O più a lungo, se Cassidy non fosse riuscita a vendere abbastanza dei suoi mobili per andarsene.

Le conseguenze della scommessa andavano avanti all'infinito.

Dio lo aiutasse.


Cassidy si spinse gli occhiali di protezione tra i capelli proprio mentre un altro paio di fari passava davanti alla casa di Liam. Un'altra macchina che non era la sua.

Scosse la testa, facendo una smorfia quando gli occhiali scivolarono sul ponte del naso con un *clonk*. Storti. Sembrava essere il suo stato naturale quando stava con Liam, ultimamente. Un minuto era tutto gentile e la ringraziava per sua nonna, e quello dopo le diceva di farsi gli affari suoi quando lei gli stava offrendo gratis la sua esperienza.

Cassidy si sistemò gli occhiali—quelli tempestati di strass che le erano sembrati così carini quando dipingeva da sola ma che a casa di Liam le sembravano fuori luogo—e finì di carteggiare il piano in legno della credenza. Qualche passata di finitura, un paio di giri di lucidatura, e quella cosa avrebbe sembrato avere un piano in marmo. Il finto marmo era stata la sua specialità, soprattutto il *trompe l'oeil*.

Aveva trovato una cornice di specchio antico a una svendita di una tenuta su cui usare quella tecnica. Uno specchio magico, stava pensando. Perfetto per la cameretta di una bambina. Un bell'incontro con il suo lato creativo e il suo lato da donna d'affari apprezzava il fatto che, di solito, per i figli non si badava a spese. Mettere in commercio un pezzo per la figlia di qualcuno aumentava le probabilità di venderlo, e venderlo bene. Sapeva fare marketing, anche questo era un suo talento—uno per cui papà non le aveva mai dato credito, a meno che non si trattasse di fare bella figura sui depliant sugli espositori e sui materiali promozionali.

Cassidy si schioccò le nocche, la mano in crampi per aver tenuto pennello e tavolozza così a lungo, senza voler pensare a tutte le cose che, agli occhi di suo padre, non sapeva fare. Era perché ogni singolo giorno gli ricordava la donna che l'aveva tradito e se n'era andata?

Non le sembrava che la cosa avesse turbato poi tanto suo padre dal punto di vista emotivo—a parte l'ovvia vergogna per tutto quell'affare sordido finito di pubblico dominio, s'intende. E se lo aveva turbato, aveva fatto finta di no. Le aveva mostrato come essere forte quando la mamma se n'era andata, ma questo non le aveva impedito di raggomitolarsi la notte nel letto, stretta al suo peluche preferito—un cucciolo di Maltese di peluche che aveva chiamato Tinkerbell—e chiedersi perché la mamma avesse lasciato *lei*.

Be', non c'era nulla che potesse fare riguardo al fatto di essere un promemoria vivente di sua madre—

A proposito, aveva lasciato la foto e il braccialetto al condo.

Ah, che ironia. Aveva tenuto quelle cose per anni, nascoste alla vista, sperando contro ogni speranza che la mamma tornasse a prenderla—e invece non era tornata.

Non aveva più bisogno della foto, e il braccialetto si stava sfasciando. Promemoria dell'ultima volta in cui lei e la mamma erano state bene. L'ultima volta felice della sua vita.

Be', questo sarebbe cambiato. *Questo* sarebbe stato il periodo migliore della sua vita.

Dalla mudroom arrivò un tonfo.

O forse *domani* sarebbe stato il periodo migliore della sua vita.

«Titania!» Cassidy posò a terra la levigatrice e volò in casa, senza curarsi di essere coperta di segatura.

La sua cagnolina era coperta di semplice polvere. In qualche modo era riuscita a far cadere una scopa elettrica dal muro e questa si era smontata, *sprigionando* una nuvola di polvere in tutta la stanza. Perfetto. Addio a tutto il suo lavoro per mantenere il posto pulito.


Due ore dopo, la polvere era sparita da ogni superficie della stanza anche se era abbastanza sicura che le ricoprisse ogni centimetro di pelle. Titania era stata bandita nel bagno trasformato al volo in recinto per cani, ad abbaiare a più non posso con la sua testolina carina ricoperta di polvere. In quel momento era *davvero* uno spazzolone per la polvere e Cassidy non poté fare a meno di sorridere alla descrizione di Liam, anche se dubitava che lui avrebbe sorriso se avesse visto loro due.

Lui l'aveva sorpresa. Aveva fatto entrare in casa sua una perfetta sconosciuta, le aveva dato le chiavi del camion, un po' di soldi e un lavoro. Non aveva bisogno di darle un posto dove stare. Non le doveva niente. La conosceva da quanto? Mezz'ora? Chi *fa* una cosa del genere?

Liam Manley. Prima o poi a una donna sarebbe andata di lusso.

Per un attimo, si immaginò che fosse lei. Che potesse vivere lì, con Liam, far parte della sua famiglia. Chiamare la signora Manley "Gran", avere un paio di cognati, una cognata—anzi, facciamo una sorella. Aveva sempre desiderato una sorella.

Aveva sempre desiderato una famiglia.

E Liam ne aveva una già pronta, che aspettava solo qualcuno che ne facesse parte.

Era così sbagliato immaginare che quel qualcuno fosse lei?

# Capitolo Diciassette

«Okay, sono pronta a lavorare.»

Liam lasciò cadere il martello. Sul piede.

Saltellò in giro per vedere l'incubo delle sue notti in piedi sulla soglia del suo nuovo progetto, fin troppo pimpante e... e... *solare* con quegli shorts arancione acceso e il top giallo sole brillante. «Cosa hai detto?»

«Sono qui per lavorare. Mi sono messa i vestiti da pittura, quindi fammi rendere utile.»

*Non pensarci, non pensarci, non pensarci.*

Troppo tardi. Vedere azioni non-Rachel aveva spalancato la porta a un'immagine che non avrebbe mai creduto di vedere in Cassidy. E dopo i sogni che aveva fatto su lei e lui nelle ultime due notti, mentre dormiva su una pila di teli davanti al camino qui per non dover tornare a casa ed essere tentato da lei, *non pensarci* non era possibile. La stava immaginando in tutti i colori vividi—che a quanto pare erano l'arancione e il giallo. «Di che stai parlando?»

Cassidy sollevò un pennello e un mucchio di quella che lui suppose fosse stracci, anche se gli sembrarono più fazzoletti non stirati. «Vernice. Qui. Con te. Questo posto.»

No no no. Non se ne parlava. «Non hai qualche mobile da restaurare o qualcosa del genere? Un cane da portare a spasso? Degli orecchini da mettere all'asta?» Un appartamento da trovare, mobili da vendere... Qualcosa che la facesse uscire da casa sua prima che poi, così da poter scendere da questa giostra del *era/non era*. Dipingere *questo* posto non l'avrebbe fatto.

«Gli orecchini sono online, la casa è pulita e ho passato la mattina a riparare e carteggiare i prossimi pezzi su cui lavorerò, quindi ho un po' di tempo libero mentre la polvere si deposita in garage. E per questo non posso dipingere nulla di nuovo. Non che abbia spazio per qualcosa di nuovo. È già un percorso a ostacoli lì dentro.»

Nessuna sorpresa dato lo stato dei suoi pensili nel condominio. «Quindi hai pensato di venire qui a lavorare?»

«Hai indovinato al primo colpo.» Lo abbagliò con il suo sorriso e Liam dovette letteralmente sbattere le palpebre per scacciare le macchie di sole dagli occhi.

«*Questo* è ciò a cui hai pensato?» Di certo dipingere non era il primo pensiero che gli veniva in mente con lei.

«Be', sì.» Per la prima volta da quando era arrivata, il suo sorriso calò un poco. «Non vuoi aiuto? Metteremo a posto il posto prima per la vendita. Mio padre vuole sempre che le persone rientrino nel budget e consegnino in anticipo. So quello che faccio e con noi due al lavoro, finiremo tanto più in fretta.»

Non sarebbe successo. Non con lei in quei ridicoli shorts arancione acceso che forse non erano abbastanza succinti per Daisy Duke ma andavano benissimo—*fin troppo* bene—per lui, e una t-shirt ricoperta di—Dio santo—strass.

«*Quelli* sarebbero vestiti da pittura?» Abbassò lo sguardo sui suoi shorts da imbianchino color kaki smorti e sulla t-shirt intrisa di sudore che un tempo era blu. O forse verde. Difficile dirlo perché si era scolorita a forza di lavaggi. Aveva un paio di completi da pittura; niente senso rovinare vestiti nuovi, bastava lavare i vecchi finché si consumavano.

«Sono tutto quello che avevo, ricordi?» Toccò con la punta del pennello le labbra, e Liam si sforzò di non fissarle. Né di chiedersi che sapore avessero. «Allora, di che colore farai le rifiniture?»

«Bianche.»

«Faranno un bel contrasto con le pareti verde bosco.»

«Le pareti non saranno verde bosco.»

«Dovrebbero esserlo.»

«Saranno beige.»

«Pareti beige e rifiniture bianche? Perché non ricopri tutto di plastica già che ci sei, così elimini qualunque personalità al posto?»

«Non ha bisogno di personalità; deve essere neutro, così qualcuno può entrare e farlo suo. Con la *propria* personalità.»

«Ma se lo ravvivi, susciterai più interesse.»

«Quante case hai venduto, di preciso?»

Le sue labbra sensuali si assottigliarono in una linea retta che torse di lato. E persino quello le stava bene.

«Per tua informazione, ho studiato con alcuni dei migliori designer europei, all'avanguardia nell'interior design. Persone che lavorano ad Architectural Digest, che progettano hotel e attici di lusso. Mio padre ha un'intera squadra per progettare tutte le stanze nei suoi edifici, fino all'ultimo soprammobile.»

«Quelli sono hotel. Devono essere tutti rifiniti. La gente non vuole una camera d'albergo vuota.»

«Ha anche dei condo, ricordi? Io ci vivevo.»

«E non era proprio il posto più accogliente che si possa immaginare?»

«Non doveva essere caldo. Doveva essere d'impatto. Tutto quel bianco e il vetro... Il posto fa una gran figura. Si venderà e a caro prezzo. Perché è una proprietà di Mitchell Davenport e ci sono tutti gli standard che ha fissato per le sue proprietà, in linea con le aspettative dei clienti che ha costruito. Dovresti farlo anche tu. Fai sì che i progetti di Liam Manley abbiano una dichiarazione, un certo tocco, così la gente sa cosa sta comprando quando acquista qualcosa che hai creato. Costruisci un brand attorno al tuo nome e non importerà di che colore metti le pareti, purché *sia* un colore. *Non* il beige.» Rabbrividì davvero.

«Non indossavi del beige l'altro giorno?»

Inclinò la testa. «Ah sì?»

Gesù, non se lo ricordava? Lui non riusciva a togliersi l'immagine dalla testa. «Sì, tutto il tuo completo era beige. Top, pantaloni, scarpe.» Il reggiseno che aveva visto quando si era chinata davanti a lui, e probabilmente pure il suo maledetto perizoma. E Dio solo sapeva, la sua pelle aveva la stessa tonalità— ogni centimetro da far venire l'acquolina che aveva intravisto.

Alzò le spalle. «E allora? Io non sono una casa e comunque non stiamo parlando di me. Io sto progettando i mobili pensando al mio brand. Dovresti pensare al tuo. Che cosa hai fatto, in tutte le case che hai ristrutturato e rivenduto, che sia riconoscibile come tuo? Che faccia dire al posto che è stato fatto da Liam Manley?»

«Il mio nome sul loro assegno.»

Cassidy roteò gli occhi, che erano ancora splendidi anche senza un filo di trucco. «Vuoi continuare a fare lavoro manuale fino alla morte, Liam? Devi pensare in grande. Fatti un nome, costruisci il tuo brand. Poi lo insegni a qualcun altro e o vendi l'attività o la passi alla famiglia quando vorrai andare in pensione, e continuerai comunque a guadagnare. Devi creare il bisogno per i tuoi prodotti. Dai alla gente un motivo per cercare proprio te invece di un altro posto. Fai sì che tutti desiderino una proprietà di Liam Manley perché è così economica o funzionale o innovativa o qualcosa del genere che possederla è un vero colpaccio. Crea la tua nicchia, così sarà la gente a venire da te invece di dover uscire tu a cercare clienti ogni volta che hai qualcosa da vendere. È sempre meglio avere una coda in attesa che il silenzio che rimbomba quando apri la porta dell'attività ogni giorno.»

«Sembra che tu abbia fatto attenzione quando parlava tuo padre.»

Inclinò la testa e mise una mano sul fianco. «Quel tipo sarà pure uno stronzo, ma sa di cosa parla e non si vive e lavora con lui senza imparare qualcosa, quindi non farmi la lezioncina.»

Liam trasalì. Sì, l'aveva fatto, in effetti. Non aveva avuto intenzione di trattarla dall'alto in basso, ma quella conversazione con Sean gli rimbombava ancora in testa e, a essere sinceri, non aveva mai pensato che Cassidy Davenport avesse anche solo un briciolo di idea di come si faccia impresa.

Ma lui sì, e lo faceva da un bel po'. «Apprezzo l'offerta, Cassidy, ma questo è il mio posto. Lo farò con i miei tempi, a modo mio.»

Accidenti se gli angoli della sua bocca non si piegarono all'ingiù, e avrebbe giurato che il labbro inferiore le tremò.

«Va bene allora.» Inspirò e lo guardò negli occhi. «Se non vuoi il mio aiuto...»

«Non l'ho detto.»

*Ma che stai facendo? Vuoi invitarla a restare nei paraggi?* Si pizzicò l'attaccatura del naso. Probabilmente era la cosa più stupida—okay, la seconda più stupida—che avesse mai fatto. Ma lei *voleva* aiutare. Quante volte aveva voluto che Rachel si interessasse almeno un po' a ciò che lui faceva per vivere? «Okay, d'accordo. Puoi aiutarmi. Ma le pareti *non* saranno verdi.»

Aprì la bocca e Liam si preparò alla battaglia.

Invece lo sorprese. «Okay, Liam. Come dici tu.»

Lui sbatté le palpebre. Davvero? Lei lo assecondava? Niente lotta? Niente lacrime per ottenere ciò che voleva?

Gli occhi di Liam si strinsero. Stava tramando qualcosa.

E poi lo baciò.

# Capitolo Diciotto

Non aveva intenzione di farlo. Davvero, no.

Era solo... solo... be'...

Le stava dando un'occasione. Per qualche motivo, Liam le stava dando la possibilità di lavorare con lui su qualcosa che per lui era importante. Era così abituata a vedersi snobbare le idee che si era aspettata che la respingesse in tronco. Quando le disse che poteva aiutarlo, rimase così sorpresa, così felice, che non pensò davvero a come avrebbe dovuto reagire.

Saltargli in braccio e piantargli un bacio sulle labbra probabilmente non fu la scelta migliore.

Poi lui iniziò a baciarla a sua volta e, sì, be', forse *lo era* una buona scelta. L'uomo era *il top*.

E, cavolo, come baciava. Se Burton fosse stato capace di mandarle i sensi in stratosfera come faceva Liam, forse non sarebbe scappata dall'ultimatum di suo padre.

Ma allora si sarebbe persa questo.

Si sarebbe persa il gioco delle labbra di Liam sulle sue—quasi un morso, ma molto più morbido. Abbastanza stuzzicante da spedirle piccole scosse lungo il corpo e farle cedere le ginocchia. Poi c'era il modo in cui le sue mani grandi e callose le afferrarono la schiena, le cerchiarono la vita, e scesero perfino sul sedere.

Fu come se l'avessero collegata alla corrente. Si incendiò, e all'improvviso non le importò che avrebbe dovuto ringraziarlo invece di baciarlo. Non c'era verso che si fermasse.

Le sue labbra migrarono dalle sue a poco sotto la mascella, vicino all'orecchio. «Cassidy.»

Sì, quello era il suo nome e, oh Dio, suonava così bene detto da lui.

«Cassidy,» disse un po' più deciso, con il respiro caldo che alimentava ancora le fiamme mentre le accarezzava la pelle.

*Sì, sì*, avrebbe voluto rispondere, ma il fiato le era sparito e non ci riuscì. Proprio no. E poi, che bisogno c'era di parlare quando potevano baciarsi invece—

«Cassidy.»

Aspetta. Stava parlando. Non stava baciando. E non sembrava senza fiato né aveva la meraviglia nella voce.

L'elettricità si tramutò in ghiaccio e Cassidy non riuscì a muoversi. Si era lanciata addosso al tipo—letteralmente—e lui non ne voleva sapere di lei.

Be', d'accordo, le sue mani non si erano mosse dal suo sedere, quindi forse c'erano alcune parti che voleva, ma non voleva *lei*. Il tono lo diceva chiaro e tondo.

La mortificazione le serpeggiò nelle vene e le ginocchia le si ammorbidarono per tutt'altro motivo. Dio, che umiliazione.

Si schiarì la gola e si staccò dalle dita il nodo che aveva fatto nei suoi capelli mentre si svolgeva la gamba dal suo polpaccio—oh Dio, si era avvinghiata a lui come un'edera—e fece un passo indietro, uno alla volta, dolorosamente, con le gambe che stavano per cederle. «Io...» Si scostò i capelli dal viso—capelli sfuggiti alla coda e tutti aggrovigliati e sudati per essere stati presi nel calore del loro bacio. «Mi dispiace. Non so perché l'ho fatto. Io—»

«Stronzate.»

«Io... cosa?»

«Stronzate. Sai esattamente perché l'hai fatto.»

Be', sì, lo sapeva. Trovava il tipo incredibilmente attraente e non aveva pensato; aveva reagito. «Io... sì?»

«Senti, non sono il cagnolino appiccicoso che tuo padre ti ha messo in fila per sposarti. Non sono uno che puoi tirare in giro per il cazzo. Non frequento donne come te.»

«Donne come... come me?»

«Già.» Fece l'ultimo passo che lo mise fuori dalla portata del suo braccio e si passò entrambe le mani tra i capelli. «Gesù. Ti do un dito e ti prendi il braccio. Quando diavolo imparerò la mia fottuta lezione?»

Qualcosa non tornava, ma Cassidy stava ancora cercando di rallentare i battiti e di capire che diamine intendesse con *donne come te*. Cosa voleva dire?

«Così non funzionerà, Cassidy. Devi andare a casa.»

*A casa*. Ecco il problema; non ne aveva una.

«Perché? Hai paura di non saper resistere al mio fascino?» Lasciò che il sarcasmo coprisse l'umiliazione. Non aveva mai pensato che lui potesse essere respinto da lei—qualunque fosse il tipo di donna che era. Non le era mai successo. Era sempre stata lei a tirarsi indietro perché non era mai stata sicura di cosa un uomo volesse da lei.

«Non è un segreto che sono attratto da te.»

Quella domanda ebbe risposta.

«Bisognerebbe essere morti per non esserlo.»

Non le sembrò un complimento.

«Ma non cerco complicazioni nella mia vita. Non cerco una donna.»

«Ehi. Piano, Casanova. Se pensi che l'abbia fatto per cercare di legarti o qualcosa del genere, ti sbagli di grosso. Era gratitudine. Ti stavo ringraziando per avermi lasciato lavorare con te a questo. Non ingigantire la cosa.» Quella era la sua versione e a quella si sarebbe attenuta.

Però, dietro la schiena incrociò le dita.

Lui inarcò un sopracciglio. «Davvero.»

Lei sollevò il mento. Se lui non aveva perso il controllo durante il loro bacio, di certo lei non aveva intenzione di ammettere di averlo fatto. Meno sapeva dell'attrazione che provava per lui, meglio era.

«Okay, d'accordo,» disse. «Devo aver frainteso la tua gamba avvolta attorno a me e la presa mortale che avevi sui miei capelli, per non parlare della tua lingua che spazzolava ogni angolo della mia bocca.»

Dannato lui. Le guance le bruciarono, ma Cassidy non aveva tenuto testa per niente alle figlie di ambasciatori altezzose e ad altre rampolle nel suo collegio. «Io *so* controllarmi, sai. Non è che tu sia il dono di Dio alle donne, Liam. Ti ho baciato, e allora. Okay... mi sono lasciata prendere. *So* controllarmi, sai.»

Gli stava mentendo in faccia ma non stava mentendo a se stessa. L'uomo era di prima scelta. E perfetto. E se la vista non fosse stata una prova sufficiente, lo era il modo in cui le mandava gli ormoni in orbita. Ma non avrebbe fatto sconti al suo ego, né gli avrebbe lasciato credere che fosse il suo tutto.

*E se lo fosse?*

Oh, santo cielo. Era solo un bacio.

*Già, come no.*

«Ma neanche tu mi stavi esattamente respingendo. Ho sentito chiaramente le tue mani sul mio sedere.»

Lui serrò le mani e le labbra gli si strinsero. Sì, se lo ricordava.

«Allora, lo facciamo questo lavoro o ti fai venire le paranoie e mi sbatti fuori perché non riesci a resistermi?» Andò sul terreno della sfida e si mise le mani sui fianchi per maggiore effetto—e per ricordare alle sue gambe di non cedere.

Era la sua immaginazione o vide un guizzo di qualcosa—osava pensare fosse ammirazione—mentre lui la fissava?

«Bene. Puoi restare. Ma ci sono delle regole. Tu stai dalla tua parte e io dalla mia e, se ci si incontra a metà, niente contatti. D'accordo?»

«Wow, dopo una dichiarazione così romantica, come pretendi che ti stia lontana?»

Sospirò. «Sì o no?»

«Sì. Certo. Non è che non possa vivere senza baciarti di nuovo.» Anche se l'idea le fece fare un *tonfo* nello stomaco.

«E vale anche per la casa.»

«Non montarti la testa, Liam. Starò dalla mia parte in tutto, soprattutto dalla parte dove c'è la mia camera.» Scosse la testa per togliersi dalla guancia i capelli umidi. Non aveva bisogno di ricordarsi che un minuto prima erano stati incollati bocca a bocca—e che sarebbe stata l'unica volta che le sarebbe capitato con Liam. Il che era un gran peccato.

«Allora.» Raccolse il pennello da dove l'aveva lasciato cadere per quel bacio-che-non-sarebbe-ricapitato e se lo infilò dietro l'orecchio. «Comincio con le rifiniture?»

Lui la studiò per un minuto e sembrò voler dire qualcosa, ma invece si morse l'interno della guancia per un secondo. «Avevo previsto di fare le rifiniture dopo gli scaffali.»

«Okay. Posso aiutarti con quelli.»

Lui inarcò un sopracciglio. «Non abbiamo appena stabilito i lati opposti?»

«E allora? Lati opposti degli scaffali.»

Se non si sbagliava, lui si ingoiò un gemito. Ma non si sbagliava sul pesante sospiro che non cercò di nascondere. «Cassidy.»

Lei alzò le mani. «Ho capito. Distanza. Perché sono così irresistibile che non riesci a trattenerti.»

«Oh, in questo momento sto resistendo a un sacco di cose. E non parlo del baciarti.»

Accidenti. Quella faceva male davvero.

Si passò una mano tra i capelli e si massaggiò la nuca. Forse non era stata la scelta migliore. Avrebbe dovuto andarsene.

Ma sarebbe stato ammettere più di un bacio di gratitudine. Per tutte le sue belle parole, se fosse uscita, lui avrebbe capito che si trattava di ben altro che semplice gratitudine.

Prese una latta di vernice. «Okay, Liam. Pare che le rifiniture verranno fatte prima del previsto. Comincio da questa parte. Dal lato *opposto* della stanza.»

Quanto era ironico che l'unico uomo che lei *voleva* fosse l'unico uomo che non la voleva?

Suo padre lo avrebbe chiamato giustizia poetica.

Be' lei meritava più di quanto lui volesse per lei, che si trattasse di Liam, della sua arte o della sua indipendenza, e avrebbe ottenuto ciò che meritava.

# Capitolo Diciannove

Due ore tormentate dopo, lui e Cassidy avevano fatto ben pochi progressi.

Be', *lui* aveva fatto ben pochi progressi. Cassidy aveva combinato molto di più perché stava palesemente prendendo alla lettera il suo editto dei *lati opposti*. Il suo sguardo non era vagato neanche una volta nella sua direzione.

Era stupido che la cosa lo infastidisse, ma ogni volta che si voltava, lei era in qualche posa che gli assestava un pugno allo stomaco. L'ultima era stata da manuale: si era chinata sopra la cima della scala, applicando il nastro del pittore lungo il bordo della cornice, offrendogli la visuale perfetta del suo sedere. Quello che lui aveva avuto tra le mani. I suoi palmi sentivano ancora la curva e la morbidezza. Se avesse dovuto passare anche solo un altro secondo a fissarle il sedere, sarebbe impazzito.

Che, naturalmente, era il codice dell'universo per Fai-Piegare-Cassidy-Di-Nuovo-Davanti-A-Lui-Sulla-Scala, mettendogli ancora una volta il suo didietro all'altezza degli occhi proprio mentre andava a prendere un'altra latta di vernice.

Alzò gli occhi al cielo. *Sul serio?*

«Liam? Puoi venire qui un secondo?»

Non se ne parlava, manco morto. «Perché?»

Lei si gettò la coda di cavallo sulla spalla e gli lanciò un'occhiata. Un ricciolo ribelle le si era appiccicato al naso e lei lo soffiò via.

Anche quel gesto gli arrivò dritto allo stomaco, perché riusciva benissimo a immaginarla fare la stessa cosa dopo essersi chinata su di lui così—

«Ehi? Perché avrei bisogno di aiuto?» Indicò in modo eloquente il nastro blu del pittore che si era staccato e la colata di vernice bianca sul muro lì sotto. «Mi servirebbe uno straccio bagnato prima che la vernice asciughi. A meno che tu non stia lì solo a guardare?»

Stare qui a guardare aveva sicuramente i suoi punti a favore. Motivo per cui si mosse.

Dodici secondi, sei respiri profondi e uno straccio bagnato dopo, Liam stava cercando di capire il modo più sicuro per passarglielo senza doverle andare minimamente vicino.

«Liam?» Lei lo inchiodò con quegli splendidi occhi verdi. «Anche oggi, magari. A meno che tu non voglia che lo diventi bianco anche il muro?»

«Sono sicuro che contesteresti anche quel colore.»

«Come avrai visto dal mio condominio, il bianco non è un colore più di quanto lo sia il beige. È una base. Allora? Sì o no al muro bianco?»

«Aspetta.» Era una tipa autoritaria. E, sorprendentemente, su di lei gli piaceva. Meglio che essere una manipolatrice subdola come la sua ultima ragazza.

*Cassidy non è la tua ragazza.*

«Tieni.» Le lanciò praticamente lo straccio addosso.

«Sul serio?» Guardò dove lo straccio era atterrato sul piolo più basso e scosse il vassoio e il pennello che teneva. «Con quale mano avrei dovuto prenderlo? Cioè, lo so che violeremo la regola dei lati opposti della stanza, ma direi che la vernice che gocciola viene prima.»

Accidenti. Aveva ragione e lui odiava quasi quanto odiava il fatto che avrebbe dovuto mettersi dietro di lei sulla scala per pulire la colata.

Salì, cercando di mantenere più spazio d'aria possibile fra loro. Il problema era che il suo profumo riempiva quello spazio. Qualcosa di floreale e femminile; già dall'altro lato della stanza era stato difficile resistere, ma da vicino e personale? Lo stava uccidendo. Avrebbe dovuto portarla in hotel, pagarle un mese e lasciarla lì. Non aveva avuto un attimo di pace da quando l'aveva fatta entrare in casa sua.

«Ehi, Liam...»

Già. Scosse mentalmente la testa per schiarirsi le idee. Cristo, non era un adolescente alla prima cotta. Era attratto da lei, d'accordo. Non significava che dovesse succedere qualcosa. Era un uomo adulto; sapeva controllare gli impulsi.

Ma quello che ebbe quando si sporse su di lei per ripulire la goccia...

Ci vollero due passate di straccio per togliere la vernice, poi Liam fu giù dalla scala e lontano dalla tentazione prima ancora di prendere un altro respiro.

«Grazie,» disse lei, con un respiro che suonava perfettamente normale.

Liam cercò di fare lo stesso quando disse: «Di niente.»

Una balla totale. Un *enorme* problema. Quel bacio era lì, seduto tra loro, e lui aveva voluto ripartire esattamente da dove si erano fermati.

«Se lo dici tu,» mormorò lei. «Quindi sei ancora deciso su questo beige?»

Già, concentrarsi sulla vernice. Su quello che stavano facendo qui. Non su quello che lui avrebbe voluto fare qui... «Meglio del verde bosco, visto il tuo piccolo incidente, tesoro.» Tornò al suo lato della stanza, che non era abbastanza lontano da lei, ma era il massimo che potesse ottenere, quel *tesoro* che gli rimbombava in testa. Gli era scivolato dalle labbra con troppa facilità.

«E gli scaffali di che colore saranno? Sempre beige?»

Rise. Non poté farne a meno. Soprattutto quando vide il guizzo birichino nei suoi occhi che diceva che lo stava prendendo in giro.

Se solo sapesse in quanti modi.

Doveva darsi una regolata. «No. Li tingerò mogano per abbinarli al pavimento.» Liam inspirò a fondo. Parlare di lavoro era il modo perfetto per rimettere la testa sul progetto, dove doveva stare, e toglierla da lei.

«Io continuo a pensare che dovresti usare il ciliegio. Sta molto meglio con la casa.»

«Il mogano va benissimo, Cassidy.»

«Okay, però se sei ancora incagliato con tutto questo beige, il ciliegio valorizzerebbe davvero bene la malta nera intorno al camino. Molto più del mogano.»

«Non userò la malta nera.»

«Dovresti.» Si toccò le labbra con la punta del pennello. «Starebbe benissimo.»

Guardò il camino, concentrandosi su quello invece che sulle sue labbra. Quelle che aveva baciato.

Malta nera. La donna aveva ragione. Sarebbe stata una bella scelta.

E con una proprietà così piccola, pavimenti e scaffalature in mogano scuro avrebbero rimpicciolito gli spazi. In più, gli era rimasta abbastanza tinta color ciliegio da un altro lavoro, quindi il costo sarebbe stato persino minore.

Hmm. Aveva detto di aver studiato design; magari sapeva davvero di cosa parlava.

«Allora, Cassidy.» Mise il bacio alle spalle e pensò con attenzione a ciò che stava per dire. Poteva farlo impazzire fisicamente, ma a livello professionale aveva senso. Quel discorso sul branding e sul portare i clienti *da* lui invece di reinventare la ruota aveva senso. «Se decidessi di optare per un pavimento in ciliegio, cosa suggeriresti per questi scaffali?»

«Be'...» Cassidy scese dalla scala con tutti i suoi ottantamila chilometri di gambe, e Liam dovette ricordarsi di respirare per tutto il tempo che lei impiegò a scendere. «Se fossi in te, andrei con una decorazione personalizzata sugli scaffali. Magari foglie d'autunno o un effetto pelle imbottita che stia bene con la casa. Assecondare il suo carattere.»

E di nuovo, era una buona idea. Era solo vernice, dopotutto, non l'impegno di una carta da parati che un potenziale acquirente potrebbe contestare.

«Quindi... se lo facciamo, barattiamo vitto e alloggio con la tua competenza di design? Non ho soldi in budget per extra come soprammobili o cose simili, e non stiamo parlando di mobili. Parliamo di design. Il colore delle pareti, la tinta, il trim, gli scaffali. Ti va bene?»

«Va bene a me? Assolutamente.»

Quel suo sorriso valeva da solo l'offerta.

*Datti una regolata, Manley. È solo una donna. Una bella donna, ma pur sempre... E non dimentichiamo Rachel.*

Dio, suonava disilluso. Non se n'era mai reso conto fino a quel momento. Aveva giudicato Cassidy secondo le sue preconcette, e se suo padre non l'avesse cacciata, starebbe ancora pensando quelle cose.

Non fu un momento di cui Liam poté dirsi fiero.

Fu anche il momento in cui si rese conto che la stava dipingendo con lo stesso pennello che Rachel aveva sventolato come una bandiera.

«Barattare mi aiuterà a ripagarti più in fretta.»

Quell'idea non aveva più l'appeal di prima. «Okay, allora facciamo pareti e cornici, poi tu puoi pensare a quello che vuoi fare per gli scaffali e da lì vediamo. Ti sembra bene?»

.  .  .

Questa volta Cassidy si guardò bene dal saltare giù dalla scala e lanciarsi tra le braccia di Liam. Avevano superato il bacio ed erano arrivati al punto in cui lui la stava ascoltando. Non voleva mettere a rischio questo.

«Va bene.» Cercò di tenere l'emozione fuori dalla voce. Le stava dando una possibilità e stava riponendo fiducia nella sua visione. A chiunque altro poteva non sembrare un granché, ma essere valutata per il suo merito, per la sua idea, era enorme. Per tutta la vita, le cose le erano arrivate per chi era. Liam non *doveva* farlo. In realtà l'aveva contrastata, finché non si era preso il tempo di ascoltare.

Nessuno aveva davvero ascoltato *lei* prima.

Il fatto che Liam lo avesse fatto, che desse valore a ciò che aveva da dire… Quello apriva un vaso di Pandora.

Perché se lo sfratto di suo padre la faceva arrabbiare e la rendeva determinata a dimostrare che si sbagliava, il rispetto di Liam la faceva temere di non riuscire a dargli ragione.

# Capitolo Venti

«Ciao, cara.» La signora Manley si presentò sul portico d'ingresso la mattina seguente con un sorriso sincero sul volto e un piatto di biscotti in mano. Liam era uscito a lavorare a un problema con i gradini, così Cassidy la fece entrare.

«Buongiorno, signora Manley. Che piacere rivederla.» A parte il fatto che Cassidy indossava un paio di shorts tagliati ricavati da vecchi pantaloni della tuta di Liam e una delle magliette più tristanzuole che avesse mai visto, trovata nel vecchio comò del suo garage dove lui teneva stracci e teli copritutto. Era meglio delle opzioni rimaste nel suo guardaroba, la migliore delle quali era un ridicolo paio di shorts di jeans borchiati e una camicetta di cotone che si annodava sotto il seno. Daisy Duke o grunge maschile? Che la seconda fosse la scelta migliore diceva molto del suo guardaroba. Avrebbe dovuto portarsi dietro qualche completo vero, al diavolo gli ordini di papà.

«Non sarò capitata in un momento sbagliato, vero?» chiese la signora Manley con un'aria quasi speranzosa.

«Liam è su un lavoro, ma certo, sei la benvenuta.» Cassidy scostò con la punta del piede Titania. La maltese era seduta proprio in mezzo all'ingresso come se la casa fosse sua. Cassidy le aveva già detto più di una volta di non mettersi troppo comoda.

«Posso fermarmi solo un minuto.» La donna entrò e si diresse in cucina, posando i biscotti sul tavolo della colazione, senza però dare l'idea di fermarsi solo un minuto. «Ero in zona e ho pensato di vedere come stava venendo il mio tavolino. Non voglio mettere fretta, bada bene. È solo che sono così entusiasta che non vedo l'ora. Ho fatto spostare la mia poltrona dagli addetti alla manutenzione della mia struttura e lucidare la lampada che Bryan mi ha comprato. La mattina il sole batte proprio nel punto giusto. Sarà perfetto per leggere il giornale mentre prendo il caffè.»

«Oh, ne vuoi una tazza?» Cassidy non beveva caffè, motivo per cui la caffettiera non era in funzione, ma Liam aveva una di quelle macchine a tazza singola e un assortimento di caffè in dispensa.

«La prenderei volentieri. Liam tiene qui una macchina del caffè per me. Che uomo premuroso. Ha persino comprato gusti diversi così da avere una scelta.»

«Allora ti preparo una tazza.» Cassidy tirò fuori dalla dispensa una selezione tra cui scegliere e pregò di riuscire a capire come funzionasse la macchina, dato che non aveva mai davvero *fatto* il caffè.

«Il tuo cane è proprio carino.» La signora Manley si sedette al tavolo della cucina di Liam e si batté una mano sulla coscia per far salire Titania.

«Grazie. Titania è un'ottima cagnolina.»

«Non ho mai avuto un cane quando i ragazzi crescevano. Una bocca in più da sfamare. Una cosa in più da pulire. Quattro bambini piccoli alla mia età, e con mio figlio che avevo perso... Era un po' troppo.»

«Non riesco a immaginare come tu abbia fatto. L'idea di un figlio mi terrorizza.» Ma non per i motivi che la signora Manley avrebbe pensato. Metà della ragione per cui aveva comprato Titania era stata capire se *sapesse* prendersi cura di un altro essere vivente. (L'altra metà poteva essere far venire un po' di *agita* a suo padre.) Ma i cani erano diversi dai bambini e, se Titania era una storia di successo, Cassidy non si faceva illusioni che un figlio sarebbe stato altrettanto facile. A Titania bastavano due pasti al giorno, un pezzo di prato e un po' di affetto—non quel tipo di cura psicologica, volta all'autostima, di cui i bambini avevano bisogno. Quel tipo di cura che a Cassidy era mancata terribilmente.

«Oh, è incredibile cosa fai per amore.» La signora Manley sfiorò il pacchetto di Kona hawaiano. «Non avevamo molto, ma quei ragazzi sapevano di essere amati. E loro amavano me allo stesso modo. Sono stata molto fortunata a poter conoscere i miei nipoti come li ho conosciuti e ad averli così presenti nella mia vita. Non c'era niente come averli con me in tutti quegli anni.»

Cassidy dovette schiarirsi la voce mentre andava verso la macchina del caffè. O quello o mettersi a singhiozzare addosso alla donna. Lei era stata figlia unica di *due* genitori e non aveva ricevuto neppure un decimo dell'amore che la sola signora Manley aveva condiviso con *quattro* bambini. Liam e i suoi fratelli erano stati così fortunati, e questo non faceva che confermare ciò che la vita e la morte di Franklin le avevano insegnato essere vero: che tutte le *cose* che aveva avuto non erano ciò che contava nella vita. Guardala adesso: non aveva neppure *una* persona a cui rivolgersi per chiedere aiuto, solo uno sconosciuto dal cuore grande—che quel cuore lo aveva ereditato chiaramente da questa donna.

«E tu, Cass? Com'è la tua famiglia? Hai fratelli o sorelle? Che cosa fanno i tuoi genitori? Oh, e premi quel pulsante lì sopra.»

Forse sarebbe stata un'idea migliore prendere un coltello da cucina e tagliarsi una vena piuttosto che affrontare questa conversazione. Per quanto avesse avuto tutto, non aveva avuto niente in confronto a Liam e alla sua famiglia.

Premette il pulsante e la macchina si aprì. «Uh. I miei genitori. Sono divorziati.» Sì, attenersi il più possibile alla verità quando si mente. Non che intendesse mentire, solo omettere qualche cosa. Come il nome di suo padre. «La mamma vive all'estero quindi non la vedo spesso e mio padre è un maniaco del lavoro. Sono figlia unica. Inutile dirlo, la mia crescita è stata un po' più tranquilla rispetto a quella di Liam e dei suoi fratelli.»

«Posso immaginare.» La signora Manley posò Titania a terra e si sedette allo snack. «Metti l'acqua in quella parte di plastica trasparente, cara. Il coperchio si alza, mi pare. La tazza va sotto e poi premi BREW.» Posò le mani sul ripiano, intrecciando le dita. «Io e mio marito abbiamo avuto solo Neil. Il padre di Liam. Ne avrei voluti di più, ma non era destino. Abituarmi a quattro ci mise un po', ma devo dire che averli di certo rese il lutto più sopportabile. Non ne avevo il tempo. E poi loro soffrivano così tanto. La mia povera Mary-Alice Catherine... Si aggrappava a me come se *io* dovessi andarmene via per prima. Per dire, ho lasciato solo pochi mesi fa la casa che condividevamo io e lei. Quella ragazza non mi ha lasciata andare neppure quando è cresciuta, anche se credo fosse per un malinteso senso di colpa. Alla fine ho dovuto firmare le carte del mio nuovo posto alle sue spalle per buttarla fuori dal nido, per così dire, anche se sono stata io ad andarmene. È ora che stia da sola e viva la sua vita. È troppo giovane—e lo sono anch'io—per iniziare ad accudirmi. Ho ancora un po' di vita da vivere, sai, e non credo che i miei nipoti mi vedano come una persona reale. Come qualcuno che non sia solo la loro nonna.»

Strizzò l'occhio a Cassidy e Cassidy ebbe un bel da fare a tenersi la bocca dal cadere spalancata. La signora Manley intendeva ciò che Cassidy pensava? C'era per caso un *gentleman friend* nella sua vita?

Guardò la donna con occhi nuovi. Come donna, non come nonna. Sembrava sui sessanta avanzati, primi settanta, ed era in gran forma. La mente era visibilmente lucidissima, ed era molto bella. Perché non avrebbe dovuto uscire con qualcuno? Trovare qualcuno con cui condividere gli anni del tramonto...

Quell'immagine colpì Cassidy come una freccia dritta al cuore. Perché? Perché ci stava pensando adesso? Non che non avesse mai contemplato il resto della sua vita, ma non l'aveva mai investita con tanta forza.

E la cosa triste era che si vedeva sola in un attico come quello che aveva appena lasciato. Oh, certo, probabilmente avrebbe avuto i milioni di suo padre, ma che ne sarebbe stato di avere figli e nipoti attorno? Un matrimonio con uno dei tirapiedi di papà le avrebbe dato la famiglia che desiderava così disperatamente?

No. Lo sapeva con la stessa certezza con cui stava nella cucina di Liam Manley a parlare con sua nonna, e ciò non faceva che rafforzare la sua decisione di non sposare chi papà sceglieva. Per lui era solo un altro affare, ma per lei... Era la sua chance di ottenere ciò che voleva. Ciò di cui aveva bisogno.

Una famiglia.

«Cass? Stai bene, cara?»

Cassidy tirò un respiro tremante e si incollò addosso quel gran sorriso da Showpiece. Non le era estranea la finzione che andasse tutto bene, l'inghiottirsi tutto e sfoderare il fascino quando serviva, e la signora Manley non meritava che le riversasse addosso tutto il suo bagaglio.

«Sto bene. Stavo solo immaginando com'è dovuto essere crescere con tre fratelli. Dev'essere stato rumoroso.» Prese la tazza dalla macchina, afferrò un cucchiaino e la zuccheriera, poi li posò davanti alla signora Manley. «Panna e zucchero?»

«Solo zucchero.» Ne mise due cucchiaini. «Era rumoroso. Ero abituata a un solo ragazzo, capisci. Tre quasi mi mandarono fuori di testa. E poi Mary-

Alice Catherine faceva tutto ciò che quelle sue gambette potevano per stare al passo con loro. Non c'era mai un momento noioso—o pulito.»

«Liam mi ha detto che li hai insegnati a pulire.»

«O quello o annegare nel caos. Erano troppi con troppe esigenze e c'ero solo io. Dovevano aiutare o la mia casa sarebbe stata dichiarata inagibile.» Ridacchiò e sorseggiò il caffè. «Non avrei mai pensato che finissero per usare ciò che avevo insegnato loro in questo modo. Mi piacerebbe vedere Bryan alle prese con un bagno. Questo è delizioso, a proposito. Grazie.»

«Prego.» Bryan. Manley. Bryan *Manley*. Oh cielo. Cassidy non aveva fatto il collegamento. Bryan Manley era una star del cinema. L'eroe di casa di questa città. Era in realtà una celebrità più grande di suo padre—il che mandava suo padre su tutte le furie. L'unica consolazione, agli occhi di papà, era che Bryan passava la maggior parte del tempo a Hollywood e, quando era qui, teneva un profilo basso. Lei lo aveva visto a qualche evento benefico, ma non aveva avuto occasione di incontrarlo a causa delle folle che lo circondavano. Papà riteneva indegno fare parte di una folla, quindi avevano aspettato che Bryan venisse da loro.

Non era venuto.

E lei, nei suoi giorni pre-Franklin tutto-ruotava-intorno-a-lei, ci era rimasta male. Aveva deciso che non valeva il suo tempo né la sua attenzione.

Che idea sciocca. Probabilmente era un ragazzo gentile quanto Liam.

Anche se Liam, a suo avviso, era in realtà più bello. Ma forse, su questo, era un tantino di parte.

«Allora posso vedere il mio tavolino?» chiese la signora Manley dopo aver condiviso altri aneddoti dell'infanzia di Liam e dei suoi fratelli e aver finito il caffè. «Sono così emozionata. Non ho mai avuto niente fatto su misura.»

«Be', l'ho solo carteggiato e ho sistemato il cassetto. Non ho ancora iniziato a dipingerlo.»

«Vorrei vederlo lo stesso, se non ti dispiace. Il "prima" del mio capolavoro.»

«Be', non so se proprio capolavoro...»

«Nonsense.» La signora Manley diede un buffetto a Cassidy sul braccio. «Se non pensi che i tuoi mobili siano un capolavoro artistico, non lo penserà nessun altro. Devi avere fiducia nel tuo lavoro. Sicurezza. La gente lo percepisce. Se ti comporti come se ti facessero un favore, svaluterai tutto il tuo duro lavoro e il tuo tempo.» La signora Manley scese dallo sgabello. «Andiamo a vedere il mio diamante grezzo.»

La gemma lì era la signora Manley. L'unica gemma davvero importante nella vita. Cassidy voleva ciò che avevano Liam e i suoi fratelli.

Se lei e lui avessero iniziato qualcosa, forse avrebbe potuto averlo anche lei.

Certo, ciò avrebbe presupposto che lui *volesse* iniziare qualcosa con lei, e non ne era sicura. Oh, lui era attratto da lei, ma un bacio non faceva una relazione. Non poteva permettersi di sperare. Non poteva permettersi di sognare. Non avrebbe retto la delusione se non fosse andata a buon fine.

Peccato che il suo cuore non stesse a sentire la parte in cui poteva non andare a buon fine.

«Be', di certo è diverso da com'era l'altro giorno.» La signora Manley fece scorrere con delicatezza la punta delle dita sul tavolino a botte, che era stato una macchia irregolare di vernice e mordente ed era ora quercia bionda appena carteggiata.

«E tra qualche giorno non lo riconoscerai.»

«Sono proprio emozionata di vederlo. L'arredo starà benissimo accanto alla poltrona blu che mi ha comprato Mary-Alice Catherine.» Si guardò intorno nel garage. «Accidenti, hai un sacco di progetti in corso.»

«E, purtroppo, non c'è più spazio per lavorare sul resto dei pezzi. Avevo uno spazio di deposito ma, ehm, il contratto stava per scadere e l'affitto non rientra più nel mio budget.»

*Quale budget?*

«C'è l'altra metà del garage.» La signora Manley indicò il camion.

«È dove parcheggia Liam.»

«È estate. Può parcheggiare fuori. Dovresti farne il tuo studio.»

«Non voglio impormi più di quanto già faccia.» Liam non meritava la sua invadenza nella sua vita, ma, avendo conosciuto sua nonna, capiva benissimo perché lui avesse offerto di aiutarla.

«Sei così dolce. Così premurosa.» La signora Manley le accarezzò la guancia. «Sai, posso aiutare te e mio nipote. Conosco un posto che potresti usare come studio. Il proprietario ha bisogno che qualcuno lo occupi, così i vicini non si lamenteranno con il Comune che è abbandonato. Gli faresti un favore a tenere lì il tuo studio. Sono sicura che ne sarà entusiasta.»

«Oh, ma signora Manl—»

«Non osare rifiutare, signorina. Credi che non sappia che mi stai facendo un prezzo di favore per quel tavolino? Non sono nata ieri.» Alzò entrambe le sopracciglia. «E non ti venga in mente di chiedermi quando *sono* nata. Non te lo dirò. Una donna deve pur avere qualche segreto, sai.»

Come quello del suo gentleman friend, se Cassidy aveva capito bene. Era lui il proprietario del posto di cui parlava?

«Ma signora Manley...»

«Ho detto niente *ma*. Non accetterò un no come risposta. E nemmeno il mio, ehm, amico.»

*Friend*. Una sola parola diceva moltissimo. Come poteva Cassidy rifiutare?

«Ma non ho il budget per farlo.» Ecco come avrebbe potuto rifiutare, e le dispiaceva un sacco doverlo fare. Quella sarebbe stata l'occasione perfetta per togliersi di mezzo a Liam così che lui non finisse per risentirsi di averla aiutata.

«Non ne vorrà sapere, mia cara. Fidati di me. Se proprio ne senti il bisogno, potresti fargli un tavolino abbinato e chiamarla pari.»

Cassidy resistette alla tentazione di guardare verso il cielo, ma qualcuno lassù era dalla sua parte. «Se sei sicura che a lui non dispiacerà...»

«So che non dispiacerà. Anzi—» La signora Manley frugò nella borsetta. «Ah. Eccola qui.» Sollevò una chiave lucida. «Mi ha dato una chiave tutta mia del posto. Io direi di andare subito a dare un'occhiata. Se hai qualche pezzo piccolo, potremmo anche portarlo con noi e potresti avere il tuo studio già stasera.»

L'offerta era allettante. E la signora Manley sembrava che le si sarebbe spezzato il cuore se Cassidy l'avesse rifiutata.

«Okay, affare fatto. Andiamo a dare un'occhiata. Spero solo che al tuo, ehm, amico non dispiaccia che mi trasferisca.»

«Non preoccuparti, cara. Sarà pure un vecchio brontolone, ma non è stupido.»

## Capitolo Ventuno

Liam scese dal furgone del lavoro nel vialetto e si godette per qualche minuto i suoni dello stagno nel giardino davanti. Non aveva avuto occasione di gustarseli da un po', sempre a lavorare, poi dritto a letto appena rientrato—più per arginare la tentazione che per la stanchezza.

Perché con Cassidy nella stanza accanto, la stanchezza svaniva.

Gli ci volle tutta la forza di volontà per non bussare alla sua porta. Quel bacio forse era cominciato come un bacio di *grazie,* ma avrebbe potuto così facilmente prendere un'altra piega e lui si scopriva sempre più curioso di vedere dove avrebbe potuto arrivare.

Forse avrebbe dovuto ripensare al dormire a casa, quella notte.

Sospirando, Liam si massaggiò la parte bassa della schiena. Non aveva più vent'anni e un paio di notti su un letto fatto di teli da pittura erano il suo limite.

Toccò con le nocche il fianco del camion e si diresse verso la porta del garage. Aveva lasciato un'altra pila di vestiti lì?

E lui che cosa avrebbe fatto, se ci fossero stati?

Quello che trovò, però, fu il nulla.

Il nulla.

Be', nulla di suo.

Liam fece ancora qualche passo dentro, facendo scattare la luce automatica.

Il suo camion c'era, ma non c'era nessuna pila di vestiti e, cosa ancor più importante, i suoi mobili erano spariti.

Questo voleva dire che lo era anche lei?

Liam aprì la porta della lavanderia. Niente piccole impronte di zampette sul pavimento e nessuna pila di vestiti pieni di segatura su cui inciampare.

La cosa non gli piaceva. Se n'era andata? Come? Con che cosa? Il suo camion era ancora lì—

Suo padre. Doveva essere venuto a prenderla. Forse l'uomo aveva cambiato idea dopo aver visto l'articolo su *The Herald* e stava pianificando di sbandierare Cassidy come la sua cagnolina da esposizione per dire al mondo che il servizio era sbagliato. Era proprio da lui usare la figlia per fare la propria riparazione d'immagine.

Liam non sapeva dire se fosse il pensiero di Cassidy usata in quel modo o il fatto che se ne fosse andata senza un addio a colpirlo di più.

Era finita.

*Che cosa è finito, di preciso?*

Si strofinò la nuca. Non c'era nessun *qualcosa*. Non c'era niente. Un bacio non cambiava nulla. Lei era sempre Cassidy Davenport, socialite per eccellenza.

La quale, a quanto pareva, aveva giusto giusto una persona vera dentro la confezione di lusso.

*Fuori la testa dalla confezione, Manley. Quella nave è salpata.*

Tranne che... non era salpata.

Spinse la porta della sua camera e lì, nella luce lunare che filtrava attraverso le tende, c'era Cassidy, addormentata profondamente nel suo letto.

Dove apparteneva.

*Nel suo* letto, Manley. *Non* nel *tuo*. Ricordatelo e levati di lì, subito. Non è una buona idea.

Non lo era. Lo sapeva. Ma non lo fermò.

Però quando la palla di pelo alzò la testolina assonnata con il ciuffo e il fiocchetto, e la sua linguetta rosa scivolò fuori per leccarsi il naso, quello lo fermò. Non aveva bisogno di un replay dell'altra notte, quando Titania l'aveva svegliata.

In realtà, un replay dell'altra notte non gli sarebbe dispiaciuto. Con una dose di quel bacio in più.

Ed era esattamente per questo che doveva togliersi di lì. Voleva davvero iniziare qualcosa? Certo, stava venendo fuori diversa da come credeva, ma restava una Davenport. Era pur sempre cresciuta in quel mondo. Quanto ci avrebbe messo prima che le mancasse? Prima che lo volesse di nuovo? E lui non sarebbe stato in grado di ridarglielo, perché non c'era verso che si prosternasse all'altare di Mitchell Davenport.

Fece un passo indietro.

Ma poi il cane le leccò il braccio nudo e Cassidy lasciò uscire un lungo, prolungato sospiro, «Hmmmmmm», e le buone intenzioni di Liam si dissolsero. Poteva immaginarla gemere così mentre lui le leccava altre parti.

*Muoviti, Manley.*

Non si mosse.

*Adesso.*

Avrebbe dovuto, ma non lo fece perché le sue dita si arricciarono nel pelo del cane e lui sentì quel tocco come se lo avesse fatto a lui.

Dio, la desiderava.

Aveva desiderato anche Rachel e non gli era andata bene. Era impazzito? Doveva fare marcia indietro. Subito.

Cassidy si strinse nel cuscino e fece scivolare la gamba fino al bordo del letto, con le dita dei piedi che spuntavano fuori. Le dita blu. Non poteva vederne il colore alla luce della luna, ma lo ricordava. Non sapeva perché fosse così stregato dallo smalto blu, ma su Cassidy sembrava dire qualcosa. Fare una dichiarazione. Come se se le fosse tatuate in segno di sfida all'immagine che suo padre voleva che mostrasse al mondo.

Sorrise. Era un piccolo atto di ribellione, ma sospettava che negli anni non avesse avuto molte occasioni per farne. O, se le aveva avute, non era mai stata abbastanza coraggiosa da coglierle.

Forse poteva rischiare con lei. Forse, chissà, non era come Rachel.

Resistette all'impulso di infilarle le dita dei piedi sotto il lenzuolo, perché nel momento in cui l'avesse toccata, addio ogni regola. Cassidy era bellissima, ma non erano solo i suoi lineamenti ad averlo in pugno. E erano proprio quelle altre cose a preoccuparlo.

Non era chi aveva creduto che fosse.

Era meglio.

E contro questo non aveva difese.

«*Bau.*»

Liam alzò una mano come se la cagnetta fosse abbastanza intelligente da capirlo. Ovviamente non lo era, così si divincolò dalla stretta di Cassidy, saltò giù dal letto e si fiondò dritta verso di lui, la codina che andava a mille.

La afferrò mentre gli saltava in braccio.

Proprio come aveva fatto la sua padrona...

Che cosa sarebbe successo se non avesse interrotto quel bacio? Le possibilità lo tormentavano da allora.

«Titania?»

Quelle possibilità risollevarono la testa con i capelli arruffati di Cassidy e la voce impastata di sonno. E la camicina color pesca che le scivolava da una spalla.

*Vattene! Vattene! Vattene!*

«Liam? Va tutto bene? Che ci fai con Titania?»

«Deve avermi sentito rientrare ed è venuta a curiosare.»

*Bugiardo!*

«La stavo solo riportando.»

*Dritto all'inferno, amico. Dritto all'inferno.*

Ci era già.

«Oh. Be', grazie.» Batté la mano sul materasso. «Vieni qui, piccola infedele.»

*Non sta* parlando *con te, Manley.*

Sì, l'aveva capito.

Titania si dimenò tra le braccia di Liam ed egli esitò se portarla fino a Cassidy o posarla a terra perché tornasse su da sola.

«Potresti metterla sul letto? Non le piace saltare così in alto.»

Certo che no. Perché dovrebbe? Perché *l'universo* non avrebbe dovuto apparecchiare la situazione...

*Non l'universo. Te la sei apparecchiata da solo. Mi fa pensare che lo volessi.*

Già, lo voleva.

Ecco. Era stato onesto con sé stesso. Si era maledetto da quando si era tirato indietro da quel bacio.

«Liam?»

«Scusa. Tieni.» Posò Titania sul bordo del letto. Poteva anche desiderare di agire d'impulso, ma in fin dei conti non poteva essere una buona idea.

Sarebbe arrivato il momento in cui la novità di lavorare in proprio sarebbe svanita e lei avrebbe imboccato la scorciatoia di ritorno alla vita di lusso. Non sapeva se avrebbe potuto investire dei sentimenti in lei per poi rimetterci alla fine. Di nuovo.

«Grazie.» Cassidy si spostò i capelli dalla fronte. «E, Liam?»

«Mh?» Dio, era splendida con la luce della luna che le scivolava sulla pelle e le faceva brillare gli occhi, le labbra turgide.

«Quella cosa dei lati opposti?»

Voleva assaggiarle le labbra. «Mmhm?»

«La stai infrangendo.» Accennò con il capo verso la porta. «Questo è il mio lato.»

«Oh. Giusto. Ma il tuo cane—»

«Ti ha sentito entrare. Lo capisco. Ma sa anche dove dorme. Sarebbe tornata da sola.» Cassidy si tirò su e *non* afferrò il lenzuolo che le scivolò dal petto al grembo. «Non dovevi riportarla tu. Allora perché l'hai fatto?»

Santa miseria. Era bellissima e sensuale e a lui bastava pensarci per eccitarsi—

*Sparisci subito, cazzo, Manley!*

Sì, quello l'aveva capito.

Si voltò. «Scusami se ho fatto una cosa carina come riportarti il cane. Non succederà più. Buonanotte.»

Si fermò un attimo prima di sbattere la porta, ma accidenti se non la tirò bene dietro di sé.

Poi si appoggiò con la schiena e fece una mezza dozzina di respiri profondi. Gesù. Era stata sul filo. Per un secondo era stato così tentato di andare da lei, scivolarle una mano sotto la nuca e tirarla a sé, baciarla finché non le venisse voglia di non fare più domande senza senso. Lo sapevano entrambi perché aveva riportato il cane e qual era il senso di stuzzicarlo così? Doveva pur sapere che lui la desiderava.

Quindi, che cosa aveva intenzione di farci?

Sapeva cosa avrebbe voluto farci. Doveva solo decidere quanto era disposto a rischiare.

# Capitolo Ventidue

«Cassidy, riguardo a ieri notte.» Liam entrò in cucina la mattina seguente, asciugandosi i capelli con un asciugamano.

Per fortuna si era messo i vestiti dopo la doccia invece di girare solo con un asciugamano. Non che servissero a mitigare l'effetto che aveva su di lei, ma almeno non doveva guardarsi quella tartaruga a otto.

Però poteva immaginarla. Come aveva fatto per il resto della notte.

«Grazie per aver riportato Titania.» Cassidy non voleva parlare di ieri sera. Non è che lui avesse «riportato» Titania; la cagnolina era saltata giù dal letto perché lui era stato nella sua stanza. La domanda era *perché*?

E perché si era voltato dall'altra parte. Di nuovo.

«Prego, però ho infranto la nostra regola. È che sono tornato a casa e i tuoi mobili non c'erano più e non sapevo se anche tu fossi andata via, così ho dato un'occhiata. Titania mi ha visto ed è saltata giù dal letto, e beh, è andata così.»

«Oh.» Quindi non era stato un desiderio bruciante per lei a portarlo nella sua stanza? Caspita, quanto stava leggendo male i segnali.

Almeno questo le aveva tolto ogni dubbio. Poteva togliere dal tavolo l'idea di avere qualsiasi tipo di relazione con Liam. Forse lui la voleva, ma non abbastanza da farci qualcosa. E se c'era una cosa che sapeva di sé, una cosa di cui era certa, era che non avrebbe mai supplicato l'affetto di nessuno.

Spinse con la punta del piede la ciotola del cibo di Titania, sperando che la cagnolina smettesse di trotterellare dietro a Liam e finisse la colazione così da poter andare via di qui prima piuttosto che poi.

Ovviamente Titania non lo fece. Si era affezionata a Liam in un modo in cui non aveva fatto con nessuno degli uomini con cui Cassidy era uscita. E il papà, poi, non le era proprio piaciuto.

Liam diede a Titania una svelta grattatina dietro le orecchie, poi si mise a prepararsi la colazione. «Allora dove sono finiti tutti i mobili?»

Cassidy finì il suo toast. «Spariti.»

Liam sporse la testa dal frigo. «Spariti dove?»

Prese il piatto e il bicchiere di succo e andò verso il lavello. «Ho, ehm, trovato un posto e li ho trasferiti lì.»

«Li hai spostati *tutti*? Da sola? Come?»

«Con il sollevatore portatile del portellone nel tuo garage e il carrellino. Sono andata online a vedere come si usano e a scuola stavo attenta quando abbiamo studiato fulcri e leve. Non è stato difficile.»

«Ma l'affitto? Come pensi di permettertelo?»

Fece una smorfia. Questa era la parte su cui non voleva addentrarsi perché non aveva idea di come lui la prendesse con la nonna che usciva con qualcuno. Non è che potesse chiedergli se per caso avesse il sentore che la signora Manley lo stesse facendo. E non stava a lei svelare il segreto. Così abbellì un po' la cosa. «Sto barattando per lo spazio.»

Lui inarcò un sopracciglio. «Barattando?»

«Me ne hai dato l'idea tu. Questo posto ha bisogno di lavori, quindi ho pensato: perché no? Al proprietario sta bene.» La signora Manley aveva detto che andava bene, che il proprietario non si sarebbe lasciato sfuggire servizi di decorazione gratis quando non si aspettava nemmeno l'affitto.

«E quando pensi di fare tutto questo, Cassidy? Hai già un sacco di cose per le mani.»

«Lo spazio in più mi permetterà di lavorare in modo più efficiente e su più pezzi alla volta. È più facile continuare a carteggiare se ho tutti i pezzi fuori e pronti. Poi posso dipingerli e finirli come su una catena di montaggio. Così sarò più efficiente, più produttiva e avrò più prodotto da vendere più in fretta rispetto a dover pulire tra una fase e l'altra su pezzi singoli. Economie di scala. Il che significa che posso, si spera, vendere molto e rimborsarti in fretta.» Prese la ciotola mezza piena di Titania e ne rovesciò il contenuto nella spazzatura, poi lavò la ciotola nel lavandino. «E ovviamente continuerò a pulire qui e a lavorare all'ufficio. Non mi ci vorrà molto. E poi posso togliermi dai piedi così puoi tornare a vivere la tua vita.»

Lui non la voleva fuori dai piedi. Desiderava le sue mani tra i suoi capelli che stringevano mentre affondava in lei—

Cassidy voleva uscire dalla sua vita. Proprio adesso che lui, finalmente, era pronto a concederle il beneficio del dubbio e magari, forse, vedere se potesse nascere qualcosa, lei cercava il modo di andare avanti.

Non se l'era visto arrivare.

Avrebbe dovuto essergliene grato. Gli risparmiava il mal di cuore di scoprirlo quando ormai ci sarebbe stato dentro fino al collo.

*Troppo tardi.*

*Stai zitto.*

«Allora ti servirà di più il mio pickup. Per fortuna ho il furgone di Mac.»

«Oh. Non ci avevo pensato. Immagino che possiamo aggiungerlo al mio conto?» Si raccolse i capelli in una coda e arrotolò intorno l'elastico, tirando via qualche ciocca che si era impigliata nell'orecchino. «Oppure posso semplicemente impegnare questi. Nessuno ha fatto offerte online e, a questo punto, preferirei avere i soldi.»

Stava davvero cercando di allontanarsi da lui.

Lui avrebbe dovuto lasciarla andare. Lei avrebbe potuto prendere quello che Vito le aveva dato e ricominciare da sola, permettendogli di tornare alla normalità.

La normalità andava bene. Non era un ottovolante emotivo e non era questo stare sveglio tutta la notte a desiderarla.

«Ok, facciamolo. Andiamo da Vito.»

Purtroppo, Vito aveva in serbo per loro una brutta sorpresa.

# Capitolo Ventitré

«Queste non sono vere, zuccherino» disse Vito togliendosi la lente da gioielliere. «Qualcuno ti ha fregata. Non valgono quello che chiedi. Te ne do due e non un centesimo di più.»

«Duemila?» Aveva sperato almeno in cinquemila.

Vito sbuffò e fece rotolare le pietre nel palmo come un paio di dadi. «No, tesoro. Due *cento*. Sono zirconi e a malapena valgono pure quelli per me, ma sembri una che avrebbe bisogno di una mano.»

Cassidy fissò le pietre. Duecento dollari? Zirconia cubica? Quelli *non* erano gli orecchini che suo padre aveva comprato. O, se lo erano, aveva voluto fare il tirchio con la *Flavor du Jour* a cui erano destinati.

Sarebbe stato buffo se non li avesse dati *a lei* invece. Chissà quanto aveva riso di lei per essere stata felice di un paio di pezzi di vetro senza valore.

Non sapeva se inorridire o rattristarsi. Offesa, di sicuro. Chi *era* suo padre? Aveva creduto di conoscerlo. Aveva pensato che fosse stato uno stronzo solo con il resto del mondo e che il suo controllo sulla sua vita fosse stato per il suo bene quando era più giovane, poi per la sua immagine quando era cresciuta. Ma a cosa serviva regalarle orecchini di diamanti finti? Le sarebbe bastato portarli da un perito e la farsa sarebbe finita.

Ma non l'aveva fatto. Perché avrebbe dovuto? Non aveva motivo di pensare che non fossero veri.

Meno male che Vito non sapeva chi fosse o il caro paparino avrebbe avuto il nome sbattuto in prima pagina.

Avrebbe dovuto farlo. Giocare al suo gioco e far trapelare la storia. Ma non era da lei, e così gli avrebbe fatto sapere che lui l'aveva colpita. Inoltre, ci sarebbe voluto troppo tempo ed energia, entrambe cose di cui avrebbe avuto bisogno per costruirsi il futuro con i propri meriti, adesso.

*Dopo* aver accettato ancora una volta la generosità di Liam.

«Allora?» Vito fece tintinnare gli orecchini contro il bancone di vetro. «Che ne pensi? Sono sicuro di riuscire a venderli a una ragazzina diretta al ballo di fine anno, ma a parte quello, la richiesta non è alta. Chi può permettersi diamanti di queste dimensioni non li compra qui, e i ragazzi che li comprano non spenderanno un capitale. Posso rivenderli a duecentocinquanta, se mi va bene. Due è il massimo che posso offrire. Mi spiace che non sia di più, bella, ma un uomo deve pur farci la cresta. Magari prenditela col tuo sugar daddy.»

Era così sconvolta che non si prese nemmeno la briga di correggerlo sulla storia dello sugar daddy. A che pro?

«Me li tengo. Duecento dollari non mi porteranno lontano e ho la sensazione che tenere questi mi porterà molto più lontano. Grazie, comunque.» Si infilò gli orecchini in tasca, annuì a Liam, poi uscì a grandi passi dal negozio, cercando nel frattempo di rimettere insieme la dignità dal sudario in cui si era trasformata. Dio, avrebbe dovuto togliere l'annuncio online prima che qualcuno *ci* facesse davvero un'offerta. Un'altra cosa da aggiungere alla lista delle cose da fare.

Liam, per fortuna, rimase in silenzio fino al suo pickup. Poi dentro. Poi mentre lo avviava e usciva dal parcheggio, finché lei non ce la fece più.

«Avanti, togliti il dente e via il dolore.»

Liam le lanciò un'occhiata, ma lei non riuscì a incrociarne lo sguardo.

«Togliermi cosa?»

«Il compiacimento. Il "te l'avevo detto".»

Parcheggiò di scatto in uno stallo e spense. Poi si girò quel tanto che bastava perché il ginocchio destro restasse sul suo sedile e la mano le afferrasse l'angolo del suo. «Cassidy.»

Lei sbuffò e cercò disperatamente di non piangere. Odiava piangere e odiava soprattutto farlo davanti a qualcuno. Piangere era un segno di debolezza. Un segno che non ce la faceva da sola. L'aveva imparato presto al collegio e si era assicurata di non far vedere mai più a nessuno le sue lacrime. Non avrebbe certo iniziato con Liam. «Che c'è?»

«Guardami.»

Non ne aveva per niente voglia.

Ma lo fece. «Soddisfatto?»

«Tesoro, non mi metterò a gongolare. Mi dispiace che tuo padre sia un tale stronzo da averti mentito e averti dato gioielli scadenti.»

Non provò nemmeno a difendere Mitchell. *Stronzo* lo riassumeva alla perfezione.

«Non ti dirò di non essere sconvolta o di non prenderla sul personale, perché sì, è stata una carognata. Ma il fatto è che ormai è fatta. Non sei più povera di quanto fossi mezz'ora fa, però hai il tuo lavoro, un tetto sopra la testa e il cibo in tavola. E la mia offerta resta valida finché ne avrai bisogno.»

Dannazione. *Lui* l'avrebbe fatta piangere.

«Perché sei così gentile con me, Liam?»

Ributtò la palla nel suo campo perché le serviva tempo per ritrovare la calma. Aveva *sperato* nelle recriminazioni, così da poter scaricare tutta la rabbia e la mortificazione per suo padre su qualcuno, e Liam era quello a portata di mano.

Fin troppo a portata di mano.

Liam si strofinò il mento. «Non è un grosso affare, Cassidy. Io ho spazio, ho bisogno di aiuto e tu hai le competenze. Funziona per entrambi e, francamente, non sopporto quando la gente approfitta degli altri. Tuo padre ti ha davvero tolto la terra da sotto i piedi ed è una schifezza. Quindi, se posso dare una mano, lo faccio volentieri.»

Ed ecco che scivolò una lacrima.

Cassidy provò a tirarsela su con il naso, girando la testa perché lui non la vedesse scendere lungo la guancia destra. Doveva fermarla prima che accadesse lo stesso a sinistra. «Lavorerò così tanto che non mi vedrai mai, così da preparare quei pezzi per la vendita e togliermi dalla tua vita. Sei stato più che generoso.»

Le toccò la spalla.

*Davvero?* Non aveva la forza di sopportare tutta questa gentilezza mentre le emozioni le rimbalzavano addosso da tutte le parti.

*Basta che non lo baci di nuovo.*

Già. Non l'avrebbe fatto.

«Andrà tutto bene, Cassidy. Resta finché ne hai bisogno. Non affrettare la pittura; vuoi fare il tuo lavoro migliore. Ricordati quello che mi hai detto: è tutta una questione di brand. Fai che i tuoi mobili Cass Marie siano il meglio possibile.»

«C. Marie.»

«Cosa?»

«C. Marie. È il nome del mio brand. Nel momento in cui ci appiccico Cassidy—non userò mai Cass—è il momento in cui il mondo sa che sono Cassidy Davenport. Non sfrutterò il nome di mio padre per tutte le vendite del mondo. Lui penserà che non lo farò perché me l'ha detto lui, ma in realtà è perché voglio riuscirci con i miei meriti. E li ho. Quella prima vendita—diavolo, l'offerta di esporli in galleria—è stata la prova. Non mi lascerò distogliere dal mio sogno.»

Liam strinse piano. «Questo è lo spirito. Ce la puoi fare.»

Lei si incollò addosso quel sorriso da Showpiece e lo guardò, lacrime completamente sotto controllo. «Senza di te, non potrei. E ti sono più grata di quanto potrai mai sapere.»


Lui non voleva la sua gratitudine. Non voleva le lacrime che lei tratteneva, e soprattutto non voleva che lo guardasse in quel modo.

*Togli la mano, Manley.*

Oh. Giusto.

Si voltò di nuovo in avanti e mise tutte le parti del corpo ben salde dalla sua parte del furgone. «Allora, vuoi che ti lasci a casa tua nuova o ti porto da me?»

«Da te. È più vicino e devo prendere il camion, altrimenti stasera dovrai farti un giro apposta, e non so a che ora avrò finito. Prima avevo uno stimolo, ma adesso ne ho ancora di più. In più, devo prendere Titania. La terrò con me così non dovrai preoccuparti di lei quando torni a casa stasera.»

Due cose lo colpirono in contemporanea mentre avviava il furgone. Primo, lei aveva chiamato casa sua *casa*, e secondo, gli sarebbe mancata la piccola bastardina quando se ne fosse andata per sempre.

*Quando* se ne fosse andata. Cassidy *sarebbe* uscita dalla sua vita alla prima vendita decente che avesse fatto e quella era una realtà che lui dovette affrontare. Era un motivo per non invischiarsi con lei. Non aveva bisogno di un altro cuore spezzato.

# Capitolo Ventiquattro

Quando Cassidy disse che avrebbe lavorato così tanto che lui non l'avrebbe mai vista, Liam non aveva pensato che lo intendesse alla lettera, ma risultò che era proprio così. L'unico modo in cui seppe che lei stava davvero rispettando la sua parte dell'accordo sulle pulizie fu che lui appositamente metteva in disordine perché avesse qualcosa da sistemare. Ma lei si alzava e usciva di casa prima di lui, e tornava dopo che lui era già andato a letto. Suppose che facesse una capatina durante il giorno per riordinare e impostare il timer automatico del forno, così la cena sarebbe stata calda quando lui fosse rientrato.

L'aveva sentita rientrare tardi la notte prima, ma non si era alzato. Nessun motivo per sfidare la sorte. Aveva bisogno di mantenere le distanze.

Più facile a dirsi che a farsi.

E, irritante a dirsi, lei gli era mancata. E anche il suo cagnolino.

Il cellulare squillò e lui rispose mentre tirava lo sportello del furgone e avviava il motore. «Ehi, Jared. Che c'è?»

Jared, amico di lunga data e giocatore di baseball professionista, stava alla casa di sua nonna—Mildred, la migliore amica di Gran—per riprendersi da un incidente d'auto. «Ehi, Lee. Ho rimediato dei biglietti per la partita stasera. Posti in suite. Ti interessa?»

Perfetto. Evitarlo dal fissare quattro mura. «Forte. Sì, contami.»

«E i tuoi fratelli?»

«Li chiamo e ti faccio sapere.»

Gli avrebbe fatto bene uscire con i ragazzi. Parlare di sport, mangiare hot dog, tracannare birra. Una serata virile senza il minimo pensiero a qualcosa di vagamente femminile.


Già, non andò così. Non c'era modo di sfuggire a Cassidy Davenport. Suo padre faceva un sacco di pubblicità allo stadio e il suo splendido viso campeggiava su cartelloni in ogni maledetto angolo.

Bryan lo urtò con il gomito. «È lei? Mi sembra di averla già vista.»

«A parte il fatto che la sua foto è ovunque, sono sicuro che siete stati alle stesse feste.» Liam non poté trattenere il sarcasmo. Rachel l'aveva stressato a morte per farsi dare biglietti per gli stessi eventi a cui sarebbe andato suo fratello. Non era geloso di Bryan, ma aveva un grosso problema con la sua ragazza che faceva l'attaccata, così le aveva detto che non c'erano biglietti, anche se Bryan avrebbe potuto procurargliene quanti ne avesse voluti.

Bryan alzò gli occhi al cielo. «Te l'ho detto, Lee, a quelle cose ci devo andare. Fa bene all'immagine e alle PR. E anche ai finanziamenti. Quei ricconi cercano sempre dove investire e l'idea di essere parte di un film gli piace. Capisci che intendo, Jare?»

Jared si voltò sulla sedia a rotelle. «Già, e il catering e i superalcolici non sono male nemmeno.»

«Ehi, non sei tu Bryan Manley?» Un ragazzino corse loro accanto, trascinandosi dietro una sorella adolescente che ridacchiava.

Liam diede una spallata a Bry. «A quanto pare, tocca a te, fratellino.»

«Non chiamarmi così,» borbottò Bryan mentre gli porgeva il vassoio del cibo prima di fermarsi a parlare col ragazzino. «Sì, sono io. Vuoi un autografo?»

«Sì. Sul braccio di mia sorella. Ha detto che non se lo laverà mai più se glielo fai e io voglio vedere la scenata con la mamma.»

Liam passò il vassoio di Bry a Jared. «Tieni, renditi utile. Questo infortunio fasullo non ti esime dal fare un po' di lavoro.» Cominciò a spingere la sedia.

«Fasullo? Se potessi uscire da questo maledetto arnese, ti farei vedere io cos'è fasullo.» Jared si sistemò i tre vassoi sulle ginocchia, cercando di tenere in equilibrio le birre. «E credimi, sto lavorando in questi giorni. Tua sorella...» Scosse la testa.

Liam sorrise. Jared e Mac si beccavano da sempre. «Non dirmi che ti ha messo al lavoro.»

Jared fece un gesto verso la sedia. «Ci sta provando, quella dannata donna. Scusa, Lee, ma è una rompiscatole anche se è tua sorella.»

«Ehi, non lo devi dire a me.» Forse avrebbe tastato il terreno con Jared per fare un po' di indagini su come Mac avesse vinto la partita. Dopotutto, Mac stava pulendo la casa della nonna di Jared, che era il posto dove Jared si stava riprendendo.

Liam non poté trattenere una risata. Avrebbe pagato per assistere. Probabilmente la casa era un disastro per tutto l'intonaco caduto dai muri durante i loro battibecchi. Non sapeva perché, ma Jared e Mac si erano presi in contropelo dal primo giorno.

Bryan li raggiunse. «Grazie per avermi piantato lì, ragazzi.»

«Oh, andiamo. A te piace. Non è per questo che sei entrato nel giro? Così da rimorchiare tutte le donne?» Liam gli diede una gomitata.

Bryan scosse la testa. «Questo è proprio sbagliato. La ragazzina aveva quindici anni.»

«Tanto tempo per non lavare un braccio.»

«Le ho firmato la maglietta—quella appena comprata, non quella che indossava. Che razza di pervertito credi che io sia?»

Jared strinse le spalle. «Un pervertito medio, da manuale, direi. Che differenza fa?»

Bryan diede uno schiaffetto al retro del berretto di Jared facendoglielo cadere sugli occhi. «Attento, tu. Mi basta dire il tuo nome un po' più forte e ci ritroviamo un formicaio addosso anche a te.»

La testa di Jared si voltò così in fretta che il berretto girò sull'altro lato. «Non ti azzardare, Bry. Non mi serve quell'incubo.»

Bryan alzò le mani e fece un passo indietro. «Mi ritiro, Jare. Niente bisogno di andare fuori di testa.»

Jared si raddrizzò il berretto. «Tu ormai vivi di pubblicità e lo capisco, ma io? Io penso solo a riprendermi da quando c'è stato l'incidente. Non mi servono telecamere e microfoni in faccia a chiedermi come va o quando tornerò. Se lo sapessi, lo saprebbero anche loro, capisci? Sono stufo marcio di questa intrusione nella mia privacy. Pensano che mi *piaccia* dover reimparare a camminare? Che io *voglia* farmi vedere in uno stadio su una sedia a rotelle? O sentire che cosa combina la mia ex che mi ha ridotto così? Perché diavolo dovrebbe essere una notizia? Non possono lasciar stare un uomo in pace a fare il suo lavoro?»

Bryan guardò Liam. Liam non disse nulla. Non era sulla giostra della pubblicità come loro, e vedendo la loro mancanza di privacy, non ne ebbe alcuna voglia.

Cassidy attirava pubblicità quanto e più di questi due. Un altro motivo per starle alla larga.

Non che potesse, perché lei lo fissava mentre andavano verso i posti da un *altro* cartellone. Gesù, suo padre aveva bruciato tutto il budget pubblicitario allo stadio? Sul serio, quanti uomini che venivano a una partita erano in cerca di attici di lusso?

Poi si ritrovò davvero al suo posto e lei lo guardava *di nuovo*. Stavolta da un tabellone gigante accanto al maxischermo, tirata a lucido in un luccicante abito color carne (Dio buono, perché?). Anche quando *provava* a sfuggirle, non ci riusciva.

«Accidenti, che donna splendida.» Jared uscì dal suo umore di merda quel tanto che bastò per apprezzarla.

Già, Cassidy sapeva fare quell'effetto a un uomo.

E dannazione se non fece imbestialire Liam che Jared l'avesse notata. Jared non era esattamente il tipo più monogamo—non che avesse un harem, ma aveva sempre una nuova donna. Vantaggi del mestiere, supponeva Liam, ma Cassidy non sarebbe diventata un'altra tacca sulla cintura di Jared.

*E nemmeno sulla tua, dongiovanni.*

«Stalle alla larga, Jare,» disse Bryan, aiutando Jared a manovrare fuori dalla sedia e su un seggiolino. «Una donna così... non so se hai abbastanza soldi per tenerla contenta. E se li hai, lei punta solo a quelli. Non è tipo da matrimonio.»

«Chi ha detto che io stia cercando moglie?» Jared sollevò la gamba su un altro seggiolino. «Ma potrebbe essere lo stimolo perfetto per rimettermi in piedi.»

«In piedi non è dove stai pensando di stare con lei.» Bryan afferrò un bicchiere. «Lee? Ecco la tua birra. Sembri averne bisogno. Scommetto che è una rottura di scatole per cui lavorare, giusto?»

Liam prese la birra e lasciò che pensassero che finisse lì. Non avrebbe detto loro dello sfratto e di certo non avrebbe lasciato intendere che lei stava vivendo con lui. E di sicuro non avrebbe menzionato quel bacetto.

E i suoi effetti enormi.

«Povero il tipo che finirà con lei.» Bry porse a Jared la birra. «Abbiamo imparato a star lontani dalle figlie di papà. Giusto, Lee?»

Liam tracannò mezza birra. Perché diavolo Bry non riusciva a lasciar perdere? Non voleva proprio affrontare quel discorso, quindi lasciò parlare la birra al posto suo.

«Vedi che fatica?» chiese Bry. «Deve buttarsene giù un paio dopo aver passato la giornata a pulire le sue robette frou-frou. Scommetto che è tutto rosa e merletti, ho indovinato?»

Liam si asciugò la bocca con l'avambraccio. Di solito era lì con i ragazzi, a fare cose da maschi e ogni tanto a sfiorare l'essere uno stronzo. Stasera, non proprio. Non voleva parlare di Cassidy e non voleva parlare di Rachel. «E il posto dove stai lavorando tu, Bry? Com'è la situazione?»

«Com'è? Be', cominciamo da questo: Beth è vedova. E madre. Di cinque.» Lo disse come se fosse un mantra.

«*Cinque*?» Jared si strozzò con la birra. «Chi ha più cinque figli, oggi? Chi *vorrebbe* cinque figli?»

«Non ti piacciono i bambini?» gli chiese Bryan.

Jared fece spallucce. «I bambini mi piacciono abbastanza, credo. Ma cinque? Sono un tantino troppi.»

«È una squadra di basket.»

Jared prese un hot dog e lo inondò di ketchup. «Non bastano per una squadra di baseball, quindi che senso ha?»

«Aspetta. Tu vorresti *nove* figli?»

«No. Dico solo. Se punti a cinque, che vuoi che siano altri quattro?» Ingollò metà del panino.

«Uh, un sacco più bocche da sfamare. Pannolini da comprare. Tasse universitarie da pagare. Chioschi allo stadio davanti a cui andare in rovina. Io non riesco a immaginare di averne neanche uno.»

Jared sorrise e finì il panino. «Già, ma dopo i due, sono solo numeri.»

Liam guardò Bryan con occhi nuovi. Bryan aveva detto che non si sarebbe mai sposato perché è impossibile trovare qualcuno che regga il suo stile di vita. A quanto pare, significava che non avrebbe avuto nemmeno figli. Liam non aveva pensato che la loro infanzia fosse stata *così* brutta, quindi rimase sorpreso di sentire che suo fratello non volesse ripetere ciò che avevano avuto. Non la parte dei genitori morti in un incidente d'auto, ma loro quattro erano stati uniti. E amati tantissimo da Gran. Lui, invece, una famiglia la *voleva* eccome, un giorno. Peccato che Bryan no.

«Ma una vedova, eh?» chiese Jared, prendendo un altro hot dog. Liam si era chiesto quanto ci avrebbe messo a cogliere quel dettaglio. «Da quanto tempo è single?»

«Sul serio?» Le sopracciglia di Bryan quasi gli toccarono l'attaccatura dei capelli. «Non mi hai sentito? Ho detto *cinque* figli. Devo aggiungere altro?»

Finché non lo diceva di Cassidy, per Liam andava bene chiudere lì la discussione prima che lo facesse lui. «Allora qual è la prognosi, Jared? Quando tornerai in campo?»

Jared si morse l'interno della guancia e fece una smorfia. «Danni seri. Devo portare questo maledetto tutore ancora per un po' e fare un mare di riabilitazione. Il dottore ha detto nove mesi. Io conto di metterci meno.»

Bryan si mise a dire la sua sul fatto di ascoltare il dottore, cosa che scivolò su un infortunio che si era fatto facendo uno stunt in Sri Lanka e sulla carenza di assistenza medica, e in breve Cassidy fu dimenticata.

Be', da tutti tranne che da Liam.

A Liam rimbombava in testa Bryan e i suoi «cinque figli» e si chiese se Cassidy volesse dei figli. Avrebbe dovuto averne per tenere in vita e in salute la dinastia dei Davenport—riusciva a vedere suo padre pagare il genero per ogni erede maschio. Fare quell'erede non sarebbe stato un sacrificio per il bastardo fortunato che avrebbe sposato Cassidy.

Si chiese come sarebbe stato essere quell'uomo.

Capitolo Venticinque

Cassidy si trovava nella sua camera da letto. Per la precisione, nel suo armadio. A carponi, per essere tecnici, con il sedere coperto da shorts di nylon elasticizzato che le risalivano sulla curva dei glutei, ondeggiando mentre si tirava indietro.

Liam scosse la testa e alzò gli occhi al cielo. Sul serio? Era una brava persona. Gentile con le vecchiette e i bambini. Soccorreva principesse in pericolo. Portava a spasso, ogni tanto, cagnolini da borsetta, carini come confetti. Perché doveva essere sottoposto a questa tortura? Che diamine stava facendo lei nella sua camera da letto, nel suo armadio? Onestamente, avrebbe sopportato la polvere, se questo fosse servito a farla uscire di lì.

«Forza, Titania! Non puoi stare qui dentro. Dio solo sa in cosa potresti cacciarti qui dentro.» Cassidy avanzava all'indietro sulle ginocchia, trascinando la piccola dal fianco mentre quella si aggrappava a... uno dei suoi stivali. Ah, ecco dov'era finito.

La cagnolina cercava di liberarsi le zampe mentre allungava le unghiette rosa—sì, Cassidy gliele aveva dipinte di rosa—verso il tappeto, nel tentativo evidente di trovare un appiglio pur di non mollare il bottino, piccoli ringhi soffocati accompagnando ogni scossa della testa mentre lo stivale sobbalzava dietro di lei.

«Titania, no! Quello non è tuo. Dammi qua.» Cassidy si sedette sui talloni, lasciò andare una delle zampe della cagnolina, ma Titania colse l'occasione, lanciandosi di corsa sul tappeto e riuscendo ad annullare i secondi precedenti di avanzamento—arretramento?—faticoso.

Cassidy sbuffò, si rimise a carponi e tornò a strisciare nell'armadio.

Avrebbe dovuto andarsene subito. Finché poteva.

Ma gli serviva il camion, quindi doveva parlarle. «Cassidy.»

Il suo sedere si immobilizzò. «Liam?»

«A meno che non stessi aspettando qualche altro tipo?»

Questa volta arretrò molto più in fretta, senza il cane. «Non mi aspettavo nessuno.»

«Io vivo qui.»

Se suo padre l'avesse vista adesso. Se il fidanzato in pectore l'avesse vista—

Liam non volle pensare al tipo che suo padre aveva scelto perché lei lo sposasse.

Lei si tirò in piedi. «Mi dispiace essere qui dentro, ma Titania è corsa di qua quando l'ho fatta uscire dal recinto e stavo solo cercando di portarla fuori. So che è una violazione della regola dei lati opposti.»

Alzò un sopracciglio. «Anche indossare la mia t-shirt lo è.»

«Ehm...» Si scostò i capelli dal collo con un gesto sensuale che lui aveva la sensazione fosse studiato apposta per distoglierlo dalla domanda, ma che con lui non avrebbe funzionato. E la beffa era che non pensava nemmeno che lei si rendesse conto di farlo. Finora non aveva visto la Cassidy falsa che si era aspettato quando era entrato nel suo condominio.

Anzi, non aveva visto *per niente* la Cassidy che si era aspettato. «Mi dispiace. Era sul ripiano della lavanderia e mi è rimasto solo un completo decente. Se così si può chiamare.»

«Sai *anche* fare il bucato, lo sai? Ho una lavatrice e un'asciugatrice che funzionano benissimo.»

Lei fece una smorfia e guardò Titania che sedeva lì, la codina che scodinzolava e un pezzetto di pelle che le pendeva dall'angolo della bocca, guardando su verso loro due come se avesse un segreto.

A Liam balenò all'improvviso quale fosse quel segreto. «Tu non sai fare il bucato, vero?»

«No.»

Non avrebbe dovuto sorprendersi. I Davenport del mondo avevano qualcuno che facesse loro il bucato. «Andiamo. Prendi le tue cose. Ti faccio vedere.»

«Non devi.»

«Perché? Perché hai intenzione di consegnarle al maggiordomo di tuo padre?»

«Valletto.»

«Come, scusa?»

«Il suo valletto. Hendricks. Si occupa dei vestiti e della biancheria.»

«Ma certo che lo fa.» Liam non si prese nemmeno il disturbo di nascondere il sarcasmo.

Cassidy sospirò. «Suonava pretenzioso, vero?»

Liam uscì dalla sua stanza—l'ultimo posto dove aveva bisogno che lei stesse—e pregò che lo seguisse. «Pretenzioso? No. Irrealistico per l'uomo medio che lavora—che guarda caso sono io? Sì. La gente semplicemente non ha maggiordomi e valletti.»

«Ti sorprenderesti di quanti ne hanno.»

«Tesoro, in questi giorni non mi sorprende più niente.»

Mentonava, ovvio. Lei lo sorprendeva. Ogni volta che si voltava.

Come adesso, per esempio. Si voltò e lei era proprio dietro di lui. Tanto vicina che la sua girata rapida non aveva fermato l'inerzia di Cassidy e, un attimo dopo, se la ritrovò incollata addosso.

Le mani di lei gli stringevano i bicipiti, i suoi capelli gli solleticavano il naso, il suo profumo gli faceva cedere le gambe e il resto di lei faceva cose folli alle sue viscere.

«Liam—»

La spinse praticamente dentro la sua stanza. «Stami lontana, Cassidy.» D'accordo, era un po' brusco, ma non poté farci niente. La desiderava così tanto che non poteva sopportare il suo tocco *e* restare sano di mente. Era l'una o l'altra e lui era piuttosto affezionato alla sua sanità mentale.

«Sei tu che ti sei fermato. Io stavo solo andando a prendere il bucato. Che *mi hai* ordinato di fare, se ti ricordi.»

«Non ti ho ordinato niente.»

«"Avanti. Prendi le tue cose. Ti faccio vedere." Non è un ordine?»

Espulse l'aria. «Okay, forse sono stato un po' duro. Il fatto è che tu mi fai un certo effetto. E non lo voglio. Non mi piace.»

«Stronzate.»

«Io—cosa?»

«Stronzate. Non è quello che mi hai detto quando ti ho baciato? Hai detto che sapevo perché l'avevo fatto; beh, dico lo stesso. Tu *lo* vuoi. Ti *piace*. Ma per qualche motivo non vuoi andare avanti.»

«Non lo stiamo facendo.»

«L'avevo intuito.»

Incrociò le braccia e si appoggiò allo stipite. «Senti, non sarò il tuo toy boy. Il tuo tipo dei quartieri bassi da sbattere in faccia a tuo padre.»

«Il mio—?» Lo fissò per qualche battito di cuore di troppo e lui quasi cedette. «Il mio *tipo dei quartieri bassi*? L'hai detto davvero?»

«Non puoi negarlo.»

«Altro che. Io *non* sono interessata a te.»

«Io a quel bacio c'ero.»

«Sei sexy, d'accordo.» Fece spallucce voltandosi, e a Liam venne voglia di baciarle via quella finta aria indifferente dal viso. «Non è una novità. Sono sicura che hai baciato la tua bella quota di donne.»

Proprio in quel momento non gli venne in mente nemmeno un nome. All'ira di Cassidy stava venendo a galla l'Irlanda, ed era una gran bella cosa da vedere.

Lei raccolse la t-shirt che aveva indossato il giorno prima e la lanciò sul letto. «Te l'ho detto, è stata una cosa del momento. E adesso? L'unico motivo per cui ti ho toccato, l'unico motivo per cui ero anche solo *abbastanza vicina* da toccarti, è perché ti sei fermato. Stavo andando a prendere il bucato per questa tua improvvisata lezione di economia domestica e tu ti sei fermato.» Afferò gli shorts di jeans che lui ricordava fin troppo bene dalla sedia. «Forse *eri tu* a volerlo e ti serviva solo una scusa comoda per non doverti prendere la colpa di averti lasciato andare.»

«Sei pazza.»

«Devo esserlo, per restare qui.» Accartocciò gli shorts.

«Non devi.»

«Hai ragione.» Alzò il braccio per lanciare gli shorts sul letto. «Non devo.»

Lui inarcò un sopracciglio.

Lei scagliò gli shorts sul letto con un lancio dal basso, poi si scostò i capelli dalla fronte. «Senti, Liam. Il posto è grande, ma non così tanto. Anche con la regola dei lati opposti, ci capiterà di incrociarci. Quindi possiamo fare un patto per non dare per scontato che l'altro ci stia provando? Che è stato un incidente e non significa niente? Per favore? Nonostante quello che pensi, quel bacio è stato di gratitudine. Non ci stavo provando con te. È semplicemente successo.»

Al suo ego non piacque quella spiegazione logica, ma per il bene della loro convivenza decise di accettarla. «Va bene. Pronta per la lezione?»

Dipendeva da quale lezione volesse darle...

Cassidy espirò. Addio patto. «Certo.»

Sospirò mentre sollevava il cesto del bucato sull'anca e lo seguiva fino alla lavanderia. C'*era* qualcosa da dire a favore del mondo di papà, ma ehi, se puliva i bagni, di certo non poteva lamentarsi di lavare i vestiti.

In realtà, dopo che Liam ebbe finito di spiegare di separare i capi e delle diverse temperature dell'acqua e dei pretrattamenti e della candeggina e delle temperature e velocità di asciugatura, sì, poteva eccome lamentarsi. Avrebbe dovuto lasciare una mancia più generosa alla sua lavanderia a secco per le feste.

«Allora, domande?» chiese Liam, abbassando il coperchio della lavatrice proprio mentre la macchina si avviava.

«Non sul bucato, no. Grazie per avermi mostrato come si fa. Però mi *chiedo* cosa ci fai qui. Pensavo lavorassi a casa mia, quella vecchia, oggi.»

«Ci lavoro. Ma mi hanno chiamato: è arrivata la cassetta degli attrezzi che ho ordinato per il cassone del pickup e voglio farmela montare. Quindi ho pensato di lasciarti dove devi andare oggi, prima, dato che non puoi guidare il furgone di Mac.»

«So guidare un furgone. Solo perché non ho mai usato una lavatrice, non significa che non sappia fare altro. Mi sorprende che tu ti sia fidato del tuo camion se pensi che non sappia guidare un f—»

Le poggiò un dito sulle labbra. «Intendevo che non sei assicurata per guidare il furgone di Mac, quindi non puoi metterti al volante. Sono sicuro che tu sia perfettamente capace di guidarlo.» Le tolse il dito. «Quindi, dove devi andare?»

«In realtà, da nessuna parte. Avevo pensato di restare qui e pulire.»

«D'accordo. Se ti serve qualcosa, chiamami. Sarò fuori tutto il giorno ma posso passare se hai bisogno. E stasera ho un impegno a cena, quindi tornerò tardi.»

Lei avrebbe voluto chiedere con chi, ma non erano affari suoi. «Va bene. Dipingerò il tavolo di tua nonna. L'ho riportato qui per lavorarci nei momenti morti. Sai, tipo tra un carico e l'altro?» Voleva scherzare e, dopo un paio di secondi, Liam colse l'allusione.

Gli occhi gli si incresparono agli angoli quando sorrise e gli brillò lo sguardo, e il suo sorriso le fece volare via i calzini. Be', se ne avesse indossati.

Abituarsi a questa cosa del "niente contatti" sarebbe stato più difficile che essere cacciata di casa.

# Capitolo Ventisei

Liam era in cima a una scala alta quattordici piedi a pulire il sopraluce di vetro sopra le porte-finestre della vecchia camera di Cassidy, quando udì Mitchell Davenport entrare nell'appartamento.

Merda. Non ricordava di non dover essere qui oggi. Liam tirò fuori il telefono e aprì l'app del calendario. Niente. Controllò i messaggi. Neppure lì. Sperava che Davenport non avesse in programma di mostrare l'appartamento, perché i prodotti per le pulizie erano sparsi su tutto il tavolo da pranzo.

Liam finì in fretta il sopraluce su cui stava lavorando—l'ultimo avrebbe dovuto aspettare. Scese dalla scala e la richiuse in modo che restasse davanti alle porte, poi si diresse verso la sala da pranzo per raccogliere la sua roba.

«Burton, calmati,» disse Davenport mentre tirava la cordicella per aprire le tende sulle viste da milioni di dollari per cui era famoso, restando lì come se fosse re di tutto ciò che dominava. «Cassidy può pure portare avanti il suo piccolo capriccio finché vuole, ma tornerà.»

Liam si incollò al muro. O Davenport non aveva visto i prodotti per le pulizie, oppure non gli importava che Liam lo sentisse. E dato che l'aspirapolvere era al centro del soggiorno, dove c'era stato il recinto di Titania, Liam puntò sulla seconda. Davenport era il tipo che aveva maggiordomi, valletti, addetti alle pulizie e magari persino qualcuno che gli soffiava il naso, quindi probabilmente si era abituato a parlare davanti alla "servitù". E a pagarli profumatamente per *non* ascoltare le conversazioni.

Ma questa, Liam, voleva proprio sentirla.

«Sì, lo so che è passato più di una settimana. Deve aver trovato qualche sua amica disposta a ospitarla e si sono rintanate da qualche parte. Avrei pensato che mi avrebbe fatto sapere qualcosa dopo che *The Herald* ha pubblicato la storia, e che tutta questa infantile avventura sarebbe già finita. Me li sta davvero mandando all'aria, i piani.»

Probabilmente era stato lui a far trapelare la storia per primo. Roba da schifo da fare a sua figlia; cercare di farla passare per una viziata, egocentrica, svampita, davanti a tutti quelli che la conoscevano. A livello nazionale, pure, perché Liam ne aveva intravisto un frammento in uno dei programmi di gossip prima di spegnere la TV in camera sua la sera prima.

«No, non è all'estero. Ho io il suo passaporto.» Davenport passò un dito sul tavolino dietro il divano e lo guardò. Liam si stupì che non ci fosse anche un guanto bianco in servizio. «Arriverà alla cena, Burton. Non mi deluderà.»

Ma lui poteva deludere lei? Gesù. Questo tizio era un bel pezzo.

«Le ho già tagliato tutte le carte e il telefono. I suoi gioielli sono nel mio caveau, e tutte le mie banche sanno che devono contattarmi se si presenta. Conosci Cassidy; non può vivere una settimana senza carte di credito. Tornerà strisciando presto. Potrebbe essere anche oggi.» Davenport aggirò l'aspirapolvere come se fosse una bomba. «Io *conosco* mia figlia, Burton. E tu faresti bene a imparare come le funziona la testa se intendi sposarla. Non è stupida, solo emotiva. Tiene da sua madre.»

Nessuno tranne Liam avrebbe mai saputo che l'espressione che attraversò il viso di Davenport alla menzione della sua ex moglie non fu di rabbia, ma... di dolore. «Dovrai tenerla in equilibrio. Ho suggerito dei farmaci, ma si rifiuta di prenderli. Ha detto che le offuscavano la testa.» Davenport sbuffò. «Avrei dovuto farli schiacciare alla tata e mescolarli nella colazione ogni mattina. Diavolo, avrei dovuto farlo con mia moglie.»

A Liam venne voglia di scuotere quell'uomo finché non si fosse rimesso la testa a posto. Drogare moglie e figlia? L'uomo aveva ben più che mera avidità ossessiva e mania d'autoesaltazione contro di lui. Padre dell'Anno non lo era di certo. Non c'era da stupirsi che Cassidy non volesse niente da lui. A Liam non interessava nemmeno il suo lavoro, ma non spettava a lui decidere. E dato che a Mac servivano gli introiti di questo contratto, si sarebbe tenuto la bocca chiusa e avrebbe fornito il tipo di servizio che Davenport—e Mac—si aspettavano da lui. Ma, Dio, quanto gli sarebbe piaciuto staccargli la corrente a suon di pugni.

«No, se si presenta, lasciala sudare. Nessun bisogno di fare la proposta subito. Imparerà ad apprezzare ciò che i miei soldi possono fare per lei.» Davenport raccolse un soprammobile di cristallo dal tavolino e lo esaminò. Ci soffiò sopra, lo strofinò contro il risvolto della giacca, poi lo rimise giù.

Stronzo pretenzioso. Liam aveva lucidato ogni sfaccettatura di quella cosa, sapendo che il tipo sarebbe stato fissato. Non c'era una macchia in vista; ne era sicuro. Pareva che nulla fosse abbastanza per Mitchell Davenport.

Povera Cassidy. Liam sapeva che il tizio era un duro in affari, ma com'era stato crescere con lui come padre? E senza una madre a mitigare i danni emotivi.

Liam lanciò un'occhiata alla camera da letto. Alla struttura del letto dove aveva trovato quel braccialetto e la foto. Doveva consegnarglieli. Forse per lei significavano davvero qualcosa e, visto quanto Davenport fosse sprezzante dei sentimenti di sua figlia, Liam capiva perché li avesse tenuti nascosti.

«Sì, sì, Burton. Ovviamente avrai il tuo bonus indipendentemente da quando si farà vedere. Non posso permettere che il mio futuro genero guidi ancora a lungo una berlina di fascia media. Devi avere l'aria giusta. Ora, i miei avvocati ti hanno contattato per il cambio di nome? Non si può avere Davenport Properties senza un Davenport, giusto?» Ispezionò anche la mensola del camino. A Liam stridevano i denti.

«Faremo in modo che sia ufficiale il giorno in cui la sposerai.» Davenport giocherellò con il nodo della cravatta. «Sono sicuro che Cassidy sarà entusiasta di non dover cambiare cognome. In fin dei conti, Davenport apre tutte le porte.»

A Liam venne la nausea per il gioco di parole con lo slogan dell'azienda. «A Davenport Property Opens Doors.» Era tutta una questione di stile di vita. Tutta una questione di apparenze, per questo tizio. Ogni cosa. Inclusa sua figlia. Quel bastardo non sapeva che fortuna avesse ad *avere* ancora una figlia. Cosa non avrebbero *dato* lui e i suoi fratelli per avere avuto tutti questi anni con i loro genitori, e invece quel bastardo giocava con la sua famiglia come se facesse parte di una trattativa contrattuale.

«Te lo dico io, Burton, conosco mia figlia. Tornerà. Non è stupida, solo testarda.»

No, lo stupido era Davenport. Non aveva la minima idea di cosa significasse avere sua figlia fuori dalla sua vita. Pensava ancora che fosse una questione di soldi.

Liam l'aveva capito. Come non aveva fatto prima. Lei *non* era come Rachel. Cassidy voleva l'amore e l'accettazione di suo padre, e tutti i suoi soldi non potevano comprarglieli.

«Ha fatto una scenata. Le capita ogni tanto. Un po' nervosa, come sua madre. Ma una figlia non la si compra e basta, come si può fare con un'ex moglie, quindi tocca sopportare questi suoi umori.»

Liam si morse la lingua. Se la morse proprio, perché farlo solo figurativamente non gli avrebbe impedito di dire ciò che voleva dire. All'uomo mancava completamente il gene del *Padre*, e anche quello di *Essere Umano* era in discussione.

«Tornerà, Burton. Torna sempre. La sua *specie* torna sempre.»

Se non fosse stato esattamente ciò che Liam aveva detto lui stesso su di lei, si sarebbe offeso per la compiaciuta condiscendenza dell'uomo.

Ora, trovava condiscendenti—e sbagliate—le proprie conclusioni su Cassidy.

«Cassidy è abituata al meglio in questo mondo.» Davenport riaggiustò una cornice sopra il pianoforte a mezza coda. «È tutto ciò che ha conosciuto. Le sue amiche non possono sperare di competere con quello che posso darle io. Non molte persone possono.»

Questo qui non stava mai zitto. Dio buono, che hybris. Che cosa potrebbe riportare Davenport giù di qualche centinaio di gradini? E poi dove si ritroverebbe?

Cosa non avrebbe fatto Liam per averne l'occasione.

Ma... perché? Perché era così arrabbiato in nome di Cassidy quando aveva pensato le stesse cose su di lei?

Forse era quello. Forse era arrabbiato con se stesso. Per essersi sbagliato. Per averla giudicata. Per non averla presa per quello che era. Dava sempre una chance alle persone, ma aveva visto il grattacielo, aveva sentito tutta la copertura mediatica su di lei e, diavolo, aveva *Rachel* come modello per questo tipo di relazioni... Non c'era da stupirsi che fosse arrivato a quelle conclusioni, ma non significava che dovesse piacergli questo aspetto di sé. Era sempre stato orgoglioso di dare alle persone quella chance. Di concedere loro un margine, ma l'aveva giudicata. Sbagliando, a quanto pareva.

. «Oh, ha cominciato con questi piccoli scatti d'ira circa un anno fa e sono diventati una bella scocciatura. Stavolta imparerà chi ha in mano le carte, e se vorrà continuare a indossare i capi e le scarpe griffate che ama, se vorrà andare in vacanza nei resort più belli del mondo e mangiare nei ristoranti più famosi e avere i posti migliori e conoscere persone famose, si darà una regolata e tornerà a casa. Oppure dovrà imparare come vive l'altra metà.»

In qualità di rappresentante della cosiddetta *altra metà*, a Liam venne voglia di entrare lì e dire a quel pallone gonfiato che l'altra metà non se la passava poi così male. Non gli verrebbe un colpo, se sapesse che, proprio in questo momento, Cassidy *stava* vivendo come la cosiddetta altra metà e lo stava facendo dannatamente bene.

Ma non spettava a Liam illuminarlo, così sgattaiolò in sala da pranzo e infilò tutto di nuovo nella borsa degli attrezzi delle Manley Maids, si calcò in testa un berretto da baseball, si mise sotto il braccio mocio, scopa raccoglipolvere, spolverino per le veneziane e prolunga, prese la cassetta degli attrezzi con l'altra mano e si girò—

E centrò Davenport in pieno ventre.

Merda.

«Mi scusi. Sta bene? Non l'avevo vista lì—»

Davenport alzò la mano. «Un attimo, Burton.» Prese il tasto MUTO sul telefono. «Che cosa sta facendo qui?»

«Pulizie.»

«Non è già stato qui la settimana scorsa?»

«Sì, ma la polvere torna. Dato che sta vendendo l'appartamento, ho pensato che lo volesse in condizioni impeccabili.»

Davenport inarcò un sopracciglio e lo studiò, le labbra serrate. «Quanto della mia conversazione ha sentito?»

«Come? Io? Origliare? Mi dispiace, signore, ma non sarebbe professionale.» Consolidandosi fermamente nella categoria dei *peones* nella stima di Davenport, Liam aggiunse quel «signore». Gran diceva sempre che con il miele si prendono più mosche; Liam era sicuro che lo stesso valesse per i ratti. E poi, spettava a Cassidy dire al tizio dove infilarsi la sua condiscendenza.

«Hmmm.» Davenport schioccò la lingua, poi infilò la mano nella tasca interna della giacca e tirò fuori—

Il portafoglio.

Oh, questa era buona.

«Burton, la richiamo.» Si infilò il telefono nella tasca dei pantaloni, poi aprì il portafoglio ed estrasse una banconota da cento dollari. «Apprezzerei se non dicesse nulla a nessuno.» Con un gesto del polso, presentò il contante in un unico movimento fluido, come se lo avesse fatto decine di volte. «Una bella cena, forse, per farsi passare di mente il mio piccolo problema?»

Liam avrebbe dovuto svuotare gli armadi di Cassidy. Prendere tutto. Questo stronzo, con la sua pia condiscendenza nel voler dare una lezione a sua figlia, meritava di essere alleggerito di qualche migliaio di dollari perdendo il suo guardaroba. Quel cento per lui non era nulla.

Ma Liam lo prese lo stesso, anche se non per il motivo che Davenport avrebbe pensato. Cassidy poteva averne bisogno. Non è che avesse intenzione di raccontare in giro ciò che aveva appena sentito; *stava* cercando di dimenticare di averlo sentito.

Per la prima volta in vita sua, provava *pena* per una ragazzina viziata e ricca —che forse poi così viziata non era, e che di certo non era neanche lontanamente ricca quanto lui e i suoi fratelli per ciò che contava davvero nella vita: avere qualcuno che ti amasse abbastanza da accoglierti in casa.

Non sbatterti fuori.

# Capitolo Ventisette

Fu un pensiero che rimase con Liam per tutta la cena con Gran e i suoi fratelli, quella sera. Sean e Bryan si azzuffavano a parole—per modo di dire, s'intende. Erano uniti come non si poteva di più, ma nessuno dei tre sapeva *non* punzecchiare gli altri su qualunque cosa.

Buffo, però, che sapessero dove tracciare il confine quando saltava fuori l'argomento Cassidy.

«Come sta Cassidy?» chiese Gran, troncando di netto la conversazione sul problema del progetto di Sean e riportando l'attenzione su di lui. Avrebbe potuto dire Rachel e la reazione sarebbe stata la stessa. I suoi fratelli erano stati la sua rete di sostegno quando quella relazione era andata a rotoli e lui sapeva che ci sarebbero stati per lui anche se fosse ricaduto sulla cattiva strada e fosse finito nel letto di Cassidy.

Peccato solo che loro non conoscessero la Cassidy che conosceva lui.

Ma non era pronto a condividere ancora quella Cassidy. Voleva assicurarsi che fosse ciò che stava cominciando a credere che fosse, prima di presentarla ai ragazzi. Sarebbero stati naturalmente prudenti e lui aveva già abbastanza carne al fuoco senza loro che gli stessero col fiato sul collo. «È pur sempre Cassidy.» Sperava solo che Gran non tirasse fuori nulla sul fatto che lei stava a casa sua. Poi, peraltro, Cassidy non le aveva dato il nome giusto, quindi Gran non avrebbe dovuto sapere chi fosse davvero la sua ospite.

«Adesso, Liam, non giudicarla da quello che tutti dicono di lei. Voglio dire, guarda Bryan. Pensi davvero che tutto quello che hanno scritto su di lui sia vero? Non è uscito con tutte quelle donne.»

Non spettò a lui disilludere sua nonna sulla supposta mancanza di prodezze di Bryan. Perché a Bryan le prodezze non mancavano affatto e i tabloid ne avevano fatto buon uso.

«Non preoccuparti, Gran. Sto lasciando che Cassidy dimostri chi è.»

E che sorpresa si stava rivelando.

«Bene. Mi fa piacere sentirlo.» Gran fece roteare il bicchiere per avere ancora un po' di vino, e Liam riconobbe quel gesto per quello che era: un cambio di argomento. Gran non beveva mai due bicchieri di vino.

La tattica funzionò e il resto della cena riguardò Sean e l'ereditiera, Bryan e la vedova, e il progetto più recente di Liam. E il racquetball. In particolare, la sfida di Sean a una partita per la sera seguente.

Sfogarsi in campo e allo stesso tempo dare una lezione a Sean suonò come la cosa giusta per allentare la tensione. Avrebbe immaginato la faccia di Davenport sulla palla. Un doppio vantaggio, a suo parere.

«Sai, Liam,» disse Gran dopo aver servito il dessert, la sua torta di mele fatta in casa. Gli riportò alla mente tutti i tipi di ricordi d'infanzia—Gran era una di quelle che mettevano le torte sul davanzale a raffreddare. Lui e Jared ne avevano rubata una solo una volta. La lavata di capo che avevano preso—verbale, non fisica—era stata sufficiente a farli desistere per sempre. Be', quello e la minaccia che non gli avrebbe dato un'altra fetta per il resto della sua vita. Il fatto è che Gran faceva sul serio, così imparò a rispettare i suoi ordini.

A Cassidy qualcuno aveva mai preparato una torta? Le aveva mai passato di nascosto una fetta quando era caduta dalla bici o l'avevano atterrata nella partita decisiva, o qualunque fosse la versione da collegio per debuttanti del cadere in un momento clou?

Aveva il presentimento di no. Suo padre, come dimostrava quella telefonata all'uomo che aveva scelto perché lei lo sposasse, non aveva alcuna idea di come crescere un figlio. Nessun concetto di famiglia.

Non c'era da meravigliarsi che avesse vissuto la vita che aveva vissuto. Con un uomo superficiale come Davenport a crescerla—o a lasciare che fossero altri a farlo—che chance aveva avuto?

E il fatto che stesse cercando di cambiare... Metteteci pure tutta la faccenda dell'attrazione, e la situazione si stava solo facendo più complicata.

Gran non aiutò la situazione. «Ho conosciuto la tua ospite, Liam,» disse quando Bry e Sean se ne furono andati.

Era stato a due passi dallo svignarsela pulito. «Me l'ha accennato.»

«Sembra carina.» Gran aveva intenzione di tirarla per le lunghe.

«Sì.»

«Mi sta dipingendo un mobile.»

«Me l'ha detto.»

«Sarebbe bello se potessi aiutarla a consegnarlo. Sono sicura che sia troppo pesante perché lo faccia da sola.»

Messaggio ricevuto. Però... «Oh, è piuttosto brava a fare le cose da sola, Gran. Anzi, ci tiene proprio.»

Gran gli diede una pacca sul braccio. «Solo perché una persona può, non significa che debba, Liam. È una brava ragazza e dovrebbe essere giudicata per i suoi meriti. Ricordatelo.»

Non era qualcosa che fosse probabile dimenticare.

# Capitolo Ventotto

«Ti sei portato dietro *Cassidy*?» sussurrò Sean mentre Liam stava tirando la racchetta fuori dalla borsa per la loro partita.

«Non è che avessi molto tempo per trovare qualcun'altra, e lei ha sentito.»

Liam lanciò un'occhiata alle ragazze che stavano dall'altra parte del campo, a fare qualunque cosa facessero le ragazze quando si incontrano per la prima volta. E doveva per forza essere il loro primo incontro; la Zingara di Sean non avrebbe mai frequentato gli stessi giri di Cassidy.

«È in rosa,» sussurrò platealmente Sean. «Strass.»

«Non me lo dire.» Erano dovuti uscire di corsa a comprarle un paio di sneakers, offerte dal denaro del silenzio di Davenport, ma lei aveva rifiutato di prendere soldi extra per comprarsi un completo. Non voleva essere più in debito con lui di quanto già fosse, e Liam era stato pronto a *darle* i contanti perché non credeva che ci fosse qualcosa di più fuori luogo, per una partita di racquetball, degli strass. Poi però aveva visto Livvy, la partner di Sean, con la gonna di perline e la mezza maglietta che le scopriva la pancia, e si era reso conto di essersi sbagliato. La Zingara vinceva.

E nonostante questo, Sean ebbe il coraggio di chiedere: «Lei lo sa che questo è uno sport, giusto? Che si suda e ci si scalda e il trucco le scivolerà via dal viso?»

«Se non lo sa, lo capirà presto. Potrebbe rendere tutta la faccenda degna di nota.» Intendeva la parte dell'esser sudati e accaldati. Non gli sarebbe dispiaciuto vedere Cassidy così—

Dannazione, quei pantaloncini gli si fecero all'improvviso stretti. Incrociò le braccia con la racchetta che pendeva in giù, sperando di nascondere l'evidenza. «Qualche progresso con la zingara?»

Sean alzò gli occhi al cielo. «Stiamo seguendo degli indizi. Domani andiamo a caccia di culle.»

Una scossa gli attraversò lo stomaco. Bebè. Sembrava essere un tema, di recente. La sua assistente era in congedo di maternità, la sua governante era in congedo di maternità, il padre di Cassidy che la vendeva come una fattrice... «Ti rendi conto che è una linea di pensiero pericolosa con qualunque donna, vero?»

«Fidati,» disse Sean. «Non è un problema.»

«Ultime parole famose.» Non stava parlando a Sean.

Gli diede uno schiaffo amichevole sul petto. «Dai. Mettiamoci in moto.» Doveva concentrarsi su qualcosa che non fosse Cassidy con quegli shorts corti che le abbracciavano il sedere in un modo che gli faceva prudere i palmi.

Strinse la racchetta. Almeno si sarebbe fatto un buon allenamento, così i pensieri di lei, proprio dall'altra parte del corridoio, non gli avrebbero rovinato il sonno.


Dopo cinque minuti di partita e quella era già una causa persa. Anzi, *due* minuti dall'inizio, con il corpo snello e atletico di Cassidy che si mangiava il campo, e i capelli che le frustavano ovunque, e il grugnito determinato che emetteva ogni volta che rimandava la palla... Liam avrebbe fatto sogni di ogni tipo e probabilmente sarebbe rimasto sveglio tutta la notte. In ogni senso della parola. Dio, perfino con quegli assurdi occhiali protettivi tempestati di strass che usava per dipingere, quella donna lo faceva impazzire.

«Uuuhuu! Punto per me!» La Zingara, cioè, Livvy diede il cinque a Sean, riportando la testa di Liam nella partita. Non aveva alcuna intenzione di perderla. L'ultima partita che aveva perso era stata a poker, e guarda dove l'aveva portato.

«Non vi accomodate troppo su un punto di vantaggio. Io e Cass vi faremo mangiare la polvere.» Guardò Cassidy mentre lanciava a Sean la palla.

Lei si buttò la coda di cavallo dietro la spalla. «Cass-i-dy, Liam. Non mi piace Cass.»

A lui invece sì. Le si addiceva: tosta, diretta, pronta a prendere il mondo di petto e uscirne vincitrice.

Gli piaceva, quella qualità in una donna.

*Testa al gioco, Manley.*

«Servi, Sean.»

Riuscì in effetti a starci con la testa per un po'. Cassidy era brava quanto lui. E Livvy non era affatto male. Entrambe avrebbero avuto bisogno di aiuto nel reparto abbigliamento sportivo, ma avevano la faccia da partita. L'incontro era equilibrato come se in campo ci fossero solo lui e Sean.

«Hai bisogno di una pausa, Cass?»

Lei lo fulminò con lo sguardo ma non rispose.

Lui si trattenne dal sorridere. Gli piaceva stuzzicarla.

Gli stavano piacendo molte cose di lei.

*Ehi, Manley, rilassati. Solo perché lei* sembra *diversa da Rachel non vuol dire che lo sia. Sono passate, che, due settimane? Non proprio il curriculum più lungo. Rallenta, amico.*

La sua coscienza aveva ragione. Rachel non aveva mostrato subito i suoi veri colori. O forse lui non aveva guardato abbastanza da vicino.

Stava però guardando molto da vicino Cassidy.

«Sean, la servi o la fissi? Non ho tutta la notte, sai.» Scattava da una parte all'altra, facendo girare la racchetta nel palmo, i nervi tesi come corde. Era ora di chiudere la partita e tornare a casa sua, dove lei aveva la sua parte e lui la sua, e lui poteva pensarci su prima di fare qualcosa che avrebbe rimpianto.

«Forza, Sean,» disse Livvy, sorridendogli. «Sono pronta.»

Wow. Quando quella donna sorrideva... Sean avrebbe dovuto essere morto per non accorgersene.

E a giudicare da come il suo servizio gli venne corto... Se n'era accorto.

Ah. Suo fratello aveva un punto debole. Bene. Ora, purché non capisse che anche Liam ne aveva uno. *E* che non influisse sul loro investimento.

«Ancora uno, Sean,» lo provocò. «Perdi il servizio e puoi dire addio a questa partita.»

«Non sei così fortunato, Lee.» Sean schiacciò il servizio, e lui e Livvy riuscirono a portarsi avanti di due punti, maledizione, prima che il servizio cambiasse mano.

«Prima le signore.» Liam fece rimbalzare la palla verso Cassidy. «Facciamo vedere a questi due come si fa, Cass.»

E poi avrebbe fatto vedere *a lei* come si faceva—

Dannazione, per poco non mancò il ritorno di Sean. Doveva rimettere la testa nella partita per non perdere l'incontro. Sean non gliel'avrebbe mai fatta passare liscia.

Per fortuna, Livvy cedette il loro quinto punto consecutivo, e dopo di quello né lei né Sean riuscirono a tenere testa a lui e Cassidy. Il servizio passava dall'uno all'altra, ma Cassidy riuscì a mettere a tabellone tanti punti quanti Liam. Erano ben assortiti.

*Calma, Manley. Calma.*

Ci provava, ma guardarla rimbalzare per il campo... Quella t-shirt attillata e quegli shorts corti non nascondevano nulla alla sua immaginazione e dovette impegnarsi parecchio, concentrarsi su ogni punto, o Sean avrebbe avuto la prova fisica per l'aria interrogativa che continuava a lanciargli. Cosa a cui Liam non aveva alcuna intenzione di rispondere.

Serrò i denti e alzò la mano sopra la testa, preparandosi al servizio. Sean aveva una debolezza a sinistra e Livvy era troppo lontana per coprirla.

Cassidy gli lanciò un'occhiata, annuì verso l'angolo dove lui aveva già pensato di servire, poi si voltò verso il muro, la racchetta che passava da una mano all'altra mentre rimbalzava da un piede all'altro, l'adrenalina che letteralmente la teneva sulle punte.

Lui diede un'occhiata a Sean, cercando di tenerlo sulle spine sul punto in cui avrebbe servito. Poi guardò Livvy ma tenne comunque d'occhio, con la coda dell'occhio, il punto debole di Sean, e servì.

Toccò il pavimento, colpì il muro e deviò esattamente come voleva, ben fuori portata sia per Sean che per Livvy.

«Punto!» Liam sollevò le braccia a V. «Stai andando giù, Sean,» disse, concedendosi di gongolare dopo il cinque alto con Cassidy. «Pronto a piangere come un bambino?»

«Avanti, fratellone.» Sean era tutto affari, in posizione e in attesa.

Cassidy si guadagnò un punto con un altro servizio micidiale, poi toccò di nuovo a Liam. Schiacciò, spedendo Sean per tutto il campo e costringendo Livvy a tuffarsi per salvare una palla.

Fu il distrarsi per il suo *tonfo* quando la spalla colpì il pavimento ciò che Liam cercava. Schiantò la palla così forte che la sentì fischiare.

Sfortunatamente, anche Sean la sentì, e riuscì a fare un ritorno solido.

Cassidy ci andò sopra con un tiro potente che quasi superò Livvy, ma di nuovo, la Zingara si buttò su ogni palla, sbattendo le mani a terra quando atterrò. Quel completo non era proprio il massimo per i tuffi.

Liam prese il colpo, schiacciandolo oltre Sean in modo che il rimbalzo di ritorno l'avrebbe colpito se non si fosse spostato—

Dannazione. Sean fece una mezza torsione e riuscì ad agganciarne un pezzo, quanto bastava per rimandarla al muro per il turno di Cassidy.

Cassidy, pronta per una schiacciata, dovette aggiustarsi in fretta per raggiungere la palla prima del secondo rimbalzo, alzandola con un bellissimo pallonetto. Non che un pallonetto gli avrebbe dato il punto, ma la sua esecuzione era incredibile.

Diamine, la sua forma in *qualsiasi* cosa era incredibile.

Livvy rimandò la palla, e Liam seguì la traiettoria, facendo i calcoli mentre correva verso l'angolo destro. A un punto dal portarsi a casa la partita e con Sean di nuovo sopra la sua spalla sinistra, poteva scegliere il tiro facile al centro davanti per tenere lo scambio in vita, oppure farla rimbalzare sulla parete laterale e provare a chiuderla.

Ci provò, schiacciando la palla di lato e, sì! Sean mancò!

«Vittoria!» Liam lanciò la racchetta a terra e sollevò Cassidy tra le braccia, facendola ruotare.

«Abbiamo vinto!» Lei si scosse i capelli, ridendo mentre gli passava le braccia intorno al collo e—

La celebrazione si fece seria in un battito di cuore. Anzi, poteva *sentire* il battito del suo cuore. O forse il suo.

Smetteva di girare.

Lei smise di ridere.

Lui non la lasciò andare.

Neppure lei.

La posò però in piedi.

Con una lunga, lenta scivolata lungo il davanti del suo corpo.

Non restò un dannato nulla alla sua immaginazione. Neppure alla sua, se stava attenta.

L'ombra che le velò gli occhi diceva che lo era.

Il rapido passaggio della lingua sulle labbra diceva che lo era.

La tensione dei seni contro il suo petto diceva che lo era.

«Allora, Lee. Tu e Cassidy volete—»

Sì, lui e Cassidy volevano eccome e la frase mozzata di Sean diceva che non era un segreto per nessuno.

Liam si schiarì la gola e fece un passo indietro mentre Cassidy praticamente inciampò via nello stesso momento.

«Vi va di andare a prendere qualcosa da mangiare?» Sean lo fulminò con lo sguardo, probabilmente volendo che lui dicesse che non stava succedendo niente. Che quello a cui Sean aveva appena assistito non era vero; che lui e Cassidy non avevano quasi incollato le labbra proprio lì, in mezzo al campo da racquetball, dove chiunque di passaggio avrebbe potuto vedere.

Non che Liam potesse dire qualcosa. Persino un morto avrebbe capito cosa gli era passato per la testa pochi secondi prima, e Sean non era morto. Era anche un tipo parecchio sveglio e c'era stato durante l'inferno dopo Rachel.

«Grazie, ma devo tornare a casa.» Non gli servivano la ramanzina o gli sguardi. «La fatturazione sta accumulandosi con la mia assistente in congedo di maternità, e se le fatture non escono, i soldi non possono entrare.» Non osò guardare Cassidy. Un'occhiata e Sean avrebbe capito che stava mentendo spudoratamente. I soldi non erano ciò a cui stava pensando.

Sean lo fissò qualche secondo di troppo. «Se è quello che vuoi...» Gli lanciò la racchetta. «Chiamami quando hai un momento. Devo ricordarti un paio di cose.»

«Sì, certo. Nessun problema.» Non aveva voglia di sentire le *cose* di Sean. Sapeva quali fossero, ma non aveva alcuna intenzione di discutere di questa situazione con suo fratello prima di aver capito che cosa voleva fare.

Afferrò la borsa della palestra e guardò Cassidy—che sembrava valere un milione, e non per i soldi di suo padre. Un allenamento vero, di quelli sudati, la illuminava. Niente trucco, il sudore che le luccicava sulla pelle, i capelli in disordine che lui voleva pettinarle con le dita, e labbra così dannatamente carnose e baciabili che aveva la sensazione che una notte con lei non gli sarebbe mai bastata.

Ma... forse... Forse sarebbe bastato per togliersela dalla testa.

# Capitolo Ventinove

«Gran bella partita.»

Cassidy tenne gli occhi sulla strada. «Sì.»

«Sei davvero brava.»

«Grazie.»

«Ti sei divertita?»

«Sì.»

«Riuscirò a cavarti di bocca qualcosa di più di una parola?»

«Certo.»

Liam le lanciò un'occhiata e Cassidy si rese conto di quello che aveva detto.

«Oh. Cioè, sì. Ce la farai. Così va? Meglio?» Stava blaterando. Ma almeno era coerente. E le sorprendeva di esserlo perché, santo cielo... Che cosa era appena successo là dietro?

Un attimo prima saltava di gioia, esaltata per la loro vittoria sudata, e quello dopo... Dopo era tra le sue braccia, schiacciata contro il suo corpo caldo e sudato, il suo profumo che la chiamava come il canto di una sirena, e si era dimenticata di dove fossero. Che si trovavano in una palestra pubblica dove chiunque poteva vederli, con suo fratello a nemmeno due metri di distanza. Ma nel momento in cui aveva guardato nei suoi occhi e sentito le sue braccia stringerla, aveva escluso tutto tranne ciò che stava succedendo tra loro. Era stato diverso da quando lo aveva baciato prima. Più intenso.

Reciproco.

Lo aveva capito anche prima che lui le premesse contro la sua erezione. O forse era stata lei a premerci contro, ma in ogni caso, Liam su quello non avrebbe potuto chiamare fesserie.

Lui la voleva e lei voleva lui.

La domanda era: che cosa ne avrebbero fatto?

«Ti va di prendere qualcosa da mangiare?»

Scosse la testa. «Non così. Ho bisogno di una doccia.»

Oh, Dio. Le immagini le lampeggiarono nel cervello e non riusciva a scacciarle. Lei, nuda e bagnata sotto il getto, e Liam che scostava la tenda, nudo anche lui ma per niente bagnato... finché non entrava nel box con lei. La premeva contro le piastrelle fredde e iniziava a mordicchiarle il collo.

Afferrò la maniglia della portiera e strinse. Forte. Doveva stringere qualcosa e non poteva certo stringere le cosce quando lui la stava guardando.

Il che non fece che aumentare il dolore tra le cosce. E farle desiderare che quella fantasia diventasse realtà.

«Non credo che farà differenza, Cass. Siamo entrambi abbastanza sudati.»

«Ehi, mi offendo. Io non sudo. Io brillo.»

Lui inarcò un sopracciglio e, accidenti, era sexy. «Brilli? Bel tentativo, tesoro, ma quello è sudore. Sudore buono, guadagnato con fatica.»

Le parole in sé non erano sexy, ma le immagini che evocavano...

Quindi, che cosa avrebbe fatto? L'istinto le diceva di buttarsi; il cervello diceva *calma*. Stava a casa sua e non aveva un altro posto dove andare. Se si fossero messi insieme e poi si fosse fatta strana, e allora? Avevano già stuzzicato il destino una volta con quel bacio; non era questo il senso dell'essere su «fronti opposti»? Non era una buona idea tentare ancora la sorte.

Quel pensiero funzionò fino a quando Liam non entrò in garage e spense il motore. Rimasero a fissare la parete di fondo finché la luce dell'abitacolo non si affievolì.

«Liam.»

«Cass.»

Qualcuno mosse per primo. Poteva essere stata lei. Poteva essere stato lui. Non importava davvero perché l'attimo dopo si ritrovò in grembo a Liam, le mani intrecciate nei suoi capelli, le sue mani a copparle il viso, e lui la piegava all'indietro, baciandola finché non ci vide più dritto.

Dato che aveva gli occhi chiusi ed era buio in garage, non era esattamente una sorpresa, ma il modo in cui la testa le girava per il suo gusto, il suo tocco, il suo profumo... Colori e luci le lampeggiarono dietro le palpebre come fuochi d'artificio.

Oh, cavolo. Liam le regalava fuochi d'artificio.

Poi lui le appiattì il palmo sul lato del viso e le tirò indietro i capelli mentre le cullava la testa, pizzicandole baci lungo la mascella, e ai fuochi d'artificio si aggiunsero le farfalle. Milioni, che le svolazzavano nella pancia così tanto che avrebbe giurato di sentirle ronzare.

Oh, era lei.

«Avevamo detto che non l'avremmo fatto.» Liam leccò un punto incredibilmente sensibile sotto l'orecchio.

«Lo so.» Ansimò mentre brividi si irradiavano da quel punto, e affondò le unghie nella sua spalla, senza volerlo vedere mai smettere.

«Eravamo d'accordo entrambi.» Non mostrava alcun segno di volersi fermare.

Bene. «Lo so.»

I suoi denti le sfiorarono il lobo, scatenando un'altra ondata di brividi. «Non è una buona idea.»

Gli afferrò la nuca, lasciando che le dita si arricciassero tra i suoi capelli, e lo tenne più stretto a sé. «Lo so.»

«Dovremmo fermarci.» Le mordicchiò la mascella risalendo verso la bocca.

Gli inclinò appena la testa e lo guardò negli occhi. «Lo so.»

«Cassidy, io—»

Lo baciò. Gli succhiò le labbra, gli scivolò con la lingua dentro e non volle più risalire a prendere aria.

Gemette quando lo fece anche lui.

«Portiamolo dentro, Cass.»

«Mmmm hmmm», fu tutto ciò che riuscì a dire. Almeno uno dei due era lucido.

In realtà, Liam era più che lucido; era sorprendentemente efficiente, visto quello che era scoppiato tra loro. Ma riuscì ad aprire la portiera, a portarla in braccio attraverso la porta della lavanderia e nel corridoio, fermandosi solo quando Titania impazzì nel suo recinto.

«Dimmi che il cane non deve uscire,» gemette.

Oh, accidenti. I fuochi d'artificio si affievolirono. «Il cane deve uscire.»

«E questo come dovrebbe succedere?»

Cassidy gli pizzicò la mandibola. «Fammi scendere. Apro la porta, lei esce e poi rientra subito. Vuole starmi intorno.»

Le baciò il collo mentre la posava in piedi. «Conosco la sensazione.»

Titania abbaiò e saltellò intorno a loro, quasi facendola inciampare mentre la lasciava uscire a fare i suoi bisogni.

Si fermò sulla soglia, cercando di riprendere fiato e riflettere. Era una buona idea? O avrebbe solo invitato il disastro?

Liam le avvolse le braccia da dietro e le posò il mento sulla spalla. «Ti sento pensare.»

Lei appoggiò la testa alla sua. «Non è possibile.»

«Non è vero. Stavi sospirando parecchio forte e lo sentivo benissimo.»

«Si sospira per motivi diversi, non solo per pensare.»

«Lo so. Sospiravi per altri motivi nel mio pick-up. Gemiti, anche.» Le affondò il naso nel collo.

Entrambi, cosa che avrebbe rifatto se avesse continuato così.

Continuò.

«Ti voglio, Cassidy,» sussurrò contro la sua gola, le vibrazioni della sua voce che le correvano dentro. «Non è un segreto e non è una sorpresa e sono stanco di combatterlo. Gestiremo le conseguenze dopo. Dimmi che lo vuoi tanto quanto lo voglio io.»

«Lo voglio.»

Per fortuna, Titania tornò proprio allora. La richiusero e Liam condusse Cassidy nella sua stanza.

Si distese accanto a lei sul letto. «Ultima chance per fermarci se non vuoi che si vada oltre,» disse, baciandola lungo il centro del petto, affondando il viso nello scollo fin dove arrivava.

«Non fermarti.» Si dimenò sotto di lui per portare le mani all'orlo della maglietta. Voleva togliersela. Subito.

Dannati strass continuavano a impigliarsi nella sua maglietta, poi le si erano incastrati nei capelli. «Strappala via.» O quella o i capelli, e una maglietta poteva sempre ricomprarla.

«Non hai molti vestiti, Cassidy.»

«Allora metterò i tuoi. O niente del tutto. Basta che me la togli.»

«Niente, eh?» Il sorriso di Liam le accese un fuoco lento dentro—che diventò un incendio quando *le* strappò davvero la maglietta.

Gli strass che non volarono via erano ancora impigliati tra i capelli, ma non le importò perché lui abbassò la testa sul suo capezzolo e gli strass diventarono l'*ultima* cosa a cui pensare.

«Ahh, Dio, sì. È bellissimo.»

«Sei bellissima. E hai un sapore stupendo,» disse, senza staccare le labbra dal suo capezzolo, la lingua che gli girava intorno finché fu teso e duro quanto lui lo era contro di lei.

Lei scivolò con la mano tra i loro corpi e lo accarezzò lungo tutta la lunghezza.

«Ah, Cassidy,» gemette contro la sua pelle, la vibrazione che le scatenò di nuovo brividi ovunque. «Piano, donna. Sembro non avere molto autocontrollo, quando si tratta di te.»

Sorrise e gli passò le unghie lungo tutta la lunghezza attraverso i morbidi pantaloncini da basket. «Bene. Così posso torturarti meglio, caro.»

La guardò, il suo capezzolo ancora tra le labbra, e tirò, una scintilla maliziosa negli occhi. «E così questo serve meglio a gustarti, mia cara.» La sua lingua fece un rapido movimento a frullo/carezza e *oddio*… Cassidy affondò i talloni nel materasso e agguantò il piumone per non volare via dal letto.

Non c'era posto in cui avrebbe preferito stare e non aveva alcuna intenzione di scendere da quel letto finché la terra non avesse tremato.

Le sue dita scivolarono giù sul ventre, oltre le ossa dei fianchi, esattamente dove lei aveva bisogno che fossero.

La terra tremò.

I cieli cantarono.

Gli uccelli piansero, i leoni ruggirono, e da qualche parte tra i suoi pensieri sparpagliati, Cassidy seppe di essere impotente a fare altro che lasciarsi portare dall'onda di piacere che le dita e le labbra di Liam le stavano regalando.

«Liam.» Lo gemette. O forse lo sussurrò. O forse lo ansimò… Forse tutte e tre; Cassidy non ne era sicura. Sapeva solo che Liam le stava dando il piacere più intenso della sua vita e non voleva che finisse.

E poi aumentò. Le cuppò il seno, lasciandola dolente e bagnata e pulsante tra le cosce, cosa su cui avrebbe avuto molto da ridire se non fosse stato per il fatto che quando le cuppò il seno, il pollice le scivolò sul capezzolo con un tale piacere torturante che ogni terminazione nervosa del suo corpo ruggì verso quel punto, tutta l'energia, tutto il desiderio, concentrati lì—poi si spostarono quando lui tornò a leccare l'altro.

Gli afferrò la testa, tenendolo lì, inarcandosi contro di lui, suppliche soffocate che lo pregavano di non fermarsi mai, di donarle quel piacere intenso per il resto della vita...

Si mosse, salendole addosso, premendole l'erezione—grazie a Dio—contro il suo centro dolente, e lei voleva solo tirarlo dentro di sé e tenerlo dentro abbastanza a lungo da colmare quel vuoto che era lì da così tanto che non sapeva davvero com'era *non* averlo. Ma Liam poteva far sparire quel vuoto. Farlo svanire per sempre.

Non si era mai lanciata addosso a qualcuno. Non aveva mai sentito l'impulso travolgente di farlo. Non ne aveva mai avuto bisogno perché erano sempre stati gli uomini a provarci con lei e lei era stata quella che diceva di no. Grazie a Dio Liam stava dicendo di sì perché era come se l'atto stesso di vivere dipendesse dal suo tocco.

La spaventava, questa profondità di ciò che provava per lui. Dare a qualcuno così tanto potere... Era l'esatto opposto di ciò che aveva detto di voler fare della sua vita adesso.

Ma non le impedì di desiderarlo. Di desiderare le sue mani su tutto il suo corpo. Le sue labbra, i suoi denti, la sua lingua su tutta la sua pelle. Quindi avrebbe seguito quello e affrontato il resto dopo.

Gli fece scorrere le mani lungo la schiena, godendosi il sudore sotto i palmi, il modo in cui gli stava addosso, il modo in cui rendeva i loro corpi scivolosi così da poter scorrere l'uno contro l'altra con la giusta quantità di attrito—

«Dio, Cassidy. Ti voglio.»

*Lodato il Signore e passate i popcorn.* Cassidy gli tirò il viso verso il suo e lo baciò con tutto quello che aveva dentro.

La sua lingua danzò sulla sua, i denti le pizzicarono le labbra e la sua lingua... Santo cielo, aveva una lingua talentuosa. Come sarebbe stato se fosse sceso più in basso...

Gli afferrò i pantaloncini, desiderosa di scoprirlo. Desiderosa di sapere cosa significasse essere uniti a qualcuno così intimamente—e non intendeva solo fisicamente. Aveva già fatto l'amore, ma questo, quello che Liam le faceva provare... quello non lo aveva mai avuto.

«Togliti i pantaloncini,» borbottò, cercando di spingerli giù sui fianchi, e arrendendosi, infilò le mani sotto l'elastico e gliele curvò sui glutei.

Dio, che gran sedere aveva. Così sodo e asciutto e muscoloso... Perfetto da aggrapparsi o da stringere a sé mentre lui affondava dentro di lei...

«Ti voglio, Liam. Dentro di me. Adesso.»

«Che tipina autoritaria, eh?» Non suonava infastidito. «Dammi un secondo, tesoro.»

Le strisciò sopra ancora un po', la parte bassa del suo corpo ormai all'altezza del suo petto.

Cassidy gli mordicchiò l'anca.

«Santo—!» Liam crollò sul letto. «Cassidy, piccola. Dammi il tempo. Se fai così non riesco a metterne uno di questi in tempo.»

Lei guardò «questi». Ah. Preservativi. Bene. «Prendine un bel po'.»

Lui inarcò un sopracciglio. «Definisci "un bel po'".»

Lei gli sorrise. «Tanti quanti pensi di potercela fare, bel ragazzo. Poi aggiungine tre.»

Lui rise e scosse la testa, il filo quasi disperato allentato. Oh, lei lo voleva ancora, ma almeno ora riusciva a pensare.

E poi si mise in piedi accanto al letto e si sfilò i pantaloncini.

Il pensiero volò dalla finestra.

«Mio Dio, Liam. Sei bellissimo.»

«Questa era la mia battuta.» Non si mosse, la fissò soltanto.

Cassidy si guardò. I suoi capezzoli erano due sassolini induriti, aveva qualche graffio da sfregamento sul petto, i pantaloncini a metà fianchi, e ancora addosso calzini e scarpe da ginnastica. Oh, e la maglietta era ancora aggrovigliata tra i capelli. Non aveva trucco, aveva sudato come una dannata, e le labbra probabilmente erano gonfie per i suoi baci. «Immagino che la bellezza stia davvero negli occhi di chi guarda.» Si divincolò fuori dai pantaloncini e si sfilò le scarpe.

«Piccola, sei uno spettacolo. Dal primo momento che ti ho vista, sei solo diventata più bella.»

Se le fosse servito altro per farle sciogliere le ossa, forse quello sarebbe bastato, ma non le serviva. Voleva Liam non per ciò che le diceva ma per chi lui era. *Com*'era. In queste ultime due settimane, aveva imparato a conoscere chi *lui* fosse. Come *lui* pensasse. La sua generosità, la sua compassione, il suo talento, la sua intelligenza e il suo cuore. Il suo amore per la famiglia e il suo altruismo nell'aiutarla. Poi c'era questa alchimia, ed era come se Liam fosse troppo bello per essere vero.

«Per favore, Liam.» Gli porse la mano, invitandolo a raggiungerla. A unirsi *a* lei. A essere con lei in quell'istante.

«Sono qui, Cass.»

Si sdraiò accanto a lei, le incupì il fianco nel palmo e la fece ruotare per guardarlo, e a lei non dispiacque quel soprannome. Non da parte sua. Sentirglielo dire... Era diverso da quando la Mamma la chiamava così. Diverso. Un termine affettuoso. Qualcosa che solo lui poteva chiamarla. La faceva sentire calda, desiderata, protetta e preziosa.

«Ne sei sicura?» Liam le sfiorò la guancia con la punta delle dita.

Gli afferrò la mano e se la portò alle labbra. Le baciò le dita. Una volta. Poi si succhiò l'indice in bocca e gli roteò la lingua intorno. «Questo risponde alla tua domanda?»

I suoi occhi si scurarono e quel sorriso maledettamente sexy gli scivolò sulle labbra. «Dannazione, eccome.»

E poi la fece rotolare sulla schiena e le fu addosso, non un filo di stoffa—be', a parte il preservativo—fra loro.

Liam le raccolse il viso tra le mani e le spostò una ciocca dalla fronte con la punta delle dita. «Sei incredibilmente bella, Cassidy. E non parlo solo del fisico. Dio ti ha dato una struttura splendida, ma c'è una luce dentro di te che trapela. Eclissa chiunque ti stia intorno. E tu nemmeno ne sei consapevole. Non sai neppure che effetto fai agli altri.»

Dio, che belle parole, e lei avrebbe odiato togliergli le illusioni, ma la realtà era che... Lui non riconosceva ciò che stava guardando quando vedeva quella presunta luce.

«Quella luce è l'amo dell'essere una Davenport, Liam. Nulla a che vedere con me e tutto con il mio cognome.»

Liam scosse il capo. «Questo è ciò che credi, ma non è vero. La stessa luce non brilla da tuo padre e lui quel nome ce l'ha da più tempo. Sei tu, Cassidy. È ciò che hai dentro, la bontà della persona che sei, che traspare e attira la gente a te come falene alla fiamma. Non lasciare che il cinismo ti impedisca di vedere il tuo valore. So che tuo padre ti ha fregata, ma tu resti te stessa. In quel condominio, a casa mia, nel tuo studio... Sei sempre tu ed è con te che sono adesso. Non con una Davenport, non con una mondana, non con qualcuno che ha conosciuto persone di cui io ho solo sentito parlare al telegiornale, ma con Cassidy Marie Davenport. Restauratrice di mobili, artista, e una discreta governante dopo due settimane di lavoro.» Le sfiorò il naso col proprio. «Io voglio *te*, Cassidy. Te. Nessun'altra.»

Sembrò quasi che stesse cercando di convincere se stesso o di pronunciare una sorta di dichiarazione su qualcosa, ma Cassidy decise di prenderlo in parola. Liam era una delle poche persone che avesse incontrato di cui *potesse* fidarsi sulla parola.

Gli posò il palmo sulla guancia. «Allora prendimi, Liam. Fa' sparire il resto del mondo.»

Liam non ebbe bisogno di altro incoraggiamento. A stento si era trattenuto, con la sensazione di lei sotto di lui, la sua pelle morbida che accoglieva il suo corpo duro e teso, pronto a esplodere di desiderio.

Una notte. Questo gli bastava. Una notte con lei.

*Ma che mi dici di tutte quelle belle parole che le hai appena detto? Erano solo per portarla a letto?*

Sbarrò quella porta nella sua mente. Non le aveva dette per portarla a letto. Diamine, ci era già *entrato* a letto. Le aveva dette perché erano vere.

E non le avrebbe analizzate più di così. Non qui. Non ora.

Dondolò i fianchi e lei si aprì per accoglierlo. «Gesù, Cass, sei fantastica.» Serrò i denti per impedirsi di affondare subito in lei. Voleva assaporare quell'istante, sentire ogni millimetro mentre lei lo prendeva dentro nel suo calore umido e rovente, i muscoli che lo stringevano, lo lasciavano solo per serrarlo di nuovo, spronandolo avanti.

«Oh Dio, sì,» ansimò lei e arcuò il collo mentre lui scivolava dentro.

Liam non seppe trattenersi; succhiò quella carne esposta. Dio, che buon sapore aveva. Che sensazione.

Si sfilò, sorridendo al suo sussulto, poi tornò a spingere, più a fondo.

«Sì, Liam, così.»

Le unghie gli rigarono la schiena e lei gli incrociò le caviglie sopra il sedere e fece una mossa pazzesca che quasi lo fece partire come un razzo.

Le tirò la pelle del collo coi denti. «Santa miseria, Cass. Mi fai venire prima ancora di divertirci.»

Lei gli fece scorrere le mani lungo la schiena, le punte delle dita gli provocarono brividi per tutto il percorso, e si afferrò alle proprie caviglie. «Di divertimento ce n'è in abbondanza.»

Si inarcò e Liam non avrebbe creduto possibile andare più a fondo. Sentire di più, ma il modo in cui lo stava accogliendo...

Spinse dentro di lei. Il suo corpo non glielo permise di non farlo. Non riuscì a resistere all'impulso e lo fece ancora. E ancora. Ancora una volta. Due, e sentì che stava iniziando. Avvertì la tensione nelle palle e non poté fermarla. Lei continuava a muoversi sotto di lui, a dondolarlo in avanti, a serrarlo, e Liam, che era sempre stato così orgoglioso del suo celebre autocontrollo, lo perse. Tutto. Divenne un essere che sentiva, si muoveva, batteva, affondava, affamato d'amore, desideroso di prendersi tutto ciò che lei aveva e poi ancora di più.

«Gesù, Cass... Non... Io...»

«Vieni per me, Liam,» sussurrò contro la sua mascella. «Fammi sentire che vieni.»

«Ma tu...» Cercò di inspirare, ma non ci riuscì. Il sudore gli colava dalla fronte, tra le scapole e nella curva lombare, dove i talloni di lei lo spingevano dentro di lei.

«Vieni e basta. Abbiamo tutta la notte. Di me ti occupi dopo.»

Era terribilmente egoista da parte sua, ma Liam, a essere onesto—quando ebbe un paio di secondi per pensare—non credette di potersi fermare. C'era qualcosa in Cassidy—

L'orgasmo gli portò via quel pensiero e qualunque altro in un lampo accecante. Inarcò la schiena, forse gridò, e lasciò che il piacere lo attraversasse, quasi troppo intenso da sopportare.

Ma lo sopportò. E ne prese ancora. Lo strizzò fino all'ultima goccia, spostandosi persino un poco per prolungarlo.

E poi lei gli passò la punta delle dita sul petto, le arricciò in un vortice di peli sullo sterno e tirò.

Crollò su di lei mentre scivolava fuori, ricordandosi appena all'ultimo secondo di reggere il proprio peso sui gomiti.

«Ti è piaciuto, eh?» gli sussurrò con un sorriso all'orecchio.

Lui ridacchiò. Be', se un soffio affannoso e un lampo di sorriso potevano chiamarsi risata. Considerato che era persino *riuscito a pensare* quel movimento, l'azione in sé fu memorabile. «Già. Diciamo di sì.»

E quattro parole. Non avrebbe creduto di averle in sé. Non dopo quello. Non dopo Cassidy.

«Sono troppo pesante per te.» Cercò di imporre ai suoi arti di muoversi, ma la letargia si insinuava lungo di essi.

«No che non lo sei. Stai da Dio proprio dove sei.» Gli accarezzò i fianchi e altri brividi lo attraversarono—e rimisero subito in gioco un'altra sua parte.

«Mmmmm.» Era tornato a essere incoerente. Eh, pazienza. L'incoerenza aveva parecchi pregi.

Specialmente quando lei gli disegnò cerchi con la punta delle dita sulle scapole e poi gliele affondò tra i capelli.

«Baciami, Liam.»

Per quello, i muscoli si mossero. Per quello, la letargia prese il largo ed energia tornò a ruggire, e si sollevò sui gomiti e la baciò.

Fu più di un bacio. Fu l'incontro di due anime. Un momento in cui la fisicità del contatto veniva superata dal significato e dai sentimenti che c'erano sotto. Quando tutto nella sua vita parve coagulare in quel solo punto di contatto, e lui non poteva averne mai abbastanza. Di lei.

Inclinò la testa, le spinse la lingua in bocca come aveva spinto in lei poco prima. Erano passati solo istanti? Sembrò un'eternità.

*Ehi, amico? Ti stai ascoltando?*

Liam scacciò quella vocina molesta dalla testa. Sì, si stava ascoltando. Come avrebbe dovuto fare da sempre.

Cassidy non era Rachel. Non era neppure *come* Rachel. E lui era stato uno sciocco a cercare di costringerla nello stesso stampo quando avrebbero potuto avere tutto questo da tempo se fosse riuscito ad andare oltre il passato.

Le scivolò via dalle labbra e le mordicchiò la mandibola, poi ridiscese a quel punto dolce dietro l'orecchio per vedere se riusciva a farle correre brividi per tutto il corpo come lei aveva fatto con lui.

«Liam—»

«Ssshh.» Le tirò il lobo tra le labbra. «Fidati di me, Cass. Te lo farò godere.»

«Mmm, sì,» gemette quando lui le sfiorò con la lingua la conchiglia dell'orecchio.

Ecco i brividi.

Le baciò la gola e scese sui seni, prendendosi un tempo dolce, incredibile, facendola gemere e contorcersi sotto di lui.

«Liam... Io voglio...» Le testa le si agitava sul cuscino, le mani gli stringevano i capelli, tenendolo fermo.

Così non andava.

«Afferra la testiera, tesoro.»

«Mmmmm... c... cosa?» Gli occhi le si schiusero e il labbro inferiore, umido e turgido, venne risucchiato tra i denti.

Lui sorrise. «Metti le mani sopra la testa e prendi la testiera.» Le leccò il capezzolo. «Prometto che ti piacerà.»

Il suo sorriso fu quasi la sua rovina, così sensuale e consapevole e terribilmente eccitato.

«Così?» Si trascinò le mani lungo il corpo, arcuando la schiena mentre le sollevava sopra la testa e afferrava la traversa.

Oh sì, così gli piaceva.

«Dio, Cassidy, sei bellissima.» Dovette riprendere fiato. «Dentro e fuori.»

Il pensiero avrebbe dovuto spaventarlo; lei aveva il potere di spogliarlo dei progressi fatti da Rachel in poi—ma valeva il rischio. *Lei* valeva il rischio.

«Fammi l'amore, Liam.»

Fare *l'amore*...Le parole, le implicazioni, minacciarono di togliergli le gambe—per fortuna non le stava usando per sostenersi.

Ancora.

«Ne ho tutta l'intenzione.»

Le baciò forte le labbra. Le infilò la lingua tra di esse per stuzzicare la sua, gliela succhiò per appena un secondo, poi si staccò da lei.

«Ehi—!» Lei tese le mani verso di lui, ma Liam gliene afferrò una.

«Ah ah ah. Questa—» le toccò la mano «—dovrebbe restare dov'era. E questa...» Le fece scorrere un dito bagnato lungo la clavicola poi lo inclinò giù su uno di quei seni perfetti che aveva baciato. «Dovrebbe stare qui.»

Le cerchiò il capezzolo, indurendosi quando lo sentì irrigidirsi e udì il suo ansito.

Lei riportò la mano sulla testiera.

«Ti è piaciuto, eh?» Le restituì le sue stesse parole.

«Sì.» Emise un lungo sospiro quando lui ripeté l'azione sull'altro seno.

Le rigò la pelle con le unghie, sapendo in prima persona che effetto faceva, come correvano i brividi.

Scese più in basso, trascinandole leggermente sulle costole, godendo del fatto che potesse farle questo. Desiderando essere l'unico a poterlo fare.

Indietreggiò sulle ginocchia, vorteggiandole i polpastrelli sul ventre, sorridendo quando quello fremette e lei aspirò un respiro aspro.

Poi i suoi fianchi si mossero sotto di lui.

Si morse il labbro ma non poté trattenere il sorriso. Oh, i suoi fianchi si sarebbero mossi eccome.

Si spostò ancora indietro, questa volta appoggiandosi alle sue cosce.

Era pronta per lui. Lo voleva.

Le trascinò un dito dall'ombelico in giù, proprio verso il punto esatto di lei che voleva conoscere intimamente.

«Sì, Liam,» ansimò. «Per favore.»

«Per favore cosa?» Le fece roteare il dito intorno.

«Quello!» ansimò, i fianchi che sobbalzavano.

«Ne sei sicura?» Le diede un colpetto con il dito.

«Sì.» La voce le era roca, il respiro accelerava.

«O preferisci questo?» Le scivolò un dito dentro e poi un secondo e la sentì serrarli. Oh no, non l'avrebbe avuta così facile.

Le sfilò le dita, sorrise al suo gemito, poi scivolò giù verso i piedi.

Poi sul pavimento.

Lei sollevò la testa, gli occhi verdi semichiusi, le labbra gonfie e umide.

Le prese le caviglie, trascinandola verso il fondo del letto. «Pronta?»

Lei gemette e la testa le ricadde all'indietro. Le mani erano troppo lontane dalla testiera, ma non le portò ai fianchi, torcendole invece nelle pieghe del piumone sopra la testa.

Dio, non vedeva l'ora di darle lo stesso piacere che lei aveva dato a lui.

Si prese il suo tempo, assaporando ogni movimento del suo corpo, imparando cosa le piaceva, cosa le mozzava il respiro, cosa la faceva sussultare.

Cosa la faceva gemere.

La accarezzò e la succhiò, e scivolò dentro, lingua e dita che la portarono a quello stesso piacere convulso che lo aveva mandato fuori di testa. La voleva lì. Voleva che dimenticasse tutto, tutti, qualsiasi cosa tranne lui.

«Sì, Liam, sì!» La testa le sferzava i cuscini, le mani afferravano qualunque cosa trovassero, e il suo corpo era inondato da quel rossore del desiderio così erotico mentre scattava e si fletteva, tremando sul ciglio finché lo pregò, tanto che alla fine dovette portarcela lui.

Urlò il suo nome. Letteralmente lo urlò, rendendolo grato di vivere abbastanza lontano dai vicini perché nessuno chiamasse la polizia, perché non aveva alcuna intenzione di interrompere per nessuno.

Venne di nuovo, le cosce che cercavano di chiudersi contro il piacere, ma lui non glielo permise. Le tenne le gambe aperte e le diede ogni stilla di piacere che poteva, assaporandola fino all'ultimo tremito.

Le baciò la coscia, poi appena sotto l'ombelico, risalendo a carponi sul suo corpo mentre lei ancora fremeva, ogni bacio le strappava un altro brivido.

Risali fino ai seni, amandoli ancora. Erano veri ed erano perfetti.

Lei aprì gli occhi quando lui si succhiò in bocca il secondo, la lingua che disegnava giri pigri intorno al capezzolo.

«Ti piace, eh?» lo imitò, un sorriso morbido a incurvarle le labbra.

«Non rilassarti troppo, baby. La notte è giovane.» Allungò la mano verso i preservativi che aveva lasciato sul letto alla sua provocazione e si voltò su un fianco per indossarne uno nuovo. «Il secondo round sta per cominciare.»

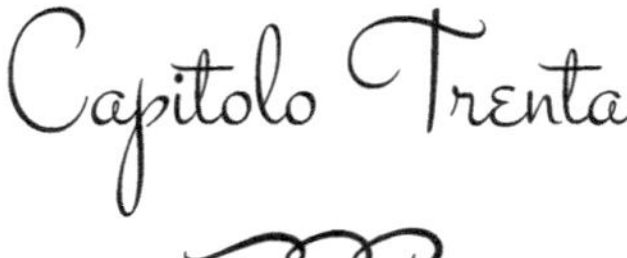

# Capitolo Trenta

Perse il conto di quante volte fosse successo, ma il numero in realtà non importò. Ciò che lui le aveva fatto provare, ciò che le aveva dato... Com'era possibile che uno dei momenti peggiori della sua vita fosse stato l'inizio di tutto questo? Del conoscere Liam e conoscerlo abbastanza da non solo pensare di andare a letto con lui, ma farlo davvero? E voler restare lì?

Era quasi ironico che lo sfratto di papà le avesse regalato questo. Questo momento, questo posto, quest'uomo. Se non fosse stato per quell'unico evento, lei e Liam sarebbero stati navi che si incrociavano nel suo corridoio, una relazione da «Salve, buona giornata».

Voleva *questo* rapporto. Voleva lui.

Ritrovare se stessa era stato il motivo per cui aveva voluto lasciare la casa di suo padre; trovare Liam fu un dono che non avrebbe mai osato sognare.

Si strinse più a lui, adorando la sensazione di averlo accanto. Lui non l'aveva lasciata; il suo braccio stava sotto le sue spalle e stava strofinando tra pollice e indice qualche ciocca dei suoi capelli. Quel lieve tirare sul cuoio capelluto le fece bene. La fece sentire desiderata. Voluta.

«Sei silenziosa,» disse lui.

«Pensavo di aver più che recuperato qualche minuto fa.»

Sentì la sua risata bassa. «Vero.»

«Perché? C'è qualcosa di cui vuoi parlare?» All'improvviso, si preoccupò.

Lui aveva detto che avrebbero affrontato le conseguenze più tardi. Era quello, il dopo? Non provava quello che provava lei?

«C'è.» Liam si girò sul fianco, ma tenne ancora il braccio attorno a lei e i suoi capelli in mano.

A lei piaceva così. Le piaceva che volesse giocarci. Le piaceva che non volesse lasciarla andare.

«Cosa ti ha resa la donna che sei, Cassidy?»

Quella non era una domanda che si aspettava. «Che vuoi dire? Io sono solo io.»

Lui inspirò e le solleticò la guancia con i suoi capelli. «È proprio questo che intendo. Tu. Come hai fatto a diventare tu crescendo con lui?»

«Ah.» Ora capì. Ma non era così sicura di voler rispondere. Non con la verità, almeno.

Ma non voleva una relazione senza onestà tra loro. Se a lui la verità non fosse piaciuta, meglio saperlo subito.

«Non sono sempre stata così. Ero invischiata nella vita mondana. Mi piaceva andare alle feste e comprare vestiti e fare vacanze in resort esclusivi. Voglio dire, a chi non piacerebbe, no?»

«Sembra un'esistenza superficiale.»

Se fosse stata ancora in quel mondo, le sue parole l'avrebbero ferita. O forse no, visto che era stata troppo superficiale per curarsene.

Il fatto che lui la pensasse così, però, era incoraggiante. Il primo uomo a vedere oltre le stronzate e a volerla per ciò che era, *non* per i soldi di suo padre.

*Ne sei proprio sicura?*

Cassidy scacciò quel pensiero. Liam non era così. Era un tipo perbene. Era onesto e lavoratore e avrebbe scommesso che non aveva mai accettato la carità da nessuno. Liam era il tipo di uomo che se la faceva da solo.

Al contrario della donna che era stata.

«Non vado fiera di chi ero allora, Liam. Ma così ero stata cresciuta ed è così che funzionava il mio mondo. Poi ho conosciuto Franklin.»

Liam si irrigidì contro di lei. E non in senso buono. «Franklin?»

Gli passò una mano sul petto. Sentì il cuore battere sotto il palmo e lasciò la mano lì. Se solo avesse saputo quanto era simbolico, per lei.

«Franklin era un ragazzo di tredici anni con un sacco di problemi di salute. Problemi che avrebbero potuto renderlo cattivo, amareggiato e difficile da sopportare. Mi sedetti accanto a lui a una delle cene di beneficenza dell'ospedale.»

«Lo portarono in sala per sollecitare donazioni?» La mascella di Liam si irrigidì.

«No. Niente del genere. Era uno dei desideri di vita di Franklin. È così che la fondazione che l'aveva sponsorizzato li chiamava invece di ultimi desideri o desideri da morente. Preferivano concentrarsi su ciò che restava della vita di qualcuno piuttosto che sulla fine che si avvicinava.» Tolse la mano dal petto di Liam e la strinse sulla propria. Le riusciva difficile parlare di Franklin senza che le si inumidissero gli occhi.

«Franklin voleva indossare uno smoking prima di morire e andare a un evento elegante. La cena capitò al momento perfetto e venne come ospite. Si sedette al mio tavolo. Conoscevo tutti lì tranne lui, ed ero diventata cinica. Per me era solo l'ennesimo evento in cui presentavo la donazione di mio padre con gran clamore e sorridevo e facevo la bella per le telecamere. Scambiavo chiacchiere con i compari di papà e i suoi aspiranti affiliati.» La solita gala del martedì sera che capitava fin troppe volte all'anno. E aveva avuto un vestito nuovo per ognuna.

«Poi arrivò Franklin, per il quale tutto era nuovo e brillante e scintillante e felice. Era come Cenerentola al ballo, capace di vedere il glamour in ciò di cui noi ci eravamo stancati fino alla nausea. Vederlo sulla sedia a rotelle, con la bombola d'ossigeno e la testa calva che contrastava così tanto con il suo grande sorriso e gli occhi sgranati, con il suo interesse per chiunque e qualunque cosa... Non potevo *non* desiderare di conoscerlo. Ma gli altri al nostro tavolo non se ne potevano importare di meno. Era un outsider e, peggio ancora, disagiato e malato. Mi vergognai per loro. Ma il punto era che, anche se se ne fosse accorto, non gli sarebbe importato. Era solo felice di essere lì e nel momento. E fu questo a colpirmi. A farmi aprire gli occhi. Per me, non era una curiosità per via della sua condizione medica, ma per il suo ottimismo, la sua accettazione e la sua pura felicità nel fare qualcosa che io avevo cominciato a dare per scontato e perfino a detestare.»

Tirò su col naso mentre ricordava come gli si erano illuminati gli occhi quando il personale di sala aveva portato il dessert. Per lei era stato un pezzo di torta al cioccolato che le sarebbe andato dritto sui fianchi, così l'aveva allontanato. Per Franklin, era stata ambrosia. Un dono così dolce e così prezioso che aveva dovuto lottare con se stesso per non ingoiarlo in un sol boccone, perché non voleva perdersene il sapore.

Gli aveva dato la sua fetta e quello aveva suggellato la loro amicizia.

«Franklin aveva un approccio alla vita straordinario. E alla morte. Non ne aveva paura. Ovviamente non la voleva, ma quando alla fine venne a chiamarlo, era pronto ad abbracciarla.»

Lei, invece, non lo era stata e ancora adesso le si stringeva la gola nel ricordare come le aveva accarezzato la mano e le aveva sorriso come meglio poteva con la poca forza che gli era rimasta. «Aveva concentrato tanta vita in quei mesi in cui l'ho conosciuto, e mi ha insegnato cosa fosse importante. Non i soldi, non le cose, non lo stupore altrui e l'accettazione a denti stretti per ciò che possiedi o per il tuo cognome o per chi è tuo padre. Anche quando la sua famiglia l'aveva abbandonato per farlo vivere in una casa-famiglia e lasciare che fosse la società a pagare le cure, Franklin non era amareggiato. Scelse di concentrarsi sul positivo.»

«L'hanno lasciato? Malato? In fin di vita?»

Annui. «Ma lui non li giudicò e insegnò a me a non farlo.» Espirò. «È stato difficile non farlo.»

«Come quando tua madre ha lasciato te.»

«Tu lo sai?»

«Non c'è molto di te che negli anni non sia finito sui giornali.»

Oscillò tra il piacere per il fatto che lui fosse stato abbastanza interessato da fare attenzione e ricordare, e la tristezza che avesse conosciuto i suoi panni sporchi.

Le sfiorò la guancia. «Ehi, non lasciare che le azioni dei tuoi genitori definiscano chi sei. Sei una persona a sé. Stai prendendo la tua strada, no? Non devi essere come loro.»

Era la cosa perfetta da dire. «Grazie.»

«Il piacere è mio.»

Anche il suo. Una delle cose che aveva giurato quando Franklin era morto era stata di diffondere il suo messaggio di accettazione e amore e di lasciarsi alle spalle un passato cattivo.

«Franklin era ricco di amici, se non di famiglia. E loro erano diventati la sua famiglia. Tutti lo amavano perché lui amava tutti. Li accettava per come erano, anche quelli che lo ignoravano. Non aveva mai una parola cattiva per nessuno e aveva sempre una battuta o un complimento. Perché, come diceva lui, chiunque incontrasse faceva parte del suo viaggio, e siccome il suo viaggio non sarebbe stato lungo, non aveva senso concentrarsi sul brutto o rimuginare sulla cattiveria. Quella era la sua unica possibilità di sperimentare la felicità. Per quanti mesi gli restavano, avrebbe goduto ogni minuto, ogni persona, e ogni cosa.»

Franklin era tutto un ricambiare il bene, vivere al massimo la vita che gli era stata data, ed era stato la sua ispirazione. Il suo catalizzatore del cambiamento. La sua nuova visione del mondo su quanto poco avesse significato la sua vita fino a incontrarlo.

Deglutì, la gola che si serrava per le lacrime che si sforzava di non versare. *Sorrisi, non lacrime.* Così lui aveva voluto che lo ricordasse.

«Era al settimo cielo quando la gente aveva cominciato a portargli piante in regalo invece di fiori.» Non aveva mai detto a Franklin che l'idea era stata sua, perché le piante duravano più dei fiori. Né che *lei* aveva rifornito il negozio di regali e aveva coinvolto il personale perché visitatori a caso gliele consegnassero. «Cercavamo ogni pianta online e lui decideva dove piantarla nel parco. Voleva sapere che qualcosa sarebbe rimasto dopo di lui.»

Perse allora la battaglia con un paio di lacrime, ricordando quanto fosse stato serio quando aveva capito che le piante sarebbero andate avanti senza di lui.

«Aspetta un attimo.» Liam le sollevò il mento. «Gli ospedali hanno uffici giardini e consigli di amministrazione. Avrebbe dovuto ottenere un permesso, e ci sarebbe voluto tempo. Non è che chiunque possa piantare ciò che vuole nel terreno di un ospedale.»

Espirò. «Si può, se alle spalle c'è una donazione dei Davenport.»

«Hai usato la posizione e i soldi di tuo padre per aiutare Franklin? Eh, bisogna pur amare i privilegi che vanno con l'essere una Davenport.»

Si irrigidì. La gente lo pensava sempre. Pensava sempre che i soldi facessero sparire i problemi. Non era così. Erano solo problemi diversi. Vedi: suo padre. E Burton. Persone che volevano ciò che potevano ottenere da lei, che volevano usarla per il proprio tornaconto.

Quella era la bellezza del suo rapporto con Franklin; si era basato sulla sua presenza per lui nello spirito e nell'amicizia, non su ciò che i suoi soldi potessero procurargli.

«Mi ha permesso di realizzare il sogno di Franklin. Gli fu concesso di piantare quello che voleva, dove voleva. Quando è morto, ho fatto fare targhe per ogni albero, arbusto, cespuglio e fiore così che tutti sapessero. Perché non fosse mai dimenticato.»


Liam cercò di respirare nonostante il nodo alla gola. Aveva ragione; lei non avrebbe mai potuto essere come Rachel. Avrebbe scommesso che, anche prima di Franklin, Cassidy aveva avuto un cuore e un'anima che non voleva ammettere. Probabilmente si erano nascosti per non farsi schiacciare dalla superficialità delle persone che avevano popolato il suo mondo. «Che cosa ha detto tuo padre?»

«Lui... eh...» Si morse il labbro e distolse lo sguardo.

«Non lo sa.»

«Oh, sa che ho fatto fare le targhe. E pensa perfino che la cospicua donazione che ho fatto all'ospedale sia arrivata dal fondo aziendale per la beneficenza.»

«Non è così?»

Scosse la testa. «È arrivata dal mio conto in banca, non dalle casse della società. Per me era importante che lo facessi *io*, non la società, così che fosse tutto su Franklin, non sulla donazione. Ecco perché sulle targhe non c'è scritto Davenport da nessuna parte. Papà s'infurierà quando finalmente si prenderà il tempo di *guardarle* davvero.»

*I suoi* soldi. Ecco perché non ne aveva. Non perché li avesse spesi in sfilate di moda o feste o luoghi esotici.

Era possibile che Cassidy *fosse* la donna per lui? Che avesse—tranne per suo padre—ciò che lui cercava?

Ma c'erano ancora differenze tra loro. Grandi. Evidenti. Da milioni di dollari.

In quel momento, le cose potevano essere facili, visto che erano solo loro due, ma una volta che il vecchio Mitch fosse tornato in scena—e sarebbe successo; la stampa si sarebbe divertita un mondo se l'allontanamento fosse continuato—il gioco sarebbe cambiato.

Le sollevò il mento e il velo di lacrime gli tirò il cuore. Non voleva che cambiasse. La voleva proprio così. «Allora come facciamo, Cassidy? Tu una Davenport; io... no. Non vengo dal tuo mondo. Da qui dove andiamo?»

Il cambiamento che scese su di lei lo scioccò. Un attimo prima era tutta morbida e fusa al suo fianco, il braccio posato pacificamente sul suo addome, le dita che gli accarezzavano piano il fianco, e quello dopo... Stava sgattaiolando via da lui senza incrociarne gli occhi.

«Io pensavo a una doccia e poi a un po' di colazione.» Scese dal lato opposto del letto. «Ci vediamo tra venti minuti.»

Praticamente corse fuori dalla sua stanza—in tutto il suo splendore nudo. Ma lui non vide altro se non che lo stava lasciando.

Che cosa aveva detto? Aveva solo chiesto quale fosse il passo successivo per loro e lei era schizzata fuori dal suo letto come se non potesse allontanarsi abbastanza in fretta.

Merda. Le disparità nelle loro vite le erano piombate addosso proprio adesso? Era questo? Lei aveva capito che lui non le avrebbe mai potuto dare ciò che uomini come Burton e suo padre potevano, e così la serata era diventata un colpo solo?

Aveva completamente frainteso la situazione *di nuovo*?

## Capitolo Trentuno

Cassidy ricacciò indietro le lacrime sotto il getto caldo della doccia. *Doveva* per forza tirare fuori le differenze tra le loro vite, vero? Doveva vederle. Doveva chiedere di suo padre, nominare il suo cognome. Proprio quando lei aveva pensato che la sua vita potesse essere diversa...

Ma lei era pur sempre la figlia di suo padre, il che fece affiorare in testa un pensiero orribile: Liam l'aveva accolta per bontà d'animo o per un possibile tornaconto economico? C'era una ricompensa in ballo per lui? Era come Burton, ma con un approccio diverso? Sperava di ingraziarsi suo padre così che Dad desse una mano alla sua attività? E come avrebbe mai potuto conoscere la verità?

Detestava tutto questo. Detestava mettere in discussione lui e la sua generosità, ma non ci voleva un genio per capire che chiunque l'avesse sposata avrebbe avuto una chance di afferrare l'ottone della fortuna, e lei non era stupida. Forse un pezzo di contorno, ma la testa ce l'aveva, e una volta che i ragazzi avevano imboccato il sentiero del vissero-felici-e-contenti-fino-al-conto-in-banca, di solito lei li tagliava fuori. Certo non aveva mai lasciato che uno le entrasse sotto pelle al punto da andarci a letto senza chiarire prima un paio di cose. Ebbene, adesso di sicuro l'avrebbe fatto. Se Liam voleva davvero che la cosa andasse avanti, avrebbe dovuto dimostrarle che era per le ragioni giuste.

Nessuna delle quali aveva a che fare con il suo cognome.

. . .

Liam la affrontò al tavolo della colazione. Lei non poteva sconvolgergli la vita e poi defilarsi facendo il gioco del silenzio. Non quando lui doveva capire che tipo di donna fosse.

*Lo sai che tipo di donna è. Il tipo che rende gli ultimi giorni di un bambino malato tutto ciò che lui desidera. E non si prende il merito. Una donna che preferisce ripartire dal basso piuttosto che cedere alle imposizioni del padre. Una donna che ha perso tanto, ma che ha ancora tanto da dare.* Posò un piatto di uova strapazzate davanti a lei e mise una piccola porzione per Titania dopo averla fatta uscire dal recinto.

«Allora, ti va di dirmi che cosa è successo di là?» Picchiettò la forchetta sul piatto; in quel momento le uova non avevano alcun grande appeal.

Lei si ficcò in bocca una forchettata e poi lo guardò. «Eh, abbiamo fatto sesso?»

«So che abbiamo fatto sesso. Mi chiedo perché te la sia svignata un attimo dopo che ho parlato di continuare.»

«Oh. Be', sai com'è. Può diventare imbarazzante.»

«Imbarazzante? Andiamo, Cassidy. Ero in quel letto con te. Non c'era proprio *niente* di imbarazzante e non puoi dirmi che una notte è tutto ciò che ci sarà.»

Lei batté le ciglia e si chinò ad accarezzare Titania. Lui la sentì inspirare ancora una volta, poi lei lo guardò con quel sorriso falso che lui non volle mai più vedere al suo tavolo della colazione.

«Okay, Liam, poniamo che ci mettiamo insieme. Esattamente, dove lo vedi andare?»

«Perché devo avere un piano strategico? Perché non possiamo vedere come va?»

«Perché tutti hanno un piano strategico quando si tratta di me. Ma mio padre non ti ricompenserà per stare con me. Accetterà solo qualcuno che abbia fatto l'Ivy League e abbia le sue stesse conoscenze, o un pedigree che batta quello dei Rockefeller.»

«Stai *scherzando*?» Liam lasciò cadere la forchetta sul piatto con un tintinnio da far digrignare i denti. Forse l'aveva *davvero* giudicata male, dopotutto. «Pensi che la scorsa notte sia stata per via di chi è tuo padre? Di tutte le, caz—ehm, cose storte—» Si morse l'interno della guancia. «Credo di non essermi mai sentito più insultato in vita mia.»

O ferito, maledizione.

E quella stoccata sull'Ivy League... Diamine, lui si era fatto un *mazzo* così per mantenersi all'università *e* avviare la sua attività. Se lei avesse saputo anche solo la metà di quello che lui aveva fatto per arrivare dov'era oggi, si sarebbe strozzata con la sua Ivy League.

Si alzò dal tavolo e andò al lavello, fissando fuori dalla finestra senza vedere nulla. Gesù Cristo. Ecco, si era concesso di sperare, si era permesso di credere in un'altra donna, e lei pensava che *lui* stesse usando *lei*. Già, sì, era ironico. L'aveva giudicata male all'inizio e ora lei lo stava facendo con lui.

Trasse un respiro profondo e si voltò. «Non è così, sai.»

Gli occhi di lei si strinsero. «Che cosa non è così?»

«Non ho alcun secondo fine riguardo all'azienda di tuo padre, ai suoi soldi o al tuo conto in banca.»

«Questo perché sappiamo entrambi che io un conto in banca non *ce l'ho*.»

«Sai che cosa intendo.»

«No, davvero, non lo so.» Si mosse sulla sedia, poi spinse in giro un po' di uova con la forchetta.

Titania si piantò a sedere sul pavimento e guardava alternativamente lui e Cassidy come se stessero giocando di nuovo a racquetball.

Erano stati una buona squadra in campo. E a dipingere il suo ufficio. E decisamente a letto. Lei non poteva aver finto tutto questo.

Fu quest'ultimo pensiero a farlo tornare al tavolo. Prese la sedia in diagonale rispetto a lei e le tolse dalle dita la forchetta che non stava mai ferma. Poi le sollevò il mento con un dito.

Nei suoi occhi c'era un luccichio che veniva da lacrime trattenute.

O—mentre il suo pollice le risaliva la guancia—da lacrime già cadute.

«Io non sono come gli altri, Cass.»

«Non chiamarmi così.»

«Poco fa non ti dava fastidio.»

«Poco fa non ero in me.»

«Di piacere.»

«Di follia.» Si alzò dalla sedia e prese il piatto, con l'intenzione di passargli accanto per andare al lavello.

Lui le afferrò il braccio. «Non farlo, Cassidy.»

Lei guardò la sua mano. «Lasciami, Liam. Non mi possiedi.» Si schiarì la gola e raddrizzò le spalle. «Nessuno mi possiede. E continuerà a essere così.»

La lasciò andare perché per lei era importantissimo. Adesso lo vedeva, il suo orgoglio nell'essere una persona autonoma. Non le piaceva essere la bambolina da vestire di suo padre.

Proprio come a lui non piaceva essere messo nello stesso mucchio dei lecchini di suo padre.

Si raddrizzò e si avviò verso di lei. «Non sono come quegli altri uomini. Cassidy. Non sto cercando di ottenere qualcosa da te. O da tuo padre.»

«Bene, perché in questo momento per lui non valgo molto.»

Il dolore dietro le sue parole lo colpì. Lei non lo stava respingendo perché non lo volesse; lo stava respingendo perché lo voleva. Perché aveva paura di farsi male. Diamine, l'unico uomo al mondo che non avrebbe dovuto ferirla, quello su cui avrebbe dovuto poter contare per tutto, l'aveva delusa. Di brutto. Non era sorprendente che fosse diffidente sulle *sue* intenzioni.

Posò le mani sul piano di lavoro ai lati di lei. «Per me tu vali molto.»

Un'altra lacrima le scivolò sulla guancia e lei la scacciò in fretta. «Smettila di dire cose del genere.»

Lui le asciugò l'umidità rimasta. «Del tipo? Che mi importa di te? Che mi piace stare con te?» Fece un respiro profondo e si buttò. «Che non voglio che tu te ne vada dopo aver venduto i tuoi quadri?»

«Perché?» Cassidy spazzò via la lacrima successiva, poi incrociò le braccia e inarcò un fianco di lato, facendo scivolare via il suo braccio dal ripiano. «Il buon sesso non è un invito automatico a traslocare.»

«È stato sesso grandioso e l'invito ce l'avevi già.» Le sistemò una ciocca dietro l'orecchio.

Lei gli scostò la mano. «Sono seria, Liam.»

«E pensi che io non lo sia? Non capisci, Cass. Fidati, non chiedo a chiunque di venire a vivere qui.»

«Non è vero. L'hai chiesto a me e non mi conoscevi neanche.»

«Quello era per un motivo del tutto diverso. E adesso ti conosco.»

«Pensi di conoscermi. Quella—» annuì in direzione della sua stanza «—non è chi sono.»

Gesù. Quasi quasi avrebbe voluto che lei *fosse* come Rachel. Rachel l'avrebbe preso in parola e avrebbe portato la sua roba dentro prima ancora che lui avesse detto un'altra parola.

Ma lui non voleva una come Rachel. È questo che Sean aveva voluto ricordargli la notte prima—

Merda. Sean. Avrebbe dovuto chiamarlo.

«Sono più di una persona con cui spassarsela, Liam.»

Di Sean si sarebbe occupato dopo. In quel momento, la donna davanti a lui aveva più bisogno di lui.

Le afferrò le braccia sopra i gomiti e fu felice che lei non si divincolasse. «Lo so, Cass. Ma quella—» ripeté il suo cenno verso la camera da letto «—è una parte di chi sei. Una parte di ciò che mi fa desiderarti. Non lo negherò. Ti voglio.» Dio, e quanto. «Ma non solo sessualmente. Mi piaci. Voglio conoscerti meglio. Voglio esplorare questa cosa tra noi e vedere dove può portarci. Non ha nulla a che vedere con chi è tuo padre e tutto a che vedere con chi *sei tu.*»

*Ecco. Vedi? Non devi per forza aspettarti sempre il peggio da lui. Dagli una possibilità. Dai una possibilità* a questo. *Non scaricare i tuoi demoni su di lui, santo cielo. Non arriverai mai da nessuna parte con nessuno, se lo fai.*

Cassidy fece un respiro profondo e lasciò che i brividi evocati dal suo tocco facessero la loro magia. Forse era saltata a conclusioni. Sbagliate. Liam aveva un'attività di successo; non *aveva bisogno* dei suoi soldi o del suo nome.

Non che in quel momento avesse l'uno o l'altro...

Già. Non li aveva. Non c'era alcuna garanzia che suo padre l'avrebbe mai ripresa—e nessuna garanzia che lei sarebbe tornata. Dad forse lo dava per scontato, ma in fondo, non la conosceva.

Liam sì. O, quantomeno, voleva farlo.

Stava essendo paranoica. Liam non le aveva dato alcuna indicazione di aspirare a diventare il genero di suo padre. Era un bravo ragazzo. Lavorava sodo, amava la sua famiglia e sua nonna. Soccorreva damigelle in pericolo. Portava a spasso cagnolini senza temere per la sua virilità.

La pelle le si increspò di brividi. Quanto alla virilità, Liam non aveva nulla da temere.

«Allora possiamo, per favore, lasciarci alle spalle questa mattina e andare avanti?»

Fece un respiro profondo e un atto di fede. «Io non voglio lasciarmi alle spalle questa mattina.»

Lui le lasciò le braccia e abbassò le mani lungo i fianchi. «Non vuoi.»

L'espressione devastata sul suo volto diceva tutto—e *non* parlava di segni di dollaro.

Era ciò di cui lei aveva bisogno. «Be', gli ultimi venti minuti, quelli sì. Ma il resto di questa mattina è stato piuttosto spettacolare.»

Lui arcuò un sopracciglio e inclinò la testa. «Stai dicendo che vuoi provarci?»

Lei annuì, un po' timorosa di dirlo ad alta voce. Troppe persone l'avevano delusa nella vita... E se si stesse aprendo a un'altra caduta? E se Liam le spezzasse il cuore?

Perché ne aveva il potere.

Le afferrò i fianchi e la tirò più vicino. «Dio, Cassidy. Non riesco a credere che tu abbia pensato—»

Lei gli posò un dito sulle labbra. «Mi sono sbagliata, okay? Non ti è mai capitato di sbagliarti su qualcuno?»

Lui le baciò la punta del dito. «Come non ci crederesti.»

«Allora...» Gli tracciò il contorno delle labbra. «Possiamo *davvero* lasciarci alle spalle questa storia?»

«Sì. Possiamo.» Le morse piano il dito. «Purché significhi che tu non te ne vai da nessuna parte.»

Lei gli posò il palmo sulla guancia. «Non a meno che tu non lo voglia.»

Strillò quando lui la sollevò tra le braccia.

«L'unico posto dove voglio che tu vada, signorina, è di nuovo nella mia stanza.»

Povera Titania dovette finire la colazione tutta da sola.

# Capitolo Trentadue

Cassidy e Liam trascorsero il fine settimana a lavorare al progetto del suo ufficio—beh, di giorno. Le notti le passarono a casa sua. Nel suo letto. E nella sua doccia. Finalmente lei ebbe l'occasione di trasformare quella fantasia in realtà e, onestamente, la fantasia impallidì al confronto con la realtà.

«Allora, cosa facciamo oggi?» Si stiracchiò accanto a lui nel letto, adorando i peli delle sue gambe e del suo petto che le sfregavano contro la pelle.

La sua mano le accolse il seno. «Che ne dici di non fare niente? Restiamo qui e vediamo cosa succede.»

Lei si girò su un fianco e fece scorrere una mano sotto le coperte. «Ho un'idea abbastanza precisa di cosa succederà, Liam.» Sì, esatto, stava già succedendo.

«Dio, Cassidy. Non credo che mi basterai mai.»

Le parole le riscaldarono il cuore. E anche qualche altra zona. Zone che, nelle ultime trentasei ore, avevano fatto parecchia ginnastica.

Ritrasse la mano. «Per quanto mi piacerebbe accettare quell'offerta molto allettante, oggi abbiamo entrambi un sacco di cose da fare.»

«A proposito.» Si sistemò un cuscino sotto la testa con una mano e con l'altra le afferrò la sua, intrecciando le dita. «Ci ho pensato su e, beh, avevi ragione.»

Lei inarcò le sopracciglia. «Su cosa?»

Lui tirò e lei rovinò giù accanto a lui, fermandosi sul gomito. Posò la loro mano unita sul suo petto e lei poté sentirgli il battito, forte e regolare. «All'ufficio serve un po' di colore.»

Non riuscì a trattenere il sorriso. Né a non infierire. «Ho ragione.»

Lui alzò gli occhi al cielo. «A rischio di creare un mostro, sì, ce l'hai.» Mollò il cuscino e le cullò la testa con quella mano. «Allora mi dipingerai le pareti?»

Toccò a lei alzare gli occhi al cielo. «È solo uno stratagemma per evitare di pitturare?»

Si sollevò e le diede un bacio veloce. «Spiacente, tesoro, ma l'ho proposto solo perché il tuo suggerimento era buono. Però, dato che non sono ancora pronto a lasciarti andare, così ho la scusa per averti qui vicino e intanto sistemare il posto. Inoltre, stai dannatamente bene su una scala.»

«Mi stavi guardando il sedere?»

«E certo. È un bel sedere. Portami in tribunale.»

Lei si girò a metà e si lasciò cadere sulla schiena accanto a lui. Fissò il soffitto, e il fatto che Liam si fidasse del suo giudizio la fece girare la testa. «Sei sicuro che non lo stai dicendo solo perché noi... insomma?»

«Pensi che ti lascerei trasformare casa mia in un obbrobrio per via del sesso? Cass, questo è fantastico, ma le bollette devo ancora pagarle.»

Sì, lo stava prendendo in giro, ma solo all'esterno. Dentro... Perché le risultava così difficile accettare che qualcuno credesse davvero che avesse qualcosa da dare? «Scusami se ti ho messo in dubbio, Liam. Non sono abituata a—»

«Non sei abituata che la gente ti voglia per quello che sei.» Questa volta si voltò su un fianco e le scostò i capelli dal viso. «E allora abituatici, Cassidy. Hai un sacco di potenziale e io credo in te. Puoi fare qualsiasi cosa ti metta in testa.»

Si chinò e la baciò, e a Cassidy mancò il respiro. Il bacio fu una parte del motivo, ma il resto... Le sue parole. Il loro significato. La sua intenzione. Se non stava attenta, avrebbe rinunciato volentieri alla propria indipendenza per passare il resto della vita con Liam Manley.


«Cass, mi passi quel panno, per favore?» Liam era in cima alla scala, intento a finire di raschiare la libreria che era stata la spina nel fianco negli ultimi giorni.

Lei gli aveva detto di non preoccuparsi della parte superiore—nessuno l'avrebbe vista—ma lui aveva alzato un sopracciglio e aveva detto: «Branding.»

Le era tornato il sorriso. Il suo lavoro alla Davenport Properties si era basato sull'essere la figlia di Mitchell—avrebbe potuto proporre di dipingere le pareti di nero—anche le finestre, volendo—e nessuno avrebbe avuto da ridire. La voce sarebbe senz'altro risalita la catena fino a suo padre, e lui l'avrebbe stroncata, ma nessuno sarebbe stato onesto in faccia a lei.

Liam, invece, era ben felice di dirle quando non era d'accordo. Come per la cena di stasera. Lui voleva hamburger alla griglia; lei voleva lo stufato di sua nonna.

«Non posso mangiare tutto quello che prepara, Cassidy. Finisco sempre per buttarne via la maggior parte perché va a male.»

«Liam Neil Manley, non osi *mai* buttare quello che tua nonna prepara per te. I ragazzi della casa-famiglia di Franklin lo *adorerebbero*. Se tu non lo mangi, devi portarglielo e lasciare che chi ha meno di te se lo goda.» Mise l'ultima pennellata sull'ultima parete e poi gli lanciò il panno.

Lui lo afferrò un attimo prima che gli colpisse il naso, ridacchiando. «Il posto è venuto bene.»

Lei si scostò dal volto qualche ciocca sfuggita dalla coda di cavallo con il bicipite e sorrise. «Te l'avevo detto.»

«Già. Ora, se hai finito, ho deciso che ti lascerò fare il buffet con la vetrina di cui parlavi.»

«Mi stai *lasciando*?»

Lui fece una smorfia. «Scusa. Parola infelice. Sarei onorato se dipingessi il buffet e la vetrina come hai suggerito. Ma restano solo in prestito, ovviamente.»

Lei posò il pennello nella vaschetta della vernice. «Così va meglio. E sarò felice di farlo per te. In prestito, ovviamente.»

«Bene. Grazie.»

«Il piacere è mio.»

«Ah sì?» Lui lanciò il panno sopra il tavolo fatto con i cavalletti e quel gioco di stuzzicarsi si dissolse nello spazio di un battito impazzito al brillio dei suoi occhi. «Vuoi venire qui?»

«Venire... qui?»

«Sì. Qui.» Scese di un gradino dalla scala.

«Per, ehm, quale scopo?»

«Sai bene per quale scopo.» Scese di un altro gradino.

Accidenti, quando lo diceva così... *In quel modo...*

«Liam, è pieno giorno e non c'è una tenda alla vista.»

«Delle tende non mi importa.» Era sceso dalla scala—e anche di senno, se pensava che lei avrebbe fatto... quello... davanti a una finestra dove chiunque avrebbe potuto vederli. Soprattutto chiunque con uno smartphone e una connessione internet.

Eppure, non le sarebbe dispiaciuto vedere cosa avesse in mente. Non significava che dovessero fare qualcosa da tabloid, ma un assaggio...

Sospirò e si strinse la coda di cavallo prima di scendere dalla scala. Era divertente, questo prendersi in giro. Poter essere se stessa, che fosse buffa o sensuale o tutta imbrattata di vernice o qualsiasi altra cosa. A Liam piaceva così com'era, in qualunque versione.

Era sul punto di scendere dall'ultimo piolo quando la porta d'ingresso sbatté spalancandosi.

«Liam!» Un piccolo concentrato di energia piombò dentro. «Ho un problema. Devo parlarti.»

«Mac.» Liam lanciò un'occhiata a Cassidy e la luce maliziosa nei suoi occhi fu sostituita dal rammarico. «Uh, ti presento Cassidy. Davenport. Cassidy, mia sorella, Mac.»

Mac si fermò di colpo. «Oh. Uh, ciao.» Mac si stampò in faccia un sorriso in pochi secondi. Un'impresa notevole, dato che non sembrava un sorriso da vetrina ma uno *autentico*, per quel che Cassidy poteva capire. «Piacere di conoscerla. Abbiamo parlato al telefono, credo.»

«In realtà, quella era Deborah. L'assistente di mio padre.» Perché Deborah gestiva sempre le questioni con «la servitù». Dio, la prima volta che Cassidy aveva sentito un'amica definire qualcuno così dopo aver conosciuto Franklin, era rimasta inorridita. Le persone sono persone, a prescindere dal conto in banca, e sentire quel disprezzo palese...

Si pulì le mani e ne tese una. «Salve. Sì, sono Cassidy. Piacere di conoscerla.»

«Liam mi ha detto cos'è successo, ma non pensavo che ti avrebbe fatto fare lavori manuali per ripagarlo.»

«Oh, non sto—»

«Mac, non è questo.» Le mise una mano dietro la schiena. «Dai. Andiamo in cucina e mi dici di cosa hai bisogno. In realtà Cassidy deve mettersi a lavorare ai suoi progetti.» Le lanciò uno sguardo mentre si avviava nell'altra stanza. «Ti dispiace, Cass?»

«No. Hai ragione. Ho del lavoro da fare.» E non avrebbe mai negato del tempo a suo fratello.

Finché non sentì quello che disse Mac.

«Ho ricevuto una chiamata da Davenport, Lee. Quella Deborah di cui ha parlato Cassidy. Davenport è interessato ad affidarmi la gestione di tutti i suoi edifici nell'area dei tre stati.»

«Ehi, è fantastico! Complimenti!»

Cassidy ebbe la sensazione che non fosse così fantastico come Liam pensava. Non credeva alle coincidenze quando si trattava di suo padre. Stava tramando qualcosa.

«No, Lee, non capisci. Non posso firmare il contratto sapendo che tu hai Cassidy a casa tua.»

«Perché diamine no? Che importanza ha quello che fa tuo fratello nella sua vita con il fatto che Davenport assuma te?»

«Non essere ingenuo, Lee. Sta agitando il bastone con la carota perché sa dov'è lei.»

«E allora? Cassidy è una donna adulta; può vivere dove vuole. Non è che metterà qualcosa nel contratto su sua figlia.»

Oh, eccome se potrebbe. Papà otteneva sempre ciò che voleva negli affari. Sapeva come sfruttare un punto debole, e avere le proprietà della Davenport avrebbe portato l'azienda di Mac su tutt'altro livello e papà lo sapeva. Una donna d'affari con la testa sulle spalle non l'avrebbe rifiutato.

Mac sospirò. «Ripensandoci, forse *sei* così ingenuo. Non *dovrà* mettere nulla su di lei nel contratto; se la vuole indietro, gli basterà minacciare di parlare male della mia società. Quel tizio ha influenza. Non ho bisogno che la mia attività si becchi cattiva pubblicità, e di certo non ho bisogno che i miei clienti mettano in dubbio la mia etica. Non posso rischiare tutto per questo unico contratto.»

«E ovviamente tu lo vuoi.»

«Tu no?»

Liam tirò un sospiro sonoro. «Vuoi che la butti fuori.»

Lo stomaco di Cassidy ebbe un tonfo. Liam stava scegliendo tra lei e sua sorella, e per quanto le sarebbe piaciuto vincere, non poteva biasimarlo se avesse scelto prima la famiglia. Soprattutto se lo scontro era contro suo padre.

«Be', no. Ovviamente non voglio costringerti a farlo, ma per quanto tempo rimarrà ancora da te? Non voglio dover continuare a fingere di non saperlo. È un'opportunità davvero grande per me, Lee. Potrebbe fare la fortuna della mia azienda.»

Ma Cassidy si stava mettendo di traverso.

Suo padre era davvero un bastardo manipolatore e controllante per farle questo. Alla sua stessa carne e sangue. Non capiva come o perché i suoi genitori se ne fossero andati. *Tutti e due.* A malapena ricordava quando la mamma se n'era andata, a parte le lacrime e quell'incredibile senso di abbandono e solitudine. All'epoca papà era stato persino bravo, comprandole pony e portandola a Disneyworld e in crociera, passando un sacco di tempo con lei perché non sentisse troppo la mancanza della mamma. Si era trascinata dietro quella maledetta foto per così tanto tempo. Quella di lei e della mamma sulla spiaggia. E il braccialetto che avevano fatto insieme. Aveva pensato che la mamma li avesse lasciati perché Cassidy non la dimenticasse, ma quando non aveva nemmeno chiamato—neanche una volta—Cassidy aveva capito che li aveva lasciati perché non gliene importava. E lei, sciocca com'era, li aveva tenuti.

Be', bene. Ora era contenta di averli lasciati al condominio. Tagliare tutto in un colpo solo. Era ora di andare avanti.

*Con Liam?*

Ovviamente no. Una cosa era tenere testa a suo padre e andarsene, un'altra mettere a rischio l'azienda di Mac.

Aveva bisogno subito dei soldi per liberarsi dalla servitù. E c'era un solo modo per ottenerli.

Uscì piano e richiuse la porta alle sue spalle senza far rumore.

La fiaba era finita. Liam poteva pure essere il Principe Azzurro, ma toccava a *lei* salvarlo dal padre malvagio.

# Capitolo Trentatré

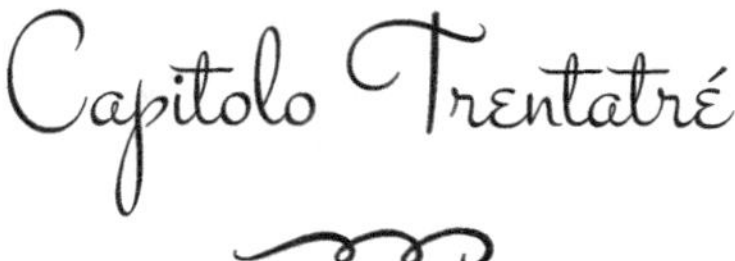

*Di nuovo in studio. Tornerò tardi. Non aspettarmi. ~C.*

La cosa stava diventando ridicola. Liam posò il biglietto che Cassidy aveva lasciato sul piano della cucina *di nuovo*. Ormai erano cinque giorni di fila. Era come se non convivessero, come se non avessero iniziato qualcosa insieme.

Aveva dormito nel suo letto; questo lo seppe perché il suo profumo indugiava sul cuscino, e forse lui s'era immaginato un paio di baci, ma finiva lì. Portava via persino Titania quando usciva.

Aveva sentito il problema di Mac e lavorava il più possibile per togliersi dal tavolo delle trattative di suo padre come leva.

Quella cosa di lei gli piaceva. Ma le conversazioni lampo—«Al lavoro.» «La vernice sta asciugando.» «Devo scappare.»—non gli bastavano.

Appallottolò il biglietto e rise di se stesso. Di certo non poteva dire che lei lo stesse usando.

Eppure tirò fuori il suo numero sul telefono solo per sentirne la voce e stava per premere CHIAMA quando arrivò un'altra telefonata. «Liam Manley.»

«Manley, Mitchell Davenport. Ho due potenziali acquirenti che passano questo pomeriggio e c'è uno strato di polvere su tutto questo condominio. Sia qui tra dieci minuti.»

La chiamata terminò prima che Liam avesse la possibilità di rispondere.

Il che fu un bene perché quello che Liam voleva dire a quell'uomo avrebbe mandato a monte il contratto di Mac in due paroline non proprio carine.

Cassidy sentì il telefono ma non poté rispondere. Era nel mezzo di un tratto per collegare i tralci da una porta all'altra e le serviva una mano ferma per completarlo, e parlare con Liam la rendeva tutt'altro che stabile. Era stata una tortura dover addormentarsi accanto a lui ogni notte e non svegliarlo. Ma le due del mattino erano un'ora pessima per destare qualcuno, soprattutto quando lei si alzava comunque tre ore dopo. Non sapeva per quanto ancora avrebbe retto quei ritmi, ma almeno aveva finito alcuni pezzi.

Ma non abbastanza.

Aveva finalmente trovato il coraggio—o meglio, la disperazione—di chiamare Jean-Pierre e, per fortuna, lui era disposto a darle un'altra possibilità—*se* fosse riuscita a consegnargli i pezzi entro martedì.

Dato che un artista gli aveva dato forfait per una mostra—quel tizio non avrebbe più lavorato in questa città—Cassidy aveva immaginato che Jean-Pierre fosse disperato. Lo era anche lei, quindi, anche se i tempi erano folli, non si sarebbe lasciata sfuggire l'occasione. Liam sarebbe stato ancora lì una volta finita la mostra.

Sorrise. Sì, lo sarebbe stato. Lo sapeva con la stessa certezza con cui sapeva di volerlo.

Così lavorava quindici, diciotto, venti ore al giorno per finire tutto. I tempi di asciugatura erano una scocciatura perché erano l'unica cosa che non poteva controllare. Aveva trovato un ventilatore nella spazzatura di qualcuno—suo padre avrebbe proprio amato sentirlo, *questo*—per aiutare con l'asciugatura, ma era una pallida imitazione di uno industriale. Però, a caval donato non si guarda in bocca. E una mendicante è quello che avrebbe potuto diventare, se la cosa non fosse andata bene.

Doveva *per forza* andare bene. Non solo per lei, ma anche per Liam. E per Mac. Cassidy doveva farcela da sola per poter uscire dalle loro vite e proteggere i loro affari da suo padre.

Titania ringhiò quando si aprì la porta sul retro.

«Titania, silenzio!» Cassidy cancellò la sbavatura che il pennello aveva lasciato quando il rumore l'aveva scossa, poi si spolverò le mani e si alzò in piedi. «C'è qualcuno?»

«Bonjour, *ma chérie*.» Jean-Pierre entrò nello studio, l'espressione sul viso che diceva tutto mentre dava un'occhiata in giro.

Non era il posto più carino, ma almeno non era in disordine. Si era fatta più organizzata da quando era da sola. «So che non è proprio il massimo, ma la luce è buona e lo è anche lo spazio.» Per non parlare del prezzo.

«Questo è il pezzo di cui mi ha parlato?» Jean-Pierre inclinò la testa e girò attorno alla credenza, picchiettandosi il lato della bocca. «Mi piace la composizione. Il disegno è abbastanza eclettico da attirare un vasto pubblico, e la tecnica è impeccabile.» Le baciò entrambe le guance. «Lei ha talento, *ma belle*. Peccato che suo padre non riesca a tirarsi la testa fuori dal culo abbastanza a lungo da capirlo.»

Come, prego? Cassidy sgranò gli occhi. Jean-Pierre la pensava così su suo padre? Non c'erano molte persone che si sarebbero messe a esternare la loro antipatia per Mitchell Davenport. Se avesse saputo che la pensava così, l'avrebbe chiamato settimane prima.

«Allora dov'è il resto? Ho ancora quelli di prima, ma non bastano per una mostra. Ne ha altri, *oui*?»

Lo condusse dietro il paravento giapponese che qualcuno aveva lasciato sul marciapiede. Quanta gente buttava via pezzi di qualità quando sarebbe bastato sostituire un incastro a coda di rondine o una ferramenta o delle cerniere e fare qualche ritocco. Ma Cassidy non aveva alcuna intenzione di condividere quel segreto con il mondo; le forniva le sue «tele» economiche—gratis.

«*Excellent!* Questo specchio, *c'est merveilleux*.» Jean-Pierre fece scorrere le dita a un millimetro dallo «specchio magico» che lei aveva creato. «Questo si venderà. So già chi chiamare. Sta cercando da tempo un pezzo speciale per la stanza di sua figlia. *C'est parfait*.» Fece la mossa francese per eccellenza di baciare la punta delle dita. Cassidy pensò che a volte Jean-Pierre calcasse un po' la mano sulla sua nazionalità solo per la scena.

«E questa armadio. Mi piace. Ho in mente un paio di persone per lui. Come ne avevo per quella cassettiera bombé che suo padre ha insistito per ricomprarsi.» La parola che seguì fu tra le più volgari della lingua francese.

Poi però espirò, la prese per le braccia e le stampò due baci in aria sulle guance. «La mostra, sarà *magnifique*, Cassidy. Avrò tutto sistemato a puntino per martedì sera. Venderemo ogni pezzo che farà e, forse...» Si guardò intorno nello studio e trovò alcuni pezzi su cui lei non aveva ancora lavorato. «*Oui*.

Porterà questi così come sono. Non finiti. Faremo un'asta silenziosa per la personalizzazione al miglior offerente. Sarà una sensazione.»

E lei avrebbe avuto il gruzzolo per andarsene.

«Mi sembra ottimo, Jean-Pierre. Preparerò due pezzi per l'asta.»

«*Magnifique!*» Le baciò di nuovo le guance in aria. «Allora la lascerò al suo dipingere. Più pezzi possibile entro martedì mattina. Mi darà appena il tempo di metterli in scena, ma, all'ultimo, faremo del nostro meglio. Meno male che era disponibile. È andata bene.»

«Sì, è andata.» Quasi *troppo* bene, ma forse Franklin aveva messo una buona parola per lei con san Pietro o giù di lì.

Quella sarebbe stata la sua occasione. Il suo grande salto. Avrebbe fatto vedere lei a suo padre.

Non che lui si sarebbe fatto vedere. Non partecipava mai a questi eventi; erano responsabilità sua. Martedì sera, la cosa le avrebbe giocato a favore. La sua arte si sarebbe venduta per i propri meriti, non per il suo nome, e non ci sarebbe stato nulla che suo padre avrebbe potuto fare senza che gli si ritorcesse contro—molto pubblicamente—e gli mordesse il sedere.

Era ora che qualcosa lo facesse.


Jean-Pierre si spolverò un po' di polvere residua da edificio abbandonato dalla manica di seta cento per cento e soffocò un brivido mentre tornava alla sua Aston Martin. Mitchell Davenport poteva anche piangere sui giornali scandalistici per l'evento di martedì, ma *nessuno* si ricomprava un pezzo che Jean-Pierre aveva venduto, non importava per *quanti* soldi. Jean-Pierre si era spaccato la schiena e aveva fatto sacrifici per costruirsi un nome e la sua galleria, e un parvenu volgare come Davenport *non* l'avrebbe insozzato. Che provasse a creare un problema pubblico a sua figlia e sarebbe stato lui a fare la figura del cretino. La ragazza aveva talento, come il mondo stava per scoprire.

Sorrise al ronzio della sua auto di pregio. Un'auto pagata con il duro lavoro degli artisti che lui aveva aiutato a lanciare. Mitchell Davenport non aveva idea con chi si fosse messo, ma stava per scoprirlo.

Jean-Pierre prese il cellulare e compose un numero che conosceva a memoria. C. Marie avrebbe avuto un nome più grande nel suo mondo dell'arte di quanto suo padre ne avesse nel suo. Jean-Pierre se ne sarebbe accertato.

# Capitolo Trentaquattro

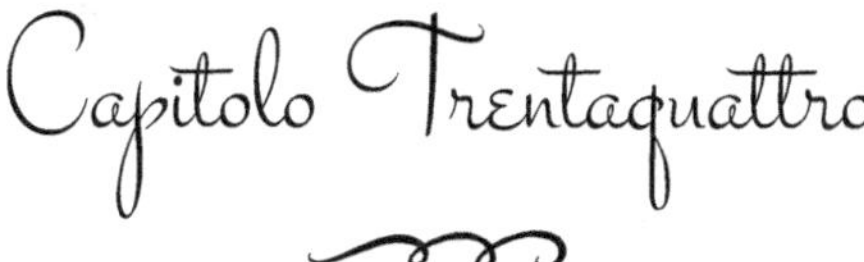

Qualcuno gli stava leccando le dita dei piedi.

Liam si contorse in quel momento a metà tra il sonno e la veglia, e la lingua sulla sua pelle gli si impresse all'istante.

E anche l'erezione sotto le coperte.

Poi dei dentini gli rosicchiarono un dito del piede e lui balzò a sedere nel letto, si strappò via il dito, e fu felice da morire che l'erezione gli si afflosciasse quando vide che era stata *Titania* a leccargli i piedi.

«Che ci fai qui, meticcia?»

«Titania?»

Il cane si tuffò sotto il cuscino quando il sussurro rauco di Cassidy riecheggiò dal corridoio.

«È qui dentro.» Liam si sistemò le coperte in grembo, poi si domandò perché. Cassidy l'aveva già visto. Anche se troppo tempo prima.

Lei sporse la testa oltre lo stipite, morbide onde castane che le scendevano sulla spalla, e a lui venne voglia di stringerla tra le braccia e farle riscoprire ciò che c'era sotto le coperte.

Peccato che dovesse andare a lavorare.

Per suo padre.

«Mi dispiace. Non volevo che ti svegliasse.»

Lui afferrò il cellulare e controllò l'ora. «Sono le sette e sei ancora qui? Ti prendi il giorno libero?»

«Magari, ma no. Jean-Pierre conta su di me.»

«Sta vendendo di nuovo i tuoi lavori?»

«Meglio di così.» Si lasciò cadere con il sedere sul suo letto accanto a lui, e oh, cosa gli sarebbe piaciuto farle se avessero avuto il tempo. «Domani sera ho una mostra.»

«Una mostra! È fantastico! Sono davvero felice per te.»

E per lui. Cassidy ce la stava facendo; stava passando dalle parole ai fatti— o, più precisamente, dai fatti ai soldi che sarebbero arrivati.

Cassidy stava farcela da sola.

Buffo come, quando aveva trovato una donna in grado di riuscirci, non voleva che fosse costretta a farlo. Voleva condividere con lei i pesi. E i trionfi. E molto altro, anche.

«Grazie. È per questo che ho lavorato senza sosta. Devo tornare subito, sono quasi alla fine. Ma questa piccola Miss Houdini qui—» sentì sotto i cuscini la meticcia che stava sgattaiolando all'indietro verso la testiera «— è riuscita a sfilarsi il collare ed è corsa di nuovo da te.»

Grazie a Dio per la meticcia. «Non mi dispiace, se ci regala qualche minuto per parlare.» Le fece scorrere le dita lungo il braccio. «Mi sei mancata.»

Lei si buttò i capelli dietro la spalla, e lo sguardo che gli lanciò era a pochi gradi dal dare fuoco alle lenzuola. «Sei mancato anche a me.»

La consapevolezza vorticosa li avvolse e Liam stava per sporgersi e mandare al diavolo il lavoro del giorno, quando poteva avere invece Cassidy, quando Titania sporse il naso freddo da sotto il cuscino, proprio nella fossetta della sua schiena.

«Santo cielo!» Liam scivolò fino al bordo del letto così in fretta che sembrò che l'avessero scosso con un filo scoperto. «Gesù. Quel cane ha il naso *freddo*!»

Cassidy afferrò il piccolo demonio. «Be', sai cosa si dice dei nasi freddi e dei cuori caldi.»

«Quello è *mani* fredde e cuore caldo.»

Cassidy gli sfiorò la mano. «Hmmm, spero proprio che quel detto non sia vero, o con te sono spacciata.»

Lui le accarezzò la guancia. «Neanche per sogno, tesoro. Non resterai mai a corto di fortuna su quel fronte.»

«Bene. Tieniti stretta quell'idea. Una volta passata domani sera, vedremo quanto bene regge la mia fortuna.»

Il fatto con la fortuna era che a volte la si poteva aiutare.


Liam posò il secchio con i prodotti per pulire per aprire la porta del vecchio condominio di Cassidy. Il posto non aveva più bisogno di essere pulito dopo la piccola esibizione telefonica con ordini perentori di Davenport, ma nel caso qualcuno lo vedesse qui, doveva sembrare in regola.

Intanto avrebbe preso altri vestiti di Cassidy.

Le serviva qualcosa da mettere domani sera e lui capì, dal cervello focalizzato sul lavoro che aveva quella mattina, che non era arrivata a quel punto. Quel cretino di suo padre aveva creato questo casino; poteva benissimo sganciare un vestito e un paio di scarpe per la grande serata di sua figlia.

Purché non si presentasse a rovinarla.

La porta si aprì e Liam afferrò il secchio. Fece quel primo, malaugurato passo dentro quando, all'improvviso, la sua giornata andò dritta all'inferno.

«Mia figlia è off limits e la voglio fuori da casa Sua entro la fine della settimana.» Mitchell Davenport stava accanto al camino, un braccio appoggiato alla mensola come se fosse Daddy Warbucks. «E non pensi nemmeno per un minuto di poter mettere le mani sui miei soldi.»

«Be', felice lunedì anche a Lei.» Liam sollevò il secchio dei detersivi e si diresse a destra. «Quindi immagino che comincerò dal bagno.» Visto che era già alle prese con la merda.

«Non ho finito di parlare con Lei.»

Liam inarcò un sopracciglio. «Mi hanno assunto per pulire, non per ascoltare. E dato che sono in orario di lavoro, è meglio che mi metta a lavorare.»

«Non si allontani da me. Quello che voglio, lo ottengo. E La voglio fuori dalla vita di Cassidy.»

«A Lei che importa?»

Lo stronzo tolse il braccio dalla mensola e avanzò verso Liam, gli occhi socchiusi. «Mia figlia è affar mio, non suo, e se non vuole vedere l'azienda di Sua sorella andare a fondo sotto una grandinata di cattiva pubblicità, Le suggerisco di attenersi ai miei ordini. Ottengo sempre ciò che voglio. Se lo ricordi.»

Già, be', dopo domani sera avrebbe ottenuto ciò che si meritava: Cassidy che ce la faceva da sola senza l'aiuto di questo tizio.

Ma lui doveva proteggere Mac e allo stesso tempo dare a Cassidy il tempo perché tutto andasse a posto.

«Okay. Va bene. Ho capito. Cassidy fuori. Abbiamo finito?»

Davenport sorrise e a Liam venne quasi da rabbrividire. In quel sorriso non c'era calore, né divertimento, nient'altro che fredda calcolata intenzione.

«Se non sarà fuori entro venerdì, avrà finito Lei. Chiaro? E anche Sua sorella. Voglio mia figlia dov'è il suo posto.»

Liam ebbe sulla punta della lingua di dirgli di andare all'inferno—dove *lui* apparteneva—ma questo l'avrebbe soddisfatto solo per pochi secondi. Vedere Cassidy riuscire domani sera ed avere soldi da potergli sbattere in faccia un bel vaffanculo? Quella soddisfazione sarebbe durata per sempre.

Perché aveva intenzione di far parte di quel per sempre.

# Capitolo Trentacinque

«Sembro a posto?» Cassidy si agitò con gli orecchini di finti diamanti per la quinta volta da quando era salita sul suo pick-up.

«Sei bellissima, Cassidy. Quel vestito ti sta d'incanto.» Ne aveva tirati fuori una mezza dozzina dal suo armadio con le scarpe abbinate, li aveva infilati in un sacco della spazzatura, ridendo tra sé. Specialmente quando aveva visto l'auto di Davenport ancora nel posto riservato, mentre se ne andava. Portare via la merce proprio sotto il naso del tizio. Davenport non se ne sarebbe nemmeno accorto e, se anche se ne fosse accorto, non avrebbe creato una scena in pubblico. Ma Cassidy avrebbe fatto un figurone—si sperava mentre *guadagnava* un sacco di soldi.

Avrebbe voluto dirle che non le servivano quei soldi. Che lui ne aveva abbastanza perché iniziassero insieme e che lei ne avrebbe fatti di più una volta che il suo lavoro avesse cominciato a vendere con costanza. Non le avrebbe chiesto di ripagare l'ospitalità a casa sua—le avrebbe chiesto di restare, per sempre. Ma non quella sera. Quella era la sua serata. La sua occasione per farcela da sola, per dimostrare che ne era capace. Aveva aspettato fin lì; avrebbe potuto aspettare ancora un po'.

«Andiamo, tesoro. Non vogliamo fare tardi per la tua grande serata.» Le aprì la portiera, poi si tirò giù le maniche della giacca dello smoking. Era un bel po' che non gli capitava di doversi vestire così elegante. L'ultimo evento di gala a cui era stato c'era andato con Rachel.

Andarci con Cassidy fu molto meglio.

«Okay, sono pronta.» Lei fece un paio di respiri profondi e tirò un po' su lo scollo dell'abito blu notte.

Dannazione. A lui piaceva più basso. D'altra parte, non voleva che a qualcun altro piacesse più basso.

«Ma ricorda,» disse mentre gli infilava la mano al braccio, «questa non è la *mia* grande serata. È di C. Marie e lei non è qui. Un po' introversa, a quanto pare. Però ho sentito dire che fa lavori bellissimi.»

Chiuse la portiera del pick-up e le coprì la mano con la sua. «L'ho sentito anch'io. Magari dovremmo comprarne uno, così diamo il via al processo.»

Stava scherzando, ma quando lei gli posò la mano sul petto e lo guardò, non ci fu più niente di scherzoso.

Se non si fossero trovati dall'altra parte della strada rispetto alla galleria e se lei non avesse appena passato un'ora a sistemarsi capelli e trucco—cosa di cui non aveva avuto bisogno—l'avrebbe baciata fino a farle perdere la testa.

«Grazie, Liam, ma no. Tu non devi comprare nulla. Ho bisogno che lo facciano gli altri, così potranno averlo in casa e parlarne quando verranno gli amici. Il passaparola e il fatto di vedere davvero il mio lavoro, è questo che farà nascere l'interesse. Spero solo di vendere *qualcosa*.»

«Non il pezzo della Nonna.»

«No. Ho fatto segnare a Jean-Pierre che è VENDUTO.»

«E la credenza e il buffet? So che ti serve liquidità, quindi, se non si vendono, te li affitto.»

«Non mi pagherai niente per quelli. Hai già fatto più che abbastanza.»

Lui avrebbe voluto fare molto di più.

Si lasciò sfuggire una risata di sé stesso. L'aveva quasi lasciata scivolare via dalle mani, ma quando era successo che Cassidy Davenport gli si fosse insinuata sotto pelle fino a toccargli l'anima? Quando quella donna di cui aveva pensato il peggio era diventata quella in cui poteva vedere il meglio? Quando si era innamorato di lei?

«Liam? Sei pronto?»

«Sì.» Per molto più di quanto lei sapesse.

. . .

Cassidy fece un respiro profondo, serrò un po' di più il braccio di Liam e entrò nella galleria.

C'era il pienone. Cassidy non si era resa conto che l'altra artista che sarebbe dovuta essere lì quella sera avesse un seguito così numeroso. Se tutte quelle persone erano venute a vedere il *suo* lavoro, non ci sarebbe stato modo che lei si tirasse fuori dall'evento, temperamento artistico o no.

«Cass, dello champagne?» Liam le sventolò il bicchiere sotto il naso. «Potrebbe aiutarti a calmarti,» sussurrò, il suo respiro sulla pelle di lei non facendo *assolutamente nulla* per calmarla.

Lei prese il bicchiere e ne bevve circa un terzo, perché le flute erano troppo piccole e lei era *su di giri*. La frenesia di finire tutto mantenendo la qualità...

C'erano due pezzi che si era rifiutata di includere. Non erano all'altezza dei suoi standard e, come aveva detto a Liam, il branding consisteva nel dare alle persone un'esperienza precisa. Se il suo lavoro non superava gli standard di C. Marie che lei aveva fissato, non era salito sul furgone di Jean-Pierre.

«Cassidy? Sei *davvero* tu. Che cosa ci fai qui? Non pensavo che fossi, cioè, che rappresentassi ancora la Davenport Properties.»

Carolina Hutchinson era una del suo "giro"; qualcuno che aveva frequentato gli stessi eventi, comprato negli stessi negozi, frequentato lo stesso collegio. Cassidy non le avrebbe esattamente chiamate amiche e, con la speculazione che aleggiava negli occhi di Carolina in merito all'articolo su *The Herald*, Cassidy avrebbe optato per *amiche-nemiche* per definire il loro rapporto.

Ma si piantò addosso quel sorriso da Showpiece, passò la flute di champagne a un cameriere di passaggio e gestì il momento come faceva un tempo. «Oh, sai com'è il giro di voci, Carolina.» Si tirò accanto Liam. Niente poteva distogliere più in fretta l'attenzione di Carolina di un uomo attraente. «Carolina, posso presentarti il mio accompagnatore, Liam Manley? Liam, lei è Carolina Hutchinson. Abbiamo fatto scuola insieme.»

Il labbro inferiore di Liam ebbe un sussulto e lei pregò che non scoppiasse a ridere. Lui aveva compreso al volo il suo rapporto con Carolina.

Come previsto, Carolina si agganciò a Liam e l'argomento della vita di Cassidy fu dimenticato di fronte al tentativo, poi, di staccare la donna da lui in senso figurato. Carolina aveva sopportato fin troppe lezioni di bon ton per rendersi uno spettacolo del genere, ma Liam era uno schianto e Carolina non era cieca. Era, però, opportunista, e Cassidy fece di tutto per non dirle che lavoro facesse Liam. Anche se per lei non contava un fico secco, a Carolina sarebbe venuto un colpo a farsi vedere a parlare con un imprenditore edile. Nel loro mondo, gli *imprenditori edili* li *assumevano*, non ci *uscivano* insieme.

Cassidy si guardò intorno. C'erano molti volti noti. Persone della sua vita precedente, prese dal farsi vedere fuori e dall'essere viste. Un tipico ritrovo del martedì sera, come quelli che lei aveva imparato a detestare.

Interessante come, stando dall'altra parte, la cosa non fosse così detestabile. No, era elettrizzante, in realtà. Divertente. Emozionante. La gente avrebbe apprezzato il suo lavoro? Lo avrebbe apprezzato abbastanza da acquistarlo? Quella sarebbe stata la sua prima e unica mostra, o avrebbe creato un nome per lei, cioè per C. Marie, così che il suo sogno di essere autonoma e mantenersi in quel modo si avverasse davvero?

Sorrise, parlò, commentò il lavoro di C. Marie, e nel frattempo fu profondamente consapevole di non essere più la stessa persona che era stata all'ultima mostra lì. E nemmeno il suo accompagnatore lo era.

Liam le rimase accanto tutto il tempo. Forse perché non conosceva nessuno, ma Burton era sempre stato a fare networking, a stringere contatti per aderire alla visione di papà di ciò che avrebbe dovuto essere. Era bello avere accanto un uomo a proprio agio nella sua pelle e che non cercava di essere ciò che qualcun altro voleva che fosse.

Jean-Pierre fece il discorso di benvenuto e parlò dell'artista, poi si mosse tra la folla con il suo solito savoir-faire prima di scivolare accanto a lei e porgerle un altro bicchiere di champagne, facendo sembrare, agli occhi di tutti, che lei fosse soltanto un'altra cliente.

Il sussurro all'orecchio raccontò un'altra storia.

«Sei un successo, *ma belle*. I pezzi si stanno vendendo. L'asta è più alta di quanto avessi pensato, e la serata è ancora giovane. Sei una sensazione. Ci sarà richiesta per i mobili di C. Marie per anni. Congratulazioni.» Le baciò la guancia. «E posso anche dirti che te l'avevo detto.»

Lei scacciò le lacrime battendo le palpebre. Niente scene. Cassidy Davenport non doveva avere lacrime a questo evento. «Grazie, Jean-Pierre. Devo tutto a lei.»

«*Non, ma chèrie*. Lo devi al tuo talento e al tuo duro lavoro. Io sono solo il tramite con cui il tuo messaggio viene recapitato ai tuoi ammiratori. A molte altre mostre insieme.»

Lui fece *chink* con il bicchiere sul suo e, per un istante, lei si permise di sentire la gioia e la soddisfazione. Ce l'avrebbe fatta.

Ma poi entrò suo padre.

«Che cosa ci fa qui?» Allungò la mano verso Liam, ma lui era a qualche passo di distanza, impegnato ancora una volta a liberarsi dalle grinfie di Carolina.

«Chi?» Jean-Pierre alzò il bicchiere e guardò intorno alla galleria. «Tuo padre? È stato invitato, naturalmente. Come sempre.»

«Ma non viene mai a queste cose.» Non poteva aver saputo che lei sarebbe stata lì.

Cercò di non iperventilare. Una cosa era dire a Papà che aveva torto, godersi il momento in cui avrebbe potuto sbattergli in faccia i numeri delle vendite e dirgli che camminava con le sue gambe, un'altra era farlo in una galleria gremita dove tutti avrebbero potuto sentirli.

Faticò a piantarsi addosso quel dannato sorriso, ma per la prima volta in vita sua, non era sicura di riuscirci. Perché doveva venire proprio quella sera? Perché, tra tutte le mostre di Jean-Pierre, aveva deciso di presentarsi proprio a quella? Era perché era la sua? E, se sì, come lo aveva saputo?

«Cassidy.» Suo padre si avvicinò a grandi passi con il povero Burton al traino, e Cassidy avrebbe potuto giurare che il livello del rumore nel locale fosse sceso di qualche migliaio di decibel.

«Papà. Burton.»

«Cassid—»

«Come ha potuto, Cassidy?» Suo padre troncò Burton sul nascere. A Burton sarebbe stato meglio abituarcisi, se aveva intenzione di avere un futuro alla Davenport Properties—e quello sarebbe stato l'unico futuro che avrebbe avuto con il nome Davenport attaccato. «Te l'avevo detto in modo specifico di non farlo.»

Cassidy gli si agganciò al braccio per depistare il branco di lupi pettegoli e cercò di spingerlo lontano dalla folla. Non aveva alcuna intenzione di avere quella conversazione davanti a tutti. «Forse potremmo discuterne da un'altra parte?»

Lui non si mosse. «Perché? Hai qualcosa da nascondere?»

Lei non sapeva cosa dire. Era la prima volta che ricordasse di averlo sentito mettere alla berlina non solo lei, ma *chiunque*, in pubblico. Di solito lo faceva con tale aplomb che la persona nel mirino della sua rabbia non se ne rendeva conto fino a quando era troppo tardi.

*Era* troppo tardi? Quella era la fine del suo nuovo inizio? Papà avrebbe causato una tale scena da far riconsiderare gli acquisti alla gente? Avrebbero avuto così paura della portata di Mitchell Davenport da rinunciare al suo lavoro solo per tenerlo buono?

Oh, no. Non questa volta. Non poteva fargliela adesso. Non aveva avuto scelta quando l'aveva tolta dal team di design perché era la sua azienda, ma adesso, questo, stasera... questo era *suo*.

«No, non ho niente da nascondere. Incluso il fatto che C. Marie ed io—»

Suo padre le afferrò il braccio, la fece girare di centoottanta gradi e se la trascinò verso l'ufficio di Jean-Pierre—a traino Burton. Di nuovo. «Non dire una parola.»

«Ma mi ha fatto una domanda e stavo rispondendo.»

Suo padre praticamente la spinse dentro l'ufficio. «Burton, chiudi la porta.»

La porta venne spalancata non due secondi dopo e Liam entrò a grandi passi. «La lasci in pace, Davenport.»

«Oh, santo cielo.» Suo padre alzò gli occhi al cielo. «Ti sei presa un altro cagnolino, e intanto butti fuori dal marciapiede un uomo infinitamente più accettabile. Che cosa non va in te, Cassidy?»

*Lui* parlava di *lei* che collezionava cagnolini? Tra tutte le accuse ridicole...

«Senta, lei è un arrogante figlio di puttana.» Liam si tirò su le maniche della giacca. «Non ha più il diritto di parlarle così. Non dopo la trovata che ha fatto con *The Herald*. Le si è rivoltata contro, vero?»

«*The Herald*? Di cosa sta parlando, Papà?»

Suo padre non le rispose, ma si rimboccò le maniche anche lui. «Non sai di cosa stai parlando.»

Cassidy dovette mettersi tra i due. Suo padre avrebbe sporto denuncia se Liam anche solo lo avesse sfiorato, e Liam non avrebbe potuto battere—né permettersi—gli avvocati di Papà.

«Ah, no?» Liam fece un passo più vicino.

«Papà, Liam, basta.» Spinse entrambi al petto per separarli. Quello di Liam si sollevava e abbassava, ma Papà era il Signor Controllo. L'aveva sempre fatta imbestialire il fatto di non riuscire a tirargli fuori una reazione neppure quando aveva fatto qualcosa di sbagliato apposta. No, il Signor Analitico la lasciava sfogare e le parlava solo quando lei «se l'era tolto dal sistema». Non si vinceva mai con lui se qualcuno perdeva le staffe.

«Liam, apprezzo che tu mi difenda, ma posso cavarmela. È pur sempre mio padre.» Raddrizzò le spalle e lo guardò dritto negli occhi. «Come ha saputo di stasera? Non posso credere che all'improvviso lei abbia deciso di sostenere le arti proprio stasera, tra tutte.»

«Probabilmente ti ha fatta pedinare.» Liam fece un passo più vicino a lei e, accidenti, era bello avere qualcuno che le coprisse le spalle.

Suo padre si aggiustò la giacca, il presunto epitomo dello stile.

Lo stile aveva molte forme e il suo ne era tristemente sprovvisto.

«Ti piacerebbe pensarla così, vero? Ma la verità, Cassidy, è che il tuo amichetto Manley, qui, ha spifferato tutto quando è uscito dall'attico con un sacco dei tuoi abiti.» Lanciò un'occhiata assassina a Liam. «Credevi davvero che non mi sarei accorto che li avevi rubati? O volevi che ti venissi dietro, così da toglierla di torno dalle tue mani?» Papà accennò quel sorrisetto che lei aveva sempre trovato così irritante. «Incredibile. Avevi l'anello d'ottone in mano e te ne stai liberando.»

«Anello d'ottone?» Anche Liam lo trovò irritante. «Anello *d'ottone*? Ma è fuori di testa? Lei non è un trofeo da vincere. Non è un premio da mettere all'asta al miglior offerente. O, in questo caso, al più plasmabile.»

Burton parve sul punto di dire qualcosa, ma per fortuna ci ripensò. Suo padre aveva scelto Burton per un motivo e avere la schiena dritta non era quello.

«Intende come quella trovata pubblicitaria da quattro soldi là fuori? Mettere all'asta i suoi servizi come una... be', non serve che lo dica.» Suo padre la guardò come se lei fosse esattamente ciò che stava insinuando. «E a che punto, Cassidy, pensi di rivelare chi è C. Marie? Consiglierei di farlo prima che si chiuda l'asta. Il nome Davenport alzerà le offerte in modo considerevole.»

«Lei è abbastanza brava da avere questa mostra per meriti propri, Davenport.» Cassidy dovette afferrare il braccio di Liam prima che lui partisse e stendesse suo padre. Non che lei non avrebbe applaudito, ma nessuno dei due aveva bisogno dell'incubo che ne sarebbe derivato. «Non le serve il suo nome per farsi un nome da sola.»

«Ah, davvero?» Papà incrociò le braccia, così maledettamente compiaciuto che *Cassidy* avrebbe voluto piantargli un pugno. «Allora spieghi l'invito che ho ricevuto oggi. Quello in cui si dice che Lei andrà a sbolognare la sua merce come un comune ambulante.»

«Invito?» Questo le tolse il vento dalle vele. Qualcuno aveva volutamente informato suo padre di quello che stava facendo? *Con un invito?* «Che invito? Io non Le ho mandato alcun invito.»

«Be', Deborah me ne ha consegnato uno.»

«Dove l'ha preso?»

«Non ho chiesto. Presumo dal direttore qui.»

«Ma non è possibile. Jean-Pierre non ha mandato inviti con il mio nome. È stata una mostra dell'ultimo minuto.»

«Sapevo che non sarebbe passato molto prima che quell'immigrato opportunista cercasse di capitalizzare sul Suo nome. Probabilmente si aspetta che io ricompri ogni pezzo che Lei venderà stasera al prezzo esorbitante a cui ho comprato l'ultimo.»

«Non ci provi.» Cassidy gli andò sotto il naso e non arretrò. Non su questo. Non doveva più leccargli gli stivali. «Voglio che Lei se ne vada, papà. Finirà solo per fare una scenata e nessuno di noi due lo vuole.»

«Crede che là fuori non stiano già parlando? *The Herald* ci ha pensato settimane fa.»

«E Lei non fa che alimentare i pettegolezzi. Perché, papà? Tutto questo vale il lavoro di ripulitura che dovrà fare *se* io dovessi fare ciò che vuole?»

Liam le mise una mano in vita ed ella la strinse. Non avrebbe mai fatto ciò che suo padre voleva. E *non* perché avesse Liam. Ma lui era un altro motivo per non farlo.

«Deve andarsene, papà. Senza fare scenate. Lasci perdere. Non sposerò Burton.» Guardò Burton. «Mi dispiace, Burton. Lei è un brav'uomo, ma non sono innamorata di Lei.»

Lei però era innamorata di Liam.

Il pensiero le balenò in mente e in quell'istante, Cassidy seppe che era giusto. Non ci fu nessuna grande fanfara, solo un caldo, frizzante senso di accettazione. Era innamorata di Liam e suo padre non avrebbe mai potuto portarglielo via.

«Pensi molto attentamente a quello che sta facendo, Cassidy. Se esco da quella porta, non Le darò un'altra possibilità. Burton se ne andrà.»

Oh sì, ci stava pensando attentamente. A un futuro con Liam. Un futuro in cui poteva essere la persona che era diventata.

«Papà, non la renda così. Accetti che non sposerò Burton e la lasci lì. Deve fare un po' di contenimento dei danni, visto che là fuori tutti parlano del fatto che mi ha buttata fuori. Non posso credere che non se lo sia aspettato.»

«Non doveva andarsene. E di certo non doveva restare fuori. Doveva tornare. Qualsiasi donna sana e razionale sarebbe tornata.»

«Mitchell, che cosa sta succedendo qui? Che cosa sta facendo a mia figlia?»

Tutti si voltarono verso la porta sul retro, dove stava una donna in abito da sera.

Una donna che assomigliava molto a una versione più matura di Cassidy.

«*Mamma?*» Cassidy tastò in cerca di una sedia su cui sedersi prima che le cedessero le ginocchia.

Non ce n'era, ma Liam fu la seconda scelta migliore. Le mise entrambe le mani ai fianchi e la fece appoggiare a lui. «Rimani forte, piccola,» le sussurrò all'orecchio. «Ce la puoi fare.»

Lei non ne era così sicura. Aveva sentimenti contrastanti riguardo a sua madre. Quando aveva saputo da Deborah che sua madre era, in effetti, viva—e in salute—si era chiesta perché non ci fosse mai stato alcun contatto. Perché la donna non avesse voluto avere nulla a che fare con lei.

Vederla adesso... Era troppo. Tutta questa serata era troppo. Quello che era iniziato come il suo trionfo stava rapidamente sfaldandosi in un incubo di proporzioni epiche.

«Sono venuta appena ho potuto, Cass.» Sua madre le venne incontro, con le lacrime agli occhi. «Quando ho saputo che finalmente era fuori da casa sua e da sola, sono venuta il più in fretta possibile. Non può più toccarLa, tesoro. Non può più tenerci separate.»

Suo padre fece un passo avanti. «Elizabeth—»

Liam si irrigidì alle sue spalle, e la Mamma alzò una mano. «No, Mitchell. È finita. Mia figlia ha preso la sua decisione. Se n'è andata. Non ha più alcun potere su di me.»

«Potere?» Cassidy aveva davvero bisogno di sedersi. Le cose stavano succedendo troppo in fretta. Era come se tutti i suoi mondi stessero convergendo insieme. «Di che cosa state parlando?»

«Lui—»

«Non lo faccia, Elizabeth.» Suo padre fece schioccare i tacchi e si drizzò, quel tono perentorio che Cassidy aveva sentito per anni ancora più affilato adesso. Più letale.

Sua madre sollevò il mento. «Le sue minacce non funzioneranno più, Mitchell. Adesso non può farmi nulla.»

«Non ne sia così sicuro.»

«Uno di voi, per favore, può dirmi di che cosa state parlando? Che cosa è successo di tanto grave da spedire mia madre in un altro emisfero pur di allontanarsi da me?»

La Mamma si schiarì la gola e fulminò il Papà con lo sguardo. «È deciso, Mitchell. Glielo dico. Le suggerisco di mandare fuori dal locale il suo lecchino, se non vuole che il mondo lo sappia.»

Per la prima volta in assoluto, suo padre effettivamente si tirò indietro. «Burton, se non Le dispiace.»

«Nessun problema, signore.»

Cassidy alzò gli occhi al cielo mentre lui usciva. *Sir.*

«Anche Lei, Manley. Questa conversazione è privata.»

Liam le strinse la vita. «Cass?»

Ci pensò. Avrebbe dovuto affrontarli da sola. Quella era, dopotutto, la sua vita e non avevano ancora definito il posto di Liam in essa. Ma non voleva che lui se ne andasse. Voleva che fosse lì. Era tutto qui.

«Liam resta.» Tanto valeva che conoscesse il male insieme al bene.

La Mamma addirittura applaudì. «Brava, Cass. Tenga testa a lui. Sia se stessa.»

Cassidy guardò sua madre. Un po' più grande, ma ancora esattamente come la ricordava. Negli anni, Cassidy l'aveva cercata online, ma non aveva mai trovato alcun riferimento a lei dopo il divorzio. Era stato come se fosse scomparsa. Cassidy non aveva saputo se fosse morta o si fosse rifatta una famiglia, o se avesse mai cercato di contattarla.

Be', ovviamente non l'aveva fatto. Con tutta la pubblicità che suo padre aveva avuto negli anni e il fatto che la sua azienda stava ancora nello stesso edificio, Cassidy sarebbe stata facile da trovare. Eppure sua madre non aveva mai cercato.

«Mi chiamo Cassidy. Non ha il diritto di chiamarmi in altro modo. Perché se n'è andata? Che cosa è successo che l'ha fatta lasciare sua figlia di quattro anni?»

Sua madre inspirò a fondo e poi lasciò uscire l'aria. «Non volevo. Volevo portarLa con me. Ma Mitchell mi ha minacciata di distruggermi se l'avessi fatto.»

Cassidy incrociò le braccia e guardò suo padre. «To', che sorpresa.»

Papà aggrottò la fronte e, per una volta, non era l'uomo arrogante, al comando, alfa, che lei aveva sempre conosciuto. «Non lo faccia, Elizabeth.» Era quasi supplichevole.

Lo stomaco di Cassidy si svuotò. Forse *non* voleva sapere di cosa stessero parlando.

Dio, cosa non avrebbe dato per il suo precedente stile di vita superficiale e edonistico. Forse era per questo che quel mondo era così, perché nessuno dovesse fare i conti con le emozioni.

«Ho avuto una relazione e, come punizione, Suo padre ha rifiutato di lasciarmi vederLa.»

Emozioni come il tradimento. Chi mai teneva una figlia lontana da sua madre?

«Maledizione, Elizabeth! L'avevo avvertita che se fosse mai tornata, avrei—»

«Cosa, Mitchell? Tagliarmi i viveri? Lo ha fatto comunque. Allontanandomi dall'unica cosa che abbia mai contato per me. Mia figlia.»

«Se la memoria non m'inganna, era più che disposta ad andarsene con un bel libretto degli assegni bello gonfio.»

«Non avevo scelta.»

«Aveva tutte le scelte. Aveva la scelta di non andare a letto con quel, quel... quell'uomo.»

Stavano litigando, ma Cassidy non riusciva ad andare oltre il fatto che suo padre l'avesse tenuta lontana da sua madre come *punizione*. E non solo la punizione di sua madre ma anche la sua.

«Avevo bisogno di una madre, Mitchell.» Non riusciva a chiamarlo papà. Non adesso. Non era sicura che ci sarebbe mai riuscita di nuovo. Non dopo lo sfratto e non dopo quello che le aveva fatto passare quando aveva quattro anni. E cinque. E sei. E tutte le altre volte in cui a una ragazza serve sua madre. Tutto per il suo dannato orgoglio.

«Senta, capisco che voi due avete divorziato, ma qualcuno mi spieghi perché *io* ho dovuto pagarne il prezzo. Il divorzio non bastava?»

Mitchell fece un gesto con la mano come se fosse un moscerino fastidioso

—una sensazione che lei aveva provato fin troppe volte negli anni. «Non capirebbe, Cassidy—»

«Non mi dica che non capirei. Ero una bambina. Una *bambina*. E Lei mi ha portato via mia madre. Proprio come sta cercando di portarmi via il resto della vita costringendomi a sposare qualcuno che non amo. Chi *è* Lei? Che razza di maniaco del controllo fa questo a una persona? Ero innocente. E impaurita. E sola. E Lei mi ha scaricata alle tate solo perché il suo ego era stato ferito dal fatto che lei preferisse qualcun altro a Lei.»

«E Lei.» Si voltò verso sua madre. Neppure lei se la sarebbe cavata a buon mercato. «L'ha lasciato fare. Con il suo bel assegno di divorzio, poteva benissimo permettersi di venire a trovarmi. Non è che l'abbia spedita in miseria in una colonia penale. Allora dov'è stata in tutti questi anni?»

Era vicina a spezzarsi. La rabbia poteva sostenerla solo fino a un certo punto, ma, Dio mio, tutti gli anni sprecati in cui aveva chiesto di sua madre ed era stata ignorata.

Be', al diavolo, stavolta l'avrebbero ascoltata. Per la prima volta in vita sua, Mitchell Davenport l'avrebbe ascoltata.

Di certo Liam lo fece, perché la tirò di nuovo contro di sé e le avvolse le braccia attorno alla vita, prestandoLe la sua forza.

La Mamma tirò fuori la sedia da dietro la scrivania di Jean-Pierre e si sedette. «Io e Mitchell non avremmo mai dovuto sposarci. Io volevo una famiglia; lui voleva un impero. Indovini chi ha vinto quella battaglia?»

Mitchell non disse nulla.

«Lui ebbe il suo impero e io rimasi sola. Non ne vado fiera, ma sì, ho avuto una relazione.»

«Con il mio capo della sicurezza.» Dalle parole di Mitchell grondava condiscendenza. «Era un brav'uomo, Mitchell.»

«Non mi rifili quella stronzata, Elizabeth. Stavo costruendo il nostro futuro e Lei l'ha gettato via.»

«Lei stava costruendo il suo impero, Mitchell, e io ero la mogliettina carina che doveva ospitare le sue feste. Dovevo tenere la sua casa e andare a garden party ed eventi di beneficenza e cantare le sue lodi.»

Tutto ciò suonava tristemente familiare. Cassidy si strinse le braccia attorno al corpo. L'aveva trasformata in sua madre—poi aveva sfogato su di lei la rabbia per sua madre.

«La odiavo per questo, Mitchell. Odiavo la sua freddezza, il suo modo di far *me* sentire inadeguata. Di farmi sentire come se Lei avesse raggiunto il suo potenziale e io fossi ancora la ragazza di provincia che aveva sposato. Mi guardava dall'alto in basso e io lo sapevo.» La Mamma si schiarì la gola e la sua voce si addolcì. «Jim... Lui non mi guardava dall'alto in basso. Gli piacevo. E poi, mi ha amata.»

«Questo non giustifica quello che ha fatto, Elizabeth. Il perché ha distrutto questa famiglia.»

«Io—»

«Basta.» Cassidy lasciò il rifugio delle braccia di Liam. Voleva stare in piedi sulle proprie gambe, e, Dio, lo avrebbe fatto. «Voi due avreste dovuto avere questa conversazione venticinque anni fa e darmi la famiglia che meritavo. Quindi, per favore, qualcuno mi dica perché, diavolo, sono dovuta crescere senza una madre?»

«Volevo vederLa, Cassidy, ma—»

«Ma se lo avesse fatto, avrei tagliato i fondi.» Mitchell annuì verso la Mamma e non distolse gli occhi da lei. «Elizabeth è ben consapevole di come è cresciuta. Delle cose e delle opportunità che potevo darle e che lei non avrebbe mai potuto. Non aveva alcuna intenzione di privarLa di questo.»

«È per questo che mi ha lasciata a lui? Per le *cose*?» Se Cassidy non avesse avuto l'epifania che aveva avuto con Franklin, questa affermazione da sola sarebbe bastata. Che razza di persone l'avevano generata?

«Non è per questo che non La portai con me, Cass. Se mi lascia spiegare—»

Mitchell si sbottonò la giacca e mise le mani sui fianchi. «Al diavolo le cortesie, Elizabeth. Non edulcoriamo. Lei ha avuto una relazione e ha cercato di avere la botte piena e la moglie ubriaca. Solo che io non ci stavo. Mi ha tolto la famiglia; io stavo togliendo la Sua a Lei.»

«Le è mai venuto in mente che stava togliendo a me la mia?» Cassidy ebbe la nausea. Parlava di lei come se fosse un bene, come la sua auto o la sua casa. «Non ho perso solo mia madre, ho perso anche mio padre.»

Suo padre parve davvero non avere idea di cosa stesse dicendo. Il che sottolineò solo il fatto che aveva ragione.

«Le ho dato una vita che altri possono solo sognare, Cassidy. Le ho dato qualunque cosa il denaro possa comprare.»

Il suo sogno era stato il suo incubo. «Esatto. Qualunque cosa il denaro possa comprare. Ma non l'amore. Non la famiglia. Non la sensazione di essere mai stata abbastanza. Guardi lei. Ogni volta che mi guardava, vedeva lei. Non c'è da stupirsi se mi ha spedita in collegio appena sono stata abbastanza grande. E tutti quei campi estivi. Mi sorprende che mi abbia tenuta in azienda, ma tanto, avevo il suo lavoro, no? La padrona di casa per le feste.»

«E Lei.» Guardò sua madre e detestò usare quel termine per la donna che avrebbe dovuto amarla sopra ogni cosa. «Mi ha data via per denaro? Mi ha *venduta*?»

«No, tesoro. Non era così. Non potevo darle da sola quello che Mitchell poteva. Avevo anche mia madre di cui occuparmi, e lui pretendeva che stessi lontana o avrebbe smesso di pagare la casa di cura di mia madre e interrotto gli assegni di mantenimento. Non potevo occuparmi di lei e cercare un lavoro e crescere Lei. Non volevo sottoporLa a quel tipo di vita. Non quando aveva la possibilità di vivere così.»

Come se *questo* fosse un gran premio. «Devo andarmene di qui.»

«Cass, tesoro—»

«No.» Alzò una mano. «Lei se n'è andata; non m'importa dei motivi. Può darsi che allora avessero senso per Lei e magari un giorno ne avranno per me, ma adesso ho bisogno di allontanarmi da entrambi. Devo pensare.» Cercò la mano di Liam. «Possiamo andare?»

«Certo, tesoro. Andiamo a casa.»

# Capitolo Trentasei

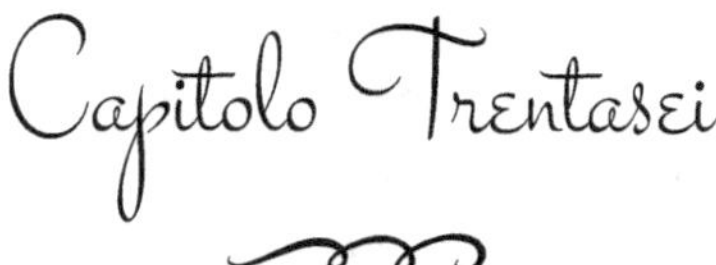

Casa.

Liam la portò *a casa*. Non nella sua *casa*, non a *casa sua*, ma *a casa*.

E lo fu. Quello era la cosa più vicina a una casa in cui lei avesse mai vissuto. E ci stava con qualcuno che conosceva da meno di un mese. Quanto era triste?

«Vuoi parlarne?» disse finalmente Liam quando furono in cucina e tirò fuori dal pensile due calici da vino.

Lei sbuffò. «Cos'altro c'è da dire? Ho i genitori più egoisti e ottusi del pianeta e io sto perfino piangendo la loro perdita.»

Lui posò i bicchieri sul bancone della colazione davanti a lei. «È comprensibile, Cass. Io ho perso i miei genitori, quindi so quanto fa male.»

«Ma i tuoi non hanno scelto di lasciarti. E tu avevi tua nonna.»

«Lo so. Grazie a Dio. Non riesco a immaginare com' sarebbe stato crescere senza averla intorno.»

«Soli. Tristi. Al freddo.» Fece girare lo stelo del bicchiere tra i palmi. Peccato che fosse vuoto. In quel momento le sarebbero serviti un paio di bei tiri. «E quello quando *c'erano*. Be', quando c'era mio padre. Di mia madre ho a malapena ricordi.»

Liam si sedette di fronte a lei. «Almeno cercavano di darti una vita migliore.»

«Davvero?» Cassidy posò il bicchiere, un po' preoccupata di spezzarne lo stelo per la tensione della conversazione. «Erano due persone che mettevano se stesse al primo posto. Mamma ha avuto una relazione perché non si sentiva amata. Davvero? Mi ha mai abbracciata? Ha mai visto la gioia negli occhi di sua figlia? I neonati non vedono i soldi; vedono l'amore. Come fai a voltare le spalle a questo? E mio padre... Non sorprende che abbia pensato prima al suo ego. Che abbia cercato di punirla tenendola lontana dalla cosa che a suo dire amava tanto. Dio non voglia che pensasse a ciò che avrei voluto io. A ciò di cui avrei avuto bisogno.» Posò il bicchiere. «Egoisti, tutti e due.»

«Quindi che cosa farai? Restano pur sempre i tuoi genitori.»

Sospirò. «Non lo so. Mi ci vorrà un po' per rifletterci.»

«Be'.» Tirò qualcosa dalla tasca posteriore e la posò sul bancone.

Una busta.

«Pare che avrai quel tempo.

«Che cos'è?»

Lui gliela fece scivolare davanti. «Jean-Pierre me l'ha data mentre uscivamo.»

Cassidy sollevò la linguetta, tirò fuori un assegno—e scoppiò a piangere. «Oh mio Dio.»

«Niente male, eh?»

Guardò Liam. «Sai quanto?»

Lui scosse la testa e prese una bottiglia di champagne dalla cantinetta. «Jean-Pierre non ha voluto dirmelo. Ha detto che non erano affari miei, il che tecnicamente, immagino, sia vero dato che una parte è mia, ma ho pensato che non avrei discusso con lui quando ha detto che ti avrebbe fatto piangere.» Le fece l'occhiolino. «Quindi immagino di doverti una cena per la nostra scommessa sulla credenza.»

Cassidy tirò un respiro tremante, senza essere sicura di cosa dovesse provare in quel momento. Quella era stata una giornata di emozioni a tutto spettro e lei era ancora frastornata. Ora, con quell'assegno...

«La cena la pago io, Liam. E posso ridarti i soldi. Con gli interessi.»

«Vero.» Liam fece saltare il tappo e riempì il suo bicchiere. «Ma i tuoi interessi non li voglio.» Riempì il suo e lo inclinò verso di lei. «Non quelli monetari.»

Lei sollevò il bicchiere e lo fece tintinnare contro il suo, aspettando che chiarisse quell'ultima parte.

Lui bevve un sorso di champagne.

«Di che altro genere stai parlando?» Non aveva la pazienza per gli indovinelli. Non dopo tutto quello che aveva passato quella sera.

Il bicchiere era alle sue labbra per un altro sorso quando si fermò. I suoi occhi azzurri la fissarono oltre il bordo, innescando migliaia di fuochi in tutto il suo corpo.

Come faceva a farle quell'effetto con un solo sguardo?

«Non lo sai, Cass?»

Le si seccò la bocca e il cuore le andò a mille. Ah. Aveva capito. Ma voleva sentirglielo dire.

Prese un sorso veloce di champagne, catturando con la lingua le gocce rimaste sulle labbra. «Perché non me lo dici tu.»

Liam le prese il bicchiere e posò il suo sul piano accanto. Poi girò attorno all'isola e si sedette sullo sgabello accanto a lei. Lo ruotò verso di lei, girando anche il suo quel tanto da averla di fronte.

Poi le incupì la guancia con la mano e la trasse a sé per il bacio più leggero, il più lieve. «Questo genere,» sussurrò. «Questo è l'interesse che voglio da te. Per sempre.»

Andò per darle un altro bacio, ma le sue parole le avevano già rubato il respiro.

«Per sempre?» sussurrò lei mentre le sue labbra sfioravano appena le sue.

Lui sorrise e, Dio, era il sorriso più bello. «Sì, Cass. Per sempre. Ho pensato che, dato che tuo padre ti ha tagliata fuori, non puoi accusarmi di volerti per i tuoi soldi, così magari vedrai che i tuoi soldi non sono mai stati l'attrattiva. Sei tu che voglio, tesoro. Solo tu. Cassidy Marie, Cass, C. Marie... non mi importa quale sia il tuo primo nome, ma mi piacerebbe aggiungere il mio a quella lista.»

«Non credo di avere l'aria da Liam, Liam.» Fece di tutto per trattenere il sorriso. Sapeva dove si stava andando a parare e aveva intenzione di godersi il viaggio.

Lui fece una smorfia e si massaggiò le tempie. «Immagino di non cavarmela così bene.»

Lei posò la mano sulla sua. «Secondo me te la stai cavando benissimo.»

«Davvero?»

Lei allora sorrise. «C'è qualcosa che vuoi chiedermi, Liam?»

Lui ricambiò il sorriso e quel sorriso—lo sguardo nei suoi occhi—annullò ogni evento da incubo della serata.

Le prese il viso tra le mani. «Sì, Cassidy, c'è qualcosa che vorrei chiederti. Prenderesti il mio cognome come tuo? Per amarti e onorarti, nella malattia e nella salute. E nei momenti di estrema agitazione emotiva come i vernissage in galleria, le pulizie dell'appartamento e le rivoluzioni d'ufficio?»

«Liam, stai—»

«Sì, donna, sì. Ti sto chiedendo di sposarmi.»

«L'avevo intuito. Ma voglio essere sicura che tu lo sia. Non mi conosci da molto.»

«Io conosco te, Cass. Conosco *te*. È tutto lì.» Le toccò il cuore. «È sempre stato lì. *Tu* sei lì. E io ti amo.» Le dita le scivolarono tra i capelli e rimasero ancorate.

Bene. Lei non voleva che lui la lasciasse mai andare.

«Di' di sì, Cass. Di' che mi sposerai.»

«Certo che ti sposerò, Liam, perché amo anche te.»

Passò un po' di tempo prima che riprendessero fiato—sul divano, con una Maltese molto seccata che li fissava dal pouf all'altro lato della stanza—quando Cassidy accarezzò la guancia di Liam, il suo sorriso uguale al suo.

«Come ho fatto a essere così fortunata?»

«La fortuna non c'entra, Cass. Ti stai prendendo un uomo che ti darà la famiglia che desideri e ti amerà per il resto della tua vita, che è esattamente ciò che meriti.»

Il centro comunitario fu un brulicare di attività l'ultimo sabato del mese seguente: la sala comune al chiuso ospitò un buffet che correva per tutta la lunghezza del palco e un'area con posti a sedere piena fino all'ultimo. Le aziende locali donarono bevande e prodotti di carta; tutti gli altri portarono una teglia coperta o un dolce—oppure i piatti gourmet di Gran, scongelati e riscaldati, da condividere. C'era uno zoo tattile—per gentile concessione di Livvy, ex cliente di Sean e ora sua fidanzata—e giri in pony sul prato di destra, con una latteria locale che distribuiva gelato fatto in casa. Sul prato di sinistra si tenevano sport di squadra, una mini olimpiade estiva si svolgeva intorno all'area della piscina sul retro, e un luna park con giostre, food truck e giochi alle bancarelle faceva da padrone sul prato anteriore.

Il tiro alle freccette contro i palloncini fu l'attrazione principale per i Manley e i loro amici, dato che la partita di poker della sera prima era stata annullata. Dovendo sfamare il loro spirito competitivo—così come i posti ora vacanti delle cameriere «virili» di Mac—Liam, Sean e Jared si erano tirati dentro un paio di amici per qualche micidiale turno di tiro ai palloncini, scommesse incluse.

Cooper Wexford posò i suoi cinque dollari e raccolse le sei freccette. «Ultimo giro. Liam è a quattordici, Sean a venti, Jared undici, Kellan dieci, Kirk nove, e io a dieci. Chi perde paga i giri stasera all'O'Grady's.»

Liam gli tese la mano davanti prima che Coop potesse tirare. «Rendiamo la cosa un po' più interessante, ragazzi.»

Sean sbuffò. «E ci risiamo.» Si aggiustò il nuovo cappellino da baseball ufficiale dei Manley Maids e li salutò. «Vi raggiungo quando avremo finito, tanto non c'è modo che arrivi ultimo. Livvy ha bisogno di una mano. Rhett sta cercando di entrare nel recinto di Scarlett e il lama non ama sentirsi dire *no* . Non è proprio qualcosa che vuoi che i bambini vedano, capisci?»

«Porco arrapato,» mormorò Jared, tirando Mac a sé.

«Parla chi!» Sean fece saltare via il cappello di Jared e diede una gomitata alla sorella mentre passava.

Liam fece l'occhiolino a Cassidy e articolò a labbra mute: «Dopo.» Lei ricambiò l'occhiolino. Tra loro era solo migliorata. Non aveva pensato fosse possibile stare meglio, ma la vita era bella.

I preparativi per il matrimonio procedevano a tutta forza per il fine settimana prima di Natale, il suo edificio per uffici aveva ricevuto tre offerte sopra il prezzo richiesto, e Cassidy era in piena modalità lavoro nel suo nuovo studio che, grazie a Gran, tornava comodo anche a lui, perché era una sua proprietà di cui lei aveva avuto la chiave. E la domanda per le opere di Cassidy era schizzata alle stelle dopo l'incidente alla mostra.

Cassidy stava ancora cercando di fare i conti con le azioni dei suoi genitori. Lui le aveva dato la foto e il braccialetto una sera in cui avevano parlato di cosa avrebbe dovuto fare. La foto era comparsa qualche giorno dopo in una cornice accanto al loro letto, perciò Liam sperava che lei e sua madre avrebbero sistemato le cose. Avevano l'aiuto di Deborah, l'ormai ex assistente di Davenport che, all'insaputa di Mitchell, aveva preso malissimo che lui avesse tagliato una madre fuori dalla vita della figlia e si era assunta l'onere di tenere Elizabeth al corrente della vita di sua figlia in tutti quegli anni. Incluso un invito alla mostra d'arte. Quando lui lo aveva scoperto, be', Cassidy gli aveva detto di essere rimasta sorpresa da quanto tradito si fosse sentito suo padre. C'era stata una certa giustizia per lei, ma ci sarebbe voluto tempo perché guarisse.

Andava bene; Liam sarebbe stato con lei a ogni passo.

Aveva scoperto che Jean-Pierre aveva mandato l'invito a Davenport per sbattergli in faccia il successo di Cassidy. Anche se la serata non era andata come previsto, Liam gli aveva comunque mandato una bottiglia di champagne. Ci voleva parecchio coraggio per tenere testa a Mitchell Davenport e chi lo faceva doveva restare unito.

«Allora qual è la parte interessante, Lee?» Cooper posò le freccette e si schioccò le nocche.

«Be', è—»

«È così.» Mac si sfilò da sotto il braccio di Jared. Prima il lavoro, con Mac. Sempre. Sarebbe stato interessante vedere come l'avrebbe gestita con Jared. «Chi perde mi deve un mese di servizi di pulizia.»

«Sei fuori di testa?» chiese Cooper. «Lavoro a tempo pieno, nanetta.»

Mac lo fulminò con lo sguardo. Cooper la conosceva da tutta la vita e sapeva che odiava quel soprannome. Probabilmente proprio per questo l'aveva chiamata così. «Non ho detto che dev'essere a tempo pieno, Coop, ma un cliente per un mese.»

«Non ti vedo giocare,» disse Kellan. «Perché dovremmo scommettere qualcosa a tuo vantaggio?»

«Gioco io per lei.» Jared si rizzò un po' sulla gamba infortunata.

Liam dovette annuire. Jared non era quello che avrebbe scelto per sua sorella—lo conosceva troppo bene—ma se il tizio avrebbe messo la testa a posto e fatto la cosa giusta con Mac—e Mac era tutta per lui—Liam non poteva dire nulla. Però... interessante. Gli sarebbe piaciuto sentire quella storia.

«Okay,» disse Kirk. «E noi cosa otteniamo se vinciamo?»

«Un mese di servizi di pulizia,» risposero all'unisono Liam, Cassidy, Jared e Mac.

Coop porse le sue freccette a Kellen. «Scusate, ragazzi, ma un mese di pulizie non vale il rischio di perdere.»

Kellen sbuffò. «Questo perché lui pulisce solo a mesi alterni.»

«Stronzo.» Coop gli fece il dito.

«Pollo.» Kellen gli porse le freccette.

Cooper scosse la testa. «Coglione.»

«Sfigato.» Kirk, il gemello di Kellen, si unì alla festa. I ragazzi si coprivano sempre a vicenda.

Cooper li guardò tutti. «Okay. Va bene.» Strappò le freccette dal palmo di Kellen. «Sono un buon tiratore e, *quando* vincerò, vi voglio con una divisa da cameriera come si deve.»

Liam gli diede una pacca sulla schiena. «Oh, non preoccuparti, Coop, le abbiamo. E sono davvero carine.»

Come Cooper avrebbe scoperto sulla propria pelle, dato che arrivò ultimo, staccato.

$Fine$

* * *

Grazie per aver letto! Mi aiuterebbe molto se potessi lasciare una recensione dove hai acquistato questo libro, così altri lettori potranno scoprirlo più facilmente. E se vuoi leggere altre mie storie, gira la pagina!

# CHE DONNA

# JUDI FENNELL

Serata tra ragazzi... più uno

Tre gran gnocchi in grembiule erano la miglior pubblicità al mondo per un servizio di pulizie. Se uno di loro poi era una star di Hollywood, non c'era modo che Mary-Alice Catherine Manley fallisse nell'ottenere la visibilità di cui la sua attività nascente aveva bisogno.

Se tutti e tre erano suoi fratelli, l'immagine migliorava ancora.

«Hai davvero vinto?» Gran serrò i braccioli coperti di centrini e si sporse in avanti quando Mac tornò dalla storica partita di poker con i suoi fratelli. «Oh, Mary-Alice Catherine! Vorrei essere stata lì.»

«Anch'io, Gran.» Ma era già stato un colpaccio ottenere da tutti e tre un «puoi giocare»; non c'era motivo di insistere per un invito anche per Gran. Avrebbe alzato troppe antenne e forse svelato il loro piano. «Avresti dovuto vedere le loro facce quando ho detto che sarebbero dovuti andare a farsi prendere le misure per le uniformi delle Manley Maids. Vorrei aver avuto una macchina fotografica.»

Si sarebbe assicurata che ci fossero un sacco di macchine fotografiche in giro quando i suoi fratelli avrebbero iniziato a lavorare lunedì.

«Allora, con chi hai intenzione di abbinarli?» chiese Gran, che era d'accordo con il piano nella speranza di far sposare i fratelli. Qualunque cosa funzionasse. A Mac interessava solo la pubblicità. «Dobbiamo pianificare con cura. Sai che tipo di follia si porta dietro Bryan.»

Bryan era la star di Hollywood e a Mac non sembrava che la follia gli dispiacesse. Si era trovato in quel mondo come un pesce nell'acqua. Certo, anche un'anatra doveva imparare a nuotare, per quanto suonasse strano, quindi magari lei e Gran potevano insegnare a Bry un paio di cosette sulle donne, visto che le sue scelte recenti erano state più svampite di un'anatra.

Mac si lasciò cadere sul divano che stava nello stesso punto da ventisei anni, da quando aveva vissuto con Gran dopo che i loro genitori erano morti nell'incidente d'auto; l'avvallamento consumato le accolse, come al solito, il sedere. «Pensavo di dirglielo quando verranno a ritirare le uniformi. Questo ti darà un po' più di tempo per decidere dove li vuoi. Anche se Sean ha già messo le mani avanti sulla tenuta dei Martinson. Non ho visto motivo per oppormi.»

Gran si toccò le labbra a fiocco. «La tenuta dei Martinson? Ma è vuota. Così non incontrerà nessuno, Mary-Alice Catherine.»

Mac lasciò correre il suo nome per intero. Gran era l'unica che lo usasse da quando lei si era ribattezzata Mac, quando avrebbe fatto qualsiasi cosa pur di essere come i suoi fratelli—compreso il nome maschile. Considerato che la partita di poker di stasera era stato il suo tentativo di catapultare la sua impresa nello stesso tipo di successo che i suoi fratelli si erano guadagnati, non è che avesse proprio superato quella competitività, vero?

Ma quella di stasera era stata una sua vittoria, limpida e netta. Be', forse non proprio limpida. Aveva passato un sacco d'ore a imparare a giocare a poker online e a contare le carte per migliorare le sue possibilità, ma i suoi fratelli giocavano insieme ogni mese. Doveva pareggiare le probabilità.

Quella sera li aveva battuti sul loro terreno e si sarebbe goduta ogni minuto della sua vittoria e le possibilità che ne derivavano.

E Bry aveva detto che lei non aveva niente di paragonabile a ciò che lui, Sean e Liam avevano da puntare alla partita? Chiaramente non ne aveva la minima idea. Sì, si sarebbe proprio goduta la vittoria.

«In realtà, Gran, la casa dei Martinson non sarà vuota. La nipote di Merriweather si trasferisce lì. Inoltre, Sean ha chiesto espressamente quel posto. Sarebbe sembrato strano se gli avessi detto di no. Magari si innamorerà della nipote.» E magari gli asini volavano, ma se teneva alto l'umore di Gran e creava abbastanza passaparola, ne valeva ogni goccia del suo duro lavoro.

«La nipote, eh?» Gran tamburellò gli indici l'uno contro l'altro. «Potrebbe anche funzionare. Ma Bryan? Non possiamo assegnarlo ovunque.

Dovrà essere qualcuno a cui non dispiaccia avere in giro il Signor Divetto del Cinema.»

Gran lo disse con più affetto di quanto facessero gli altri quando punzecchiavano Bryan per la sua celebrità. Da quando aveva ottenuto una parte al fianco di una delle più grandi attrici del settore, non avevano saputo resistere a prenderlo in giro, e Bryan non era riuscito a smettere di sorridere. Fino a stasera.

«Io penso davvero che dovrebbe aiutare quella vedova di cui hai appena ricevuto la chiamata. Quella con tutti quei bambini.»

«Vuoi che mandi Bryan in una casa con cinque bambini? Gran, gli verrà il matto.»

«O imparerà la tolleranza. Non vogliamo che gli si monti la testa, vero?»

Gran aveva ragione. E a Mac sarebbe piaciuto vedere Bryan provare a pulire una casa invasa da cinque marmocchi. Nessuno dei suoi fratelli era il tipo che mollava, ma questo avrebbe messo alla prova la tempra di Bryan. Gli doveva molto più di così per gli scherzi che le aveva fatto negli anni.

«Okay, e allora Lee, Gran?»

«Oh, so il posto perfetto per Liam. Quella brava ragazza, Cassidy. Resterà sola quando Sharon andrà a partorire. Liam potrà farle compagnia.»

«Che cos'hai contro Liam?» Cassidy Davenport era viziata e ad alto mantenimento come poche. Più il tipo di Bry, ma se Bryan fosse andato lì, l'unica cosa che avrebbe finito per pulire sarebbero state le lenzuola di Cassidy. E il box doccia. E il tavolo...

«Adesso, Mary-Alice Catherine Manley.»

Mac sussultò. La prima volta che Gran aveva detto tutti e quattro i suoi nomi con quel tono, non aveva sentito lo strato di pelle che le aveva tagliato via per circa un'ora. L'effetto non era diminuito con gli anni.

«Quella Cassidy ha solo bisogno che qualcuno le presti attenzione. E il nostro Liam ha bisogno di tirare fuori la testa dal... insomma, di smetterla di pensare solo a se stesso e di rientrare nel consorzio civile. Hai notato quanto è stato preoccupato da quando ha chiuso con Rachel? Non va bene, e se c'è qualcuno che può far uscire Liam da se stesso, è quella Cassidy.»

Il problema era che Cassidy era proprio come Rachel, solo su scala molto più grande: tutto firmato-questo ed evento-VIP-quello. Rachel aveva fatto passare Liam per il tritacarne e Mac non era così sicura che schiaffargli in faccia una copia ipertrofica fosse poi così carino. Eppure, di certo non si sarebbe innamorato di Cassidy, quindi in realtà avrebbe fatto un favore a Liam, vanificando i tentativi di Gran di combinare matrimoni.

Le dispiaceva per lui. Era l'unico dei suoi fratelli ad essere arrivato vicino all'altare e le conseguenze erano state dure da vedere.

«Va bene, ma se poi vuole staccarmi la testa, devi convincerlo a farsene una ragione.»

«Non temere, tesoro. A tuo fratello piacerà.»

Mac non ne era così sicura, ma non aveva intenzione di discutere con Gran. Sua nonna aveva cresciuto quattro nipoti con pochi risparmi, tanto amore e poco altro. Quella donna aveva fegato.

«Oh. Dimenticavo una cosa.»

«Cosa, Gran?» Mac nascose la preoccupazione. Ultimamente Gran dimenticava un sacco di cose. Era uno dei motivi per cui aveva accettato il piano strampalato di Gran di provare a far sposare i suoi fratelli mentre lavoravano per le Manley Maids, anche se le probabilità erano sottili come... be', come che Mac riuscisse a vincere stasera. E il fulmine raramente cadeva due volte nello stesso punto. Però, avrebbe dato a Gran qualcosa con cui tenere la mente occupata.

«Il nipote di Mildred è tornato a casa questa settimana.» Mildred era l'amica d'infanzia di sua nonna, il cui recente trasferimento in una struttura di assistenza aveva spinto Gran a fare lo stesso. «Ti ricordi di Jared? Quello che si è ferito in quell'incidente d'auto?»

«Sì, Gran. Mi ricordo di Jared.» Come se potesse dimenticarlo. Oltre a essere un giocatore professionista di baseball che aveva subito infortuni da fine stagione in un brutto incidente stradale, e a essere il migliore amico del fratello maggiore da sempre, Jared era stata la sua prima cotta. E la più lunga. E la più imbarazzante. Gli era andata dietro come un'adolescente in estasi. E questo era stato prima ancora di essere un'adolescente. Dio, una volta era persino caduta dalla casetta sull'albero mentre lo spiava, finendo addosso a lui e alla sua accompagnatrice e, be', non era stato il suo momento migliore.

E, tristemente, non era stato neppure il peggiore.

«Be', Mildred e io stavamo chiacchierando ed è saltato fuori che, adesso che Jared è tornato, gli servirebbe aiuto, con la casa così vecchia e i suoi infortuni. Per lei è stato difficile tenere tutto sotto controllo e, insomma, una cosa tira l'altra, e vuole assumerti per farla pulire. Non è fantastico? Ti ho procurato un po' di lavoro e così puoi aiutare anche Jared.»

Questa era sua nonna: il cuore più grande a ovest della Make-A-Wish Foundation. Peccato che fosse il suo peggior incubo.

Mac digrignò i denti. Rifiutare sarebbe stato infantile e meschino—e avrebbe fatto fare a Gran troppe domande. Inoltre, non è che dovesse essere lei a pulire. Non avrebbe nemmeno dovuto vedere Jared. «Sì, Gran, certo che lo è. Quando vuole qualcuno?»

«Non *qualcuno*, cara. Tu. Le ho detto che saresti venuta tu. Mildred non vuole chiunque in casa sua.»

Perfetto. Addio a quell'idea.

Non poteva farcela. Non poteva. Vedere Jared... Tutta quell'umiliazione che le sarebbe esplosa in faccia di nuovo...

Ma discutere con Gran era inutile; alla fine avrebbe vinto comunque. Mac lo aveva imparato all'inizio dell'adolescenza, cosa che aveva risparmiato parecchia sofferenza a entrambe.

Sperava solo di avere abbastanza fortuna che Jared non si ricordasse di quella notte che lei non avrebbe mai dimenticato.

D'altra parte, magari si era giocata tutta la fortuna nella partita di poker.

Sospirò. «Quando dovrei essere lì, Gran?»

«Martedì, cara. Questo martedì.»

Il che le dava tre giorni per corazzarsi all'idea di rivederlo.

Non sarebbero bastati.

Ma era una ragazza grande; poteva farcela. In fondo, non era più la stessa ragazzina convinta che Jared fosse l'unico uomo sulla terra. E considerato che le sue relazioni tenevano il passo dei suoi fuoricampo, non era certo l'unica a pensarla così. E se c'era una cosa che Mac Manley non aveva mai sopportato, era essere una del mucchio. Jared non esercitava più alcun fascino su di lei.

«Va bene, Gran. Martedì sia. Ci sarò, eccome.»

**<u>Royally Sunk</u>**

### Con l'acqua alla gola

Reel è un tritone senza coda, ed Erica è terrorizzata dall'oceano. Solo una cosa potrebbe convincerla a entrare in acqua: una pistola. E solo una cosa potrebbe farcela restare: il sexy tritone che le salva la vita, solo per poi rischiare la propria.

### Profondo blu selvaggio

Valerie è una principessa sirena bloccata nel cuore del paese. Rod è il principe che parte per salvarla. Ma riusciranno a sventare il complotto di un usurpatore e a tornare nell'oceano prima che la sua coda, e la sua pretesa al trono, svaniscano per sempre?

### La pesca perfetta

Logan è fuggito dal circo; tutto ciò che vuole è una vita normale. La donna nuda che compare sulla sua barca è tutto fuorché normale. Soprattutto quando Angel si rivela essere una sirena... con un'arrabbiata creatura marina

274

alle calcagna.

### *Amore tra gli scogli*

La principessa Mariana non finge, è un'artista per davvero, e sta per dimostrarlo con la statua che sta scolpendo su un'isola deserta. Il problema è che Jace si sta nascondendo proprio lì, quindi l'unica cosa che libererà Mariana dalla sua prigione dorata è la stessa che farà uccidere Jace. L'amore è già abbastanza complicato, ma quando le previsioni del tempo annunciano uno tsunami, l'amore è davvero sugli scogli.

### *Smuovere le acque*

Leggete dell'Incidente che ha reso Erica terrorizzata dall'oceano, del motivo per cui Valerie, la principessa perduta, fu ritrovata, e di come Michael, il giovane figlio di Logan, trovò una sirena. Le storie dietro le storie.

## **Bottled Magic**

### *Sogno un genio*

La fortuna di Matt è finalmente cambiata quando la genio Eden fugge dalla sua bottiglia e gli finisce letteralmente in grembo. E giura di non tornarci mai più. Sfortunatamente per entrambi, il tizio che ce l'aveva rinchiusa la rivuole indietro e non si fermerà davanti a nulla per riaverla.

### *Il genio ha sempre ragione*

Samantha eredita la tenuta di suo padre, con tanto di genio che deve servire un ultimo padrone prima che la sua schiavitù abbia fine. Sam è più che disposta a liberare Kal, finché il suo avido ex non decide che se non può avere Sam, non l'avrà nessuno.

### *Il mio adorabile genio*

Zane ha ereditato la villa di famiglia, di cui non vede l'ora di sbarazzarsi per mettere a tacere le voci sulla folle storia della sua famiglia. Peccato che la genio, causa di quelle voci, sia stata liberata per scatenare ancora il caos. Solo che questa volta, è con il suo cuore che sta giocando.

### *Ogni tuo desiderio è un suo ordine*

Scoprite come Kal finì imprigionato nella sua lanterna e perché deve servire 1001 padroni. È la storia dietro la storia...

## <u>Once-Upon-A-Time Romance</u>

### *La bella e il migliore*

Di giorno Jolie è una chef a domicilio, di notte una scrittrice di romanzi rosa. Così, quando ottiene un ingaggio per il sexy e solitario artista Todd, ha l'eroe perfetto per il suo libro. Finché Todd non lo scopre e la caccia dalla sua cucina, dalla sua casa, e dal suo cuore.

### *Se la scarpetta calza*

C'era una volta, tanto tempo fa, in una terra lontana, una ragazza di nome Cenerentola. Questa non è la sua storia. Questa è la storia di Lucinda Isabella Casteleoni, che, come la sua omonima, ha una matrigna cattiva, due sorellastre pacchiane e innumerevoli ore di duro lavoro che la aspettano (senza entusiasmo). Ma a differenza di quella principessa delle fiabe, il Principe Azzurro di Bella non si vede da nessuna parte. Finché un vecchietto dagli occhi verdi scintillanti non apre un negozio di scarpe in fondo alla strada. E allora la magia ha inizio...

### *Attraverso il vetro piombato*

Un viaggio accidentale nell'Inghilterra medievale costringe Kate, dirigente pubblicitaria, a cercare freneticamente un modo per tornare a casa... Ma potrà portare con sé il sexy cavaliere dall'armatura scintillante di cui si è innamorata?

## <u>Beefcake, Inc.</u>

### *Figo e Frittella*

Lara vuole che i suoi cupcake abbiano successo. All'esotico spogliarellista Gage non dispiacerebbe assaggiarli, ma i suoi turni di lavoro per pagare le spese mediche del nipote non gli lasciano il tempo di farlo. Finché, a una festa, muscoli e cupcake non si incontrano e, *oh*, che delizia!

### *Figo e Fraintendere*

Quando Bryan scambia Jenna per una prostituta e lei si rende conto che lui è il padre di suo figlio adottivo, gli equivoci e le incomprensioni iniziano a moltiplicarsi. Ma tra loro sta crescendo anche qualcos'altro. A volte, una svolta sbagliata può rivelarsi quella giusta...

### *Figo e La Fiamma*

Tanner vuole che la sua ex moglie esca per sempre dalla sua vita, ma quando la nonna di lei ha un ictus e lui deve fingere di essere ancora innamorato di Juliet, può rischiare di riprovarci con l'unica donna che non ha mai smesso di amarlo?

### *Figo e Fiocco di Neve*

Gina ha una cotta per Darien da sempre, fino al giorno in cui lui l'ha umiliata a scuola. Quindici anni dopo, lui la lascia indifferente. Darien, spogliarellista esotico, è tornato in città per sistemare alcune cose. Una è il casino che ha combinato con Gina anni prima... e *magari* riaccendere la fiamma che un tempo ardeva tra loro. Ma l'unico modo per sciogliere il ghiaccio attorno al cuore di Gina è alzare la temperatura, sia sul lavoro... che fuori.

## <u>Manley Maids – Italiano</u>

*Cosa succede quando tre fratelli irresistibilmente sexy perdono una scommessa a poker contro la loro intraprendente sorella? Vengono assunti per la sua impresa di pulizie. Ora, i Manley Maids sono al vostro servizio. Soddisfazione garantita.*

### Quello che una donna vuole

Sean, proprietario di un resort, progetta di acquistare una tenuta storica per farsi un nome e guadagnare milioni, così vi si trasferisce con il pretesto di ripulire il posto per aggirare l'unica condizione dell'eredità. Ma l'erede Olivia e il suo serraglio gli entrano sotto la pelle, e scopre che la scommessa a poker che l'ha messo in questo guaio non è l'unica a cambiare le carte in tavola.

### Quello che una donna ha bisogno

La star del cinema Bryan vuole fama e fortuna, non una replica della sua infanzia "normale" e squattrinata. Dopo il clamore mediatico che ha circondato la morte del marito, Beth ha bisogno di una vita normale per sé e per i suoi figli, e la star del cinema che ha perso una scommessa e deve pulirle casa, con i paparazzi al seguito, non fa al caso suo. Ma mentre il flirt si trasforma in seduzione, Bryan deve convincere Beth di essere più uomo che domestico. O attore. Perché sta interpretando il ruolo del protagonista in una Cenerentola al contrario, e potrebbe essere il ruolo di una vita.

### Quello che una donna merita

Liam non ha pazienza per le donne che spendono i soldi di un uomo senza pensare minimamente a un vero lavoro. Ma per onorare la scommessa, Liam non solo deve tollerare la socialite Cassidy, ma dovrà anche ripulire dopo di lei quando suo padre le taglierà i fondi. Senza soldi e senza una casa da pulire per Liam, Cassidy non ha altra scelta che accettare un'offerta di lavoro: come nuova domestica di Liam. Ma quando tra loro scoccherà la scintilla, sarà vero amore o solo un'altra relazione complicata?

### Che donna

MaryAlice Catherine è pronta a pulire la casa dell'amica di sua nonna, solo per scoprire che il presuntuoso nipote della donna, per cui aveva una cotta da ragazzina (e lui l'aveva sempre saputo), vive lì, e lei è mortificata. Jared la ricorda diversamente; Mac era sempre stata una tipetta autoritaria, ma non le permetterà di dettare legge adesso. Ma con due di loro che vivono nella stessa casa, non si sa chi avrà la meglio.


### *Quello che un figo vuole*

Beckett è pronto a pagare il debito per la sua scommessa a poker persa. Solo che non si era reso conto che avrebbe dovuto farlo con il suo cuore. Jennifer è quella che gli è sfuggita e ora è proprio lì, davanti a lui. A casa sua. Che lui è lì per pulire. Jennifer non può credere che il cattivo ragazzo del liceo per cui aveva una cotta pazzesca sia in casa sua, ma se c'è una cosa che il suo ex marito le ha insegnato, è che non può fare affidamento sui cattivi ragazzi. Finché Beckett non mette tutte le sue carte in tavola e si rivela essere qualcuno su cui, dopotutto, Jennifer può scommettere.

# Ecco Judi!

L'autrice pluripremiata e bestseller Judi Fennell ama ridere e ama l'amore, quindi non sorprende che ci sia un po' di entrambi in ogni libro che scrive. Date un'occhiata alle sue fiabe con un tocco originale per assaggiare le sue commedie romantiche e paranormali leggere e ironiche. Dai tritoni al largo della costa del Jersey Shore, ai geni con tappeti magici, agli spogliarellisti à la Magic Mike, e ai domestici virili il cui motto è *Soddisfazione Garantita*, c'è sempre una risata e un amore da vivere.

E, nel suo abbondante (?) tempo libero, aiuta gli autori con tutti gli aspetti della scrittura e dell'autopubblicazione con la sua azienda di formattazione, design di copertine e promozioni, servizi editoriali, consulenza e audiolibri, www.formatting4U.com.

Judi vive nella periferia di Philadelphia con un serraglio di amici a quattro zampe, e il giorno in cui queste creature inizieranno A) a cantare, B) a cucire vestiti o C) a pulire la casa sarà il giorno in cui si ritirerà dalla scrittura...!